主　编　潘慧惠
副主编　邹志方　张涤云　徐世琤

中国古代文学作品选

第一分册

（第三版）

本分册主编　施明智　叶旦捷　叶志衡

ZHEJIANG UNIVERSITY PRESS
浙江大学出版社

图书在版编目(CIP)数据

中国古代文学作品选．第一分册 / 潘慧惠主编．—杭州：
浙江大学出版社，2002.1(2019.8 重印)
ISBN 987-7-308-02951-3

Ⅰ.中… Ⅱ.潘… Ⅲ.古典文学－作品－中国－
高等教育－教材 Ⅳ.I212.1

中国版本图书馆 CIP 数据核字(2002)第 002509 号

中国古代文学作品选·第一分册(第三版)

潘慧惠　主编

责任编辑	傅百荣	
出版发行	浙江大学出版社	
	（杭州市天目山路 148 号　邮政编码 310007）	
	（网址：http://www.zjupress.com）	
排　　版	浙江时代出版服务有限公司	
印　　刷	浙江省良渚印刷厂	
开　　本	787mm×1092mm　1/16	
印　　张	13.5	
字　　数	330 千	
版 印 次	2014 年 3 月第 3 版　2019 年 8 月第 15 次印刷	
书　　号	ISBN 987-7-308-02951-3	
定　　价	28.00 元	

主　编　潘慧惠

副主编　邹志方　张涤云　徐世玮

编　委　（按姓氏笔划排列）

叶旦捷　叶志衡　冯志钧

李剑亮　佘德余　周少雄

周建国　施明智　潘承玉

本分册编撰者

施明智　诗经　南北朝乐府民歌

冯志钧　楚辞　汉赋　陶渊明诗

叶志衡　历史散文　汉乐府　汉文人诗

周静敏　诸子散文　神话　寓言

叶旦捷　秦汉文

赖燕波　古诗十九首　三国晋南北朝文人诗

徐世玮　三国晋南北朝辞赋、散文、小说

张维昭　历史散文（增订部分）

第三版说明

　　本教材于 2004 年第二版修订后，又经历了八九年教学实践的检验。其间，原杭州师范学院已改制为杭州师范大学，原浙江教育学院已改制为浙江外国语学院。师生们在总体肯定本教材的同时，也发现其中还存在一些不足和差错。为了更好地适应教学需求，编撰方和出版方都认为有必要对本教材作再一次修订，借以仔细订正纠误，适当调整篇目。

　　这次修订，除原来的编撰者外，李祥耀也参与部分校勘工作，叶志衡、潘承玉分别新增为第一、第三分册主编。在充分吸取意见和建议的基础上，叶志衡、张涤云和周建国、邹志方和潘承玉分别负责第一、第二、第三分册的整理、修订，潘慧惠归总全书，通览定稿。

　　修订的目的是为了更有利于中国古代文学作品的教学，我们期待着实践的进一步检验，希望能够如愿以偿。

二〇一二年十月

修 订 说 明

    本教材初版于 1998 年 1 月,六年多来,较好地经受了各院校教学实践的检验,已经多次印刷。许多师生对本教材予以热情的肯定,也提出了中肯的意见和建议,我们非常感谢。

    为使这套教材更趋完善,我们就教学实践的情况和师生们的意见、建议,对全书进行修订,增删了部分篇目,改动了一些注释,纠正了印刷上的错误。原有的编撰者主要提供修订材料,新参与老师主要进行新增篇目的编撰,徐世琤、张涤云、潘承玉分别负责第一、二、三分册的修订整理工作,潘慧惠对全书统一定稿。

    由于种种原因,修订本可能还不能尽如人意,我们恳切地欢迎广大师生继续提供意见和建议。

编　者

2004 年 7 月

编 写 说 明

一、本书适合作高等院校中文系本、专科及函授、自考等中国古代文学课作品选教材,也可作广大文学爱好者的古代文学读本。全书共分三册:第一分册为先秦、秦汉、三国两晋南北朝,第二分册为隋唐、五代、宋、辽、金,第三分册为元、明、清、近代。分册内各时期的作品按体裁组成单元;单元内作家按生年先后排列。

二、选录作品兼顾思想性与艺术性,以重要作家的代表作品为主,同时注意到题材的广泛性、风格的多样性以及文学史上的承传关系。为了适应不同教学层次的需要,便于教师讲授和学生自学,所选作品分加注(目录中加△表示)和不加注两部分。注文力求平实准确、简明雅洁,重见的词语典故,同一单元内一般只指明前注,不重复作注。注①略似解题,简要提示有关背景或作品的思想内涵、艺术特色。每单元附重要参考资料和阅读书目。

三、本书编撰者均为古代文学教师,有丰富的教学经验,他们是:

杭州师范大学(以姓氏笔划为序,下同):叶旦捷、叶志衡、李最欣、张维昭、周少雄、周建国、陈根民、施明智、饶龙隼、徐世琤、郭 梅、赖燕波、潘慧惠

绍兴文理学院:王延荣、佘德余、邹志方、高利华、徐明安、潘承玉

浙江教育学院:许菁频、李剑亮、李锦旺、张涤云、郑力戎、胡浙平

宁波教育学院:冯志钧、周静敏

具体分工详见各分册扉页。

四、本书由编委会讨论确定编写体例和细则,并负责组织协调工作。编撰者独立完成分工任务,定稿后,在各分册主编初审的基础上,第一分册由徐世琤统稿,第二分册由张涤云统稿,第三分册由邹志方统稿,全书由潘慧惠统稿。虽几经修改,不妥或错误之处仍恐难免,恳请专家和读者批评指正,以便再版时修订。

五、在编撰过程中,曾参考并吸收了不少学术界的已有成果,特此说明并致谢。

六、本书的编撰与出版,得到参编单位的校、系、有关部门和浙江大学出版社的热情支持以及吴熊和教授、樊维纲教授的关心、指导,在此深表谢忱。

目　　录

先 秦 诗

诗　经……………………………………………………………………（1）

　△关雎(1)　△苤苢(1)　△岷(2)　△君子于役(2)　△蒹葭(3)　△七月(3)　△东山(4)

　△采薇(5)　△生民(6)　卷耳(7)　谷风(7)　静女(8)　新台(8)　柏舟(8)载驰(8)　硕人

　(8)　伯兮(8)　木瓜(9)　黍离(9)　葛藟(9)　将仲子(9)　大叔于田(9)　女曰鸡鸣(10)

　溱洧(10)十亩之间(10)　伐檀(10)　硕鼠(10)　黄鸟(11)　无衣(11)　月出(11)　无羊

　(11)

　节南山(11)　十月之交(12)　巷伯(12)绵(13)　公刘(13)　板(13)　荡(14)　噫嘻(14)

　玄鸟(14)

附　录…………………………………………………………………（14）

楚　辞…………………………………………………………………（17）

　屈　原…………………………………………………………………（17）

　　△离骚(17)　九歌〔△湘夫人(23)　△山鬼(24)　△国殇(24)东君(25)　湘君(25)　少司命

　　(25)〕　九章〔哀郢(26)　橘颂(26)〕

　宋　玉…………………………………………………………………（26）

　　九辩〔节选〕(27)　对楚王问(27)

附　录…………………………………………………………………（28）

先 秦 文

历史散文

　尚　书…………………………………………………………………（29）

　　△盘庚上〔节选〕(29)　无逸(30)

　左　传…………………………………………………………………（31）

　　△晋公子重耳之亡(31)　△晋楚城濮之战(35)　郑伯克段于鄢(37)　曹刿论战(38)　齐伐

　　楚盟于召陵(38)　秦晋殽之战(38)　郑败宋师获华元(39)

　国　语…………………………………………………………………（40）

　　△邵公谏弭谤(40)　勾践灭吴(41)

　战国策…………………………………………………………………（42）

　　△苏秦以连横说秦(42)　△冯谖客孟尝君(44)　乐毅报燕惠王书(45)　荆轲刺秦王(46)

　　庄辛说楚襄王(48)　邹忌讽齐王纳谏(49)　赵威后问齐使(49)　鲁仲连义不帝秦(50)

附　录…………………………………………………………………（51）

诸子散文

　老　子…………………………………………………………………（55）

　　有无相生(55)　柔弱胜刚强(55)　祸福相倚(55)　民不畏死(55)　小国寡民(55)

　论　语…………………………………………………………………（56）

　　△笃信好学(56)　△子路曾皙冉有公西华侍坐(56)　△荷蓧丈人(57)　富与贵(58)　长沮
　桀溺耦而耕(58)　论学(58)　论仁(59)

墨　子 ……………………………………………………………………………………(60)
　　兼爱(60)　公输(60)

孟　子 ……………………………………………………………………………………(61)
　　△齐桓晋文之事(61)　君子莫大乎与人为善(64)　天时不如地利(64)　鱼我所欲也(64)
　生于忧患,死于安乐(65)　民为贵(65)

庄　子 ……………………………………………………………………………………(65)
　　△逍遥游(65)　胠箧(68)　曹商使秦(69)

荀　子 ……………………………………………………………………………………(69)
　　劝学〔节选〕(69)　富国〔节选〕(70)　议兵〔节选〕(71)　天论〔节选〕(72)　附:成相篇〔节选〕
　(73)　赋篇〔节选〕(73)

韩非子 ……………………………………………………………………………………(73)
　　△定法(73)　难一〔节选〕(75)　五蠹〔节选〕(75)

吕氏春秋 …………………………………………………………………………………(76)
　　察今(76)

附　录 ……………………………………………………………………………………(77)

先秦寓言、神话

寓　言 ……………………………………………………………………………………(81)
　　揠苗助长(81)　涸辙之鲋(81)　郑人买履(81)　自相矛盾(81)　疑人窃铁(82)　画蛇添足
　(82)　叶公好龙(82)　杞人忧天(82)

神　话 ……………………………………………………………………………………(82)
　　黄帝擒蚩尤(82)　夸父逐日(83)　鲧禹治水(83)　女娲补天(83)　后羿射日(83)　共工怒
　触不周之山(83)

汉　赋

贾　谊 ……………………………………………………………………………………(85)
　　吊屈原赋并序(85)

枚　乘 ……………………………………………………………………………………(85)
　　七发〔节选〕(85)

淮南小山 …………………………………………………………………………………(87)
　　招隐士(87)

司马相如 …………………………………………………………………………………(87)
　　子虚赋(88)

张　衡 ……………………………………………………………………………………(89)
　　归田赋(89)

赵　壹 ……………………………………………………………………………………(89)
　　△刺世嫉邪赋(89)

附　录 ……………………………………………………………………………………(90)

秦汉文

李　斯 ··· （92）
　　△谏逐客书(92)
贾　谊 ··· （93）
　　过秦论〔上、中、下〕(93)
晁　错 ··· （96）
　　论贵粟疏(96)
司马迁 ··· （97）
　　△项羽本纪〔节选〕(97)　△李将军列传〔节选〕(106)　陈涉世家〔节选〕(111)　魏公子列传
　　(113)　廉颇蔺相如列传〔节选〕(115)　魏其武安侯列传(117)　报任安书(121)
杨　恽 ··· （123）
　　报孙会宗书(123)
班　固 ··· （123）
　　△苏武传〔节选〕(124)　朱买臣传(127)　霍光传〔节选〕(128)
附　录 ··· （131）

汉　诗

乐府民歌 ··· （135）
　　△战城南(135)　△有所思(135)　△上邪(135)　△东门行(136)△上山采蘼芜(136)　江南
　　(136)　平陵东(136)　长歌行(137)　陌上桑(137)　饮马长城窟行(137)　妇病行(137)
　　十五从军征(137)　艳歌行(138)　孔雀东南飞(138)
班　固 ··· （139）
　　咏史(140)
梁　鸿 ··· （140）
　　五噫歌(140)
张　衡 ··· （140）
　　四愁诗(140)
辛延年 ··· （140）
　　羽林郎(140)
古诗十九首 ··· （141）
　　△行行重行行(141)　△冉冉孤生竹(141)　△庭中有奇树(141)　△迢迢牵牛星(142)　今
　　日良宴会(142)　西北有高楼(142)　明月皎夜光(142)　回车驾言迈(142)　孟冬寒气至
　　(142)　客从远方来(143)　明月何皎皎(143)
附　录 ··· （143）

三国晋南北朝诗

曹　操 ··· （147）
　　△蒿里行(147)　△短歌行(147)　步出夏门行〔观沧海、龟虽寿〕(148)　苦寒行(148)
陈　琳 ··· （148）
　　饮马长城窟行(148)

徐 幹…………………………………………………………………………………………（149）
　室思〔其三（149）　其六（149）〕

王 粲…………………………………………………………………………………………（149）
　七哀诗〔△其一（149）　其二（150）〕

刘 桢…………………………………………………………………………………………（150）
　赠从弟〔其二〕（150）

蔡 琰…………………………………………………………………………………………（150）
　悲愤诗（150）

曹 丕…………………………………………………………………………………………（151）
　燕歌行（151）

曹 植…………………………………………………………………………………………（151）
　△白马篇（151）　野田黄雀行（152）　七哀（152）　送应氏〔其一〕（152）　赠白马王彪（152）
　名都篇（153）　吁嗟篇（153）

阮 籍…………………………………………………………………………………………（153）
　咏怀〔△其一（153）　其三（154）　其三十四（154）〕

嵇 康…………………………………………………………………………………………（154）
　幽愤诗（154）

张 华…………………………………………………………………………………………（154）
　壮士篇（154）　情诗〔其五〕（155）

潘 岳…………………………………………………………………………………………（155）
　悼亡诗〔其一〕（155）

陆 机…………………………………………………………………………………………（155）
　赴洛城道中作〔其二〕（155）　苦寒行（155）　门有车马客（156）

左 思…………………………………………………………………………………………（156）
　咏史〔△其二（156）　其一（156）　其六（156）〕　杂诗（156）

张 协…………………………………………………………………………………………（157）
　杂诗〔其一〕（157）

刘 琨…………………………………………………………………………………………（157）
　扶风歌（157）

郭 璞…………………………………………………………………………………………（157）
　遊仙诗〔其一（157）　其二（158）〕

庾 阐…………………………………………………………………………………………（158）
　三月三日（158）

陶渊明…………………………………………………………………………………………（158）
　归园田居〔其一（158）　△其三（159）　饮酒〔△其五（159）　△其九（159）〕　杂诗〔△其
　五〕（159）　读山海经〔△其十〕（160）　乞食（160）　移居〔其一（160）　其二（160）〕　癸卯岁
　始春怀古田舍〔其二〕（160）　庚戌岁九月中于西田获早稻（161）　杂诗〔其一〕（161）　读山海
　经〔其一〕（161）

谢灵运…………………………………………………………………………………………（161）
　△登池上楼（161）　登江中孤屿（162）　石壁精舍还湖中作（162）

鲍 照…………………………………………………………………………………………（162）

拟行路难〔△其四(162)　△其六(162)〕　代出自蓟北门行(163)　拟古〔其六〕(163)　梅花落(163)

沈　约 ……………………………………………………………………… (163)
　新安江至清浅深见底贻京邑同好(163)　石塘濑听猿(163)

谢　朓 ……………………………………………………………………… (164)
　△晚登三山还望京邑(164)　玉阶怨(164)　之宣城出新林浦向板桥(164)

何　逊 ……………………………………………………………………… (164)
　慈姥矶(164)　相送(165)

阴　铿 ……………………………………………………………………… (165)
　江津送刘光禄不及(165)　闲居对雨〔其一〕(165)

庾　信 ……………………………………………………………………… (165)
　拟咏怀〔△其四(165)　其十一(166)〕　寄王琳(166)　重别周尚书(166)

南朝乐府民歌 ……………………………………………………………… (166)
　子夜歌〔△其七〕(167)　子夜四时歌〔△其一〕(167)　△西洲曲(167)　子夜歌〔其十一(167)
　其二十八(168)　其三十六(168)〕　子夜四时歌〔其二十七(168)　其五十七(168)　其五十
　九(168)〕　那呵滩〔其四(168)　其五(168)〕　华山畿〔其一(168)　其五(168)　其七(169)〕
　　读曲歌〔其二十八(169)　其五十五(169)〕　采桑度〔其四(169)　其五(169)　其六(169)〕

北朝乐府民歌 ……………………………………………………………… (169)
　企喻歌〔其二(169)　其四(169)〕　雀劳利歌辞(170)　隔谷歌〔其一〕(170)　折杨柳歌辞〔其
　一(170)　其二(170)　其五(170)〕　陇头歌辞三首(170)　木兰诗(170)　敕勒歌(171)

附　录 ……………………………………………………………………… (171)

三国晋南北朝辞赋

王　粲 ……………………………………………………………………… (175)
　△登楼赋(175)

曹　植 ……………………………………………………………………… (176)
　洛神赋并序(176)

向　秀 ……………………………………………………………………… (177)
　思旧赋并序(177)

陶渊明 ……………………………………………………………………… (177)
　归去来兮辞并序(177)

鲍　照 ……………………………………………………………………… (178)
　△芜城赋(178)

江　淹 ……………………………………………………………………… (179)
　别赋(180)

庾　信 ……………………………………………………………………… (180)
　小园赋(180)

附　录 ……………………………………………………………………… (181)

三国晋南北朝文

诸葛亮 ……………………………………………………………………… (184)

出师表(184)　诫子书(185)

曹　丕 ………………………………………………………………………………………… (185)
　　典论·论文(185)

嵇　康 ………………………………………………………………………………………… (185)
　　与山巨源绝交书(186)

李　密 ………………………………………………………………………………………… (187)
　　陈情表(187)

陈　寿 ………………………………………………………………………………………… (187)
　　隆中对(188)

王羲之 ………………………………………………………………………………………… (188)
　　兰亭集序(188)

陶渊明 ………………………………………………………………………………………… (189)
　　△桃花源记并诗(189)

范　晔 ………………………………………………………………………………………… (190)
　　班超传〔节选〕(190)

孔稚珪 ………………………………………………………………………………………… (191)
　　北山移文(191)

陶宏景 ………………………………………………………………………………………… (191)
　　答谢中书书(192)

丘　迟 ………………………………………………………………………………………… (192)
　　△与陈伯之书(192)

刘　勰 ………………………………………………………………………………………… (194)
　　文心雕龙·情采(194)

吴　均 ………………………………………………………………………………………… (195)
　　与宋元思书(195)

郦道元 ………………………………………………………………………………………… (195)
　　水经注〔河水·龙门(195)　江水·三峡〔节选〕(196)〕

萧　统 ………………………………………………………………………………………… (196)
　　文选序(196)

杨衒之 ………………………………………………………………………………………… (197)
　　洛阳伽蓝记·法云寺〔节选〕(197)

附　录 ………………………………………………………………………………………… (198)

三国晋南北朝小说

干　宝 ………………………………………………………………………………………… (200)
　　搜神记〔△韩凭夫妇(200)　李寄(200)〕

刘义庆 ………………………………………………………………………………………… (201)
　　世说新语〔△华歆王朗(201)　△过江诸人(201)　周处(202)　王子猷居山阴(202)　石崇每
　　要客燕集(202)　王蓝田性急(202)〕

附　录 ………………………………………………………………………………………… (202)

先 秦 诗

诗　　经

　　《诗经》是我国最早的诗歌总集,约编成于春秋时代,原称《诗》或《诗三百》,汉代尊为儒家经典,始称《诗经》。集中收西周初年至春秋中叶大约 500 年间的作品 305 篇,分为《风》、《雅》、《颂》三大类。《风》大部分是民歌,《雅》大部分是贵族的作品,《颂》是统治者用于祭祀的乐歌。这些作品产生于以黄河流域为主的中原地区,反映了周代前期社会生活的各个方面,真实而艺术地记载了周的兴起、建国、发展和衰落,折射出当时的生产关系、经济状况,对统治者的腐败和残暴,人民的生活和思想情绪,尤有深刻、生动的揭示。《诗经》的句式以四言为主,大都运用赋、比、兴的艺术手法,语言质朴优美,音韵自然和谐,章法回环复沓,写景抒情富于艺术感染力。《诗经》的现实主义创作方法开创了中国文学的写实传统,成为中国现实主义文学的源头;它的赋、比、兴的艺术手法奠定了中国诗歌艺术传统的基础。

　　汉初传《诗》的有鲁、齐、韩、毛四家。其中申培的鲁诗、辕固的齐诗、韩婴的韩诗为今文经学,皆亡佚,仅存《韩诗外传》;毛亨、毛苌的毛诗为古文经学,流传至今。历代解释《诗经》的著作极多,通行的主要有:相传为毛亨作的《毛诗故训传》、东汉郑玄《毛诗传笺》、唐孔颖达《毛诗正义》、宋朱熹《诗集传》、清姚际恒《诗经通论》、清马瑞辰《毛诗传笺通释》、清陈奂《诗毛氏传疏》、近人林义光《诗经通解》、吴闿生《诗义会通》和今人于省吾的《泽螺居诗经新证》等。

关　　雎① (周南)

　　关关雎鸠②,在河之洲。窈窕淑女③,君子好逑④。参差荇菜⑤,左右流之⑥。窈窕淑女,寤寐求之⑦。求之不得,寤寐思服⑧。悠哉悠哉⑨,辗转反侧⑩。参差荇菜,左右采之。窈窕淑女,琴瑟友之⑪。参差荇菜,左右芼之⑫。窈窕淑女,钟鼓乐之⑬。

　　①此为《诗经》首篇,写一个男子对淑女的思慕和追求。篇名取自首句,《诗经》常如此名篇。　②关关:象声词,雎(jū)鸠鸣叫呼应之声。　雎鸠:鸟名。《毛传》:"雎鸠,王雎也。鸟挚而有别。"　③窈窕(yǎo tiǎo):美好貌,娴静貌。　淑:善。　④君子:《诗经》中"君子"含义有二,一是对贵族男子的称呼,一是女性对丈夫、情人的美称。　逑(qiú):配偶。　⑤参差(cēn cī):长短不齐貌。　荇(xìng)菜:水生植物,可食用。　⑥流:求取。　⑦寤(wù):睡醒。　寐(mèi):入睡。　⑧思服:思念。思、服同义。　⑨悠哉:忧思深长之状。　⑩辗转反侧:卧不安席。反,伏身而卧。侧,侧身而卧。　⑪友:亲近。　⑫芼(mào):择取。　⑬乐之:使之快乐。

芣　　苢① (周南)

采采芣苢,薄言采之②。采采芣苢,薄言有之③。
采采芣苢,薄言掇之④。采采芣苢,薄言捋之⑤。
采采芣苢,薄言袺之⑥。采采芣苢,薄言襭之⑦。

①本篇似是妇女采集芣苢时的歌唱,洋溢着欢愉之情。芣苢(fú yǐ):车前草,古人认为其籽可治不孕和难产。　②薄、言:都是语助词。　③有:采得。　④掇(duō):拾取。指拾已落之籽。　⑤捋(luō):握物顺移,使之脱落。指取未落之籽。　⑥袺(jié):手提衣襟以承物。　⑦襭(xié):披衣襟于腰带间以承物。

氓①(卫风)

氓之蚩蚩②,抱布贸丝③。匪来贸丝,来即我谋④。送子涉淇⑤,至于顿丘⑥。匪我愆期⑦,子无良媒。将子无怒⑧,秋以为期。

乘彼垝垣⑨,以望复关⑩。不见复关,泣涕涟涟。既见复关,载笑载言。尔卜尔筮⑪,体无咎言⑫。以尔车来,以我贿迁⑬。

桑之未落,其叶沃若⑭。于嗟鸠兮⑮,无食桑葚⑯!于嗟女兮,无与士耽⑰!士之耽兮,犹可说也⑱;女之耽兮,不可说也。

桑之落矣,其黄而陨⑲。自我徂尔⑳,三岁食贫㉑。淇水汤汤㉒,渐车帷裳㉓。女也不爽㉔,士贰其行㉕。士也罔极㉖,二三其德㉗!

三岁为妇,靡室劳矣㉘;夙兴夜寐㉙,靡有朝矣㉚!言既遂矣㉛,至于暴矣。兄弟不知,咥其笑矣㉜。静言思之,躬自悼矣㉝!

及尔偕老,老使我怨。淇则有岸,隰则有泮㉞。总角之宴㉟,言笑晏晏㊱,信誓旦旦㊲,不思其反㊳。反是不思㊴,亦已焉哉㊵!

①本篇是弃妇之词,叙述女子从恋爱、结婚到被弃的经过,抒发遇人不淑的怨恨,谴责丈夫始爱终弃。氓(méng):民。此指女主人公的丈夫。　②蚩(chī)蚩:嘻笑貌。　③布:古代的货币。一说指麻布。贸:交易。　④匪:通"非"。即:就。　⑤淇:淇水,卫国的一条河流,在今河南淇县。　⑥顿丘:地名,在淇水南面。　⑦愆(qiān)期:过期。　⑧将(qiāng):请,愿。　⑨垝(guǐ)垣:倒坍的墙。　⑩复关:男子所居之地。一说指返回的车子,关,车厢。　⑪卜:用龟甲占卜。筮(shì):用蓍(shī)草占筮。　⑫体:卦体,即以龟、蓍卜筮的结果。咎言:不祥之语。　⑬贿:财物,此言嫁妆。　⑭沃若:沃然,润泽貌。　⑮于(xū)嗟:即吁嗟,感叹词。鸠:斑鸠。　⑯桑葚(shèn):桑的果实。传说鸠多食桑葚会醉,此用以喻女子不可沉湎于爱情。　⑰耽:相乐太甚。　⑱说:通"脱",解脱。　⑲陨:落下。　⑳徂(cú):往。　㉑食贫:过苦日子。　㉒汤(shāng)汤:水盛大貌。　㉓渐(jiān):浸湿。帷裳:车上的幔帐。　㉔爽:过错。㉕贰:"贰"的误字。贰,"忒"的假借字。忒,差错。此句谓男子的行为有过错。　㉖罔极:无常。罔,无。极,准则。　㉗二三其德:三心二意,不专一。　㉘靡:无,没有。室劳:家务劳动。此句谓男子无家务劳作之苦,意即全由妻子操劳。一说不以操持家务为劳苦。　㉙夙兴夜寐:起得早,睡得晚。　㉚靡有朝矣:不是某一天是这样,意即朝朝如此。　㉛言:语助词,无义。遂:顺心。　㉜咥(xì):笑貌。　㉝躬自悼:独自伤心。躬,身,自己。悼,伤心。　㉞隰(xí):低下的湿地。泮(pàn):同"畔",水边。　㉟总角:古代未成年男女结发成丫髻,称"总角",故用以代指童年。宴:快乐。　㊱晏晏:和悦温柔貌。　㊲旦旦:即怛怛,诚恳貌。　㊳反:违反,反复,此指男子变心。　㊴反是:违反这誓言。是,指示代词,指"誓"。　㊵已焉哉:算了吧。已,止。

君子于役①(王风)

君子于役,不知其期。曷至哉②?鸡栖于埘③,日之夕矣,羊牛下来。君子于役,如之何勿思？

　　君子于役，不日不月④。曷其有佸⑤？鸡栖于桀⑥，日之夕矣，羊牛下括⑦。君子于役，苟⑧无饥渴！

　　①本篇写妇人思念行役无归期的丈夫。日暮时分，牛羊归栖，妇人依门伫望，触景生情，有此之唱。君子：此为女子对丈夫的敬称。　　②曷：何。至：到家。　　③塒(shí)：挖墙而成的鸡窝。　　④不日不月：不可以日月计算，极言时间久长。　　⑤佸(huó)：相会，聚会。　　⑥桀(jié)：借为"榤"，是竹木编成的鸡栅。　　⑦括：通"佸"，此句言牛羊下来群聚一处。　　⑧苟：表示希望之辞。

蒹　葭①（秦风）

　　蒹葭苍苍②，白露为霜。所谓伊人③，在水一方④。遡洄从之⑤，道阻且长⑥；遡游从之⑦，宛在水中央。

　　蒹葭凄凄⑧，白露未晞⑨。所谓伊人，在水之湄⑩。遡洄从之，道阻且跻⑪；遡游从之，宛在水中坻⑫。

　　蒹葭采采⑬，白露未已。所谓伊人，在水之涘⑭。遡洄从之，道阻且右⑮；遡游从之，宛在水中沚⑯。

　　①本篇是怀人之作。伊人为谁，虽然迄今尚无定论，然诗人渴望相见之状，欲从无由之苦，在对秋水蒹葭的一唱三叹中表现得情深意切。　　蒹葭(jiān jiā)：芦苇。　　②苍苍：茂盛貌。　　③伊人：是人，这人。　　④一方：那一边。在水一方，喻在难以到达之所。　　⑤遡洄(sù huí)：逆流而上。一说，遡，逆水而行；洄，纡曲的水道。从：寻求。　　⑥阻：险阻，障碍。　　⑦遡游：顺流而下。一说游是直流的水道。　　⑧凄凄：借为"萋萋"，茂盛貌。　　⑨晞(xī)：干。　　⑩湄：水草交接之处，即岸边。　　⑪跻(jī)：上升，高起。　　⑫坻(chí)：水中高地。　　⑬采采：茂盛，众多貌。　　⑭涘(sì)：水边。　　⑮右：不直而向右转弯，道路迂曲的意思。　　⑯沚(zhǐ)：小洲，与"坻"义同。

七　月①（豳风）

　　七月流火②，九月授衣③。一之日觱发④，二之日栗烈⑤。无衣无褐⑥，何以卒岁⑦！三之日于耜⑧，四之日举趾⑨。同我妇子，馌彼南亩⑩，田畯至喜⑪。

　　七月流火，九月授衣。春日载阳⑫，有鸣仓庚⑬。女执懿筐⑭，遵彼微行⑮，爰求柔桑⑯。春日迟迟⑰，采蘩祁祁⑱。女心伤悲，殆及公子同归⑲。

　　七月流火，八月萑苇⑳。蚕月条桑㉑，取彼斧斨，以伐远扬，猗彼女桑㉔。七月鸣鵙㉕，八月载绩㉖。载玄载黄，我朱孔阳㉗，为公子裳。

　　四月秀葽㉘，五月鸣蜩㉙。八月其获㉚，十月陨萚㉛。一之日于貉，取彼狐狸，为公子裘。二之日其同㉝，载缵武功㉞，言私其豵㉟，献豜于公㊱。

　　五月斯螽动股㊲，六月莎鸡振羽㊳。七月在野，八月在宇㊴，九月在户，十月蟋蟀入我床下。穹窒熏鼠㊵，塞向墐户㊶。嗟我妇子，曰为改岁，入此室处。

　　六月食郁及薁㊸，七月亨葵及菽㊹。八月剥枣㊺，十月获稻。为此春酒㊻，以介眉寿㊼。七月食瓜，八月断壶㊽，九月叔苴㊾。采荼薪樗㊿，食我农夫。

九月筑场圃^㊶，十月纳禾稼^㊷。黍稷重穋^㊸，禾麻菽麦。嗟我农夫！我稼既同^㊹，上入执宫功^㊺。昼尔于茅^㊻，宵尔索绹^㊼。亟其乘屋^㊽，其始播百谷。

二之日凿冰冲冲^㊾，三之日纳于凌阴^㊿。四之日其蚤⁶¹，献羔祭韭。九月肃霜⁶²，十月涤场⁶³。朋酒斯飨⁶⁴，曰杀羔羊，跻彼公堂⁶⁵，称彼兕觥⁶⁶，"万寿无疆⁶⁷"！

①本篇叙述周初农夫全年无休止的劳动和艰难的生活，反映了周族居豳时期的农业生产状况和社会生产关系。七月：夏历七月。周人兼用夏历。下文凡说某月均指夏历。　②流：向下行。火：大火星（即心宿），属恒星，与行星中的火星不同。夏历五月黄昏，大火星在中天，时值仲夏。七月的黄昏，火星由中天逐渐西降，称之为"流火"。其时暑将退将寒。　③授衣：把制寒衣的工作交付给妇女去做。　④一之日：周历正月，即夏历十一月。下文的二之日、三之日、四之日分别为夏历十二月、正月、二月。　觱发(bì bō)：大风触物之声。　⑤栗烈：犹言"凛冽"，形容寒冷。　⑥褐：粗毛或粗麻编织成的短衣。　⑦卒岁：终岁，过完这年。　⑧于耜(sì)：修理农具。于，为，此指修理。耜，末耜，耕田翻土之具。　⑨举趾：举足下田，开始春耕。　⑩馌(yè)：送饭。　南亩：泛指田地。　⑪田畯(jùn)：农官。至：甚。　⑫载：开始。　阳：暖和。　⑬仓庚：黄莺。　⑭懿(yì)筐：深的筐篮。懿，深。　⑮微行：小径。　⑯爰：于是。　柔桑：嫩桑叶。　⑰迟迟：春日昼渐长，故曰"迟迟"。　⑱蘩(fán)：白蒿，养蚕需用之物。祁祁：众多。　⑲殆：畏惧，害怕。　公子：国君之子，一说指贵族公子，一说是国君之女公子。　⑳萑(huán)苇：芦苇一类植物，制蚕箔用。　㉑蚕月：养蚕之月，指夏历三月。　条桑：修剪桑枝。　㉒斨(qiāng)：斧的一种，斧柄孔方者为斨，圆者为斧。　㉓远扬：指过高过长的枝条。　㉔猗(yī)：假借为"掎"，斜攀，拉着。　女桑：嫩桑。　㉕鵙(jú)：鸟名。即伯劳。　㉖载：犹乃、于是之意。　绩：纺织。　㉗孔：很。阳：鲜明。　㉘秀：不开花而结实。　葽(yāo)：葽草，植物名。　㉙蜩(tiáo)：蝉。　㉚其：语助词。　获：收获。　㉛陨萚(tuò)：草木凋落。陨，坠。萚，落。　㉜于：为，此指猎取。　貉：俗名狗獾，形似狐狸而较大，皮珍贵。　㉝同：会聚。言集聚众人去打猎。　㉞缵(zuǎn)：继续。武功：武事，指打猎。　㉟私：私有。　豵(zōng)：小猪，此泛指小兽。　㊱豜(jiān)：大猪，此泛指大兽。　公：公家，指奴隶主。　㊲斯螽(zhōng)：虫名，即蚱蜢。动股：古人以为蚱蜢两股摩擦而发出鸣声。股，腿。　㊳莎(suō)鸡：虫名，即纺织娘。振羽：振动翅膀发声。　㊴宇：屋檐。　㊵穹窒：堵塞所有孔隙。熏鼠：用烟熏赶老鼠。　㊶向：北窗。墐户：用泥涂抹柴竹编的门的缝隙。墐(jìn)，涂。　㊷改岁：更改年岁，即旧岁尽，新年到。　㊸郁：果名，即郁李。　薁(yù)：果名，即山葡萄。　㊹亨：同"烹"。葵：葵菜。菽：大豆。　㊺剥(pū)枣：打枣。　㊻春酒：冬酿春成之酒。　㊼介：佐助。一说读为"丐"，意为祈求、乞求。眉寿：长寿。人老眉长，故称长寿为眉寿。　㊽断壶：摘葫芦。壶，假借为瓠(hù)，即葫芦。　㊾叔苴(jū)：拾麻子。叔，拾。苴，麻子，可食。　㊿荼(tú)：苦菜。薪樗：采伐樗木作为柴火。樗(chū)，臭椿，一种质地很差的树木。　51筑场圃：修筑打谷场。古时一地两用，春为圃，秋冬为场。场，打谷场。圃，菜园。　52纳禾稼：把粮食入仓。纳，交付、致送。　53黍：糜子，小米。稷：高粱。重(tóng)：通"穜"，早种晚熟的谷物。穋(lù)：晚种早熟的谷物。　54同：集中。　55上：通"尚"，尚且，还得。执：服役。宫功：修筑房屋。功，事。　56尔：语助词，无义。于茅：往割茅草。　57索绹(táo)：搓绳。　58亟：急。乘屋：登上屋顶。此句谓赶快上屋去修缮屋顶。　59冲冲：凿冰声。　60凌阴：冰窖。　61蚤：借为"早"，此指早朝，是一种祭祀仪式。　62肃霜：同"肃爽"，秋高气爽。一说肃霜即下霜。　63涤场：清扫打谷场。一说涤场即"涤荡"，草木尽落，天地澄净之意。　64朋酒：两壶酒。斯：指示代词，指代酒。飨(xiǎng)：以酒食待客。　65跻：登。　66称：举起。　兕觥(sì gōng)：兕牛角制的酒杯。一说是形如伏兕的铜制酒器。　67万寿：大寿。无疆：无边界，无止境。

东　山^①（豳风）

我徂东山，慆慆不归^②。我来自东，零雨其濛^③。我东曰归，我心西悲^④。制彼裳衣^⑤，勿士行枚⑥。蜎蜎者蠋⑦,烝在桑野⑧。敦彼独宿⑨,亦在车下。

我徂东山,慆慆不归。我来自东,零雨其濛。果蠃之实⑩,亦施于宇⑪。伊威在室⑫,蟏蛸在户⑬。町畽鹿场⑭,熠燿宵行⑮。不可畏也,伊可怀也⑯。

我徂东山,慆慆不归。我来自东,零雨其濛。鹳鸣于垤⑰,妇叹于室。洒扫穹窒⑱,我征聿至⑲。有敦瓜苦⑳,烝在栗薪㉑。自我不见,于今三年。

我徂东山,慆慆不归。我来自东,零雨其濛。仓庚于飞㉒,熠燿其羽。之子于归㉓,皇驳其马㉔。亲结其缡㉕,九十其仪㉖。其新孔嘉㉗,其旧如之何㉘?

①本篇是久戍在外的士兵在还乡途中的歌唱。诗人思往度今,悲喜交集。心早已飞回家乡,可又怀着"近乡情更怯"的忐忑之情。在深入细腻的心理刻画中反映了战争给人民带来的苦难和人民对和平生活的渴望。《诗序》认为篇中所提战争即是周公东征,今人说法不一。 东山:诗中军士戍守之地。 ②徂(cú):往。慆慆:长久。 ③零雨:细雨。一说"零"当作"霝",雷声,下雨。 其濛:濛濛。其,语助词。 ④西悲:西向而悲。家在西面,故曰西悲。 ⑤裳衣:下裳和上衣,此指家居所穿便服。 ⑥士:事。 行枚:古代行军时,士兵口衔一短而细的木棒,以防喧哗。此以代指征战之事。 ⑦蜎(yuān)蜎:虫蠕动貌。蠋(zhú):野蚕。 ⑧烝(zhēng):久。 ⑨敦:敦敦然,身体蜷曲成一团的样子,形容士兵独宿车下之状。 ⑩果蠃(luǒ):瓜蒌,亦名栝楼,葫芦科植物。 ⑪施(yì):蔓延。 ⑫伊威:虫名,又作蛜蝛,今名地鳖虫,生于阴湿处。 ⑬蟏蛸(xiāo shāo):虫名,又名喜蛛,一种长脚的小蜘蛛。 ⑭町畽(tǐng tuǎn):屋舍旁空地,禽兽践踏的地方。此句谓原来的耕地,已印满兽迹,成为野鹿出没的地方。 ⑮熠燿(yì yào):光彩鲜明之状。此处指燐光。 宵:夜。 行:流动。一说宵行即燐火。 ⑯伊:是,这。指荒凉的家园。 ⑰鹳(guàn):水鸟名,形体似鹤似鹭,喜水。 垤(dié):蚁封,蚁穴外隆起的小土堆。 ⑱穹窒:见《七月》注⑩。 ⑲征:征人。 聿(yù):语助词。 ⑳有敦:敦敦,团团,形容瓜的形状。 瓜苦(hù):瓜瓠,即葫芦,此指葫芦瓢。古时结婚行合卺(jǐn)之礼,将一瓠分作两个瓢,新人各执一瓢盛酒漱口。 ㉑栗薪:柴堆。 ㉒仓庚:见《七月》注⑬。 于飞:飞,偕飞。于,语助词。 ㉓之子:此女。 于归:出嫁。于,往。归,嫁。 ㉔皇:黄白色。 驳:赤白色。 ㉕亲:指"之子"的母亲。 缡(lí):佩巾。古代风俗,女子出嫁由母亲替她将佩巾系在带子上,称为"结缡"。 ㉖九十:形容繁多。 仪:仪式,礼节。 ㉗孔:很,甚。 嘉:美,善。 ㉘旧:久。

采　薇①(小雅)

采薇采薇,薇亦作止②。曰归曰归,岁亦莫止③。靡室靡家④,猃狁之故⑤。不遑启居⑥,猃狁之故。

采薇采薇,薇亦柔止⑦。曰归曰归,心亦忧止。忧心烈烈⑧,载饥载渴。我戍未定⑨,靡使归聘⑩!

采薇采薇,薇亦刚止⑪。曰归曰归,岁亦阳止⑫。王事靡盬⑬,不遑启处⑭。忧心孔疚⑮,我行不来!

彼尔维何⑯?维常之华⑰。彼路斯何⑱?君子之车。戎车既驾,四牡业业⑲。岂敢定居,一月三捷㉑!

驾彼四牡,四牡骙骙㉑。君子所依,小人所腓㉒。四牡翼翼㉓,象弭鱼服㉔,岂不日戒,猃狁孔棘㉕!

昔我往矣,杨柳依依㉖;今我来思㉗,雨雪霏霏㉘。行道迟迟,载渴载饥。我心伤悲,莫知我哀!

①本篇是戍边士兵对反狎狁战争的回顾,表现了士兵出征与思归、爱国与恋家的矛盾。《汉书·匈奴传》认为本篇产生于周懿王时;《诗序》认为是文王遣送守边兵士的乐歌;此外还有主张是季历之世、宣王之世作品的。今人多赞同《汉书》之说。　薇(wēi):野豌豆苗,可食。　②作:初生,新生。　止:语气助词,无义。　③莫:同"暮"。　④靡:无。　室、家:指妻子。诗人常年远戍,和妻子分离,有家而无室家生活,故曰"靡室靡家"。　⑤狎狁(xiǎn yǔn):即后之匈奴。　⑥不遑:不暇。遑,闲暇。　启:危坐。　居:安坐。两种姿势都是两膝着席,危坐时伸直腰部,安坐时臀部放在脚跟上。　⑦柔:肥嫩。　⑧烈烈:形容忧心如焚。　⑨戍:驻防的地方。　⑩使:使者。　归聘:带回问候。聘,问,问候。　⑪刚:坚硬。此指薇菜将老,茎叶变得粗硬。　⑫阳:夏历十月之别称。　⑬靡盬(gǔ):没有止息。　⑭启处:犹"启居"。　⑮孔:见《东山》注⑦。　疚:痛苦。　⑯尔:同"荪"(ěr),花盛貌。　⑰常:常棣,植物名,即郁李。　⑱路:假借为"辂"(lù),大车。　⑲业业:高大雄壮貌。　⑳捷:接。谓接战、交战。　㉑骙(kuí)骙:马行雄壮貌。　㉒腓(féi):遮蔽。　㉓翼翼:行列整齐貌。　㉔弭(mǐ):弓两端受弦处,有时称弓为弭。象弭是象牙装饰的弓。　鱼服:鱼皮制的箭袋。服,假借为"箙",盛箭的器具。　㉕棘:急,紧急。　㉖依依:轻柔披拂貌。　㉗思:语末助词。　㉘雨(yù)雪:下雪。

生　民①(大雅)

厥初生民,时维姜嫄②。生民如何?克禋克祀③,以弗无子④。履帝武敏歆⑤,攸介攸止⑥。载震载夙⑦,载生载育,时维后稷。

诞弥厥月⑧,先生如达⑨。不坼不副⑩,无菑无害⑪。以赫厥灵⑫。上帝不宁,不康禋祀⑬,居然生子⑭!

诞寘之隘巷⑮,牛羊腓字之⑯;诞寘之平林,会伐平林;诞寘之寒冰,鸟覆翼之⑰。鸟乃去矣,后稷呱矣⑱。实覃实讦⑲,厥声载路。

诞实匍匐,克岐克嶷⑳。以就口食㉑,蓺之荏菽㉒。荏菽旆旆,禾役穟穟㉔。麻麦幪幪㉕,瓜瓞唪唪㉖。

诞后稷之穑,有相之道㉗。茀厥丰草㉘,种之黄茂㉙。实方实苞㉚,实种实褎㉛,实发实秀㉜,实坚实好㉝,实颖实栗㉞,即有邰家室㉟。

诞降嘉种:维秬维秠㊱,维穈维芑㊲。恒之秬秠㊳,是获是亩㊴。恒之穈芑,是任是负㊵,以归肇祀。

诞我祀如何?或舂或揄㊶,或簸或蹂㊷,释之叟叟㊸,烝之浮浮㊹。载谋载惟㊺,取萧祭脂㊻,取羝以軷㊼。载燔载烈㊽,以兴嗣岁㊾。

卬盛于豆㊿,于豆于登51。其香始升,上帝居歆52,胡臭亶时53。后稷肇祀,庶无罪悔54,以迄于今。

①这是一篇叙述周始祖后稷事迹的古老史诗。后稷领导周族定居耕耘,发展农业,被后代尊为农神。篇中对后稷的赞美,实际是周族对自己创业历史的歌颂。　②厥:其。　民:人,此指周人。　时:是。姜嫄(yuán):后稷的母亲。传说是远古帝王帝喾之妃。　③克:能。　禋(yīn):祭名。升烟祭天以求福,也泛指祭祀。　④弗:假借为"祓",祓除。　祓无子:求有子。　⑤武敏:足迹中的大拇指处。武,足迹。敏,大脚趾。　歆:欣喜。　⑥攸:语助词。　介(qì):休息。　⑦震:通"娠",怀孕。　夙:通"肃",生活严肃有规律。　⑧诞:发语词。　弥:满。　⑨先生:头胎生。　达:小羊。一说达假借为"沓",沓生,即再生,三生也。　⑩坼(chè):裂。　副(pì):破裂。　⑪菑:同"灾"。　⑫赫:显示。　灵:灵异。　⑬宁、康:

6

皆训为安。　⑭居然:安然。一说徒然。　⑮寘:置,放置。　隘(ài)巷:狭巷。　⑯腓:见《采薇》注㉒。字:乳育。　⑰覆翼:以羽翼相覆。　⑱呱(gū):婴儿哭声。　⑲实:是。　覃:长。　訏(xū):大。　⑳歧:知意。　嶷(nì):认识。后谓幼年聪慧为"歧嶷"。　㉑就:求。　㉒蓺(yì):同"艺",种植。　荏(rěn)菽:大豆。　㉓旆(pèi)旆:茂盛貌。　㉔禾役:禾颖,带芒的谷穗。役,《三家诗》《说文》皆作"颖"。　穟穟:禾穗丰硕下垂的样子。　㉕幪(méng)幪:茂密覆地。　㉖瓞(dié):小瓜。　唪(běng)唪:果实众多貌。　㉗相(xiàng):助。　道:方法。　㉘茀(fú):拔除。　丰草:长得茂盛的草。　㉙黄茂:颜色金黄的优良谷种。　㉚方:始。此指苗生之始。　苞:指谷种吐芽,苗将出未出之时。　㉛种(zhǒng):指苗长得短而肥。　褎(yòu):禾苗渐长貌。此句谓禾苗由短而长。　㉜发:舒,指禾茎舒发拔节。　秀:开花抽穗。㉝坚:指谷粒灌浆饱满。　㉞颖:指谷穗饱满末梢下垂。　栗:谷实饱满,不秕。　㉟即:往。　有:词头。　邰(tái):地名,在今陕西武功,传说尧封后稷于邰。　㊱维:语助词。　秬(jù):黑黍。　秠(pī):一壳中有两粒籽的黑黍。　㊲穈(méi):谷的一种,苗赤。　芑(qǐ):谷的一种,苗白。　㊳恒:通"亘",遍,满。　是:乃,于是。一说,语助词。　获:收获。　亩:堆在田里。　㊴任:肩挑　负:背负　㊶舂:把谷放在臼中舂去谷壳。　揄(yóu):从臼中把舂好的米舀出。　㊷簸:把舂过的米扬去糠皮。　蹂:同"揉",用手揉搓舂过的米。　㊸释:淘米。　叟叟:淘米声。　㊹烝:同"蒸"。　浮浮:蒸汽上升貌。　㊺谋:商量,计议。　惟:考虑。　㊻萧:香蒿,今名艾。　祭脂:牛羊的脂肪。古代祭祀时用艾和牛羊脂肪合烧,取其香气。　㊼羝(dī):公羊。　軷(bá):祭路神的仪式。　㊽燔(fán)、烈:均训烧烤。燔爓时肉置火中,烈时肉以物贯穿后架火上。　㊾嗣岁:来年。　㊿卬:我。　豆:木制或陶制食器,形似高脚盘。　51登:瓦制食器。　52居:安。　歆:享。　53胡:大。　臭:香气。　亶:诚。　时:善。此句言浓浓的香气真好。　54庶:庶几,差不多。　罪悔:得罪,过失。

卷　耳(周南)

采采卷耳,不盈顷筐。嗟我怀人,寘彼周行。
陟彼崔嵬,我马虺隤。我姑酌彼金罍,维以不永怀!
陟彼高冈,我马玄黄。我姑酌彼兕觥,维以不永伤!
陟彼砠矣,我马瘏矣,我仆痡矣,云何吁矣!

谷　风(邶风)

习习谷风,以阴以雨。黾勉同心,不宜有怒。采葑采菲,无以下体。德音莫违,及尔同死。

行道迟迟,中心有违。不远伊迩,薄送我畿。谁谓荼苦?其甘如荠。宴尔新昏,如兄如弟。

泾以渭浊,湜湜其沚。宴尔新昏,不我屑以。毋逝我梁,毋发我笱。我躬不阅,遑恤我后。

就其深矣,方之舟之;就其浅矣,泳之游之。何有何亡,黾勉求之。凡民有丧,匍匐救之。

不我能慉,反以我为仇。既阻我德,贾用不售。昔育恐育鞠,及尔颠覆。既生既育,比予于毒。

我有旨蓄,亦以御冬。宴尔新昏,以我御穷。有洸有溃,既诒我肆。不念昔者,伊余来墍!

静　女（邶风）

静女其姝，俟我于城隅。爱而不见，搔首踟蹰。静女其娈，贻我彤管。彤管有炜，说怿女美。自牧归荑，洵美且异。匪女之为美，美人之贻。

新　台（邶风）

新台有泚，河水浼浼。燕婉之求，籧篨不鲜。新台有洒，河水浼浼。燕婉之求，籧篨不殄。鱼网之设，鸿则离之。燕婉之求，得此戚施。

柏　舟（鄘风）

泛彼柏舟，在彼中河。髧彼两髦，实维我仪。之死矢靡它。母也天只！不谅人只！
泛彼柏舟，在彼河侧。髧彼两髦，实维我特。之死矢靡慝。母也天只！不谅人只！

载　驰（鄘风）

载驰载驱，归唁卫侯。驱马悠悠，言至于漕。大夫跋涉，我心则忧。
既不我嘉，不能旋反。视尔不臧，我思不远？既不我嘉，不能旋济。视尔不臧，我思不閟？
陟彼阿丘，言采其蝱。女子善怀，亦各有行。许人尤之，众稚且狂。
我行其野，芃芃其麦。控于大邦，谁因谁极。大夫君子，无我有尤。百尔所思，不如我所之！

硕　人（卫风）

硕人其颀，衣锦褧衣。齐侯之子，卫侯之妻。东宫之妹，邢侯之姨，谭公维私。
手如柔荑，肤如凝脂。领如蝤蛴，齿如瓠犀。螓首蛾眉，巧笑倩兮，美目盼兮。
硕人敖敖，说于农郊。四牡有骄，朱幩镳镳，翟茀以朝。大夫夙退，无使君劳。
河水洋洋，北流活活。施罛濊濊，鳣鲔发发，葭菼揭揭。庶姜孽孽，庶士有朅。

伯　兮（卫风）

伯兮朅兮，邦之桀兮。伯也执殳，为王前驱。自伯之东，首如飞蓬。岂无膏沐，谁适为容？其雨其雨！杲杲出日。愿言思伯，甘心首疾。焉得谖草，言树之背。愿言思伯，使我心痗。

木　瓜（卫风）

投我以木瓜,报之以琼琚。匪报也,永以为好也。
投我以木桃,报之以琼瑶。匪报也,永以为好也。
投我以木李,报之以琼玖。匪报也,永以为好也。

黍　离（王风）

彼黍离离,彼稷之苗。行迈靡靡,中心摇摇。知我者,谓我心忧。不知我者,谓我何求。
悠悠苍天,此何人哉!

彼黍离离,彼稷之穗。行迈靡靡,中心如醉。知我者,谓我心忧。不知我者,谓我何求。
悠悠苍天,此何人哉!

彼黍离离,彼稷之实。行迈靡靡,中心如噎。知我者,谓我心忧。不知我者,谓我何求。
悠悠苍天,此何人哉!

葛　藟（王风）

绵绵葛藟,在河之浒。终远兄弟,谓他人父。谓他人父,亦莫我顾!
绵绵葛藟,在河之涘。终远兄弟,谓他人母。谓他人母,亦莫我有!
绵绵葛藟,在河之漘。终远兄弟,谓他人昆。谓他人昆,亦莫我闻!

将 仲 子（郑风）

将仲子兮! 无逾我里,无折我树杞。岂敢爱之? 畏我父母。仲可怀也,父母之言,亦可
畏也!

将仲子兮! 无逾我墙,无折我树桑。岂敢爱之? 畏我诸兄。仲可怀也,诸兄之言,亦可
畏也!

将仲子兮! 无逾我园,无折我树檀。岂敢爱之? 畏人之多言。仲可怀也,人之多言,亦
可畏也!

大叔于田（郑风）

叔于田,乘乘马。执辔如组,两骖如舞。叔在薮,火烈具举。襢裼暴虎,献于公所。"将
叔无狃,戒其伤女"。

叔于田,乘乘黄。两服上襄,两骖雁行。叔在薮,火烈具扬。叔善射忌,又良御忌。抑磬
控忌,抑纵送忌。

叔于田,乘乘鸨。两服齐首,两骖如手。叔在薮,火烈具阜。叔马慢忌,叔发罕忌,抑释
掤忌,抑鬯弓忌。

女曰鸡鸣（郑风）

女曰："鸡鸣。"士曰："昧旦。""子兴视夜,明星有烂。""将翱将翔,弋凫与雁。"
"弋言加之,与子宜之。宜言饮酒,与子偕老。琴瑟在御,莫不静好。"
"知子之来之,杂佩以赠之！知子之顺之,杂佩以问之！知子之好之,杂佩以报之！"

溱 洧（郑风）

溱与洧,方涣涣兮。士与女,方秉蕳兮。女曰"观乎?"士曰"既且"。"且往观乎！洧之外,洵訏且乐。"维士与女,伊其相谑,赠之以勺药。

溱与洧,浏其清矣。士与女,殷其盈矣。女曰"观乎?"士曰"既且"。"且往观乎！洧之外,洵訏且乐。"维士与女,伊其将谑,赠之以勺药。

十亩之间（魏风）

十亩之间兮,桑者闲闲兮,行与子还兮。
十亩之外兮,桑者泄泄兮,行与子逝兮。

伐 檀（魏风）

坎坎伐檀兮,寘之河之干兮,河水清且涟猗。不稼不穑,胡取禾三百廛兮？不狩不猎,胡瞻尔庭有县貆兮？彼君子兮,不素餐兮！

坎坎伐辐兮,寘之河之侧兮,河水清且直猗。不稼不穑,胡取禾三百亿兮？不狩不猎,胡瞻尔庭有县特兮？彼君子兮,不素食兮！

坎坎伐轮兮,寘之河之漘兮,河水清且沦猗。不稼不穑,胡取禾三百囷兮？不狩不猎,胡瞻尔庭有县鹑兮？彼君子兮,不素飧兮！

硕 鼠（魏风）

硕鼠硕鼠,无食我黍！三岁贯女,莫我肯顾。逝将去女,适彼乐土。乐土乐土,爰得我所。

硕鼠硕鼠,无食我麦！三岁贯女,莫我肯德。逝将去女,适彼乐国。乐国乐国,爰得我直。

硕鼠硕鼠,无食我苗！三岁贯女,莫我肯劳。逝将去女,适彼乐郊。乐郊乐郊,谁之永号？

黄　鸟（秦风）

　　交交黄鸟，止于棘。谁从穆公？子车奄息。维此奄息，百夫之特。临其穴，惴惴其慄。
彼苍者天！歼我良人。如可赎兮，人百其身。

　　交交黄鸟，止于桑。谁从穆公？子车仲行。维此仲行，百夫之防。临其穴，惴惴其慄。
彼苍者天！歼我良人。如可赎兮，人百其身。

　　交交黄鸟，止于楚。谁从穆公？子车鍼虎。维此鍼虎，百夫之御。临其穴，惴惴其慄。
彼苍者天！歼我良人。如可赎兮，人百其身。

无　衣（秦风）

岂曰无衣？与子同袍。王于兴师，修我戈矛，与子同仇。
岂曰无衣？与子同泽。王于兴师，修我矛戟，与子偕作。
岂曰无衣？与子同裳。王于兴师，修我甲兵，与子偕行。

月　出（陈风）

月出皎兮，佼人僚兮。舒窈纠兮，劳心悄兮！
月出皓兮，佼人㛃兮。舒忧受兮，劳心慅兮！
月出照兮，佼人燎兮。舒夭绍兮，劳心惨兮！

无　羊（小雅）

　　谁谓尔无羊？三百维群；谁谓尔无牛？九十其犉。尔羊来思，其角濈濈。尔牛来思，其
耳湿湿。

　　或降于阿，或饮于池，或寝或讹。尔牧来思，何蓑何笠，或负其餱。三十维物，尔牲则具。
尔牧来思，以薪以蒸，以雌以雄。尔羊来思，矜矜兢兢，不骞不崩。麾之以肱，毕来既升。
牧人乃梦：众维鱼矣，旐维旟矣。大人占之：众维鱼矣，实维丰年；旐维旟矣，室家溱溱。

节 南 山（小雅）

　　节彼南山，维石岩岩。赫赫师尹，民具尔瞻。忧心如惔，不敢戏谈。国既卒斩，何用
不监！

　　节彼南山，有实其猗。赫赫师尹，不平谓何！天方荐瘥，丧乱弘多。民言无嘉，憯莫
惩嗟！

　　尹氏大师，维周之氐。秉国之均，四方是维。天子是毗，俾民不迷。不吊昊天，不宜空
我师！

　　弗躬弗亲，庶民弗信。弗问弗仕，勿罔君子。式夷式已，无小人殆。琐琐姻亚，则无

肬仕。

昊天不傭，降此鞠讻！昊天不惠，降此大戾！君子如届，俾民心阕。君子如夷，恶怒是违。

不吊昊天，乱靡有定。式月斯生，俾民不宁。忧心如酲，谁秉国成？不自为政，卒劳百姓。

驾彼四牡，四牡项领。我瞻四方，蹙蹙靡所骋！

方茂尔恶，相尔矛矣。既夷既怿，如相酬矣。

昊天不平，我王不宁。不惩其心，覆怨其正。

家父作诵，以究王讻。式讹尔心，以畜万邦。

十月之交（小雅）

十月之交，朔月辛卯。日有食之，亦孔之丑。彼月而微，此日而微。今此下民，亦孔之哀。

日月告凶，不用其行。四国无政，不用其良。彼月而食，则维其常。此日而食，于何不臧！

烨烨震电，不宁不令。百川沸腾，山冢崒崩。高岸为谷，深谷为陵。哀今之人，胡憯莫惩！

皇父卿士，番维司徒。家伯维宰，仲允膳夫。棸子内史，蹶维趣马。楀维师氏，艳妻煽方处。

抑此皇父，岂曰不时？胡为我作，不即我谋。彻我墙屋，田卒汙莱。曰："予不戕，礼则然矣。"

皇父孔圣，作都于向。择三有事，亶侯多藏。不憗遗一老，俾守我王。择有车马，以居徂向。

黾勉从事，不敢告劳。无罪无辜，谗口嚣嚣。下民之孽，匪降自天。噂沓背憎，职竞由人。

悠悠我里，亦孔之痗。四方有羡，我独居忧。民莫不逸，我独不敢休。天命不彻，我不敢效我友自逸。

巷 伯（小雅）

萋兮斐兮，成是贝锦。彼谮人者，亦已大甚！

哆兮侈兮，成是南箕。彼谮人者，谁适与谋！

缉缉翩翩，谋欲谮人。慎尔言也，谓尔不信。

捷捷幡幡，谋欲谮言。岂不尔受，既其女迁。

骄人好好，劳人草草。苍天苍天，视彼骄人，矜此劳人！

彼谮人者，谁适与谋！取彼谮人，投畀豺虎！豺虎不食，投畀有北。有北不受，投畀有昊。

杨园之道，猗于亩丘。寺人孟子，作为此诗。凡百君子，敬而听之。

绵（大雅）

绵绵瓜瓞。民之初生,自土沮漆。古公亶父,陶复陶穴,未有家室。
古公亶父,来朝走马。率西水浒,至于岐下。爰及姜女,聿来胥宇。
周原朊朊,堇荼如饴。爰始爰谋,爰契我龟。曰止曰时,筑室于兹。
迺慰迺止,迺左迺右,迺疆迺理,迺宣迺亩。自西徂东,周爰执事。
乃召司空,乃召司徒,俾立室家。其绳则直,缩版以载,作庙翼翼。
捄之陾陾,度之薨薨。筑之登登,削屡冯冯。百堵皆兴,鼛鼓弗胜。
迺立皋门,皋门有伉。迺立应门,应门将将。迺立冢土,戎丑攸行。
肆不殄厥愠,亦不陨厥问。柞棫拔矣,行道兑矣。混夷駾矣,维其喙矣。
虞芮质厥成,文王蹶厥生。予曰有疏附,予曰有先后,予曰有奔奏,予曰有御侮。

公刘（大雅）

笃公刘! 匪居匪康。迺场迺疆;迺积迺仓。迺裹餱粮,于橐于囊,思辑用光。弓矢斯张,干戈戚扬,爰方启行。

笃公刘! 于胥斯原,既庶既繁,既顺迺宣,而无永叹。陟则在巘,复降在原。何以舟之?维玉及瑶,鞞琫容刀。

笃公刘! 逝彼百泉,瞻彼溥原。迺陟南冈,乃觏于京。京师之野,于时处处,于时庐旅,于时言言,于时语语。

笃公刘! 于京斯依。跄跄济济,俾筵俾几。既登乃依,乃造其曹。执豕于牢,酌之用匏。食之饮之,君之宗之。

笃公刘! 既溥既长,既景迺冈;相其阴阳,观其流泉。其军三单。度其隰原,彻田为粮。度其夕阳,豳居允荒。

笃公刘! 于豳斯馆。涉渭为乱,取厉取锻。止基迺理,爰众爰有。夹其皇涧,遡其过涧。止旅迺密,芮鞫之即。

板（大雅）

上帝板板,下民卒瘅! 出话不然,为犹不远。靡圣管管,不实于亶。犹之未远,是用大谏!

天之方难,无然宪宪。天之方蹶,无然泄泄。辞之辑矣,民之洽矣。辞之怿矣,民之莫矣。

我虽异事,及尔同寮。我即尔谋,听我嚣嚣。我言维服,勿以为笑。先民有言:"询于刍荛。"

天之方虐,无然谑谑。老夫灌灌,小子蹻蹻。匪我言耄,尔用忧谑。多将熇熇,不可救药。

天之方懠,无为夸毗。威仪卒迷,善人载尸。民之方殿屎,则莫我敢葵。丧乱蔑资,曾莫惠我师。

天之牖民，如壎如篪，如璋如圭，如取如携。携无曰益，牖民孔易。民之多辟，无自立辟。

价人维藩，大师维垣，大邦维屏，大宗维翰。怀德维宁，宗子维城。无俾城坏，无独斯畏。

敬天之怒，无敢戏豫。敬天之渝，无敢驰驱。昊天曰明，及尔出王。昊天曰旦，及尔游衍。

荡（大雅）

荡荡上帝，下民之辟。疾威上帝，其命多辟。天生烝民，其命匪谌。靡不有初，鲜克有终。

文王曰咨，咨女殷商！曾是彊御，曾是掊克，曾是在位，曾是在服。天降滔德，女兴是力。

文王曰咨，咨女殷商！而秉义类，彊御多怼。流言以对，寇攘式内。侯作侯祝，靡届靡究。

文王曰咨，咨女殷商！女炰烋于中国，敛怨以为德。不明尔德，时无背无侧。尔德不明，以无陪无卿。

文王曰咨，咨女殷商！天不湎尔以酒，不义从式。既愆尔止，靡明靡晦。式号式呼，俾昼作夜。

文王曰咨，咨女殷商！如蜩如螗，如沸如羹。小大近丧，人尚乎由行。内奰于中国，覃及鬼方。

文王曰咨，咨女殷商！匪上帝不时，殷不用旧。虽无老成人，尚有典刑。曾是莫听，大命以倾。

文王曰咨，咨女殷商！人亦有言："颠沛之揭，枝叶未有害，本实先拨。"殷鉴不远，在夏后之世。

噫　嘻（周颂）

噫嘻成王，既昭假尔。率时农夫，播厥百谷。骏发尔私，终三十里。亦服尔耕，十千维耦。

玄　鸟（商颂）

天命玄鸟，降而生商，宅殷土芒芒。古帝命武汤，正域彼四方。方命厥后，奄有九有。商之先后，受命不殆，在武丁孙子。武丁孙子，武王靡不胜。龙旂十乘，大糦是承。邦畿千里，维民所止，肇域彼四海。四海来假，来假祁祁。景员维河，殷受命咸宜，百禄是何。

附　录：

天子五年一巡守（狩）。岁二月……巡守（狩）……命太师陈诗以观民风。（《礼记·王制篇》）

古者天子命史采诗谣，以观民风。（《孔丛子·巡狩篇》）

孟春之月,群居者将散,行人振木铎徇于路以采诗,献之太师,比其音律,以闻于天子。故曰,王者不窥牖户而知天下。(《汉书·食货志》)

《书》曰:"诗言志,歌咏言。"故哀乐之心感,而歌咏之声发。诵其言谓之诗,咏其声谓之歌。故古有采诗之官,王者所以观风俗、知得失,自考正也。孔子纯取周诗,上采殷,下取鲁,凡三百五篇。遭秦而全者,以其讽诵,不独在竹帛故也。(《汉书·艺文志》)

男女有所怨恨,相从而歌。饥者歌其食,劳者歌其事。男年六十、女年五十无子者,官衣食之,使之民间求诗。乡移于邑,邑移于国,国以闻于天子。故王者不出牖户,尽知天下所苦,不下堂而知四方。(何休《〈春秋公羊传·宣公十五年〉解诂》)

《史记·孔子世家》云:"……古者《诗》本三千余篇。(及至孔子),去其重,取其可施于礼义(者),……三百五篇。"是《诗》三百者,孔子定之。如《史记》之言,则孔子之前,诗篇多矣。案:书传所引之诗,见在者多,亡逸者少;则孔子所录,不容十分去九。马迁言古诗三千余篇,未可信也。(孔颖达《毛诗正义》:郑玄《诗谱序》"故孔子录懿王、夷王时诗,讫于陈灵公淫乱之事,谓之'变风'、'变雅'"句下疏文)

孔子删《诗》之说,倡自司马子长。历代儒生,莫敢异议。惟朱子谓:"经孔子重新整理,未见得删与不删。"又谓:"孔子不曾删去,只是刊定而已。"水心叶氏亦谓:"《诗》不因孔子而删。"诚千古卓见也。(朱彝尊《曝书亭集》卷五十九:《诗论一》)

《世家》云:"古者诗三千余篇。及至孔子,去其重,取可施于礼义,上采契、后稷,中述殷、周之盛,至幽,厉之缺……三百五篇。"康成之徒多非其说。孔氏颖达云:"书传所引之诗,见在者多,亡逸者少;则孔子所录,不容十分去九。迁言未可信也。"而宋欧阳氏修云:"以《诗谱》推之,有更十君而取一篇者,有二十余君而取一篇者。由是言之,何啻三千?"邵氏雍亦云:"诸侯千有余国,《风》取十五;西周十有二王,《雅》取其六。"则又皆以迁言为然。余按:《国风》自《二南》、《豳》以外,多衰世之音。《小雅》大半作于宣、幽之世,夷王以前,寥寥无几。如果每君皆有诗,孔子不应尽删其盛,而独存其衰。且武丁以前之颂,岂遽不如周?而六百年之《风》、《雅》,岂无一二可取?孔子何为而尽删之乎?子曰:"诵诗三百,授之以政,不达,使于四方,不能专对,虽多亦奚以为?"子曰:"《诗》三百,一言以蔽之,曰:思无邪!"玩其词意,乃当孔子之时,已止此数;非自孔子删之,而后为三百也。《春秋传》云:"吴公子札来聘,请观于周乐。"所歌之《风》,无在今十五国外者。是十五国之外,本无风可采;否则有之而鲁逸之,非孔子删之也。(崔述《洙泗考信录》卷三)

大师……教六诗:曰:"风",曰"赋",曰"比",曰"兴",曰"雅",曰"颂"。(《周礼·大师》)

子赣(贡)见师乙而问焉,曰:"赐闻声歌各有宜也。如赐者,宜何歌也?"师乙曰:"乙,贱工也。何足以问所宜!请诵其所闻,而吾子自执焉。宽而静、柔而正者,宜歌《颂》;广大而静、疏达而信者,宜歌《大雅》;恭俭而好礼者,宜歌《小雅》;正直而静、廉而谦者,宜歌《风》;肆直而慈爱者,宜歌商(声);温良而能断者,宜歌齐(声)。"(《礼记·乐记》)

《鼓钟》之诗曰:"以《雅》以《南》。"子曰:《雅》、《颂》各得其所。"夫《二南》也,《豳》(风)之《七月》也,《小雅》正十六篇,《大雅》正十八篇,《颂》也——《诗》之入乐者也。《邶》(风)以下十二国之附于《二南》之后,而谓之《风》;《鸱鸮》以下六篇之附于豳(风),而亦谓之《豳》;《六月》以下五十八篇之附于《小雅》,《民劳》以下十三篇之附于《大雅》,而谓之'变雅'——《诗》之不入乐者也。(顾炎武《日知录》卷三:"诗有入乐不入乐之

分"条)

　　《诗》三百篇,未有不可入乐者。《虞书》曰:"诗言志,歌永言,声依永,律和声。"歌、声、律,皆承诗递言之。《毛诗序》曰:"在心为志,发言为诗"。又曰:"言之不足,故嗟叹之;嗟叹之不足,故永歌之。"此言诗所由作,即《虞书》所谓"诗言志,歌永言"也。又曰:"情发于声,声成文谓之音。"此言诗播为乐,即《虞书》所谓"声依永,律和声"也。若非《诗》皆入乐,何以被之声歌,且协诸音律乎?《周官》大师教"六诗",而云"以六德为之本,以六律为之音",是"六诗"皆可以调以"六律"已。《墨子·公孟篇》曰:"诵诗三百,弦诗三百,歌诗三百,舞诗三百。"《郑风·青衿诗毛传》云:"古者教以诗乐,诵之,歌之,弦之,舞之。"其说正本《墨子》。是三百篇皆可诵、歌、弦、舞已。若非《诗》皆入乐,则何以六诗皆以六律为音?又何以同是三百篇,而可诵者即可弦、可歌、可舞乎?《左传》:吴季札请观周乐,使工为之歌《周南》《召南》,并及于十二国。若非入乐,则十四国之诗,不得统之以周乐也。《史记》言:"诗三百五篇,孔子皆弦歌之,以求合于《韶》、《武》、《雅》、《颂》。"若非入乐,则《诗》三百五篇,不得皆求合于《韶》、《武》、《雅》、《颂》也。(马瑞辰《毛诗传笺通释》卷一:《诗入乐说》)

参考书目:

　　北京大学中国文学史教研室选注:《先秦文学史参考资料》,中华书局1962年版。

　　朱熹:《诗集传》,中华书局1958年版。

　　余冠英:《诗经选》,人民文学出版社1956年版。

楚　辞

屈　原

屈原（前 340？—前 278？），名平，字原，战国后期楚国人，楚王同姓贵族。初，屈原辅佐怀王，任左徒、三闾大夫，内主举贤授能，修明法度，外主联齐抗秦。后因贵族重臣的诽谤诬陷，被怀王疏远，放逐于汉北；顷襄王时，再度被流放沅湘一带。秦兵攻破郢都前夕，屈原深感理想破灭，自沉汨罗江。《史记》有传。屈原是我国最早的伟大诗人，在吸取民间文学艺术营养的基础上，创造出"骚体"这一崭新的诗体，以瑰丽的语言，丰富的想象，溶化神话传说，塑造出鲜明的形象，成为我国古代积极浪漫主义诗歌的典范。《离骚》、《天问》、《九歌》等是其代表作。鲁迅称屈原作品"逸响伟辞，卓绝一世"，"其影响于后来之文章，乃甚或在三百篇以上"（《汉文学史纲要》）。西汉刘向时辑屈原、宋玉、东方朔、淮南小山作品成集，名为《楚辞》，东汉时王逸有《楚辞章句》，宋代洪兴祖作《楚辞补注》17卷，朱熹有《楚辞集注》8卷，清王夫之有《楚辞通释》14卷，今人有姜亮夫《重订屈原赋校注》。

离　骚①

帝高阳之苗裔兮②，朕皇考曰伯庸③。摄提贞于孟陬兮④，惟庚寅吾以降⑤。皇览揆余初度兮⑥，肇锡余以嘉名⑦：名余曰正则兮⑧，字余曰灵均⑨。

纷吾既有此内美兮⑩，又重之以修能⑪。扈江离与辟芷兮⑫，纫秋兰以为佩⑬。汩余若将不及兮⑭，恐年岁之不吾与⑮。朝搴阰之木兰兮⑯，夕揽洲之宿莽⑰。日月忽其不淹兮⑱，春与秋其代序⑲。惟草木之零落兮⑳，恐美人之迟暮㉑。不抚壮而弃秽兮㉒，何不改此度㉓？乘骐骥以驰骋兮㉔，来吾道夫先路㉕！

昔三后之纯粹兮㉖，固众芳之所在㉗。杂申椒与菌桂兮㉘，岂唯纫夫蕙茝㉙？彼尧舜之耿介兮㉚，既遵道而得路㉛。何桀纣之猖披兮㉜，夫唯捷径以窘步㉝！惟夫党人之偷乐兮㉞，路幽昧以险隘㉟。岂余身之惮殃兮㊱？恐皇舆之败绩㊲。

忽奔走以先后兮㊳，及前王之踵武㊴。荃不察余之中情兮㊵，反信谗而齌怒㊶。余固知謇謇之为患兮㊷，忍而不能舍也㊸！指九天以为正兮㊹，夫唯灵修之故也㊺！曰黄昏以为期兮㊻，羌中道而改路。初既与余成言兮㊼，后悔遁而有他㊽。余既不难夫离别兮㊾，伤灵修之数化㊿。

余既滋兰之九畹兮㉛，又树蕙之百亩㉜。畦留夷与揭车兮㉝，杂杜衡与芳芷㉞。冀枝叶之峻茂兮，愿竢时乎吾将刈㉟。虽萎绝其亦何伤兮，哀众芳之芜秽。

众皆竞进以贪婪兮，凭不厌乎求索。羌内恕己以量人兮㊱，各兴心而嫉妒㊲。忽驰骛以追逐兮㊳，非余心之所急。老冉冉其将至兮，恐修名之不立。朝饮木兰之坠露兮，夕餐秋菊之落英㊴。苟余情其信姱以练要兮㊵，长顑颔亦何伤㊶。揽木根以结茝兮㊷，贯薜荔之落蕊㊸。矫菌桂以纫蕙兮，索胡绳之𫄦𫄦㊹。謇吾法夫前修兮㊺，非世俗之所服。虽不周于今之人兮㊻，愿依彭咸之遗则㊼。

长太息以掩涕兮[27]，哀民生之多艰[28]。余虽好修姱以鞿羁兮[29]，謇朝谇而夕替[30]。既替余以蕙纕兮[31]，又申之以揽茝[32]。亦余心之所善兮，虽九死其犹未悔。怨灵修之浩荡兮[33]，终不察夫民心。众女嫉余之蛾眉兮[34]，谣诼谓余以善淫[35]。固时俗之工巧兮[36]，偭规矩而改错[37]。背绳墨以追曲兮[38]，竞周容以为度。忳郁邑余侘傺兮[39]，吾独穷困乎此时也！宁溘死以流亡兮[40]，余不忍为此态也！鸷鸟之不群兮，自前世而固然。何方圜之能周兮，夫孰异道而相安！屈心而抑志兮，忍尤而攘诟。伏清白以死直兮[41]，固前圣之所厚[42]。

悔相道之不察兮[43]，延伫乎吾将反[44]。回朕车以复路兮，及行迷之未远。步余马于兰皋兮[45]，驰椒丘且焉止息[46]。进不入以离尤兮[47]，退将复修吾初服。制芰荷以为衣兮[48]，集芙蓉以为裳。不吾知其亦已兮，苟余情其信芳。高余冠之岌岌兮，长余佩之陆离[49]。芳与泽其杂糅兮[50]，唯昭质其犹未亏[51]。忽反顾以游目兮，将往观乎四荒。佩缤纷其繁饰兮[52]，芳菲菲其弥章[53]。民生各有所乐兮，余独好修以为常。虽体解吾犹未变兮，岂余心之可惩。

女媭之婵媛兮[54]，申申其詈予[55]。曰："鲧婞直以亡身兮[56]，终然夭乎羽之野。汝何博謇而好修兮[57]，纷独有此姱节？薋菉葹以盈室兮[58]，判独离而不服[59]。众不可户说兮[60]，孰云察余之中情[61]？世并举而好朋兮[62]，夫何茕独而不予听[63]！"

依前圣以节中兮[64]，喟凭心而历兹[65]。济沅湘以南征兮，就重华而陈词[66]："启《九辩》与《九歌》兮，夏康娱以自纵；不顾难以图后兮，五子用失乎家巷。羿淫游以佚畋兮[67]，又好射夫封狐；固乱流其鲜终兮[68]，浞又贪夫厥家。浇身被服强圉兮[69]，纵欲而不忍；日康娱而自忘兮，厥首用夫颠陨[70]。夏桀之常违兮[71]，乃遂焉而逢殃。后辛之菹醢兮[72]，殷宗用而不长。汤禹俨而祗敬兮[73]，周论道而莫差[74]。举贤而授能兮，循绳墨而不颇。皇天无私阿兮，览民德焉错辅[75]。夫维圣哲以茂行兮，苟得用此下土[76]。瞻前而顾后兮，相观民之计极[77]。夫孰非义而可用兮，孰非善而可服？阽余身而危死兮，览余初其犹未悔。不量凿而正枘兮[78]，固前修以菹醢。"曾歔欷余郁邑兮[79]，哀朕时之不当。揽茹蕙以掩涕兮[80]，霑余襟之浪浪[81]。

跪敷衽以陈辞兮[82]，耿吾既得此中正。驷玉虬以乘鹥兮[83]，溘埃风余上征[84]。朝发轫于苍梧兮[85]，夕余至乎县圃[86]。欲少留此灵琐兮，日忽忽其将暮。吾令羲和弭节兮，望崦嵫而勿迫[87]。路曼曼其修远兮[88]，吾将上下而求索。饮余马于咸池兮[89]，总余辔乎扶桑[90]。折若木以拂日兮[91]，聊逍遥以相羊。前望舒使先驱兮[92]，后飞廉使奔属。鸾皇为余先戒兮，雷师告余以未具。吾令凤鸟飞腾兮，继之以日夜。飘风屯其相离兮[93]，帅云霓而来御[94]。纷总总其离合兮，斑陆离其上下。吾令帝阍开关兮，倚阊阖而望予。时暧暧其将罢兮[95]，结幽兰而延伫。世溷浊而不分兮[96]，好蔽美而嫉妒。

朝吾将济于白水兮，登阆风而绁马[97]。忽反顾以流涕兮，哀高丘之无女。溘吾游此春宫兮[98]，折琼枝以继佩[99]。及荣华之未落兮[100]，相下女之可诒。吾令丰隆乘云兮[101]，求宓妃之所在。解佩纕以结言兮，吾令蹇修以为理。纷总总其离合兮，忽纬繣其难迁[102]。夕归次于穷石兮[103]，朝濯发乎洧盘。保厥美以骄傲兮，日康娱以淫游。虽信美而无礼兮，来违弃而改求。览相观于四极兮，周流乎天余乃下。望瑶台之偃蹇兮，见有娀之佚女[104]。吾令鸩为媒兮，鸩告余以不好。雄鸠之鸣逝兮，余犹恶其佻巧[105]。心犹豫而狐疑兮，欲自适而不可。凤皇既受诒兮，恐高辛之先我。欲远集而无所止兮，聊浮游以逍遥。及少康之未家兮，留有虞之二姚。理弱而媒拙兮，恐导言之不固[106]。世溷浊而嫉贤兮，好蔽美而称恶。闺中既以邃远兮，哲王又不寤。怀朕情而不发兮[107]，余焉能忍与此终古。

18

索藑茅以筳篿兮[18],命灵氛为余占之[19]。曰:"两美其必合兮[20],孰信修而慕之?思九州之博大兮,岂惟是其有女?"曰:"勉远逝而无狐疑兮[21],孰求美而释女[22]?何所独无芳草兮,尔何怀乎故宇?世幽昧以眩曜兮[23],孰云察余之善恶?民好恶其不同兮,惟此党人其独异。户服艾以盈要兮,谓幽兰其不可佩。览察草木其犹未得兮,岂珵美之能当[24]?苏粪壤以充帏兮[25],谓申椒其不芳。"

欲从灵氛之吉占兮,心犹豫而狐疑。巫咸将夕降兮,怀椒糈而要之。百神翳其备降兮[26],九疑缤其并迎[27]。皇剡剡其扬灵兮,告余以吉故[28]。曰:"勉升降以上下兮,求矩矱之所同[29]。汤禹严而求合兮[30],挚咎繇而能调[31]。苟中情其好修兮,又何必用夫行媒。说操筑于傅岩兮,武丁用而不疑[32]。吕望之鼓刀兮,遭周文而得举[33]。宁戚之讴歌兮,齐桓闻以该辅[34]。及年岁之未晏兮,时亦犹其未央。恐鹈鴂之先鸣兮,使夫百草为之不芳。"

何琼佩之偃蹇兮,众薆然而蔽之。唯此党人之不谅兮[35],恐嫉妒而折之。时缤纷其变易兮,又何可以淹留!兰芷变而不芳兮,荃蕙化而为茅。何昔日之芳草兮,今直为此萧艾也?岂其有他故兮,莫好修之害也!余以兰为可恃兮,羌无实而容长[36]。委厥美以从俗兮,苟得列乎众芳。椒专佞以慢慆兮[37],樧又欲充夫佩帏[38]。既干进而务入兮,又何芳之能祗[39]?固时俗之流从兮,又孰能无变化?览椒兰其若兹兮,又况揭车与江离。惟兹佩之可贵兮[40],委厥美而历兹[41];芳菲菲而难亏兮,芬至今犹未沫[42]。和调度以自娱兮,聊浮游而求女。及余饰之方壮兮,周流观乎上下。

灵氛既告余以吉占兮,历吉日乎吾将行[43]。折琼枝以为羞兮,精琼爢以为粮[44]。为余驾飞龙兮[45],杂瑶象以为车[46]。何离心之可同兮,吾将远逝以自疏。遭吾道夫昆仑兮,路修远以周流。扬云霓之晻蔼兮[47],鸣玉鸾之啾啾。朝发轫于天津兮,夕余至乎西极。凤皇翼其承旂兮[48],高翔翔之翼翼。忽吾行此流沙兮,遵赤水而容与[49]。麾蛟龙使梁津兮[50],诏西皇使涉予。路修远以多艰兮,腾众车使径待。路不周以左转兮[51],指西海以为期。屯余车其千乘兮,齐玉轪而并驰[52]。驾八龙之婉婉兮,载云旗之委蛇[53]。抑志而弭节兮[54],神高驰之邈邈。奏《九歌》而舞《韶》兮[55],聊假日以媮乐。陟陞皇之赫戏兮,忽临睨夫旧乡。仆夫悲余马怀兮[56],蜷局顾而不行[57]。

乱曰[58]:已矣哉!国无人莫我知兮,又何怀乎故都!既莫足与为美政兮,吾将从彭咸之所居。

①本篇是一首极其辉煌的自叙性政治抒情诗,是屈原的代表作。诗歌反复地申述了作者远大的政治理想,愤怒地揭露了楚国统治集团的昏庸和腐朽,抨击黑暗的现实,表达了诗人热爱祖国、追求理想和反对腐朽势力的毫不妥协的斗争精神。全诗想象丰富奇特,感情真挚深沉,词藻华美,音节铿锵,充满积极浪漫主义精神。其写作年代,或以为在被怀王疏远之后,或以为在顷襄王时代。"离骚"二字的含义,古有"离忧"(司马迁)、"遭忧"(班固)、别愁(王逸)诸说。后世学者大多认为是"遭到忧患"的意思。　②高阳:传说中古帝颛顼(zhuān xū)的称号。苗裔:远末子孙。相传楚国君为颛顼的后代,春秋时,楚武王熊通之子瑕受封于屈邑,于是其子孙以屈为氏。屈原即瑕的后人。　③朕(zhèn):我,古代通用的第一人称代词,到秦始皇才专用为帝王自称。皇:大,美。　考:死去的父亲,一说指远祖。伯庸:皇考的字。　④摄提:即摄提格,古代纪年的术语。即寅年。贞:正。孟:开始。陬(zōu):夏历正月,即寅月。正月为一年的开头,故叫"孟陬"。　⑤庚寅:庚寅日。　降:降生。　⑥皇:皇考的省称。览:观察。揆:估量。初度:初生的时节。　⑦肇:始。锡:赐。嘉名:美好的名字。　⑧正则:公正而有法则,隐含屈原名"平"的意思。　⑨灵均:地之善而均平者,隐含"原"的意思。　⑩纷:盛多的样子。内美:内在的美质。

19

⑪重(chóng)：加上。　修能：优秀的才能。一说美好的容态。能，通"態"。　⑫扈(hù)：楚方言，披上。江离：香草名。又名蘼芜。　辟：同"僻"　芷：香草名。辟芷，生长在幽僻之处的白芷。　⑬纫(rèn)：结，连缀。　兰：香草名。兰草秋天开花，故曰秋兰。　佩：佩戴在身上的饰物。古人以身上披佩香草，表示自己的芳洁。　⑭汩(gǔ)：水流急速的样子，比喻时光过得快。　若将不及：好像将要赶不上。　⑮不吾与：不等待我。与，等待。　⑯搴(qiān)：楚方言，拔取，摘取。　阰(pí)：楚方言，指大的土山。　木兰：香木名。　⑰揽：采。　宿莽：草名，经冬不死。　⑱忽：快速的样子。　淹：淹留，停住。　⑲代序：时序更迭替换。　⑳惟：思。　零落：凋零，衰谢。　㉑美人：喻君主。一说自喻或泛指贤士。　迟暮：晚暮，喻年老。　㉒不：何不。　抚：持，凭借，引申为珍惜、珍爱。　壮：壮盛之年。　弃秽：丢弃污秽的行为。　㉓度：法度，一说态度。　㉔骐骥：骏马，比喻贤能之臣。　㉕道：同"导"。　夫：语气助词。　先路：前驱。　㉖三后：指楚国的三位先君：熊绎、若敖、蚡冒。一说指禹、汤和周文王。纯粹：指品质纯正美好。　㉗众芳：喻众多贤能的人。　在：聚集。　㉘申椒、菌桂：均为香木名。　㉙蕙：一种多花的兰草。　茝(chǎi)：香草名，即白芷。　㉚耿介：光明正直。　㉛遵道：遵循治国正道。　得路：找到道路，指找到治国途径。　㉜猖披：衣不系带的样子，指放纵不检。　㉝捷径：邪出的小路。　窘步：脚步受困难走，即寸步难行。　㉞党人：结党营私的小人。　偷乐：苟且偷安。　㉟路：指楚国的前途。　幽昧：昏暗。　㊱惮：惧怕。　殃：灾祸。　㊲皇舆：君主所乘的车子，这里比喻国家。　败绩：本指战争失败，兵车倾覆，此处喻国家的败亡。　㊳奔走先后：在皇舆的前后奔走，比喻自己一心为国效力。　㊴前王：指上文的"三后"。　踵武：足迹。　㊵荃(quán)：香草名，喻君主。　中情：内心的真情。　㊶齌(jì)：炊火猛烈，引申为急疾。齌怒：盛怒，暴怒。　㊷謇(jiǎn)謇：正直敢言的样子。　为患：造成祸患。　㊸舍：舍弃，中止。　㊹九天：古人认为天有九重，故称为"九天"。　正：同"证"。　㊺灵修：指楚怀王。王逸注："灵，神也。修，远也。能神明远见者，君德也。故以喻君。"（《楚辞章句》）　㊻曰：叙述当初约定的话。　黄昏：古代迎亲的时候。　羌：发语词。洪兴祖《楚辞补注》中说："一本有此二句，王逸无注。"郭沫若译文无此二句，故一般认为是衍文。　㊼成言：彼此约定的话。　㊽悔遁：翻悔而改变心意。　有他：有了别的打算。　㊾难：作"惮"解，畏惧。　离别：指楚怀王对他的疏远流放。　㊿数(shuò)化：屡次变化。　51滋：栽植。　畹：三十亩，一说十二亩。九畹与百亩皆指面积大，并非确数。　52树：种植。　53畦：垄，此作动词，按垄种植之意。　留夷、揭车：均香草名。　54杂：间杂地种植。　杜衡：香草，似葵而香。以上皆以种植花草比喻培育人才。　55冀：希望，盼望。　峻茂：高大茂盛。　56竢(sì)：同"俟"，等待。　时：芳草成熟之时。　57刈(yì)：收割，收获。　58萎绝：枯萎，凋谢。　何伤：何妨。　58芜秽：荒芜污秽，喻一些人的变质、堕落。　59众：指一群小人。　竞进：竞相求进，指争逐私利。　60凭：满。　厌：满足。　求索：追寻，此指群小追求权势。　61内：内心。　恕己：宽恕自己。　量人：以小人之心揣度别人。　62兴心：生心，打主意。　63驰骛(wù)：马奔跑的样子。　追逐：追求钻营。　64餐：吃。　落英：始开之花。　落：始。　65信：真实。　姱(kuā)：美好。　练要：精诚专一。　66顑颔(kǎn hàn)：因饥饿而面呈黄色。　67揽：持，采摘。　木根：木兰的根。　结：系。　贯：串上。　薜荔：一种缘木而生的香草。　落蕊：初开的花蕊。　68矫：举起。　69索：作动词用，搓成绳索。　胡绳：一名延胡索，蔓生香草，茎叶可搓绳。　纚(xǐ)纚：形容绳索长而下垂的样子。　70謇：发语词，楚方言。　法：效法。　前修：前贤。　71服：用。　72周：合。　今之人：指世俗之人。　73彭咸：殷贤大夫，谏君不听，投水而死。　遗则：留下的法则、榜样。　74太息：叹息。　掩涕：擦眼泪。　75民生：人生，一说指人民的生计。　76修姱：修洁而美好。　鞿(jī)羁：本指马缰绳和马络头，引申为受人牵制。一说比喻对自己检点约束。　77謇(suì)：进谏，一说责骂。　替：废弃。　78纕(xiāng)：佩带。　79申：重，加上。　80所善：认为是美好的东西。　81浩荡：无思虑的样子，此指糊涂荒唐。　82众女：喻楚王周围的小人。　蛾眉：眉如蚕蛾，容貌美好。　83谣诼(zhuó)：造谣诬蔑。　84工巧：善于取巧。　85偭(miǎn)：违背。　规矩：划圆测方的工具，此指法度。　错：同"措"，措施。　86追曲：追随邪曲之路。　87周容：趋时逢迎，苟合取容。　度：方法。　88忳(tún)：忧愁的样子。　郁邑：忧郁苦闷。　侘傺(chà chì)：失意，孤独。　89溘(kè)死：突然死去。　流亡：流逝消失。　90屈心：使自己受到委曲。　抑志：抑制心志。　91尤：责难。　攘：容让，忍受。　诟

(gòu)：辱骂。　⑬伏：同"服"，保持。　死直：为正直之道而死。　⑭厚：重视。　⑮相(xiàng)：观看。察：明察。　⑯延：引颈遥望。伫：长久站立。　⑰步：徐行，漫步。皋：水边高地。　⑱椒丘：长着椒树的山丘。止息：休息，停止。　⑲进：指进身君前，参与朝政。不入：指不被接纳。离：同"罹"，遭受。　⑩初服：当初的服饰。比喻从政前的清高志向。　⑩芰(jì)：菱，此指菱叶。荷：此指莲叶。　⑩高：作动词用，加高。岌岌：高耸的样子。　⑬长：作动词用，增长。陆离：修长下垂的样子。　⑭芳：香草的芬芳。泽：通"襗"，汗衣，引申为污垢的意思。杂糅：混杂在一起。　⑮昭质：光明洁白的品质。亏：亏损。　⑯游目：纵目远眺。　⑰四荒：四方荒远之地。　⑱繁饰：装饰繁华。　⑲菲菲：香气勃勃的样子。章：同"彰"，显著。　⑩乐：爱好。　⑪修：美好。常：常度，习惯。　⑫体解：肢解，古代的一种酷刑。　⑬惩：戒惧，此为改变之意。　⑭女媭(xū)：旧说为屈原之姊。一说为侍妾或作者假设之女伴。婵媛：形容由于内心关切而表现出牵挂不舍的样子。一说为楚方言啴喧(chǎn xuǎn)的假借字，形容喘息不定。　⑮申申：重复，反复。詈(lì)：责备。　⑯鲧(gǔn)：神话中大禹之父。婞直：刚毅耿直。婞(xìng)，同"悻"。亡身：忘掉自身安危。亡，同"忘"。　⑰妖(yāo)：早死。羽之野：羽山的荒野。《史记·夏本纪》记载：尧使鲧治水，九年而水不息，舜乃殛鲧于羽山。又《山海经》载，鲧窃帝之息壤以埋洪水，帝令祝融杀鲧于羽郊。　⑱博謇：指学识广博而秉性忠直。　⑲薋(zī)：草多的样子，此作动词用，把许多草堆积起来。菉葹(lù shī)：皆恶草，喻谗佞小人。盈室：满屋，此指充塞朝廷。　⑳判：分别，区别，与众不同。服：用。　㉑户说：一户一户地去解说。　㉒余：我们。这是女媭站在屈原一边说话的语气。　㉓世：世俗之人。并举：互相抬举。朋：朋党，此处指结党营私。　㉔茕(qióng)独：孤独。予：女媭自称。　㉕节中：节制自己以合中正之道。　㉖凭心：愤懑充满了内心。历兹：到现在。　㉗就：靠近，到。重华：舜的别号，相传舜死，葬九嶷山(在今湖南)，故曰"南征"。陈词：陈述心中的话。　㉘启：即夏启，禹的儿子。《九辩》、《九歌》：古乐曲名。据《山海经》载，两者皆天帝乐曲，启登天将《九辩》、《九歌》偷来，用于人间。　㉙夏：与上文"启"为互文，指夏启。康娱：寻欢作乐。　㉚顾：念。难：危难。图后：考虑后事。　㉛五子：即五观，启的幼子，相传五观曾据西河之地发动叛乱。用失乎："失"疑为衍文。用乎：因而。家巷(hòng)：家里发生内乱。巷，同"哄"。　㉜羿：后羿，相传为夏初诸侯，有穷国的国君。淫：过度。佚：放纵。畋(tián)：打猎。　㉝封狐：大狐，泛指大野兽。　㉞乱流：淫乱之流，此指羿。鲜终：少有好结果。　㉟浞(zhuó)：即寒浞。相传为后羿相，使家臣逢蒙射杀羿，并强占羿妻。厥：其。家：指妻室。　㊱浇(ào)：寒浞之子。被服：同"披服"，原作穿戴讲，此作依恃解。强圉(yǔ)：强暴有力。　㊲不忍：不能自制其欲望。　㊳自忘：忘乎所以。　㊴颠陨：掉落。浇勇武多力，杀死夏后相，后又为相的儿子少康所杀。　㊵常违：即违常，违背常理。　㊶遂焉：终于。逢殃：遭殃。指汤放桀于南巢，并野死于南巢。　㊷后辛：即殷纣王。菹醢(zū hǎi)：把人剁成肉酱。　㊸殷宗：殷朝的宗祀，即殷朝的国运。用而：因而。　㊹俨：敬重端庄。祗(zhī)敬：恭恭敬敬。　㊺周：指周代的开国君主文王和武王。论道：指讲论治国之道。莫差：没有差错。　㊻皇天：指主宰人世的上天。私阿：祖护，偏私。　㊼览民德：看到人们的美德。错：同"措"，安置。辅：辅佐，帮助。　㊽圣哲：具有崇高智慧的人。茂行：美好的品行。　㊾苟得：即乃能，才能够。用：享有。下土：指天下。　㊿瞻前顾后：指观察古今。　(151)计极：最终法则。　(152)非义：不义的事情。非善：不善的事情。　(153)阽(diàn)：临近危险。危死：险些死去。　(154)凿：榫眼。枘(ruì)：榫头。量凿正枘比喻投合取容的态度。　(155)前修：前代的贤人。　(156)曾：重迭，即不止一次。歔欷：哀泣的声音。　(157)茹：柔弱，柔软。　(158)霑：沾湿。浪(láng)浪：水流不止的样子，此极言泪水之多。　(159)敷：铺，展开。衽(rèn)：衣的前襟。　(160)驷：原指四匹马驾的车，此作动词用，驾御的意思。玉虬：无角的白龙。鹥(yī)：凤凰一类的鸟。　(161)埃风：挟带尘埃的风。上征：到天上去。　(162)发轫(rèn)：出发，启程。轫，煞车的木头。车启行前先要搬开轫木。苍梧：舜葬之地，即九嶷山。　(163)县圃：神话中的山名，在昆仑山上。县，同"悬"。　(164)少留：稍停一会儿。灵琐：神灵住所的门。琐，门上所刻连琐状的花纹。　(165)羲和：神话中太阳车的御者。弭节：停止鞭策使车徐行。弭，停止。　(166)崦嵫(yān zī)：神话中的山名，太阳落入之地。　(167)曼曼：即"漫漫"，遥远的意思。　(168)咸池：神话中的天池，太阳神洗浴之处。　(169)总：系结。扶桑：神话中东方

21

的大树。《淮南子》:"日出于旸谷,浴于咸池,拂于扶桑。" ⑰若木:神话中生长在西方日入处的大树。拂:拂拭。 ⑰聊:暂且。 相羊:与"徜徉"同,徘徊,逗留。 ⑰望舒:神话中给月亮驾车的人。 ⑰飞廉:神话中的风神。 奔属:跟在后面奔走。 ⑭鸾:凤凰之类。 皇:即"凰",雌凤。 先戒:在前面清道,戒备。 ⑮雷师:雷神。 未具:指出行准备尚未齐全。 ⑯飘风:方向无定的风,即旋风。 屯:聚合。 离(lì):同"丽",作附着解。 ⑰帅:同"率"。 御(yà):通"迓",迎接。 ⑯总总:云聚集之状。离合:指云霓忽离忽合。 ⑲斑:驳杂,形容五光十色。 陆离:各种色彩交织的样子,指云霓变化多端。 ⑱阍(hūn):守门的人。 关:门闩。 ⑱阊阖(chāng hé):传说中的天门。 ⑱暧暧:昏暗的样子。 罢:极,终了。 ⑱溷(hún)浊:混乱污浊。 不分:指贤恶不分。 ⑱白水:神话中一条源于昆仑山的河。 ⑱阆(láng)风:神话中的山名,在昆仑山上。 绁(xiè)马:拴上马。 ⑱高丘:山名,在楚国,一说即指阆风。 女:神女,喻志同道合的人。 ⑱溘:奄忽,匆匆。 春宫:神话中东方青帝居住的宫殿。 ⑱琼:美玉。琼枝:玉树的枝。 继佩:接续自己的玉佩。 ⑱荣华:此指琼枝上的花朵。 ⑲下女:下界的女子,指下文宓妃、简狄及有虞二姚。 诒:同"贻",赠。 ⑲丰隆:神话中的云神。一说雷神。 ⑲宓(fú)妃:相传为伏羲氏的女儿,溺死于洛水,成为洛水女神。 佩缬:佩饰。 结言:订结盟约。 ⑲蹇修:人名,传说中伏羲氏的臣子。 理:使者,媒人。 ⑲纬繣(huà):乖违,不相投合。 迁:改变。 ⑲次:止宿,过夜。 穷石:山名(在今甘肃)。 ⑲洧(wěi):神话中的水名,出崦嵫山。 ⑲保:仗恃,倚恃。 ⑲违弃:放弃。 改求:另作追求。 ⑳瑶台:美玉砌成的高台。 偃蹇:高耸的样子。 ㉑有娀(sōng):古代国名。相传有娀氏有二美女,居住在高台上,其一叫简狄,后来嫁给帝喾(即高辛氏),生契,为商之始祖。《吕氏春秋》说:"有娀氏有美女,为之高台而饮食之。" 佚女:美女,指简狄。 ㉒鸩(zhèn):鸟名,羽有毒。 ㉓鸩:鸟名,似山鹊而小,善鸣。 鸣逝:边鸣边飞去。 ㉔佻(tiāo)巧:轻佻奸诈。 ㉕自适:亲自前往。 不可:指与礼不合。 ㉖受:同"授"。 ㉗高辛:古代部落首领帝喾的别号,传说凤凰曾替帝喾给简狄送聘礼。 ㉘集:鸟栖息在树上。 ㉙少康:夏后相之子。 未家:未娶妻室。 ㉚有虞:国名,姓姚,舜的后代。寒浞使浇杀夏后相,少康逃至有虞,有虞把两个女儿嫁给他。后来少康灭浇,中兴夏朝。 二姚:有虞国的两个女儿。 ㉛理:与媒同义。 弱:无能。 ㉜导言:指媒人沟通双方的言辞。 不固:不力,指不能结成盟约。 ㉝闺中:美女的居室,代指上述诸美女。 邃远:深远,喻不可求。 ㉞哲王:贤智的君主,此指楚怀王。 寤:觉醒。 ㉟不发:不能抒发,无从表达。 ㊱索:拿,取。 茕(qióng)茅:一种用来占卜的灵草。 以:与。 筳:折断的小竹枝。 篿(zhuān):楚方言,用茅草竹枝占卜。 ㊲灵氛:古代善占卜的人。 ㊳两美必合:喻良臣必遇贤君。 ㊴勉:努力。 远逝:远走。 ㊵释女:舍弃你。女,同"汝"。 ㊶幽昧:昏暗。 眩曜:本指日光强烈,此作惑乱解。 ㊷户:家家户户。 艾:恶草名,即白蒿。 要:同"腰"。 ㊸珵(chéng):美玉。 能当:能得当。 ㊹苏:索取。 粪壤:粪土。 帏:香囊。 ㊺糈(xǔ):精米,用来祭神。 要:同"邀",迎接。 ㊻翳(yì):遮蔽。 ㊼九疑:一作九嶷,指九嶷山上诸神。 ㊽皇:百神。 剡(yǎn)剡:大放光芒的样子。 扬灵:显扬神的光灵。 ㊾吉故:吉利的消息。 ㊿升降:上升下降,即"上下求索"。 ⑪榘:同"矩"。 镬(huò):度量长短的工具。榘镬,即规矩,法度。榘镬所同,指志同道合的人。 ⑫严:严正,律己。 求合:访求志同道合的人。 ⑬挚:即伊尹,汤的贤臣。相传他出身奴隶,后来辅佐商汤建立了商朝。 咎繇(gāo yáo):即皋陶(yáo),禹的贤臣。调:协调,指君臣协调共济,安定天下。 ⑭说(yuè):即傅说。殷朝武丁时的贤相,相传他曾是筑墙奴隶,殷高宗武丁用他为相,天下大治。 筑:版筑,筑墙用的杵。 傅岩:地名,在今山西平陆县。 ⑮吕望:即太公姜尚。传说姜尚贫困时,曾做屠夫,年老垂钓于渭河之滨,遇周文王,被重用。 鼓刀:鸣刀,屠宰时必敲刀有声,故称鼓刀。 ⑯宁戚:春秋时人,曾是小商人,在饲牛时见齐桓公夜出,便扣角高歌,慨叹怀才不遇,桓公听了,用他做客卿。 该:备。 ⑰鹈鴃(tí jué):即杜鹃鸟,常在夏初时鸣叫,正是落花时节,故云百草不芳。一说鹈鴃即伯劳鸟。 ⑱不谅:没有诚信。 ⑲容:外表。 长:美好之意。 ⑳专:专擅。 佞:奸佞,善于诌谀。 慢慆(tāo):傲慢。 ㉑樧(shā):恶草名,似茱萸而小。 ㉒干进、务入:谋求仕进,往上爬。 祗:振。 ㉓揭车、江离:两种贱草名。 ㉔兹佩:指自己的服饰,喻自己坚持的忠贞操守。 ㉕委厥美:指诗人的美德操守被废弃。 ㉖沫:消散。 ㉗和:作动词用,和谐、协调。古人身佩玉器,行动

22

有节制,即有调度。 调:指行走时玉佩铿锵有节。 度:指步伐整齐。 ⑭历:选择。 ⑭羞:同"馐",珍异的食品。 粻(zhāng):指粮食,引申为干粮。 ⑳驾飞龙:用飞龙驾车。 ⑳杂:杂用。 象:象牙。 ⑳邅(zhān):转,纡回。 ⑳扬:举起。 云霓:指画有云霓图案的旗帜。 晻(yǎn)蔼:旌旗蔽日的样子。 ⑭玉鸾:玉制的鸾形车铃。 ⑲天津:天河。 西极:西方极远之地。 ⑳翼:翅膀,此作动词用,展开翅膀。 旂:画着交叉龙形的旗。 ⑳翱翔:鸟儿高飞。翅膀一上一下叫翱;张开翅膀不动叫翔。 翼翼:整齐的样子,指飞得有节奏。 ⑳流沙:指西方沙漠地带。 ⑲遵:顺着,沿着。 赤水:神话中西方的水名,出于昆仑。 容与:从容不迫。 ⑳麾:同"挥",指挥。 梁:桥,作动词用,在水上架桥。 ⑳西皇:西方的神。 涉余:渡我过河。 ⑳腾:升起。 径:直,直接。 待:侍卫。一作"等待"。 ⑳不周:神话中的山名,在昆仑山西北。 ⑳西海:神话中西方的海名。 ⑳轪(dài):车轮。一说是车辐,包在车毂外的部分。 ⑳婉婉:同"蜿蜒",龙在天空游动的样子。 ⑳云旗:云霞之旗。 逶蛇(yí):同"委迤",旗随风飘动的样子。 ⑳抑志:抑制情志,定下心来。一说"志"读为"帜"。抑志,即垂下旗帜。 ⑳神:指思绪。 邈邈:遥远而无边际的样子。 ⑳《韶》:传说舜时的乐舞,即《九韶》。 ⑳假:借。假日,趁这个时日。 婑:同"愉",愉乐。一说"婑"同"偷"。 ⑳陟:陞,皆登、上升之意。 皇:上天。 赫戏:光明的样子。 ⑳怀:悲伤。一说,思念。 ⑳蜷(quán)局:即拳曲。 ⑳乱:乐曲的末章,即尾声。

九 歌

湘 夫 人①

帝子降兮北渚②,目眇眇兮愁予③。袅袅兮秋风,洞庭波兮木叶下④。
白薠兮骋望⑤,与佳期兮夕张⑥。鸟何萃兮薠中⑦,罾何为兮木上⑧?
沅有茝兮醴有兰,思公子兮未敢言⑨。荒忽兮远望⑩,观流水兮潺湲⑪。
麋何食兮庭中,蛟何为兮水裔⑫?朝驰余马兮江皋⑬,夕济兮西澨⑭。闻佳人兮召予,将腾驾兮偕逝⑮。
筑室兮水中,葺之兮荷盖⑯。荪壁兮紫坛⑰,匊芳椒兮成堂⑱。桂栋兮兰橑⑲,辛夷楣兮药房⑳。罔薜荔兮为帷㉑,擗蕙櫋兮既张㉒。白玉兮为镇,疏石兰兮为芳㉔。芷葺兮荷屋㉕,缭之兮杜衡㉖。合百草兮实庭㉗,建芳馨兮庑门㉘。九嶷缤兮并迎㉙,灵之来兮如云㉚。
捐余袂兮江中㉛,遗余褋兮醴浦㉜。搴汀洲兮杜若㉝,将以遗兮远者㉞。时不可兮骤得㉟,聊逍遥兮容与㊱?

①九歌:屈原根据楚国民间祭歌形式创作的抒情组诗,共十一篇,此其二。此首以候湘夫人不来为线索,写湘君对湘夫人的殷切思慕和不能相遇的怨怅。着重作心理活动的细致描摹和环境气氛的烘托渲染,表达双方坚贞的爱情,语言流畅,节奏宛转。 ②帝子:指湘夫人,因她是帝尧的女儿,故称。 渚:水边或水中浅滩,此指约会相见的地方。 ③眇眇:极目远望中迷茫莫辨的样子。 愁予:使我忧愁。 ④袅(niǎo)袅:微风吹拂貌。 ⑤白薠(fán):秋天生长的草,多生于湖泽间。 骋望:纵目而望。明夫容馆本《楚辞》,此句上有"登"字。 ⑥佳:即佳人,指湘夫人。 期:约会。 夕张:晚上张设帏帐。 ⑦鸟:指山鸟。 薠:水草名。此句一本无"何"字,据明夫容馆本《楚辞》补。 ⑧罾(zēng):渔网。 ⑨公子:即帝子,指湘夫人。 ⑩荒忽:渺茫不分明的样子。 ⑪潺湲:流水声。 ⑫水裔:水边。 ⑬江皋:江畔。 ⑭澨(shì):水边。 ⑮腾:驾起马车飞驰。 ⑯葺:原为用草盖房,这里是覆盖的意思。 荷盖:用荷叶做屋顶。 盖:屋顶。 ⑰荪(sūn)壁:用荪草饰壁。荪,一种香草。 紫:紫贝。 坛:庭院。 ⑱匊:古"播"字,作布解。 成:装饰。成堂,指粉饰堂壁。 ⑲橑(liáo):屋椽。 ⑳辛夷:初春开花的香草。

楣:门上横梁,俗称门楣。   药房:用白芷装饰房间。药,白芷,香草。   ㉑罔:同"网",编结。   ㉒擗(pǐ):析开,用手剖开。   檐(mián):室中的隔扇。   既张:已经陈设起来了。   ㉓镇:古人用来镇压坐席的东西。   ㉔疏:作动词用,分布陈列。   为芳:取其香气。   ㉕芷葺:用香芷来覆盖。   荷屋:用荷叶做顶的屋子。   ㉖缭:缭绕,指绕在屋的四周。   ㉗合:汇合,会聚。   实庭:充实庭院。   ㉘建:设置,陈列。芳馨:总指前面所说的芳草香气远播。   庑(wǔ):堂下两侧的房子,类似现在的厢房。   ㉙九嶷:此指九嶷山之神。   ㉚灵:神灵。   ㉛捐:弃。   袂(mèi):衣袖。   ㉜褋(dié):单衣。   ㉝杜若:香草名。   ㉞远者:指湘君思念的湘夫人。   ㉟骤:数次,屡次。一说作马上、立刻解。   ㊱容与:舒闲貌。

山　鬼①

若有人兮山之阿②,被薜荔兮带女罗③。既含睇兮又宜笑④,子慕予兮善窈窕⑤。乘赤豹兮从文狸⑥,辛夷车兮结桂旗⑦。被石兰兮带杜衡,折芳馨兮遗所思。

余处幽篁兮终不见天⑧,路险难兮独后来。表独立兮山之上⑨,云容容兮而在下⑩。杳冥冥兮羌昼晦,东风飘兮神灵雨⑪。留灵修兮憺忘归⑫,岁既晏兮孰华予⑬!

采三秀兮於山间⑭,石磊磊兮葛蔓蔓⑮。怨公子兮怅忘归,君思我兮不得闲⑯。山中人兮芳杜若⑰,饮石泉兮荫松柏⑱。君思我兮然疑作⑲。雷填填兮雨冥冥,猨啾啾兮狖夜鸣㉑。风飒飒兮木萧萧,思公子兮徒离忧㉒。

①此为《九歌》的第九首,写山鬼(即山中女神)等待她所爱之人不来而忧郁悲哀,独自归去的情景,表现了山鬼对爱人的热恋和怨望。   ②若有人:好像有人。   山之阿,指山深处。   ③女罗:同女萝,蔓生植物。带女罗:以女罗为带。   ④睇(dì):微视,流盼。含睇:脉脉含情地微视。   宜笑:指笑得自然好看。⑤子:与下文的"灵修"、"公子"、"君"同,都是指山鬼思恋的人。   慕:爱慕。   予:山鬼自称。   善:多。   窈窕:幽闲美好的样子。   ⑥赤豹:毛赤而有黑色斑点的豹。   从:让……随行。   文狸:毛色有花纹的狸。   ⑦辛夷:香木,可做车,称香车。   结桂旗:把桂枝编结为旗。   ⑧余:我,山鬼自称。   篁:成片的竹林。   ⑨表:特出的样子。   ⑩容容:云气浮动貌。   ⑪神灵:指雨神。雨:下雨。   ⑫留:淹留,等待。   憺(dàn):安乐的样子。   ⑬岁既晏:指年岁大了。   华:同"花",作动词用。   孰华予:谁能使我如花呢?有青春难再之意。   ⑭三秀:灵芝草,灵芝一年开三次花,故称。   ⑮磊磊:乱石重叠堆积的样子。   蔓蔓:连络纠缠的样子。   ⑯"君思我"句:山鬼设想对方思念自己,只是不得空闲前来相会。⑰山中人:山鬼自称。   芳杜若:像杜若一样芬芳,比喻自己品质芳洁。   ⑱荫松柏:以松柏为荫。指居处清幽,不与凡尘交往。   ⑲然疑作:信疑交作。   然:是,不怀疑。此句山鬼设想对方思念自己,但既相信,又怀疑。   ⑳填填:雷声。   ㉑猨:同猿。   狖(yòu):长尾猿。   ㉒离忧:感到忧伤。离:通罹,遭遇。

国　殇①

操吴戈兮被犀甲②,车错毂兮短兵接③。旌蔽日兮敌若云④,矢交坠兮士争先⑤。凌余阵兮躐余行⑥,左骖殪兮右刃伤⑦。霾两轮兮絷四马⑧,援玉枹兮击鸣鼓⑨。天时坠兮威灵怒⑩,严杀尽兮弃原野⑪。出不入兮往不返⑫,平原忽兮路超远⑬。带长剑兮挟秦弓⑭,首身离兮心不惩⑮。诚既勇兮又以武⑯,终刚强兮不可凌⑰。身既死兮神以灵⑱,子魂魄兮为鬼雄⑲!

①此为《九歌》第十首,是对为国牺牲的将士的祭歌。诗歌热情歌颂了将士们的英雄气概、顽强斗志和

壮烈精神。主题鲜明,基调悲壮,气势雄浑,动人心魄。　国殇(shāng):为国牺牲者。　②吴戈:春秋时,吴国制造的戈以锋利闻名。此泛指良戈。　③车错毂:指敌我双方激烈近战,兵车互相接触。错,交错。毂(gǔ),车轮中心安放车轴、承接车辐的部位。　④旌:用羽毛装饰的旗帜。　⑤交:错杂。　士:战士。　⑥凌:侵犯。　躐(liè):践踏。　⑦殪(yì):死去。　右:指右骖。古代战车每车四匹马,中间两匹叫"服",左右两匹叫"骖"。　⑧霾(mái):通"埋"。　絷(zhí):系住。　⑨援:拿起。　玉枹(fú):镶嵌着珠玉的鼓槌。　⑩天时:犹天色。　坠:低坠昏暗。　⑪严:寒气凛冽。此写厮杀时极其壮烈的气氛。　弃原野:尸体弃在原野。　⑫"出不入"句:写战士出征时即抱着一去不返的必死决心。出,出征。入,回还。　⑬忽:远,指原野辽阔无边。　⑭秦弓:古代以秦地制造的弓最为强劲,此泛指良弓。　⑮惩:悔恨。　⑯诚:真正是。　武:威武。　⑰终:始终。　⑱神以灵:精神不死。　灵:威灵。　⑲子:指死者。　鬼雄:鬼中豪杰。

东　君

　　暾将出兮东方,照吾槛兮扶桑。抚余马兮安驱,夜皎皎兮既明。驾龙辀兮乘雷,载云旗兮委蛇。长太息兮将上,心低徊兮顾怀。羌声色兮娱人,观者憺兮忘归。
　　縆瑟兮交鼓,箫钟兮瑶簴;鸣篪兮吹竽,思灵保兮贤姱。翾飞兮翠曾,展诗兮会舞。应律兮合节,灵之来兮蔽日。
　　青云衣兮白霓裳,举长矢兮射天狼。操余弧兮反沦降,援北斗兮酌桂浆。撰余辔兮高驰翔,杳冥冥兮以东行。

湘　君

　　君不行兮夷犹,蹇谁留兮中洲?美要眇兮宜修,沛吾乘兮桂舟。令沅湘兮无波,使江水兮安流。望夫君兮未来,吹参差兮谁思?
　　驾飞龙兮北征,邅吾道兮洞庭。薜荔柏兮蕙绸,荪桡兮兰旌。望涔阳兮极浦,横大江兮扬灵。扬灵兮未极,女婵媛兮为余太息。横流涕兮潺湲,隐思君兮陫侧。
　　桂棹兮兰枻,斫冰兮积雪。采薜荔兮水中,搴芙蓉兮木末。心不同兮媒劳,恩不甚兮轻绝。石濑兮浅浅,飞龙兮翩翩。交不忠兮怨长,期不信兮告余以不闲。
　　朝骋骛兮江皋,夕弭节兮北渚。鸟次兮屋上,水周兮堂下。捐余玦兮江中,遗余佩兮醴浦。采芳洲兮杜若,将以遗兮下女。时不可兮再得,聊逍遥兮容与。

少　司　命

　　秋兰兮麋芜,罗生兮堂下。绿叶兮素华,芳菲菲兮袭予。夫人自有兮美子,荪何以兮愁苦!
　　秋兰兮青青,绿叶兮紫茎。满堂兮美人,忽独与余兮目成。
　　入不言兮出不辞,乘回风兮载云旗。悲莫悲兮生别离,乐莫乐兮新相知。
　　荷衣兮蕙带,倏而来兮忽而逝。夕宿兮帝郊,君谁须兮云之际?
　　与女沐兮咸池,晞女发兮阳之阿。望美人兮未来,临风怳兮浩歌。

孔盖兮翠旌,登九天兮抚彗星。竦长剑兮拥幼艾,荪独宜兮为民正!

九 章

哀 郢

　　皇天之不纯命兮,何百姓之震愆!民离散而相失兮,方仲春而东迁。去故乡而就远兮,遵江夏以流亡。出国门而轸怀兮,甲之鼂吾以行。发郢都而去闾兮,怊荒忽其焉极。楫齐扬以容与兮,哀见君而不再得。望长楸而太息兮,涕淫淫其若霰。过夏首而西浮兮,顾龙门而不见。心婵媛而伤怀兮,眇不知其所蹠。顺风波以从流兮,焉洋洋而为客。凌阳侯之氾滥兮,忽翱翔之焉薄!心绲结而不解兮,思蹇产而不释。

　　将运舟而下浮兮,上洞庭而下江。去终古之所居兮,今逍遥而来东。羌灵魂之欲归兮,何须臾而忘反!背夏浦而西思兮,哀故都之日远。登大坟以远望兮,聊以舒吾忧心。哀州土之平乐兮,悲江介之遗风。

　　当陵阳之焉至兮,淼南渡之焉如!曾不知夏之为丘兮,孰两东门之可芜!心不怡之长久兮,忧与愁其相接。惟郢路之辽远兮,江与夏之不可涉。忽若不信兮,至今九年而不复。惨郁郁而不通兮,蹇侘傺而含慼。

　　外承欢之汋约兮,谌荏弱而难持。忠湛湛而愿进兮,妒被离而鄣之。尧舜之抗行兮,瞭杳杳而薄天。众谗人之嫉妒兮,被以不慈之伪名。憎愠怆之修美兮,好夫人之忼慨。众踥蹀而日进兮,美超远而逾迈。

　　乱曰:曼余目以流观兮,冀壹反之何时!鸟飞反故乡兮,狐死必首丘。信非吾罪而弃逐兮,何日夜而忘之!

橘 颂

　　后皇嘉树,橘徕服兮。受命不迁,生南国兮。深固难徙,更壹志兮。绿叶素荣,纷其可喜兮。曾枝剡棘,圜果抟兮。青黄杂糅,文章烂兮。精色内白,类任道兮。纷缊宜修,姱而不丑兮。

　　嗟尔幼志,有以异兮。独立不迁,岂不可喜兮?深固难徙,廓其无求兮。苏世独立,横而不流兮。闭心自慎,终不失过兮。秉德无私,参天地兮。愿岁并谢,与长友兮。淑离不淫,梗其有理兮。年岁虽少,可师长兮。行比伯夷,置以为像兮。

宋 玉

　　宋玉,生卒年不详,屈原之后的楚国辞赋家。司马迁说宋玉、唐勒、景差等"皆好辞而以赋见称。然皆祖屈原之从容辞令,终莫敢直谏"(《史记·屈原贾生列传》)。其作品收入《楚辞》、《文选》等,多有亡佚,以《九辩》最为可信。

九　辩（节选）

悲哉秋之为气也！萧瑟兮草木摇落而变衰。憭慄兮若在远行，登山临水兮送将归。泬寥兮天高而气清，寂寥兮收潦而水清。憯凄增欷兮薄寒之中人，怆怳懭恨兮去故而就新。坎廪兮贫士失职而志不平，廓落兮羁旅而无友生，惆怅兮而私自怜。燕翩翩其辞归兮，蝉寂漠而无声。雁雍雍而南游兮，鹍鸡啁哳而悲鸣。独申旦而不寐兮，哀蟋蟀之宵征。时亹亹而过中兮，蹇淹留而无成。

悲忧穷戚兮独处廓，有美一人兮心不绎。去乡离家兮来远客，超逍遥兮今焉薄？专思君兮不可化，君不知兮可奈何？蓄怨兮积思，心烦憺兮忘食事。愿一见兮道余意，君之心兮与余异。车既驾兮朅而归，不得见兮心伤悲。倚结轸兮长太息，涕潺湲兮下沾轼。慷慨绝兮不得，中瞀乱兮迷惑。私自怜兮何极？心怦怦兮谅直。

何时俗之工巧兮，背绳墨而改错！却骐骥而不乘兮，策驽骀而取路。当世岂无骐骥兮？诚莫之能善御。见执辔者非其人兮，故駶跳而远去。凫雁皆唼夫梁藻兮，凤愈飘翔而高举。圜凿而方枘兮，吾固知其鉏铻而难入。众鸟皆有所登栖兮，凤独遑遑而无所集。愿衔枚而无言兮，尝被君之渥洽。太公九十乃显荣兮，诚未遇其匹合。谓骐骥兮安归？谓凤皇兮安栖？变古易俗兮世衰，今之相者兮举肥。骐骥伏匿而不见兮，凤皇高飞而不下。鸟兽犹知怀德兮，何云贤士之不处？骥不骤进而求服兮，凤亦不贪喂而妄食。君弃远而不察兮，虽愿忠其焉得？欲寂漠而绝端兮，窃不敢忘初之厚德。独悲愁其伤人兮，冯郁郁其何极！

霜露惨凄而交下兮，心尚幸其弗济。霰雪雰糅其增加兮，乃知遭命之将至。愿徼幸而有待兮，泊莽莽与野草同死。愿自直而径往兮，路壅绝而不通。欲循道而平驱兮，又未知其所从。然中路而迷惑兮，自压按而学诵。性愚陋以褊浅兮，信未达乎从容。窃美申包胥之气盛兮，恐时世之不固。何时俗之工巧兮，灭规矩而改凿。独耿介而不随兮，愿慕先圣之遗教。处浊世而显荣兮，非余心之所乐。与其无义而有名兮，宁穷处而守高。食不媮而为饱兮，衣不苟而为温。窃慕诗人之遗风兮，愿托志乎素餐。蹇充倔而无端兮，泊莽莽而无垠。无衣裘以御冬兮，恐溘死不得见乎阳春。

对楚王问

楚襄王问于宋玉曰："先生其有遗行与？何士民众庶不誉之甚也？"

宋玉对曰："唯、然。有之。愿大王宽其罪，使得毕其辞。

"客有歌于郢中者。其始曰《下里》《巴人》，国中属而和者数千人。其为《阳阿》《薤露》，国中属而和者数百人。其为《阳春》《白雪》，国中属而和者，不过数十人。引商刻羽，杂以流徵，国中属而和者，不过数人而已。是其曲弥高，其和弥寡。

"故鸟有凤而鱼有鲲。凤皇上击九千里，绝云霓、负苍天，翱翔乎杳冥之上。夫蕃篱之鷃，岂能与之料天地之高哉？鲲鱼朝发昆仑之墟，暴鬐于碣石，暮宿于孟诸。夫尺泽之鲵，岂能与之量江海之大哉？

"故非独鸟有凤而鱼有鲲也，士亦有之。夫圣人瑰意琦行，超然独处。夫世俗之民，又安知臣之所为哉？"

附　录：

屈平疾王听之不聪也，谗谄之蔽明也，邪曲之害公也，方正之不容也，故忧愁幽思而作《离骚》。《离骚》者，犹离忧也。……信而见疑，忠而被谤，能无怨乎？屈平之作《离骚》，盖自怨生也。《国风》好色而不淫，《小雅》怨诽而不乱，若《离骚》者，可谓兼之矣。上称帝喾，下道齐桓，中道汤武，以刺世事。明道德之广崇，治乱之条贯，靡不毕见。其文约，其辞微，其志洁，其行廉，其称文小而其指极大，举类迩而见义远。其志洁，故其称物芳；其行廉，故死而不容自疏。濯淖污泥之中，蝉蜕于浊秽，以浮游尘埃之外，不获世之滋垢，皭然泥而不滓者也。推此志也，虽与日月争光可也。（司马迁：《史记·屈原列传》）

然其文弘博丽雅，为辞赋宗。后世莫不斟酌其英华，则象其从容。自宋玉、唐勒、景差之徒，汉兴枚乘、司马相如、刘向、扬雄，骋极文辞，好而悲之，自谓不能及也。虽非明智之器，可谓妙才者也。（班固：《离骚序》）

屈原之词，诚博远矣。自终没以来，名儒博达之士著造词赋，莫不拟则其仪表，祖式其模范，取其要妙，窃其华藻，所谓金相玉质，百世无匹，名垂罔极，永不刊灭者也。（王逸：《楚辞章句叙》）

《离骚》之文，依《诗》取兴，引类譬喻，故善鸟香草，以配忠贞；恶禽臭物，以比谗佞；灵修美人，以媲于君；宓妃佚女，以譬贤臣；虬龙鸾凤，以托君子；飘风云霓，以为小人。其词温而雅，其义皎而朗。凡百君子，莫不慕其清高，嘉其文采，哀其不遇，而愍其志焉。（王逸：《楚辞章句·离骚经序》）

楚辞者，体慢于三代，而风雅于战国，乃雅颂之博徒，而辞赋之英杰也。观其骨鲠所树，肌肤所附，虽取镕经意，亦自铸伟辞。故《骚经》、《九章》，朗丽以哀志；《九歌》、《九辩》，绮靡以伤情；《远游》、《天问》，瑰诡而惠巧；……故能气往轹古，辞来切今，惊采绝艳，难与并能矣。……是以枚、贾追风以入丽，马、扬沿波而得奇，其衣被词人，非一代也。（刘勰：《文心雕龙·辨骚》）

盖屈宋诸骚，皆书楚语，作楚声，记楚地，名楚物，故可谓之"楚辞"。（宋黄伯思：《校定楚辞序》，见《宋文鉴》卷九十二）

战国之世，言道术既有庄周之蔑诗礼，贵虚无，尤以文辞，陵轹诸子。在韵言则有屈原起于楚，被谗放逐，乃作《离骚》。逸响伟辞，卓绝一世。后人惊其文采，相率仿效，以原楚产，故称"楚辞"。较之于《诗》，则其言甚长，其思甚幻，其文甚丽，其旨甚明，凭心而言，不遵矩度。故后儒之服膺诗教者，或訾而绌之，然其影响于后来之文章，乃甚或在三百篇以上。（鲁迅：《汉文学史纲要》）

《九辩》者，楚大夫宋玉之所作也。……宋玉者，屈原弟子也。闵惜其师，忠而放逐，故作《九辩》以述其志。至于汉兴，刘向、王褒之徒，咸感其文，依而作词，故号为"楚词"。亦采其九以立义焉。（王逸：《楚辞章句·九辩序》）

参考书目：

司马迁：《史记·屈原列传》，中华书局 1959 年版。

洪兴祖：《楚辞补注》，中华书局 1983 年版。

姜亮夫：《重订屈原赋校注》，天津古籍出版社 1987 年版。

先 秦 文

历 史 散 文

尚　　书

《尚书》意为上古之书,亦称《书》。汉儒尊之为经典,称《书经》。所辑或为上古历史文献,或为追述古代事迹之著作,其中虞书和夏书系后世儒生根据某些古代传闻编写而成;商书和周书的大部分则比较可信。重要注本有唐孔颖达的《尚书正义》、宋蔡沈的《书集传》、清孙星衍的《尚书今古文注疏》等。

盘 庚 上^①（商书）

　　盘庚迁于殷^②,民不适有居^③,率吁众戚^④。出矢言^⑤,曰:"我王来^⑥,既爰宅于兹^⑦,重我民,无尽刘^⑧。不能胥匡以生,卜稽曰其如台^⑨! 先王有服^⑩,恪谨天命^⑪,兹犹不常宁^⑫;不常厥邑,于今五邦^⑬。今不承于古^⑭,罔知天之断命,矧曰其克从先王之烈^⑮! 若颠木之有由蘖^⑯,天其永我命于兹新邑。绍复先王之大业,厎绥四方^⑰。"

　　盘庚敩于民由乃在位^⑱,以常旧服正法度^⑲,曰:"无或敢伏小人之攸箴^⑳!"王命众悉至于庭。

　　王若曰:"格汝众^㉑,予告汝训汝^㉒:猷黜乃心^㉓,无傲从康^㉔。

　　"古我先王,亦惟图任旧人共政^㉕。王播告之修^㉖,不匿厥指,王用丕钦^㉗。罔有逸言^㉘,民用丕变。今汝聒聒^㉙,起信险肤^㉚,予弗知乃所讼^㉛!

　　"非予自荒兹德^㉜,惟汝含德^㉝,不惕予一人^㉞。予若观火^㉟,予亦拙谋,作乃逸^㊱。

　　"若网在纲^㊲,有条而不紊。若农服田力穑,乃亦有秋^㊳。汝克黜乃心^㊴,施实德于民,至于婚友^㊵,丕乃敢大言,汝有积德! 乃不畏戎毒于远迩^㊶,惰农自安,不昏作劳^㊷,不服田亩,越其罔有黍稷^㊸。

　　"汝不和吉言于百姓^㊹,惟汝自生毒,乃败祸奸宄^㊺,以自灾于厥身。乃既先恶于民,乃奉其恫^㊻,汝悔身何及! 相时憸民^㊼,犹胥顾于箴言,其发有逸口,矧予制乃短长之命^㊽! 汝曷弗告朕而胥动以浮言^㊾?恐沈于众,若火之燎于原,不可向迩,其犹可扑灭^㊿?则惟汝众自作弗靖,非予有咎!

　　"迟任⁽⁵¹⁾有言曰:'人惟求旧;器非求旧,惟新。'

　　"古我先王暨乃祖乃父,胥及逸勤⁽⁵²⁾;予敢动用非罚⁽⁵³⁾! 世选尔劳,予不掩尔善⁽⁵⁴⁾。兹予大享于先王⁽⁵⁵⁾,尔祖其从与享之。作福作灾,予亦不敢动用非德⁽⁵⁶⁾。

　　"予告汝于难⁽⁵⁷⁾,若射之有志⁽⁵⁸⁾。汝无侮老成人⁽⁵⁹⁾,无弱孤有幼⁽⁶⁰⁾;各长于厥居⁽⁶¹⁾,勉出乃力,听予一人之作猷⁽⁶²⁾。

　　"无有远迩,用罪伐厥死⁽⁶³⁾,用德彰厥善⁽⁶⁴⁾。邦之臧,惟汝众;邦之不臧,惟予一人有佚罚⁽⁶⁵⁾。

"凡尔众，其惟致告(66)：自今至于后日，各恭尔事(67)，齐乃位(68)，度乃口(69)。罚及尔身，弗可悔！"

①盘庚：商朝汤王之十世孙。祖丁之子，继其兄阳甲而有天下，为商朝中兴王。盘庚迁都于殷，遭到部分贵族与平民的反对，盘庚多次告谕群臣与民众，本文即为盘庚告谕贵族大臣之辞。　②殷：地名，在今河南安阳小屯附近。　③适：悦也。　有居：所居之地，指殷。　④率：用，因此之意。　吁：呼。　众戚：诸位贵戚。　⑤矢：陈述。此为贵戚传达盘庚的话。　⑥我王：指盘庚。　⑦爰宅：改变住地。爰，易，变。　兹：这里，指新都殷。　⑧刘：杀害。　⑨"不能"两句：意谓如果不能相互救助而生存，只靠占卜也没有用。　胥：相，互相。　匡：救助。　生：生存。　卜稽：占卜考察。　其如台(yí)：犹言其如何。　⑩服：法制。　⑪恪(kè)：恭敬。　谨：顺。　⑫兹犹：因此。　常：永久。　宁：安。　⑬五邦：五处国都。　⑭承：继承。　古：指先王。　⑮矧(shěn)：何况。　克：能。　烈：功业。　⑯颠：倒仆。　由蘖(niè)：树木之萌芽。　⑰厎(zhǐ)绥：安定。厎，定。绥，安。　⑱敩(xiào)：教、开导。　在位：指在位的大臣。　⑲常：遵守。　旧服：旧的法制。　正：整顿。　⑳无：不要，带有命令语气。　伏：隐瞒。　小人：指百姓。　攸：所。　箴：规诫的话。　㉑格：至，来。　㉒告：告诫。　训：训导。　㉓猷(yóu)：通由，犹言为了。　黜：除去。　乃心：你们的私心。　㉔傲：傲慢。　从：通"纵"。　康：安逸。　㉕惟：思。　图：谋划，考虑。　旧人：长期在官位的人。　共政：共理朝政。　㉖王：指先王。　播告：公布命令。　修：远也。清儒多谓修字应属下句，疑修当为迪。今存疑。　㉗用：因此。　丕：大。　钦：敬重。　㉘逸言：指过分的话。　㉙聒(guō)聒：喧嚷，嘈杂。　㉚起：兴起，编造出话来。　信：通伸，申说。　险：邪恶。　肤：浮肤。　㉛讼：争辩。　㉜荒：废弃。　兹德：这种美德。　㉝含：怀藏，隐瞒之意。　㉞惕：畏惧。　予一人：指盘庚自己。　㉟观火：看火，比喻看得很清楚。　㊱乃：你们。　逸：放纵。　㊲纲：网上的大绳。　㊳服：治理。　穑(sè)：收割，这里指农事劳动。　乃：于是。　有秋：指秋天的好收成。　㊴黜：去掉。　心：指私心。　㊵施：施与。　实德：真实的好意。　婚：亲戚。　友：朋友。　㊶戎：大。　毒：害。　迩：近。　㊷昬(mǐn)："暋"的假借字，勉力的意思。　㊸越其：发语词，于是就。　㊹和：俞樾读为宣，宣布之意。　吉言：好话。　㊺败祸：指做坏事。　奸宄(guǐ)：《国语·晋语》"乱在内为'宄'，在外为'奸'"。　㊻先：引导，倡导。　恫(dòng)：痛。　㊼相(xiàng)：视，看。　时：同是，代词。　憸(xiān)民：小民。憸，小。　㊽制：掌握。　短长之命：或短或长的寿命。　㊾曷弗：何不。　动：煽动。　㊿沈：深。　(51)迟任：古之贤史。　(52)胥及：相与。　逸：安乐。　勤：劳苦。　(53)敢：犹言岂敢。　非罚：不适当的处罚。　(54)选：与纂通，作继续讲。　劳：劳绩。　不掩：不掩盖。　(55)享：祭祀。古人祭天神称祀，祭地祇曰祭，祭人鬼为享。此处指在家庙中祭先祖。　(56)非德：不恰当的赏赐。　(57)于：以。难，艰难。　(58)志：同识，此处指箭靶。　(59)侮老：《唐石经》作老侮，轻慢之意。　老成人：老者，长者。　(60)弱孤：欺凌。　有幼：未成年人。有，名词词头。　(61)长于厥居：长久地安居于此。　(62)作猷：所作的谋划。猷，谋划。　(63)伐：诛，意为惩罚。　死：此指恶行。　(64)德：这里指以爵行赏。　(65)臧：善。　惟：是。　(66)致告：犹言互相转告。　(67)恭：与共通，作奉解。　(68)齐：作整解，认真的意思。　位：职位。　(69)度：借作杜，作闭解。

无　逸(周书)

周公曰："呜呼，君子所其无逸，先知稼穑之艰难，乃逸，则知小人之依。相小人，厥父母勤劳稼穑，厥子乃不知稼穑之艰难。乃逸，乃谚既诞。否则侮厥父母，曰：'昔之人无闻知。'"

周公曰："呜呼，我闻曰，昔在殷王中宗。严恭寅畏，天命自度。治民祗惧，不敢荒宁，肆中宗之享国，七十有五年。其在高宗，时旧劳于外，爰暨小人。作其即位，乃或亮阴，三年不言。其惟不言，言乃雍。不敢荒宁，嘉靖殷邦。至于小大，无时或怨。肆高宗之享国，五十有九年。其在祖甲，不义惟王，旧为小人。作其即位，爰知小人之依，能保惠于庶民，不敢侮鳏寡。肆祖甲之享国，三十有三年。自时厥后立王，生则逸。生则逸，不知稼穑之艰难，不闻小人之劳，惟耽乐之从。自时厥后，亦罔或克寿。或十年，或七八年，或五六年，或四三年。"

周公曰："呜呼，厥亦惟我周太王、王季，克自抑畏。文王卑服，即康功田功。徽柔懿恭，怀保小民，惠鲜鳏寡。自朝至于日中昃，不遑暇食，用咸和万民。文王不敢盘于游田，以庶邦惟正之供。文王受命惟中身，厥享国五十年。"

周公曰："呜呼，继自今嗣王。则其无淫于观，于逸，于游，于田，以万民惟正之供。无皇曰，今日耽乐，乃非民攸训，非天攸若，时人丕则有愆。无若殷王受之迷乱，酗于酒德哉！"

周公曰："呜呼，我闻曰，古之人犹胥训告，胥保惠，胥教诲。民无或胥诪张为幻。此厥不听，人乃训之，乃变乱先王之正刑，至于小大。民否则厥心违怨，否则厥口诅祝。"

周公曰："呜呼，自殷王中宗，及高宗，及祖甲，及我周文王，兹四人迪哲。厥或告之曰，小人怨汝，詈汝，则皇自敬德。厥愆，曰：朕之愆。允若时，不啻不敢含怨。此厥不听，人乃或诪张为幻。曰，小人怨汝，詈汝，则信之。则若时，不永念厥辟，不宽绰厥心。乱罚无罪，杀无辜，怨有同，是丛于厥身。"

周公曰："呜呼，嗣王，其监于兹。"

左　　传

《左传》，相传为春秋末期鲁国史官左丘明所作。宋以后研究者多认为此书非一人一时一地之作，全书大致成于战国初期。司马迁称其书为《左氏春秋》，后人认为它是为传孔子的《春秋》而作的，故称它为《春秋左氏传》，简称《左传》，并与《公羊传》、《谷梁传》合称"春秋三传"，同被儒家学者尊为经典。

《左传》是一部以鲁国12位君主系年的编年体史书。其记事始于鲁隐公元年（公元前722），止于鲁哀公二十七年（公元前468）。书中记事详明，文笔优美，特别善于描写战争、叙述人物辞令。既是一部杰出的历史著作，也是一部卓越的文学作品。对后世的历史著作和叙事类文学作品的创作都有深远的影响。

现存《左传》最早注本为晋杜预《春秋经传集解》。其他通行的注本有清代顾炎武的《左传杜注补正》、惠栋的《左传补注》、洪亮吉的《春秋左传诂》和今人杨伯峻的《春秋左传注》。

晋公子重耳之亡①
（僖公二十三年、二十四年）

晋公子重耳之及于难也②，晋人伐诸蒲城③。蒲城人欲战，重耳不可，曰："保君父之命而享其生禄④，于是乎得人⑤；有人而校⑥，罪莫大焉。吾其奔也⑦！"遂奔狄⑧。从者狐偃、赵衰、颠颉、魏武子、司空季子⑨。狄人伐廧咎如⑩，获其二女叔隗、季隗⑪，纳诸公子⑫。公子取季隗⑬，生伯鯈⑭、叔刘。以叔隗妻赵衰⑮，生盾。将适齐，谓季隗曰："待我二十五年，不来而后嫁。"对曰："我二十五年矣，又如是而嫁，则就木焉⑯。请待子。"处狄十二年而行。

过卫，卫文公不礼焉⑰。出于五鹿⑱，乞食于野人，野人与之块⑲。公子怒，欲鞭之。子犯曰："天赐也⑳。"稽首㉑，受而载之。

及齐，齐桓公妻之，有马二十乘㉒。公子安之。从者以为不可。将行，谋于桑下。蚕妾在其上㉓，以告姜氏㉔。姜氏杀之，而谓公子曰："子有四方之志，其闻之者，吾杀之矣。"公子曰："无之。"姜曰："行也！怀与安，实败名㉕。"公子不可。姜与子犯谋，醉而遣之。醒，以戈

31

逐子犯。

及曹，曹共公闻其骈胁㉖，欲观其裸。浴，薄而观之㉗。僖负羁㉘之妻曰："吾观晋公子之从者，皆足以相国㉙；若以相㉚，夫子必反其国㉛；反其国，必得志于诸侯㉜；得志于诸侯，而诛无礼，曹其首也。子盍蚤自贰焉㉝？"乃馈盘飧，置璧焉㉞。公子受飧反璧。

及宋，宋襄公赠之以马二十乘㉟。

及郑，郑文公亦不礼焉㊱。叔詹谏曰㊲："臣闻天之所启，人弗及也㊳。晋公子有三焉，天其或者将建诸？君其礼焉！男女同姓，其生不蕃㊴。晋公子，姬出也㊵，而至于今，一也；离外之患，而天不靖晋国㊶，殆将启之，二也；有三士，足以上人，而从之㊷，三也。晋、郑同侪㊸，其过子弟，固将礼焉；况天之所启乎？"弗听。

及楚，楚子飨之㊹，曰："公子若反晋国，则何以报不穀㊺？"对曰："子女玉帛㊻，则君有之；羽毛齿革㊼，则君地生焉；其波及晋国者，君之余也。其何以报君？"曰："虽然，何以报我？"对曰："若以君之灵，得反晋国，晋、楚治兵，遇于中原，其辟君三舍㊽；若不获命㊾，其左执鞭弭，右属櫜鞬，以与君周旋㊿。"子玉请杀之⒂。楚子曰："晋公子广而俭，文而有礼；其从者肃而宽，忠而能力⒀。晋侯无亲⒁，外内恶之。吾闻姬姓，唐叔之后，其后衰者也，其将由晋公子乎⒂？天将兴之，谁能废之？违天，必有大咎⒃。"乃送诸秦。

秦伯纳女五人，怀嬴与焉⒄。奉匜沃盥⒅，既而挥之。怒曰："秦、晋，匹也，何以卑我⒆？"公子惧，降服而囚⒇。他日，公享之。子犯曰："吾不如衰之文也，请使衰从。"公子赋《河水》，公赋《六月》。赵衰曰："重耳拜赐！"公子降，拜，稽首。公降一级而辞焉。衰曰："君称所以佐天子者命重耳，重耳敢不拜！"

二十四年，春，王正月，秦伯纳之。不书，不告入也。及河，子犯以璧授公子，曰："臣负羁绁，从君巡于天下，臣之罪甚多矣。臣犹知之，而况君乎？请由此亡。"公子曰："所不与舅氏同心者，有如白水！"投其璧于河。济河，围令狐，入桑泉，取臼衰。二月，甲午，晋师军于庐柳。秦伯使公子絷如晋师。师退，军于郇。辛丑，狐偃及秦晋之大夫盟于郇。壬寅，公子入于晋师。丙午，入于曲沃。丁未，朝于武宫。戊申，使杀怀公于高梁。不书，亦不告也。

吕、郤畏偪，将焚公宫而弑晋侯。寺人披请见。公使让之，且辞焉，曰："蒲城之役，君命一宿，女即至。其后余从狄君以田渭滨，女为惠公来求杀余。命女三宿，女中宿至。虽有君命，何其速也？夫祛犹在，女其行乎！"对曰："臣谓君之入也，其知之矣；若犹未也，又将及难。君命无二，古之制也。除君之恶，唯力是视。蒲人、狄人，余何有焉？今君即位，其无蒲、狄乎？齐桓公置射钩而使管仲相，君若易之，何辱命焉？行者甚众，岂唯刑臣！"公见之，以难告。三月，晋侯潜会秦伯于王城。己丑，晦，公宫火。瑕甥、郤芮不获公，乃如河上，秦伯诱而杀之。

晋侯逆夫人嬴氏以归。秦伯送卫于晋三千人，实纪纲之仆。

初，晋侯之竖头须，守藏者也；其出也，窃藏以逃，尽用以求纳之。及入，求见；公辞焉以沐。谓仆人曰："沐则心覆，心覆则图反，宜吾不得见也。居者为社稷之守，行者为羁绁之仆，其亦可也，何必罪居者？国君而仇匹夫，惧者甚众矣。"仆人以告，公遽见之。

狄人归季隗于晋，而请其二子。文公妻赵衰，生原同、屏括、楼婴。赵姬请逆盾与其母，子余辞。姬曰："得宠而忘旧，何以使人？必逆之！"固请，许之。来，以盾为才，固请于公,以为嫡子^⑪;而使其三子下之^⑪。以叔隗为内子^⑪,而己下之。

晋侯赏从亡者^⑪,介之推不言禄^⑪,禄亦弗及。推曰:"献公之子九人,唯君在矣。惠、怀无亲,外内弃之。天未绝晋,必将有主。主晋祀者^⑪,非君而谁? 天实置之^⑫,而二三子以为己力^⑬,不亦诬乎? 窃人之财,犹谓之盗,况贪天之功以为己力乎? 下义其罪,上赏其奸^⑮;上下相蒙,难与处矣。"其母曰:"盍亦求之,以死,谁怼^⑯?"对曰:"尤而效之^⑰,罪又甚焉! 且出怨言,不食其食。"其母曰:"亦使知之^⑱,若何?"对曰:"言,身之文也^⑲。身将隐,焉用文之? 是求显也^⑬。"其母曰:"能如是乎? 与女偕隐。"遂隐而死。晋侯求之不获,以绵上为之田^⑫,曰:"以志吾过^⑬,且旌善人^⑭。"

①重耳:人名,晋献公之子,即后来的晋文公,春秋五霸之一。据《左传》载:僖公四年(前628),晋献公宠妃骊姬为了让自己的亲生儿子奚齐成为太子,设计谋杀了原太子申生,又想加害于公子重耳、夷吾,两位公子同时出奔。献公死,晋国内乱,奚齐被杀。夷吾利用秦国的力量回国继位,是为晋惠公。重耳则继续在外流浪,直到僖公二十四年终于取得了晋国国君位。本文选自《左传》僖公二十三年、二十四年所记事。叙述了重耳艰难的流浪历程,写出了重耳由一个普通公子经19年的磨炼,终于成为一个英明君主的过程。 ②及于难:指僖公四年骊姬之乱。 ③蒲城:地名,在今山西省隰(xí)县。是重耳的采邑。寺人披伐蒲城事见《左传》僖公五年。 ④保:依恃,靠着。 生禄:养生之禄邑。 ⑤得人:拥有封地的百姓。 ⑥校:同较,较量,对抗。 ⑦奔:出奔,流亡。 ⑧狄:古代北方的少数民族,一说狄为重耳生母的故国。故重耳奔狄。 ⑨狐偃(yǎn):字子犯,重耳舅父。 赵衰(cuī):字子余,晋大夫。 颠颉(jié):后来是晋大夫。 魏武子:名犨(chōu),后是晋大夫。 司空季子:一名胥臣臼季,后是晋大夫。 ⑩廧咎(qiáng gāo)如:狄族的一支。 ⑪隗(wěi):廧咎如族的姓。 ⑫纳诸:送之于。 ⑬取:娶。 ⑭儵(yóu):人名。 ⑮妻(qì):作动词,许配。 ⑯就木:犹言进棺材。 ⑰卫文公:卫国国君,名燬(huǐ)。 不礼:不予礼待。 ⑱五鹿:卫地名,在今河南省濮阳县东北。 ⑲野人:乡野之人,即普通平民。 块:土块。 ⑳天赐:上天的赏赐。土块是土地的象征,"民本"者常以民代天,故云。 ㉑稽首:以头叩地,停留许久,是古代最敬重之礼。 ㉒有马二十乘(shèng):四马拉一车为一乘,实有马八十匹。 ㉓蚕妾:养蚕的女奴。 其上:指桑树上。 ㉔姜氏:齐桓公许配给重耳做妻子的齐女,姓姜。 ㉕怀:眷恋家室。 安:贪图安逸。 败名:毁坏声名。 ㉖曹共公:曹国国君,名襄。 骈(pián)胁:腋下肋骨相连成一片。 ㉗浴:洗澡。 薄:靠近。 ㉘僖负羁:人名,曹大夫。 ㉙相国:辅助君主治理国家。 ㉚若以相:假如用他们做辅助之臣。 ㉛夫(fú)子:那个人,指重耳。 ㉜得志于诸侯:称霸于诸侯各国。 ㉝馈(kuì)盘飧(sūn):送给一盘晚餐。 置璧:放一块玉璧以示交好。 ㉞宋襄公:宋国国君,名兹父。 ㉟郑文公:郑国国君,名捷。 ㊱叔詹:郑大夫。 谏(jiàn):旧时下对上的规劝称为谏。 ㊲天之所启:天所启发、开导的人。 启,开。 ㊳"男女"两句:言同姓结婚,后代不会蕃盛。 蕃:旺盛。 ㊴姬出也:姓姬的父母所生。 ㊵离:同罹(lí),遭受。 靖:安宁。 ㊶三士:当指狐偃、赵衰和贾佗(也是从重耳流亡者)。 足以上人:足可以称为杰出的人才。 ㊷同侪(chái):地位相同。 ㊸楚子:指楚成王,名熊恽。楚为子爵,故称其君为楚子。 飨(xiǎng):同享,以酒食款待人。 之:指重耳。 ㊹不穀:犹言不善,古代诸侯自称的谦辞。 ㊺子女:男女奴隶。 ㊻羽毛齿革:指鸟羽、兽毛、象牙、皮革等珍贵之物。 ㊼辟:同避。 三舍:九十里。一舍为三十里。 ㊽若不获命:假如得不到您退兵的命令。 ㊾鞭:马鞭。 弭(mǐ):未装饰的弓,此泛指弓。 属(zhǔ):佩,系。 櫜(gāo):箭袋。 鞬(jiàn):盛弓之器。 周旋:此指打仗。 ㊿子玉:楚国令尹(丞相),名得臣。 ○51广:志向远大。 俭:通检,约束,检点。 文:善于辞令。 ○52肃:态度严肃。 宽:宽厚待人。 忠:指效忠于重耳。 能力:指能为重耳出力。 ○53晋侯:指晋惠公夷吾,重耳异母兄弟。 无亲:不得民心。 ○54唐叔:周成王弟叔虞,封于唐,其子改国号为晋。故唐叔为晋之始祖。 ○55其将由晋公子乎:大概将由晋公子重耳复兴晋国吧! ○56大咎(jiù):大祸。 ○57秦伯:指秦穆公,名任

好。秦国的爵位是伯爵,故称秦伯。　　纳女:指穆公送女子给重耳为妾。　　怀嬴(yíng):穆公之女,嬴姓,曾嫁给晋惠公之子圉(yǔ),圉即后来的晋怀公,故称此女为怀嬴。现在穆公又将她嫁给重耳。　　与(yù):在其中。　　⑤奉:捧。　　匜(yí):盛水之具。　　沃:浇水。　　盥(guàn):洗手。　　⑤既:洗完手。　　挥之:挥手使怀嬴走开。　　⑩匹:匹敌,等级相同。　　卑:轻视。　　⑤降服:指脱去上衣,自囚向怀嬴谢罪。　　⑥公:秦穆公。　　享之:设酒宴款待重耳。　　⑥衰(cuī):赵衰。　　文:善于辞令。　　⑥《河水》:据古注当是《诗经·小雅·沔水》篇。河为沔之误。诗言水流千里终归大海,喻重耳流亡天下终归秦。重耳赋此诗,目的是颂扬秦国。　　《六月》:《诗经·小雅》中的一篇。诗叙述周宣王时尹吉甫辅助宣王北伐获胜。穆公赋此诗,目的是祝愿重耳返晋后,能辅助周天子,成就尹氏一样的功业。　　⑥降:走下台阶。　　⑥降一级:走下一级台阶,表示辞让。　　⑥王:指周王。　　正月:周历正月,即夏历十一月。　　⑥秦伯纳之:秦穆公派人护送重耳入晋。纳,使入。之,指重耳。　　⑥"不书"两句:解释《春秋》未记载此事的原因,是因晋国并未将此事告诉鲁国。　　⑩羁:马络头。　　绁(xiè):马缰绳。　　⑦亡:离开。　　⑦济:渡过。　　⑦令(líng)狐:地名,今山西省临猗县西。　　桑泉:地名,在今山西省解县西。　　臼衰:地名,今山西省旧解县治解州镇西北。　　⑦甲午:甲午那天。古代以干支纪日,甲午及下文辛丑、壬寅、丙午、丁未、戊申都指日子。　　⑦军:驻军。　　庐柳:地名,在今山西省临猗县北。　　⑦絷(zhí):秦公子。　　如:往,去。　　⑦郇(xún):地名,在今山西省临猗县西南。　　⑦盟:订立同盟。　　⑦曲沃:地名,在今山西省闻喜县东北。　　⑧朝:朝拜。　　武宫:重耳祖父晋武公神庙。　　㉛怀公:晋怀公。惠公之子,名圉。　　高梁:地名,在今山西省临汾市东北。　　㉜吕、郤(xì):指晋惠公的旧臣吕甥、郤芮。　　畏偪(bī):怕受到重耳的迫害。　　㉝寺人:阉人。　　披:寺人名披。　　㉞让(rǎng):斥责。　　㉟蒲城之役:指晋献公派寺人披伐蒲追杀重耳之事。　　㊱田:打猎。　　㊲中宿:第二夜。　　㊳袪(qū):衣袖,寺人披伐蒲,重耳跳墙而走,披斩断了重耳一条衣袖。事见《左传·僖公五年》。　　㊴君之入:指重耳回国做君主。　　知之:知道为君之道。　　㊵及难:遭难。指吕甥、郤芮"将焚公宫而弑晋侯"的阴谋。　　㊶君命无二:执行君命不能有二心。　　制:制度、准则。　　㊷君之恶:国君的仇人、对头。　　唯力是视:竭尽全力。　　㊸其无蒲、狄乎:难道就没有您当年在蒲、狄那样的危险了吗?　　㊹"齐桓公"句:公子纠与公子小白(齐桓公)争位,管仲为公子纠箭射小白,中衣带钩。后小白为齐君,置射钩之仇不问,使管仲为相,终成霸业。　　㊺君若易之:如果您与齐桓公不同。　　㊻行者:逃亡者。　　刑臣:受过刑之臣。此为披自称。　　㊼以难告:披把吕甥、郤芮阴谋发难之事告诉重耳。　　㊽潜会:暗中相会。　　王城:地名,在今陕西省大荔县东。　　㊾晦:月终的那一天称晦。　　㊿瑕(xiá)甥:即吕甥。　　⓫逆:迎,接。　　嬴氏:即秦穆公许配给重耳的女儿。　　⓬送卫:护送的卫士。　　⓭实:充实。　　纪纲之仆:维护国家秩序的隶属。　　⓮竖(shù):未成年的童仆,一说小臣。　　头须:人名。　　⓯守藏(zàng):看守仓库。　　⓰其出也:指重耳逃亡时。　　⓱"窃藏"两句:说头须把仓库的钱财偷跑,把钱财都用在设法使重耳返国的事上。　　⓲及入:到重耳回国。　　⓳辞焉以沐:重耳借口洗头,辞而不见头须。　　⓴"沐则"两句:洗头时脸向下,则心也向下,考虑问题就会反常。　　⓫行者:指随重耳出亡的人。与居者(留下的人)相对。　　⓬匹夫:普通百姓。　　⓭以告:以头须之言报告重耳。　　遽(jù):急忙。　　⓮请其二子:狄人请示如何处置季隗的两个儿子(伯儵、叔刘)。　　⓯文公妻(qì)赵衰:重耳把女儿许配给赵衰为妻。　　⓰赵姬:即重耳之女,赵衰之妻。　　盾:指赵盾,是赵衰与狄女叔隗所生之子。　　⓱嫡(dí)子:正妻所生之子。　　⓲下之:地位在其下。　　⓳内子:正妻。　　⓴介之推:姓介名推,之是语助词。从重耳出亡者之一。之,一作子。　　不言禄:不要禄位。　　⓫主晋祀者:主持晋国宗庙祭祀的人。　　⓬天实置之:犹言实际上是上天立重耳为君。　　⓭二三子:指随重耳出亡者。　　⓮下义其罪:下面的从亡者把罪当成正义。　　⓯上赏其奸:在上的君主对奸佞进行赏赐。　　⓰怼(duì):怨恨。　　⓱"尤而"句:斥责过错而又去效法它。尤,过错,此为斥责之意。　　⓲不食其食:犹不食其禄。以上二句是说,况且我已口出怨言,不吃他们的俸禄。　　⓳亦使知之:应该让重耳知道这件事。　　⓴文:文饰。　　⓫求显:求显露,希望别人知道。　　⓬绵上:地名,在今山西省介休县东南四十里与灵石县交界之介山下。　　为之田:作为他的祭田。　　⓭志:誌,记,标志。　　⓮旌(jīng):表扬。

晋楚城濮之战^①

（僖公二十八年）

宋人使门尹般如晋师告急^②。公曰^③："宋人告急，舍之则绝^④，告楚不许^⑤。我欲战矣，齐、秦未可^⑥，若之何？"先轸曰^⑦："使宋舍我而赂齐、秦^⑧，藉之告楚^⑨。我执曹君，而分曹、卫之田以赐宋人^⑩。楚爱曹、卫，必不许也。喜赂怒顽^⑪，能无战乎？"公说^⑫，执曹伯^⑬，分曹、卫之田以畀宋人^⑭。

楚子入居于申^⑮，使申叔去谷^⑯，使子玉去宋^⑰，曰："无从晋师^⑱！晋侯在外^⑲，十九年矣，而果得晋国。险阻艰难，备尝之矣；民之情伪，尽知之矣。天假之年^㉑，而除其害^㉒，天之所置，其可废乎？《军志》曰^㉓：'允当则归'^㉔。又曰：'知难而退'。又曰：'有德不可敌^㉕'。此三志者，晋之谓矣。"

子玉使伯棼请战^㉖，曰："非敢必有功也^㉗，愿以间执谗慝之口^㉘。"王怒，少与之师，唯西广、东宫与若敖之六卒实从之^㉙。

子玉使宛春告于晋师曰^㉚："请复卫侯而封曹^㉛，臣亦释宋之围。"子犯曰："子玉无礼哉！君取一，臣取二^㉜。不可失矣。"先轸曰："子与之^㉝。定人之谓礼^㉞。楚一言而定三国^㉟，我一言而亡之，我则无礼，何以战乎？不许楚言，是弃宋也。救而弃之，谓诸侯何^㊱？楚有三施^㊲，我有三怨，怨仇已多，将何以战？不如私许复曹、卫以携之^㊳，执宛春以怒楚，既战而后图之。"公说，乃拘宛春于卫，且私许复曹、卫。曹、卫告绝于楚。

子玉怒，从晋师。晋师退。军吏曰^㊴："以君避臣^㊵，辱也；且楚师老矣^㊶，何故退？"子犯曰："师直为壮^㊷，曲为老，岂在久乎？微楚之惠不及此^㊸，退三舍避之^㊹，所以报也。背惠食言^㊺，以亢其仇^㊻，我曲楚直。其众素饱^㊼，不可谓老。我退而楚还，我将何求？若其不还，君退、臣犯，曲在彼矣。"退三舍。楚众欲止，子玉不可。

夏四月，戊辰^㊽，晋侯、宋公、齐国归父、崔夭、秦小子慭次于城濮^㊾。楚师背酅而舍^㊿。晋侯患之。听舆人之诵曰⁵¹："原田每每，舍其旧而新是谋。"公疑焉。子犯曰："战也！战而捷，必得诸侯。若其不捷，表里山河⁵²，必无害也。"公曰："若楚惠何？"栾贞子曰⁵³："汉阳诸姬，楚实尽之⁵⁴。思小惠而忘大耻，不如战也。"晋侯梦与楚子搏，楚子伏己而盬其脑，是以惧⁵⁵。子犯曰："吉。我得天，楚伏其罪，吾且柔之矣⁵⁶。"

子玉使斗勃请战⁵⁷，曰："请与君之士戏，君冯轼而观之，得臣与寓目焉⁵⁸。"晋侯使栾枝对曰："寡君闻命矣⁵⁹。楚君之惠，未之敢忘，是以在此。为大夫退，其敢当君乎⁶⁰？既不获命矣⁶¹，敢烦大夫，谓二三子⁶²，戒尔车乘，敬尔君事⁶³，诘朝将见⁶⁴。"

晋车七百乘⁶⁵，韅、靷、鞅、靽⁶⁶。晋侯登有莘之虚以观师⁶⁷，曰："少长有礼⁶⁸，其可用也！"遂伐其木，以益其兵⁶⁹。己巳⁷⁰，晋师陈于莘北⁷¹，胥臣以下军之佐当陈、蔡⁷²。子玉以若敖之六卒将中军，曰："今日必无晋矣。"子西将左，子上将右⁷³。

胥臣蒙马以虎皮，先犯陈、蔡。陈、蔡奔，楚右师溃。狐毛设二旆而退之⁷⁴。栾枝使舆曳柴而伪遁，楚师驰之⁷⁵。原轸、郤溱以中军公族横击之⁷⁶，狐毛、狐偃以上军夹攻子西，楚左师溃。楚师败绩。子玉收其卒而止，故不败。

晋师三日馆谷⁷⁷，及癸酉而还⁷⁸。

①选自《左传·僖公二十八年》。 城濮:濮城,卫国地名。在今山东鄄(juàn)城西南。本文可以说是《晋公子重耳之亡》的续篇,记载了晋楚争霸中三大战役的第一次大战。 ②门尹般:宋国大夫。门尹,官职名。般,人名。 如:前往。 ③公:晋文公,即重耳。 ④舍之则绝:丢开不管,晋宋友好关系就将断绝。 ⑤告楚:央告楚国退兵。 ⑥齐秦未可:未征得齐秦二国同意。 ⑦先轸(zhěn):晋国中军主帅。 ⑧赂:贿赂。 ⑨藉:凭借。 ⑩执:扣押。 赐:赏给。 ⑪喜赂怒顽:齐、秦两国因得宋国贿赂而喜,而怒楚国不肯接受调解讲和的态度。 ⑫说:通"悦",高兴。 ⑬曹伯:曹共公。已见《晋公子重耳之亡》注㉖。 ⑭畀(bì):给予。 ⑮楚子:楚成王。 申:国名,姜姓,为楚所吞并,故址在今河南南阳市北。 ⑯申叔:楚大夫。 去:离开。 谷:齐国地名,今山东东阿南。鲁僖公二十六年(前634),申叔奉命伐齐,取谷,留驻在那里,以威胁齐国。现在楚成王命令他从谷撤兵。 ⑰子玉:楚国令尹。鲁僖公二十七年(前633),带兵围宋的统帅。 ⑱从:追随、进逼。 ⑲晋侯:指晋文公重耳。 ⑳情伪:真假虚实。 ㉑天假之年:天赐给他长寿,重耳归国时年66岁。 ㉒除其害:清除了他的敌人(指惠公夷吾早卒,怀公圉被杀,他们的旧臣吕甥、郤芮也已被杀)。 ㉓《军志》:古代兵书,已失传。 ㉔允当(dàng)则归:适可而止的意思。 ㉕有德不可敌:有道德的人是不可战胜的。 ㉖伯棼(fén):楚大夫。 ㉗非敢必有功也:不敢说一定会成功。 ㉘间执:趁机堵塞。 谗慝(tè):挑拨是非的人。指的是楚臣芳贾曾经说子玉"刚而无礼",如果统率三百乘以上的军队作战,就不能成功的话。谗慝之口:当指芳贾的话。 ㉙西广:楚国军队编制分为左、右广,西广即右广。 东宫:太子宫,这里指隶属于太子的部队。 若敖:子玉的祖先。 卒:古军队编伍单位,一卒为一百人。六卒,六百人。 ㉚宛春:楚大夫。 ㉛复卫侯:恢复卫侯的地位。 封曹:恢复曹国的封疆。 ㉜君:指晋文公。 臣:指子玉。 ㉝子:指子犯。 与:答应。 ㉞定人之谓礼:能使别人、别国安定的就叫做礼。 ㉟定三国:指复曹、卫及释宋之围。 ㊱谓诸侯何:怎样向诸侯解释呢? ㊲三施:对三国(宋、曹、卫)都有好处。 ㊳携:离间,分化。暗地里答应曹、卫,恢复他们的国家,来分化离间他们和楚国的关系。 ㊴军吏:军官。 ㊵君:指晋文公。 臣:指子玉。 ㊶老:士气衰落。 ㊷直:正义。 ㊸微:没有。 楚之惠:指重耳流亡到楚受到楚成王救助之事。 ㊹三舍:见《晋公子重耳之亡》注㊼。 ㊺背惠:背弃楚国的恩情。 ㊻亢:通"抗",抵御。 ㊼其众素饱:楚军一向士气饱满。 ㊽四月戊辰:四月初三。 ㊾宋公:宋成公。 国归父、崔夭:都是齐国大夫。 秦小子憖(yìn):秦穆公的一个儿子。 次:驻。 ㊿郤(xī):丘陵险阻的地方。 舍:驻军。 背郤而舍:楚师凭借险阻地势驻扎军队。 51舆人:役卒。 诵:不合乐的歌辞。 52原田:意不详,一说指原野。 每每:草盛貌。 53表里山河:外有黄河为城池,内有太行山作屏障。 54栾贞子:栾枝,晋国下军主帅。 55汉阳:汉水以北。诸姬:许多姬姓国家,如随、蔡等国。 尽之:使之尽,指把它们全部灭掉。 56小惠:是指重耳出亡楚国时受到楚成王厚待。 大耻:是指楚灭晋国同姓诸国。 57盬(gǔ):吮吸。 58我得天:指梦中晋文公仰面朝天,象征"得天"。 伏其罪:楚成王面朝下似伏罪。 柔之:杜预注,脑髓可以柔化人骨。 59斗勃:楚国大夫。 60冯:通"凭"。 轼:车前横木。 得臣:子玉。 寡君:对别国称本国的国君。 62君:指楚君。 63不获命:得不到您的谅解。 64敢:谦恭语气。 烦:麻烦。 大夫:指斗勃。 二三子:指楚将子玉、子西等将领。 65戒:整顿好。 车乘:战车。 敬尔君事:重视你们国君交给你们的任务。 66诘(jié)朝:明天早晨。 67七百乘:古代战车每辆配备甲士三人,步卒七十二人。七百乘共有五万二千五百人的兵力。 68鞻(xiān)、靷(yǐn)、鞅(yàng)、靽(bàn):马身上的披甲缰绳络头之类。在马背部的叫鞻,胸部的叫靷,腹部的叫鞅,在马后部的叫靽。 69有莘:古国名,今山东定陶西南。 虚:同"墟",旧城废址。 70少长有礼:指晋军中少壮在前,年长者在后,严整有序。一说少长是下级和上级。 71益:补充。 兵:武器。 72己巳:四月初四。 73陈:同"阵",摆开阵势。 莘北:莘墟之北,即城濮。 74胥臣:晋国下军副帅。 当:抵挡。 75子西:楚国司马斗宜申统率左军。 子上:即斗勃,统率右军。 76狐毛:狐偃之兄,晋上军主帅。 旆(pèi):大旗,古代军制只有中军主帅驻之地才立二旆。设二旆而退之:假设二旆并后退以迷惑楚军。 77曳柴而伪遁:战车拖着树枝,搅起尘土,制造败退假象,诱敌深入。 78原轸:即先轸。 郤溱(xì zhēn):晋中军副帅。 中军公族:晋侯率领的中军贵族部队。 横击:拦腰攻击。 79馆谷:馆,住楚军的营房。谷,吃缴获的粮食。 80癸酉:四月初八日。 还:撤军回晋国。

郑伯克段于鄢

（隐公元年）

初，郑武公娶于申，曰武姜。生庄公及共叔段。庄公寤生，惊姜氏，故名曰“寤生”，遂恶之。爱共叔段，欲立之。亟请于武公，公弗许。及庄公即位，为之请制。公曰：“制，岩邑也，虢叔死焉，他邑唯命。”请京，使居之，谓之京城大叔。

祭仲曰：“都城过百雉，国之害也。先王之制，大都不过参国之一；中，五之一；小，九之一。今京不度，非制也。君将不堪。”公曰：“姜氏欲之，焉辟害？”对曰：“姜氏何厌之有？不如早为之所，无使滋蔓！蔓，难图也。蔓草犹不可除，况君之宠弟乎？”公曰：“多行不义，必自毙，子姑待之。”

既而大叔命西鄙北鄙贰于己。公子吕曰：“国不堪贰，君将若之何？欲与大叔，臣请事之；若弗与，则请除之。无生民心。”公曰：“无庸，将自及。”

大叔又收贰以为己邑，至于廪延。子封曰：“可矣。厚将得众。”公曰：“不义不暱，厚将崩。”

大叔完聚，缮甲兵，具卒乘，将袭郑。夫人将启之。公闻其期，曰：“可矣！”命子封帅车二百乘以伐京。京叛大叔段。段入于鄢。公伐诸鄢。五月辛丑，大叔出奔共。

遂置姜氏于城颍，而誓之曰：“不及黄泉，无相见也！”——既而悔之。

颍考叔为颍谷封人，闻之，有献于公。公赐之食。食舍肉。公问之。对曰：“小人有母，皆尝小人之食矣，未尝君之羹。请以遗之。”公曰：“尔有母遗，繄我独无！”颍考叔曰：“敢问何谓也？”公语之故，且告之悔。对曰：“君何患焉？若阙地及泉，隧而相见，其谁曰不然？”公从之。公入而赋：“大隧之中，其乐也融融！”姜出而赋：“大隧之外，其乐也泄泄！”遂为母子如初。

附：《春秋》、《公羊传》、《谷梁传》中的《郑伯克段于鄢》

夏五月，郑伯克段于鄢。（《春秋·隐公元年》）

克之者何？杀之也。杀之则曷为谓之克？大郑伯之恶也。曷为大郑伯之恶？母欲立之，己杀之，如勿与而已矣。段者何？郑伯之弟也。何以不称弟？当国也。其地何？当国也。齐人杀无知何以不地？在内也。在内虽当国不地也。不当国，虽在外亦不地也。（《公羊传·郑伯克段于鄢》）

克者何？能也。何能也？能杀也。何以不言杀？见段之有徒众也，……段，弟也，而弗谓“弟”；公子也，而弗谓“公子”，贬之也。段失子弟之道矣，贱段而甚郑伯也。何甚乎？郑伯？甚郑伯之处心积虑，成于杀也。于鄢，远也。犹曰取之其母之怀中而杀之云尔。甚之也。然则为郑伯者宜奈何？缓追逸贼，亲亲之道也。（《谷梁传·郑伯克段于鄢》）

曹刿论战

（庄公十年）

十年春，齐师伐我。公将战。曹刿请见。其乡人曰："肉食者谋之，又何间焉？"刿曰："肉食者鄙，未能远谋。"乃入见。问："何以战？"公曰："衣食所安，弗敢专也，必以分人。"对曰："小惠未徧，民弗从也。"公曰："牺牲玉帛，弗敢加也，必以信。"对曰："小信未孚，神弗福也。"公曰："小大之狱，虽不能察，必以情。"对曰："忠之属也，可以一战，战则请从。"

公与之乘。战于长勺。公将鼓之，刿曰："未可。"齐人三鼓。刿曰："可矣。"齐师败绩。公将驰之。刿曰："未可。"下视其辙，登轼而望之，曰："可矣。"遂逐齐师。

既克，公问其故。对曰："夫战，勇气也。一鼓作气，再而衰，三而竭。彼竭我盈，故克之。夫大国，难测也，惧有伏焉。吾视其辙乱，望其旗靡，故逐之。"

齐伐楚盟于召陵

（僖公四年）

四年春，齐侯以诸侯之师侵蔡，蔡溃，遂伐楚。楚子使与师言曰："君处北海，寡人处南海，唯是风马牛不相及也。不虞君之涉吾地也。何故？"管仲对曰："昔召康公命我先君大公曰：'五侯九伯，女实征之，以夹辅周室。'赐我先君履，东至于海，西至于河，南至于穆陵，北至于无棣。尔贡包茅不入，王祭不供，无以缩酒，寡人是徵；昭王南征而不复，寡人是问。"对曰："贡之不入，寡君之罪也，敢不共给？昭王之不复，君其问诸水滨！"师进，次于陉。

夏，楚子使屈完如师。师退，次于召陵。

齐侯陈诸侯之师，与屈完乘而观之。齐侯曰："岂不谷是为，先君之好是继。与不谷同好，如何？"对曰："君惠徼福于敝邑之社稷，辱收寡君，寡君之愿也。"齐侯曰："以此众战，谁能御之？以此攻城，何城不克？"对曰："君若以德绥诸侯，谁敢不服？君若以力，楚国方城以为城，汉水以为池，虽众，无所用之！"

屈完及诸侯盟。

秦晋殽之战

（僖公三十二年、三十三年）

冬，晋文公卒。庚辰，将殡于曲沃。出绛，柩有声如牛。卜偃使大夫拜，曰："君命大事，将有西师过轶我。击之，必大捷焉。"

杞子自郑使告于秦曰："郑人使我掌其北门之管，若潜师以来，国可得也。"穆公访诸蹇叔。蹇叔曰："劳师以袭远，非所闻也。师劳力竭，远主备之，无乃不可乎？师之所为，郑必知之；勤而无所，必有悖心。且行千里，其谁不知！"公辞焉。召孟明、西乞、白乙，使出师于东门之外。蹇叔哭之，曰："孟子，吾见师之出，而不见其入也！"公使谓之曰："尔何知？中寿，尔墓之木拱矣！"蹇叔之子与师。哭而送之，曰："晋人御师必于殽，殽有二陵焉：其南陵，夏后皋之墓也;其北陵,文王之所辟风雨也。必死是间!余收尔骨焉!"秦师遂东。

三十三年春,秦师过周北门。左右免胄而下,超乘者三百乘。王孙满尚幼,观之,言于王曰:"秦师轻而无礼,必败。轻则寡谋,无礼则脱;入险而脱,又不能谋,能无败乎?"

及滑,郑商人弦高将市于周,遇之。以乘韦先,牛十二犒师,曰:"寡君闻吾子将步师出于敝邑,敢犒从者。不腆敝邑,为从者之淹,居则具一日之积,行则备一夕之卫。"且使遽告于郑。

郑穆公使视客馆,则束载、厉兵、秣马矣。使皇武子辞焉,曰:"吾子淹久于敝邑,唯是脯资饩牵竭矣。为吾子之将行也,郑之有原圃,犹秦之有具囿也,吾子取其麋鹿,以闲敝邑,若何?"杞子奔齐,逢孙、杨孙奔宋。

孟明曰:"郑有备矣,不可冀也。攻之不克,围之不继。吾其还也。"灭滑而还。

晋原轸曰:"秦违蹇叔,而以贪勤民,天奉我也。奉不可失,敌不可纵。纵敌患生,违天不祥。必伐秦师。"栾枝曰:"未报秦施而伐其师,其为死君乎?"先轸曰:"秦不哀吾丧,而伐吾同姓,秦则无礼,何施之为!吾闻之:'一日纵敌,数世之患也。'谋及子孙,可谓死君乎?"遂发命,遽兴姜戎。子墨衰绖,梁弘御戎,莱驹为右。

夏四月辛巳,败秦师于殽。获百里孟明视、西乞术、白乙丙以归。遂墨以葬文公。晋于是始墨。

文嬴请三帅,曰:"彼实构吾二君,寡君若得而食之,不厌。君何辱讨焉!使归就戮于秦,以逞寡君之志,若何?"公许之。

先轸朝,问秦囚。公曰:"夫人请之,吾舍之矣!"先轸怒曰:"武夫力而拘诸原,妇人暂而免诸国,堕军实而长寇雠,亡无日矣!"不顾而唾。

公使阳处父追之。及诸河,则在舟中矣。释左骖,以公命赠孟明。孟明稽首曰:"君之惠,不以累臣衅鼓,使归就戮于秦。寡君之以为戮,死且不朽。若从君惠而免之,三年,将拜君赐!"

秦伯素服郊次,乡师而哭曰:"孤违蹇叔,以辱二三子,孤之罪也。"不替孟明。"孤之过也,大夫何罪!且吾不以一眚掩大德。"

郑败宋师获华元

(宣公二年)

二年,春,郑公子归生受命于楚,伐宋。宋华元、乐吕御之。二月,壬子,战于大棘。宋师败绩。囚华元,获乐吕,及甲车四百六十乘。俘二百五十人,馘百人。

狂狡辂郑人,郑人入於井,倒戟而出之,获狂狡。

君子曰:"失礼违命,宜其为禽也。戎,昭果毅以听之之谓礼。杀敌为果,致果为毅。易之,戮也。"

将战,华元杀羊食士,其御羊斟不与。及战,曰:"畴昔之羊,子为政;今日之事,我为政。"与入郑师,故败。

君子谓羊斟非人也,以其私憾,败国殄民;于是刑孰大焉。《诗》所谓"人之无良"者,其羊斟之谓乎!残民以逞。

宋人以兵车百乘,文马百驷,以赎华元于郑。半入,华元逃归,立于门外,告而入,见叔祥，曰："子之马然也。"对曰："非马也，其人也。"既合而来奔。

宋城，华元为植，巡功。城者讴曰："睅其目，皤其腹；弃甲而复！于思于思，弃甲复来！"使其骖乘谓之曰："牛则有皮，犀、兕尚多，弃甲则那！"役人曰："从其有皮，丹漆若何？"华元曰："去之，夫其口众我寡。"

国　　语

《国语》一书分别记载了周、鲁、齐、晋、郑、楚、吴、越等八国的部分史事。全书二十一卷。记事时间上自周穆王，下至鲁悼公，共约五百余年。

司马迁《报任安书》中说："左丘失明，厥有《国语》。"因此，后人曾一度认为《国语》和《左传》一样，同为左丘明所著。现在一般认为它是战国初期人汇编各国史料而成，非一人一时所作。

《国语》的史学价值和文学成就皆逊于《左传》，但部分篇章可补《左传》史实之缺。其文简练、朴实，长于记言，时有优秀的叙述，故仍不失为一部优秀的国别体历史散文著作。通行的注本有三国时吴国韦昭的《国语解》、清代洪亮吉《国语韦昭注疏》、汪远孙《国语校注本三补》、董增龄《国语正义》及近人徐元诰《国语集解》。

邵公谏弭谤^①（周语上）

厉王虐，国人谤王^②。邵公告曰："民不堪命矣^③。"王怒，得卫巫^④，使监谤者。以告，则杀之。国人莫敢言，道路以目^⑤。

王喜，告邵公曰："吾能弭谤矣，乃不敢言^⑥。"邵公曰："是障之也^⑦。防民之口，甚于防川。川壅而溃^⑧，伤人必多；民亦如之。是故为川者决之使导^⑨，为民者宣之使言^⑩。故天子听政，使公卿至于列士献诗^⑪，瞽献曲^⑫，史献书^⑬，师箴^⑭，瞍赋^⑮，矇诵^⑯，百工谏^⑰，庶人传语^⑱，近臣尽规^⑲，亲戚补察^⑳，瞽史教诲^㉑，耆艾修之^㉒，而后王斟酌焉^㉓。是以事行而不悖^㉔。民之有口也，犹土之有山川也，财用于是乎出；犹其原隰之有衍沃也^㉕，衣食于是乎生。口之宣言也^㉖，善败于是乎兴^㉗。行善而备败^㉘，其所以阜财用衣食者也^㉙。夫民，虑之于心而宣之于口，成而行之，胡可壅也？若壅其口，其与能几何？"

王不听，于是国人莫敢出言。三年，乃流王于彘^㉚。

①邵公：邵穆公，名虎，周王重臣。本文写统治者中开明人士邵公劝周厉王要善听民声，重视百姓的存在，厉王不仅不听，反而用高压政策壅民之口，最后，自食苦果，贻笑后世。而"防民之口，甚于防川"则成了后世统治者信奉的观点。　弭（mǐ）：止。谤：此为指责、非议之意。　②厉王：周厉王，名胡，周夷王之子。公元前878年即位，在位三十七年，后被国人流放于彘。　虐：虐政。　国人：生活在都邑里的人。　③命：政令。　④卫巫：卫国的巫者　⑤道路以目：人们在路上相遇，只能以目传意，敢怒而不敢言。　⑥乃：代词，他们。一说作终于解。　⑦是障之也：这是堵人口的办法。　⑧川：河流。壅（yōng）：阻塞。　溃：决堤。　⑨为川者：治河的人。　决之：疏浚河川。　导：通畅。　⑩为民者：治理人民的人。　宣之：引导、开导人民。　言：说话。　⑪公卿、列士：周代官爵名。公卿，指三公九卿。列士，指上士、中士、下士。　献诗：进献讽谏的诗。　⑫瞽（gǔ）：无目曰瞽。周代乐官常用盲人担任，故此处指乐师。　献曲：把采自民间的乐曲献给天子。　⑬史：史官。　书：古代文献资料。　⑭师：乐师。箴：一种用韵文写成的规劝性的格言　⑮瞍（sǒu）：盲人。无眸子（瞳仁）的瞎子为瞍。　赋：合乐吟唱。　⑯矇（méng）：有眸子而看不见的瞎子为矇。　诵：不合乐的诵读。　⑰百工：从事各种工艺的人。一说这

里的百工指各色乐工。又一说百工指百官。 ⑱庶人:平民。 传语:间接传话给天子。 ⑲近臣:王之左右亲臣。 尽规:进言规劝。尽,同进。 ⑳亲戚:同宗族亲属。 补察:纠正监督国王的过失。 ㉑瞽史教诲:乐官、史官用音乐和古史教诲国王。 ㉒耆(qí)艾:古称六十岁为耆,五十岁为艾。这里泛指老年人。 修:整理。 ㉓斟酌:考虑取舍。 ㉔不悖(bèi):不违背情理。 ㉕其:指土地。 原:高而平坦的土地。 隰(xí):低湿的土地。 衍(yǎn):低而平坦的土地。 沃:有水流灌溉的土地。 ㉖宣言:发表言论。 ㉗兴:体现。 ㉘行:推行。 备:防范。 ㉙阜:增多。 ㉚彘(zhì):地名,在今山西省霍县东北。

勾践灭吴（越语）

越王勾践栖于会稽之上,乃号令于三军曰:"凡我父兄、昆弟及国子姓,有能助寡人谋而退吴者,吾与之共知越国之政。"大夫种进对曰:"臣闻之:贾人夏则资皮,冬则资绨,旱则资舟,水则资车,以待乏也。夫虽无四方之忧,然谋臣与爪牙之士,不可不养而择也。譬如蓑笠,时雨既至,必求之。今君王既栖于会稽之上,然后乃求谋臣,无乃后乎?"勾践曰:"苟得闻子大夫之言,何后之有?"执其手而与之谋。

遂使之行成于吴。曰:"寡君勾践乏无所使,使其下臣种,不敢彻声闻于天王,私于下执事曰:'寡君之师徒不足以辱君矣;愿以金玉、子女赂君之辱。请勾践女女于王,大夫女女于大夫,士女女于士;越国之宝器毕从;寡君帅越国之众以从君之师徒,唯君左右之。'若以越国之罪为不可赦也,将焚宗庙,系妻孥,沉金玉于江,有带甲五千人,将以致死,乃必有偶,是以带甲万人事君也。无乃即伤君王之所爱乎? 与其杀是人也,宁其得此国也,其孰利乎?"

夫差将欲听,与之成。子胥谏曰:"不可!夫吴之与越也,仇雠敌战之国也,三江环之,民无所移。有吴则无越,有越则无吴,将不可改于是矣! 员闻之:陆人居陆,水人居水。夫上党之国,我攻而胜之,吾不能居其地,不能乘其车;夫越国,吾攻而胜之,吾能居其地,吾能乘其舟。此其利也,不可失也已。君必灭之! 失此利也,虽悔之,必无及已。"

越人饰美女八人,纳之太宰嚭,曰:"子苟赦越国之罪,又有美于此者将进之。"太宰嚭谏曰:"嚭闻古之伐国者,服之而已;今已服矣,又何求焉?"夫差与之成而去之。

勾践说于国人曰:"寡人不知其力之不足也,而又与大国执仇,以暴露百姓之骨于中原,此则寡人之罪也。寡人请更!"于是葬死者,问伤者,养生者;吊有忧,贺有喜;送往者,迎来者;去民之所恶,补民之不足。然后卑事夫差,宦士三百人于吴,其身亲为夫差前马。

勾践之地,南至于句无,北至于御儿,东至于鄞,西至于姑蔑,广运百里。乃致其父母、昆弟而誓之,曰:"寡人闻古之贤君,四方之民归之,若水之归下也。今寡人不能,将帅二三子夫妇以蕃。"令壮者无取老妇,令老者无取壮妻;女子十七不嫁,其父母有罪;丈夫二十不取,其父母有罪。将免者以告,公令医守之。生丈夫,二壶酒,一犬;生女子,二壶酒,一豚;生三人,公与之母;生二人,公与之饩。当室者死,三年释其政;支子死,三月释其政,必哭泣葬埋之,如其子。令孤子、寡妇、疾疹、贫病者,纳官其子。其达士,絜其居,美其服,饱其食,而摩厉之于义。四方之士来者,必庙礼之。勾践载稻与脂于舟以行,国之孺子之游者,无不铺也,无不歠也,必问其名。非其身之所种则不食,非其夫人之所织则不衣。十年不收于国,民俱有三年之食。

国之父兄请曰:"昔者夫差耻吾君于诸侯之国;今越国亦节矣,请报之。"勾践辞曰:"昔者之战也,非二三子之罪也,寡人之罪也。如寡人者,安与知耻? 请姑无庸战!"父兄又请曰:

"越四封之内,亲吾君也,犹父母也。子而思报父母之仇,臣而思报君之仇,其有敢不尽力者乎?请复战!"勾践既许之,乃致其众而誓之曰:"寡人闻古之贤君,不患其众之不足也,而患其志行之少耻也,今夫差衣水犀之甲者亿有三千,不患其志行之少耻也,而患其众之不足也。今寡人将助天灭之。吾不欲匹夫之勇也,欲其旅进旅退。进则思赏,退则思刑;如此,则有常赏。进不用命,退则无耻;如此,则有常刑。"

果行,国人皆劝。父勉其子,兄勉其弟,妇勉其夫,曰:"孰是吾君也,而可无死乎?"是故败吴于囿,又败之于没,又郊败之。

夫差行成,曰:"寡人之师徒,不足以辱君矣。请以金玉、子女赂君之辱。"勾践对曰:"昔天以越予吴,而吴不受命;今天以吴予越,越可以无听天之命而听君之令乎?吾请达王甬、句东,吾与君为二君乎!"夫差对曰:"寡人礼先壹饭矣。君若不忘周室而为弊邑宸宇,亦寡人之愿也。君若曰:'吾将残汝社稷,灭汝宗庙。'寡人请死!余何面目以视于天下乎?越君其次也!"遂灭吴。

战 国 策

《战国策》是流传于战国后期及秦汉间的一部历史著作,作者已不可考。当初的名称有《国策》、《事语》、《修书》、《长书》等,经西汉学者刘向整理,按东周、西周、秦、齐、楚、赵、魏、韩、燕、宋、卫、中山 12 国的次序,编成三十三篇。并定名为《战国策》。

《战国策》记事上继春秋,下至秦并六国后,约二百四五十年,与整个战国时期相始终。

《战国策》主要记载战国时代谋臣策士的活动和游说之辞,反映了当时各诸侯国、各阶级、阶层间的种种矛盾斗争。作为历史著作,它虽然缺乏完整性和系统性,但仍不失为研究先秦史的重要史料。从文学的角度看,它的语言雄辩犀利,文笔纵横恣肆,且善用寓言比喻,使叙事生动形象,曲折有趣。对后代文学的发展有着积极深远的影响。

东汉高诱曾为《战国策》作注。高本至北宋已残佚。南宋姚宏有续注本、鲍彪有新注十卷。元吴师道补正鲍本谬漏,作《战国策校注》十卷。1978 年上海古籍出版社出版的《战国策》收有姚、鲍、吴诸人注,并附有马王堆出土的帛书《战国策》释文,可参阅。

苏秦以连横说秦①(秦策)

苏秦始将连横说秦惠王②曰:"大王之国,西有巴蜀、汉中之利③,北有胡貉、代马之用④,南有巫山、黔中之限⑤,东有崤、函之固⑥。田肥美,民殷富,战车万乘,奋击百万⑦,沃野千里,蓄积饶多,地势形便。此所谓天府,天下之雄国也。以大王之贤,士民之众,车骑之用,兵法之教,可以并诸侯,吞天下,称帝而治,愿大王少留意,臣请奏其效!"

秦王曰:"寡人闻之:毛羽不丰满者,不可以高飞;文章不成者⑧,不可以诛罚;道德不厚者,不可以使民;政教不顺者,不可以烦大臣。今先生俨然不远千里而庭教之⑨,愿以异日。"

苏秦曰:"臣固疑大王之不能用也。昔者神农伐补遂⑩,黄帝伐涿鹿而禽蚩尤⑪,尧伐骧兜⑫,舜伐三苗⑬,禹伐共工,汤伐有夏⑭,文王伐崇⑮,武王伐纣,齐桓任战而伯天下⑯。由此观之,恶有不战者乎⑰?古者使车毂击驰⑱,言语相结⑲,天下为一,约纵连横⑳,兵革不藏;文士并饬㉑,诸侯乱惑,万端俱起,不可胜理;科条既备,民多伪态;书策稠浊,百姓不足㉒;上下相愁,民无所聊㉓;明言章理㉔,兵甲愈起;辩言伟服㉕,战攻不息;繁称文辞,天下不治;舌敝耳聋㉑,不见成功;行义约信,天下不亲。于是乃废文任武,厚养死士,缀甲厉兵㉗,效胜于战场。夫徒处而致利㉘,安坐而广地㉙,虽古五帝、三王、五伯㉚,明主贤君,常欲坐而致之,其势不能,故以战续之。宽则两军相攻,迫则杖戟相撞㉛,然后可建大功。是故兵胜于外,义强于内;威立于上,民服于下。今欲并天下,凌万乘㉜,诎敌国㉝,制海内,子元元㉞,臣诸侯,非兵不可。今之嗣主㉟,忽于至道㊱,皆惛于教㊲,乱于治,迷于言,惑于语,沈于辩,溺于辞,以此论之,王固不能行也。"

说秦王书十上而说不行,黑貂之裘敝,黄金百斤尽,资用乏绝,去秦而归。赢縢履屩㊳,负书担囊,形容枯槁,面目犁黑㊴,状有愧色。归至家,妻不下纴㊵,嫂不为炊,父母不与言。苏秦喟然叹曰:"妻不以我为夫,嫂不以我为叔,父母不以我为子,是皆秦之罪也!"乃夜发书,陈箧数十㊶,得太公阴符之谋㊷,伏而诵之,简练以为揣摩㊸。读书欲睡,引锥自刺其股,血流至足。曰:"安有说人主不能出其金玉锦绣,取卿相之尊者乎?"期年㊹,揣摩成,曰:"此真可以说当世之君矣。"

于是乃摩燕乌集阙㊺,见说赵王于华屋之下㊻,抵掌而谈㊼,赵王大悦,封为武安君㊽,受相印。革车百乘,锦绣千纯㊾,白璧百双,黄金万镒㊿,以随其后。约纵散横,以抑强秦。故苏秦相于赵而关不通○51。

当此之时,天下之大,万民之众,王侯之威,谋臣之权,皆欲决苏秦之策。不费斗粮,未烦一兵,未战一士,未绝一弦,未折一矢,诸侯相亲,贤于兄弟。夫贤人任而天下服,一人用而天下从。故曰:式于政○52,不式于勇;式于廊庙之内○53,不式于四境之外。当秦之隆,黄金万镒为用,转毂连骑,炫煌于道○54,山东之国,从风而服,使赵大重。

且夫苏秦特穷巷掘门、桑户棬枢之士耳○55。伏轼撙衔○56,横历天下○57,庭说诸侯之王,杜左右之口○58,天下莫之能伉○59。将说楚王,路过洛阳。父母闻之,清宫除道○60,张乐设饮○61,郊迎三十里。妻侧目而视,倾耳而听;嫂蛇行匍伏○62,四拜自跪而谢。苏秦曰:"嫂何前倨而后卑也○63?"嫂曰:"以季子之位尊而多金。"苏秦曰:"嗟乎!贫穷则父母不子,富贵则亲戚畏惧,人生世上,势位富贵,盍可忽乎哉!"

①本篇选自《战国策·秦策》,题目为后人所加。 苏秦:字季子,东周洛阳人,少年时和张仪同求学于齐。初以连横说秦不成,改以合纵游说六国。是战国时著名纵横家。 连横:西方的秦国和崤山以东的部分国家联合对付另一些诸侯国的一种策略。由西到东为横,故称连横。 说(shuì):劝说。 ②秦惠王:即秦惠文王,名驷。 ③巴:今以重庆为中心的川东地带。 蜀:今以成都为中心的川西地带。 汉中:今陕西终南山以南地区。 ④胡:指北方匈奴族地区。 貉(hé):兽名,形似狐,皮可制裘。 代马:今山西省北部代县等地所产的马。 ⑤巫山:今四川省巫山县东。 黔(qián)中:战国时为楚地,后为秦所有,包括今湖南省西北部、贵州省东南一部分地区。 ⑥崤(xiáo):崤山,在今河南省洛宁县北。 函:函谷关,在今河南省灵宝县南。皆战国时秦国要塞。 ⑦奋击:指能奋勇作战之士。 ⑧文章:指国家法令。 ⑨俨然:矜庄貌,郑重其事地。 庭教:登庭指教。 ⑩神农:传说中的古帝名。 补遂:古部落名。 ⑪黄帝:传说中的古帝名,号轩辕氏,建国于有熊。 涿(zhuō)鹿:山名,在今河北省涿鹿县西南。 蚩尤:九黎部落之酋长,与黄帝作战,为黄帝所诛。禽:通擒。 ⑫尧:传说中的古帝名,姓姬,名放勋,国号唐。禅位于舜。 驩(huān)兜:尧臣,因作乱被放逐。 ⑬舜:传说中的古帝名,姓姚,名重华,国号虞。传位于禹。 三苗:古代的苗民总称。也称有苗。 ⑭汤:本为夏朝诸侯。夏王桀无道,汤起兵攻桀,建立商朝。 ⑮文王:姓姬,名昌,殷纣时为西方诸侯首领,又称西伯。 崇:人名,崇侯虎,助纣为恶,为文王所诛。 ⑯齐桓:齐桓公,齐国国君,名小白。他联合诸侯,抵抗外族侵扰,为中原诸侯盟主。 ⑰恶(wū):

岂。 ⑱车毂(gǔ)击驰：车辆来往奔驰，车毂互相撞击，形容车辆之多，奔驰之急。毂，车轮中心突出部分。 ⑲言语相结：策士们奔走各国之间，劝告对方订立盟约。 ⑳纵：从南到北叫纵。约纵即指崤山以东各国相约合纵抗秦。 ㉑文士并饬(shì)：各国使臣或策士均用巧饰的言辞游说诸侯。 ㉒科条：章程或条款。 书策：文献法令。 ㉓上下：指君臣。 聊：依赖。 ㉔明言章理：道理讲得清楚。 ㉕辩言：能言善辩(的外交家)。 伟服：穿着庄重的礼服，进行外交活动。 ㉖舌敝耳聋：形容讲得累了，听得厌了。 ㉗缀甲厉兵：把皮或铁叶缝缀起来成为军服，磨快兵器。 ㉘徒处而致利：空坐着想求得利益。致：求得。 ㉙安坐而广地：安稳地坐着，希望扩充土地。 ㉚五帝：传说中的上古帝王，通常指黄帝、颛顼、帝喾(kù)、尧、舜。 三王：三代的王，指夏禹、商汤和周代的文王、武王。 五伯：齐桓公、晋文公、宋襄公、秦穆公、楚庄王。 ㉛杖戟相撞：指白刃战。杖戟，古兵器。 ㉜凌万乘：凌驾大国之上。万乘，古代能出兵车万辆之国，是较大的诸侯国。 ㉝诎(qū)敌国：使敌国屈服。 ㉞子元元：像对待子女那样爱抚百姓。元元，百姓。 ㉟嗣主：继承王位的国君，指秦惠王。 ㊱至道：最重要的道理，指上文宣传用兵的理论。 ㊲惛：同"昏"，糊涂。 ㊳赢(léi)：通累，缠。 縢(téng)：绑腿布。 履：穿。 屩(jué)：草鞋。 ㊴黧(lí)：黑而黄的颜色。 ㊵纴(rèn)：机头，借作织机。 ㊶箧(qiè)：箱子。 ㊷太公：姓姜，名尚，周文王臣，佐武王伐纣。 阴符：传说为太公兵法，当是后人所著的兵法书，托名太公的。 ㊸简练以为揣摩：反复研究捉摸人心理的方法。简，选择。练，熟习。揣摩，忖度揣量。 ㊹期(jī)年：一周年。 ㊺摩：逼近。 燕乌集阙：赵王宫阙。 ㊻赵王：赵肃侯，名语。 华屋：高大华美的宫舍。 ㊼抵掌而谈：形容谈得很投机。抵掌，击掌。抵，当作抵(zhǐ)。 ㊽武安君：苏秦的封号。战国时被封为"武安君"者有多人，实为一种荣誉封号。武安，赵国城邑，故城在今河北省武安市西南。 ㊾革车：战车。 千纯(tún)：即千束。 ㊿镒(yì)：古代重量单位，合二十四两为一镒。 (51)关不通：函谷关内和关外的交通隔绝，指关外诸国与秦断绝关系。 (52)式于政：用政治不用武力，即在外交上取胜，不在战争上取胜。 (53)廊庙：指朝廷。 (54)炫熿：显耀。 (55)"穷巷掘门"句：形容苏秦出身于贫寒的家庭。 穷巷：穷僻的街巷。 掘门：就墙壁挖成门。 桑户：用桑木作的门。 棬(quān)枢：用弯木作门轴。 (56)伏轼撙衔：轼，车前横木。伏，俯在车前横木上。撙，顿，拉衔，马勒口；撙衔即勒住马缰。 (57)横历：横行，指苏秦出行不受任何阻拦。 (58)杜：闭塞，堵住。左右：指各国国君亲近的臣子。 (59)伉：同"抗"。 (60)清宫除道：清洁房室，打扫道路。 (61)张乐设饮：布置好音乐和酒席。 (62)虵行匍(pú)伏：伏在地上像蛇一样爬行。 匍伏：伏在地上。 (63)倨：傲慢。

冯谖客孟尝君①(齐策)

齐人有冯谖者，贫乏不能自存，使人属孟尝君②，愿寄食门下③。孟尝君曰："客何好？"曰："客无好也。"曰："客何能？"曰："客无能也。"孟尝君笑而受之，曰："诺。"

左右以君贱之也，食以草具④。居有顷，倚柱弹其剑，歌曰："长铗归来乎⑤，食无鱼！"左右以告。孟尝君曰："食之，比门下之客。"居有顷，复弹其铗，歌曰："长铗归来乎，出无车！"左右皆笑之，以告。孟尝君曰："为之驾，比门下之车客。"于是乘其车，揭其剑，过其友曰⑥："孟尝君客我。"后有顷，复弹其剑铗，歌曰："长铗归来乎，无以为家⑦！"左右皆恶之⑧，以为贪而不知足。孟尝君问："冯公有亲乎？"对曰："有老母。"孟尝君使人给其食用，无使乏。于是冯谖不复歌。

后孟尝君出记⑨，问门下诸客："谁习计会⑩，能为文收责于薛者乎⑪？"冯谖署曰⑫："能。"孟尝君怪之，曰："此谁也？"左右曰："乃歌夫'长铗归来'者也。"孟尝君笑曰："客果有能也，吾负之，未尝见也。"请而见之，谢曰："文倦于事⑬，愦于忧⑭，而性懧愚⑮，沉于国家之事，开罪于先生，先生不羞，乃有意欲为文收责于薛乎？"冯谖曰："愿之。"于是为约车治装⑯，载券契而行。辞曰："责毕收,以何市而反⑰?"孟尝君曰:"视吾家所寡有者。"驱而之薛,使吏召诸民当偿者,悉来合券⑱。券遍合,起,矫命⑲,以责赐诸民,因烧其券,民称万岁。长驱到齐,晨而求见。孟尝君怪其疾也,衣冠而见之,曰:"责毕收乎? 来何疾也!"曰:"收毕矣。""以何市而反?"冯谖曰:"君云:'视吾家所寡有者。'臣窃计君宫中积珍宝,狗马实外厩⑳,美人充下陈㉑;君家所寡有者,以义耳。窃以为君市义㉒。"孟尝君曰:"市义奈何?"曰:"今君有区区之薛,不抚爱子其民㉓,因而贾利之㉔。臣窃矫君命,以责赐诸民,因烧其券,民称万岁。乃臣所以为君市义也。"孟尝君不悦,曰:"诺,先生休矣㉕。"

后期年,齐王谓孟尝君曰㉖:"寡人不敢以先王之臣为臣㉗。"孟尝君就国于薛㉘,未至百里,民扶老携幼,迎君道中正日。孟尝君顾谓冯谖:"先生所为文市义者,乃今日见之。"冯谖曰:"狡兔有三窟,仅得免其死耳。今有一窟,未得高枕而卧也。请为君复凿二窟。"孟尝君予车五十乘、金五百斤,西游于梁㉙,谓惠王曰:"齐放其大臣孟尝君于诸侯,诸侯先迎之者,富而兵强。"于是梁王虚上位㉚,以故相为上将军者,遣使者,黄金千斤、车百乘,往聘孟尝君。冯谖先驱诚孟尝君曰㉛:"千金,重币也;百乘,显使也。齐其闻之矣。"梁使三反㉜,孟尝君固辞不往也㉝。齐王闻之,君臣恐惧。遣太傅赍黄金千斤㉞、文车二驷㉟、服剑一。封书,谢孟尝君曰:"寡人不祥㊱,被于宗庙之祟㊲,沉于谄谀之臣,开罪于君,寡人不足为也㊳。愿君顾先王之宗庙㊴,姑反国统万人乎?"冯谖诚孟尝君曰:"愿请先王之祭器,立宗庙于薛。"庙成,还报孟尝君曰:"三窟已就,君姑高枕为乐矣。"

孟尝君为相数十年,无纤介之祸者㊵,冯谖之计也。

①本篇选自《战国策·齐策》,文中塑造了一个具有远见卓识又幽默风趣的策士——冯谖(xuān)的形象,也展示了孟尝君政治生涯的一个侧面。 孟尝君:姓田,名文,齐国贵族。齐湣王时为相,封于薛(今山东滕县东南)。以好士闻名,和赵平原君、魏信陵君、楚春申君并称战国四公子。 ②属(zhǔ):同嘱,嘱托,请托。 ③寄食门下:到孟尝君门下作食客。寄:依附。 ④草具:粗糙的食物。 食(sì):拿食物给人吃。 ⑤长铗(jiá):剑锋较长的一种剑。 ⑥揭:举。 过:过往,访问。 ⑦无以为家:无法养家。 ⑧恶(wù):讨厌。 ⑨出记:拿出账簿来。 记:记账的簿册,一说记为文告。 ⑩计会:即会计,财务。 ⑪责:同债。 ⑫署:签字。 ⑬倦于事:为了处理国事而疲倦。 ⑭愦于忧:为了忧虑国事以至心里很乱。 愦,同溃,乱的意思。 ⑮憝(nuò)愚:懦弱无能。 憝,同懦,懦弱。 ⑯约车:将马系于车前,就是准备车辆。 约,束缚。 ⑰何市而反:买些什么回来。市,买。 ⑱合券:合验借据。券是合同式的借据,放债和借债双方各执一份。 ⑲矫命:假传命令。 ⑳实外厩(jiù):充满宫外的马房。厩,马房。 ㉑下陈:指美人地位低下,等于婢妾之列。陈,行列。 ㉒市义:买义。 ㉓子其民:把人民当作子女那样。 ㉔贾(gǔ)利:指放高利贷来获利。贾,买卖求利。 ㉕休矣:算了吧。 ㉖齐王:齐湣王。 ㉗先王:指齐湣王已故的父亲齐宣王。 ㉘就国:到自己的封邑去。 ㉙梁:魏国国都。《史记·孟尝君列传》作"西入秦"。 ㉚虚上位:让出最高的职位。 ㉛先驱:提先动身赶路,指冯谖在梁使动身以前就赶回来。诚:告。 ㉜三反:来回往返了三次。 ㉝固辞:坚决推辞。 ㉞赍(jī):携带物品去赠送。 ㉟文车二驷:绘有文采的车二辆。一车用四匹马驾,故称驷。 ㊱不祥:不好。 ㊲被于宗庙祟(suì):受到祖先降下的灾祸。祟,鬼神加祸。 ㊳不足为也:不值得辅助、效力。 ㊴顾先王之宗庙:看在齐国祖宗的分上,也就是为了国家。 ㊵纤介:细微。介,通芥。

乐毅报燕惠王书(燕策)

昌国君乐毅为燕昭王合五国之兵而攻齐,下七十余城,尽郡县之以属燕。三城未下,而燕昭王死。惠王即位,用齐人反间,疑乐毅,而使骑劫代之将。乐毅奔赵,赵封以为望诸君。齐田单欺诈骑劫,卒败燕军,复收七十余城以复齐。燕王悔,惧赵用乐毅,承燕之敝以伐燕。

燕王乃使人让乐毅,且谢之曰:"先王举国而委将军,将军为燕破齐,报先王之仇,天下莫不振动,寡人岂敢一日而忘将军之功哉!会先王弃群臣,寡人新即位,左右误寡人,寡人之使骑劫代将军者,为将军久暴露于外,故召将军,且休计事。将军过听,以与寡人有隙,遂捐燕而归赵,将军自为计则可矣,而亦何以报先王之所以遇将军之意乎?"

望诸君乃使人献书报燕王曰:"臣不佞,不能奉承先王之教,以顺左右之心,恐抵斧质之罪,以伤先王之明,而又害于足下之义,故遁逃奔赵。自以负不肖之罪,故不敢为辞说。今王使使者数之罪,臣恐侍御者之不察先王之所以畜幸臣之理,而又不白于臣之所以事先王之心,故敢以书对。

"臣闻贤圣之君,不以禄私其亲,功多者授之。不以官随其爱,能当者处之。故察能而授官者,成功之君也;论行而结交者,立名之士也。臣以所学者观之,先王之举措,有高世之心,故假节于魏王,而以身得察于燕。先王过举,擢之乎宾客之中,而立之乎群臣之上,不谋于父兄,而使臣为亚卿。臣自以为奉令承教,可以幸无罪矣,故受命而不辞。

"先王命之曰:'我有积怨深怒于齐,不量轻弱,而欲以齐为事。'臣对曰:'夫齐,霸国之余教,而骤胜之遗事也。闲于兵甲,习于战攻。王若欲伐之,则必举天下而图之。举天下而图之,莫径于结赵矣。且又淮北、宋地,楚、魏之所同愿也,赵若许,约楚、魏、宋尽力,四国攻之,齐地可大破也。'先王曰:'善!'臣乃口受令,具符节,南使臣于赵,顾返命,起兵随而攻齐。以天之道,先王之灵,河北之地,随先王举而有之于济上。济上之军,奉令击齐,大胜之。轻卒锐兵,长驱至国,齐王逃遁走莒,仅以身免。珠玉、财宝、车甲、珍器尽收入燕,大吕陈于元英,故鼎返乎历室,齐器设于宁台,蓟丘之植,植于汶皇。自五伯以来,功未有及先王者也!先王以为顺于其志,以臣为不顿命,故裂地而封之,使之得比乎小国诸侯。臣不佞,自以为奉令承教,可以幸无罪矣,故受命而弗辞。

"臣闻贤明之君,功立而不废,故著于《春秋》;蚤知之士,名成而不毁,故称于后世。若先王之报怨雪耻,夷万乘之强国,收八百岁之蓄积,及至弃群臣之日,遗令诏后嗣之遗义。执政任事之臣,所以能循法令,顺庶孽者,施及萌隶,皆可以教于后世。

"臣闻善作者不必善成,善始者不必善终。昔者伍子胥说听乎阖闾,故吴王远迹乎郢;夫差弗是也,赐之鸱夷而浮之江。故吴王夫差不悟先论之可以立功,故沉子胥而弗悔。子胥不早见主之不同量,故入于江而不改。

"夫免身全功以明先王之迹者,臣之上计也;离毁辱之非,堕先王之名者,臣之所大恐也;临不测之罪,以幸为利者,义之所不敢出也。

"臣闻古之君子,交绝不出恶声;忠臣之去国,不洁其名。臣虽不佞,数奉教于君子矣。恐侍御者之亲左右之说,而不察疏远之行也,故敢以书报,惟君之留意焉!"

荆轲刺秦王(燕策)

燕太子丹质于秦,亡归。见秦且灭六国,兵以临易水,恐其祸至,太子丹患之,谓其太傅鞠武曰:"燕秦不两立,愿太傅幸而图之。"武对曰:"秦地遍天下,威胁韩、魏、赵氏,则易水以北,未有所定也,奈何以见陵之怨,欲批其逆鳞哉?"太子曰:"然则何由?"太傅曰:"请入图之。”

居之有间，樊将军亡秦之燕，太子丹客之。太傅鞠武谏曰：“不可！夫秦王之暴，而积怨于燕，足为寒心。又况闻樊将军之在乎？是谓委肉当饿虎之蹊，祸必不振矣。虽有管、晏，不能为之谋也。愿太子急遣樊将军入匈奴以灭口，请西约三晋，南连齐楚，北讲于单于，然后乃可图也。”太子丹曰：“太傅之计，旷日弥久，心惛然，恐不能须臾。且非独于此也，夫樊将军困穷于天下，归身于丹，丹终不迫于强秦而弃所哀怜之交置之匈奴，是固丹命卒之时也，愿太傅更虑之。”鞠武曰：“燕有田光先生者，其智深而虑沉，可与之谋也。”太子曰：“愿因太傅交于田先生，可乎？”鞠武曰：“敬诺。”

出见田光，道太子愿图国事于先生。田光曰：“敬奉教。”乃造焉。太子跪而逢迎，却行为导，跪而拂席。田先生坐定，左右无人，太子避席而请曰：“燕秦不两立，愿先生留意也。”田光曰：“臣闻骐骥盛壮之时，一日而驰千里，至其衰也，驽马先之。今太子闻光壮盛之时，不知吾精已消亡矣。虽然，光不敢以乏国事也。所善荆轲可使也。”太子曰：“愿因先生得交于荆轲可乎？”田光曰：“敬诺。”则起趋出。太子送之至门，戒曰：“丹所报，先生所言者，国之大事也，愿先生勿泄也。”田光俛而笑曰：“诺！”

偻行见荆轲，曰：“光与子相善，燕国莫不知。今太子闻光盛壮之时，不知吾形已不逮也，幸而教之曰：‘燕秦不两立，愿先生留意。’光窃不自外，言足下于太子，愿足下过太子于宫。”荆轲曰：“谨奉教。”田光曰：“光闻长者之行，不使人疑之，今太子约光曰：‘所言者，国之大事也，愿先生勿泄也。’是太子疑光也。夫为行而使人疑之，非节侠士也。”欲自杀以激荆轲，曰：“愿足下急过太子，言光已死，明不言也。”遂自刭而死。

轲见太子，言田光已死，致光之言。太子再拜而跪，膝下行流涕，有顷而后言曰：“丹所请田先生不言者，欲以成大事之谋，今田先生以死明不泄言，岂丹之心哉！”荆轲坐定，太子避席顿首曰：“田先生不知丹不肖，使得至前，愿有所道，此天之所以哀燕而不弃其孤也。今秦有贪利之心，而欲不可足也，非尽天下之地，臣海内之王者，其意不餍。今秦已虏韩王，尽纳其地。又举兵南伐楚，北临赵。王翦将数十万之众，距漳邺；而李信出太原、云中。赵不支秦，必入臣，入臣则祸至燕。燕弱小，数困于兵。今计举国不足以当秦。诸侯服秦，莫敢合纵。丹之私计，愚以为诚得天下之勇士使于秦，阚以重利，秦王贪其贽，必得所愿矣。诚得劫秦王，使悉反诸侯之侵地，若曹沫之与齐桓公，则大善矣。则不可，因而刺杀之。彼大将擅兵于外，而内有大乱，则君臣相疑，以其间诸侯，诸侯得合纵，其破秦必矣。此丹之上愿，而不知所以委命，唯荆卿留意焉。”久之，荆轲曰：“此国之大事也，臣驽下，恐不足任使。”太子前，顿首固请无让，然后许诺。于是尊荆轲为上卿，舍上舍，太子日造门下，供太牢，具异物，间进车骑美女，恣荆轲所欲，以顺适其意。

久之，荆卿未有行意。秦将王翦破赵，虏赵王，尽收其地。进兵北略地，至燕南界。太子丹恐惧，乃请荆卿曰：“秦兵旦暮渡易水，虽欲长侍足下，岂可得哉！”荆卿曰：“微太子言，臣愿得谒之。今行而无信，秦未可亲也。夫今樊将军，秦王购之金千斤，邑万家。诚能得樊将军首与燕督亢之地图献秦王，秦王必说，见臣，臣乃得有以报太子。”太子曰：“樊将军以穷困来归丹，丹不忍以己之私而伤长者之意，愿足下更虑之。”

荆轲知太子不忍，乃遂私见樊於期，曰：“秦之遇将军可谓深矣，父母宗族皆为戮没。今闻购将军之首金千斤，邑万家，将奈何？”樊将军仰天太息流涕曰：“吾每念，常痛于骨髓，顾计不知所出耳！”轲曰：“今有一言，可以解燕国之患，而报将军之仇者，何如？”樊於期乃前曰：

"奈何?"轲曰:"愿得将军之首以献秦王,秦王喜而善见臣,臣左手把其袖,右手揕抗其胸,然则将军之仇报,而燕国见陵之耻除矣。将军岂有意乎?"樊於期偏袒扼腕而进曰:"此臣之日夜切齿拊心,乃今得闻教。"遂自刭。

太子闻之,驰往,伏尸而哭极哀,既已无可奈何,乃遂收盛樊於期之首函封之。于是太子预求天下之利匕首,得赵人徐夫人匕首,取之百金,使工以药淬之;以试人,血濡缕,人无不立死者。乃为装遣荆卿。燕国有勇士秦武阳,年十三杀人,人不敢忤视。乃令秦武阳为副。荆轲有所待,欲与俱。其人居远未来,而为留待,顷之未发。太子迟之,疑其改悔,乃复请之曰:"日已尽矣,荆卿岂无意哉!丹请先遣秦武阳。"荆轲怒斥太子曰:"今日往而不返者,竖子也。今提一匕首,入不测之强秦;仆所以留者,待吾客与俱。今太子迟之,请辞,决矣。"遂发。

太子及宾客知其事者,皆白衣冠以送之。至易水之上,既祖,取道,高渐离击筑,荆轲和而歌,为变徵之声。士皆垂泪涕泣,又前而歌曰:"风萧萧兮易水寒,壮士一去兮不复还!"复为羽声忼慨,士皆瞋目,发尽上指冠。于是,荆轲遂就车而去,终已不顾。

既至秦,持千金之资币物,厚遗秦王宠臣中庶子蒙嘉。嘉为先言于秦王曰:"燕王诚振畏,慕大王之威,不敢兴兵以逆军吏,愿举国为内臣,比诸侯之列,给贡职如郡县,而得奉先王之宗庙。恐惧不敢自陈,谨斩樊於期头及献燕督亢之地图函封,燕王拜送于庭,使使以闻大王,唯大王命之。"秦王闻之大喜,乃朝服,设九宾,见燕使者咸阳宫。荆轲奉樊於期之头函,而秦武阳奉地图匣,以次进。至陛下,秦武阳色变振恐,群臣怪之,荆轲顾笑武阳,前为谢曰:"北蛮夷之鄙人,未尝见天子,故振慴。愿大王少假借之,使毕使于前。"秦王谓轲曰:"起,取武阳所持图"。轲既取图奉之,秦王发图,图穷而匕首见,因左手把秦王之袖,而右手持匕首揕之。未至身,秦王惊,自引而起,袖绝,拔剑,剑长摻其室;时惶急,剑坚,故不可立拔。荆轲逐秦王,秦王环柱而走。群臣惊愕,卒起不意,尽失其度。而秦法,群臣侍殿上者,不得持尺寸之兵。诸郎中执兵皆陈殿下,非有诏,不得上。方急时,不及召下兵,以故荆轲逐秦王,而卒惶急,无以击轲,而乃以手共搏之。是时侍医夏无且以其所奉药囊提荆轲,秦王方环柱走,卒惶急,不知所为。左右乃曰:"王负剑。"王负剑,遂拔以击荆轲,断其左股。荆轲废,乃引其匕首以提秦王,不中,中柱。秦王复击轲,轲被八创。轲自知事不就,倚柱而笑,箕踞以骂曰:"事所以不成者,乃欲以生劫之,必得约契以报太子也。"左右既前斩轲,秦王目眩良久。已而论功赏群臣及当坐者,各有差,而赐夏无且黄金二百镒,曰:"无且爱我,乃以药囊提荆轲也。"于是秦王大怒燕,益发兵诣赵,诏王翦军以伐燕,十月而拔燕蓟城。燕王喜、太子丹等皆率其精兵东保于辽东。秦将李信追击燕王。王急,用代王嘉计,杀太子丹欲献之秦。秦复进兵攻之,五岁而卒灭燕国,而虏燕王喜,秦兼天下。其后,荆轲客高渐离以击筑见秦皇帝,而以筑击秦皇帝,为燕报仇,不中而死。

庄辛说楚襄王（楚策）

庄辛谓楚襄王曰:"君王左州侯,右夏侯,辇从鄢陵君与寿陵君,专淫逸侈靡,不顾国政,郢都必危矣。"襄王曰:"先生老悖乎?将以为楚国妖祥乎?"庄辛曰:"臣诚见其必然者也,非敢以为国妖祥也。君王卒幸四子者不衰,楚国必亡矣。臣请辟于赵,淹留以观之。"庄辛去之赵,留五月,秦果举鄢、郢、巫、上蔡、陈之地,襄王流揜于城阳。于是使人发驺征庄辛于赵,庄辛曰:"诺。"

庄辛至，襄王曰："寡人不能用先生之言，今事至于此，为之奈何？"庄辛对曰："臣闻鄙语曰：'见兔而顾犬，未为晚也；亡羊而补牢，未为迟也。'臣闻昔汤、武以百里昌，桀、纣以天下亡。今楚国虽小，绝长续短，犹以数千里，岂特百里哉！王独不见夫蜻蛉乎？六足四翼，飞翔乎天地之间，俛啄蚊虻而食之，仰承甘露而饮之，自以为无患，与人无争也；不知夫五尺童子，方将调饴胶丝，加己乎四仞之上，而下为蝼蚁食也。夫蜻蛉其小者也，黄雀因是以。俛噣白粒，仰栖茂树，鼓翅奋翼，自以为无患，与人无争也；不知夫公子王孙，左挟弹，右摄丸，将加己乎十仞之上，以其颈为招，昼游乎茂树，夕调乎酸咸，倏忽之间，坠于公子之手。夫黄雀其小者也，黄鹄因是以。游乎江海，淹乎大沼，俛噣鳝鲤，仰啮菱蘅，奋其六翮而凌清风，飘摇乎高翔，自以为无患，与人无争也；不知夫射者方将修其碆卢，治其矰缴，将加己乎百仞之上，被礛磻，引微缴，折清风而陨矣；故昼游乎江河，夕调乎鼎鼐。夫黄鹄其小者也，蔡圣侯之事因是以。南游乎高陂，北陵乎巫山，饮茹溪之流，食湘波之鱼，左抱幼妾，右拥嬖女，与之驰骋乎高蔡之中，而不以国家为事。不知夫子发方受命乎宣王，系己以朱丝而见之也。蔡圣侯之事其小者也，君王之事因是以。左州侯，右夏侯，辇从鄢陵君与寿陵君，饭封禄之粟，而载方府之金，与之驰骋乎云梦之中，而不以天下国家为事。不知夫穰侯方受命乎秦王，填黾塞之内，而投己乎黾塞之外。"

襄王闻之，颜色变作，身体战栗。于是乃以执珪而授之为阳陵君，与淮北之地也。

邹忌讽齐王纳谏（齐策）

邹忌修八尺有余，形貌昳丽。朝服衣冠，窥镜，谓其妻曰："我孰与城北徐公美？"其妻曰："君美甚，徐公何能及公也！"城北徐公，齐国之美丽者也。忌不自信，而复问其妾曰："吾孰与徐公美？"妾曰："徐公何能及君也！"旦日，客从外来，与坐谈，问之客曰："吾与徐公孰美？"客曰："徐公不若君之美也！"明日，徐公来。孰视之，自以为不如；窥镜而自视，又弗如远甚。暮寝而思之曰："吾妻之美我者，私我也；妾之美我者，畏我也；客之美我者，欲有求于我也。"

于是入朝见威王曰："臣诚知不如徐公美，臣之妻私臣，臣之妾畏臣，臣之客欲有求于臣，皆以美于徐公。今齐地方千里，百二十城，宫妇左右，莫不私王；朝廷之臣，莫不畏王；四境之内，莫不有求于王。由此观之，王之蔽甚矣！"王曰："善。"乃下令："群臣吏民，能面刺寡人之过者，受上赏；上书谏寡人者，受中赏；能谤议于市朝，闻寡人之耳者，受下赏。"

令初下，群臣进谏，门庭若市。数月之后，时时而间进。期年之后，虽欲言，无可进者。燕、赵、韩、魏闻之，皆朝于齐。此所谓战胜于朝廷。

赵威后问齐使（齐策）

齐王使使者问赵威后，书未发，威后问使者曰："岁亦无恙耶？民亦无恙耶？王亦无恙耶？"使者不说，曰："臣奉使使威后，今不问王，而先问岁与民，岂先贱而后尊贵者乎？"威后曰："不然。苟无岁，何以有民？苟无民，何以有君？故有舍本而问末者邪？"

乃进而问之曰："齐有处士曰钟离子，无恙耶？是其为人也，有粮者亦食，无粮者亦食；有衣者亦衣，无衣者亦衣。是助王养其民也，何以至今不业也？叶阳子无恙乎？是其为人，哀鳏寡，恤孤独，振困穷，补不足。是助王息其民者也，何以至今不业也？北宫之女婴儿子无恙耶？彻其环瑱，至老不嫁，以养父母。是皆率民而出于孝情者也，胡为至今不朝也？此二士弗业，一女不朝，何以王齐国，子万民乎？於陵子仲尚存乎？是其为人也，上不臣于王，下不治其家，中不索交诸侯。此率民而出于无用者，何为至今不杀乎？"

鲁仲连义不帝秦（赵策）

秦围赵之邯郸，魏安釐王使将军晋鄙救赵，畏秦，止于荡阴，不进。魏王使客将军辛垣衍间入邯郸，因平原君谓赵王曰："秦所以急围赵者，前与齐湣王争强为帝，已而复归帝，以齐故。今齐湣王已益弱。方今唯秦雄天下，此非必贪邯郸，其意欲求为帝。赵诚发使尊秦昭王为帝，秦必喜，罢兵去。"平原君犹豫未有所决。

此时鲁仲连适游赵，会秦围赵。闻魏将欲令赵尊秦为帝，乃见平原君曰："事将奈何矣？"平原君曰："胜也何敢言事！百万之众折于外，今又内围邯郸而不能去。魏王使客将军辛垣衍令赵帝秦，今其人在是。胜也何敢言事！"鲁连曰："始吾以君为天下之贤公子也，吾乃今然后知君非天下之贤公子也。梁客辛垣衍安在？吾请为君责而归之！"平原君曰："胜请召而见之于先生。"平原君遂见辛垣衍曰："东国有鲁连先生，其人在此，胜请为绍介而见之于将军。"辛垣衍曰："吾闻鲁连先生，齐国之高士也。衍，人臣也，使事有职，吾不愿见鲁连先生也。"平原君曰："胜已泄之矣。"辛垣衍许诺。

鲁连见辛垣衍而无言。辛垣衍曰："吾视居此围城之中者，皆有求于平原君者也；今吾视先生之玉貌，非有求于平原君者，曷为久居此围城之中而不去也？"鲁连曰："世以鲍焦无从容而死者，皆非也。今众人不知，则为一身。彼秦者，弃礼义而上首功之国也。权使其士，虏使其民。彼则肆然而为帝，过而遂正于天下，则连有赴东海而死耳，吾不忍为之民也！所为见将军者，欲以助赵也。"辛垣衍曰："先生助之奈何？"鲁连曰："吾将使梁及燕助之，齐楚则固助之矣。"辛垣衍曰："燕，则吾请以从矣。若乃梁，则吾乃梁人也，先生恶能使梁助之耶？"鲁连曰："梁未睹秦称帝之害故也，使梁睹秦称帝之害，则必助赵矣。"辛垣衍曰："秦称帝之害将奈何？"鲁仲连曰："昔齐威王尝为仁义矣，率天下诸侯而朝周。周贫且微，诸侯莫朝，而齐独朝之。居岁余，周烈王崩，诸侯皆吊，齐后往。周怒，赴于齐曰：'天崩地坼，天子下席。东藩之臣田婴齐后至，则斮之！'威王勃然怒曰：'叱嗟，而母，婢也！'卒为天下笑。故生则朝周，死则叱之，诚不忍其求也。彼天子固然，其无足怪"．

辛垣衍曰："先生独未见夫仆乎？十人而从一人者，宁力不胜，智不若耶？畏之也。"鲁仲连曰："然梁之比于秦，若仆耶？"辛垣衍曰："然。"鲁仲连："然则吾将使秦王烹醢梁王！"辛垣衍怏然不悦曰："嘻！亦太甚矣，先生之言也！先生又恶能使秦王烹醢梁王？"鲁仲连曰："固也！待吾言之：昔者鬼侯、鄂侯、文王，纣之三公也。鬼侯有子而好，故入之于纣，纣以为恶，醢鬼侯。鄂侯争之急，辨之疾，故脯鄂侯。文王闻之，喟然而叹，故拘之牖里之库百日，而欲令之死。曷为与人俱称帝王，卒就脯醢之地也？

"齐闵王将之鲁，夷维子执策而从，谓鲁人曰：'子将何以待吾君？'鲁人曰：'吾将以十太牢待子之君。'夷维子曰：'子安取礼而来待吾君？彼吾君者，天子也！天子巡狩，诸侯辟舍，纳管键，摄衽抱几，视膳于堂下；天子已食，退而听朝也。'鲁人投其籥，不果纳，不得入于鲁。将之薛，假涂于邹。当是时，邹君死，闵王欲入吊。夷维子谓邹之孤曰：'天子吊，主人必将倍殡柩，设北面于南方，然后天子南面吊也。'邹之群臣曰：'必若此，吾将伏剑而死。'故不敢入于邹。邹、鲁之臣，生则不得事养，死则不得饭含。然且欲行天子之礼于邹、鲁之臣，不果纳。今秦万乘之国，梁亦万乘之国。俱据万乘之国，交有称王之名，睹其一战而胜，欲从而帝之，是使三晋之大臣不如邹、鲁之仆妾也。

"且秦无已而帝，则且变易诸侯之大臣。彼将夺其所谓不肖而予其所谓贤，夺其所憎而与其所爱；彼又将使其子女谗妾为诸侯妃姬，处梁之宫，梁王安得晏然而已乎？而将军又何以得故宠乎？"于是辛垣衍起，再拜谢曰："始以先生为庸人，吾乃今日而知先生为天下之士也！吾请去，不敢复言帝秦。"

秦将闻之，为却军五十里。适会魏公子无忌夺晋鄙军以救赵击秦，秦军引而去。于是平原君欲封鲁仲连，鲁仲连辞让者三，终不肯受。平原君乃置酒，酒酣，起前，以千金为鲁连寿。鲁连笑曰："所贵于天下之士者，为人排患、释难、解纷乱而无所取也；即有所取者，是商贾之人也。仲连不忍为也。"遂辞平原君而去，终身不复见。

附　录：

《易》曰："河出《图》，洛出《书》，圣人则之。"故《书》之所起远矣。至孔子纂焉，上断于尧，下讫于秦，凡百篇，而为之序，言其作意。秦燔书禁学，济南伏生独壁藏之。汉兴，亡失，求得二十九篇，以教齐、鲁之间。讫孝宣世，有欧阳，大小夏侯氏，立于学官。《古文尚书》者，出孔子壁中。武帝末，鲁共王坏孔子宅，欲以广其宫，而得《古文尚书》及《礼记》、《论语》、《孝经》，凡数十篇，皆古字也。共王往入其宅，闻鼓琴瑟钟磬之音，于是惧，乃止不坏。孔安国者，孔子后也，悉得其书，以考二十九篇，得多十六篇。安国献之，遭巫蛊事，未列于学官。刘向以中古文校欧阳、大小夏侯三家经文，《酒诰》脱简一，《召诰》脱简二。率简二十五字者，脱亦二十五字；简二十二字者，脱亦二十二字。文字异者七百有余，脱字数十。《书》者，古之号令；号令于众，其言不立具，则听受施行者弗晓。古文读应《尔雅》；故解古今语而可知也。（《汉书·艺文志》）

《书》之所兴，盖与文字俱起。孔子观书周室，得虞、夏、商、周四代之典，删其善者，上自虞，下至周，为百篇，编而序之。遭秦灭学，至汉，唯济南伏生，口传二十八篇，又河内女子得《泰誓》一篇，献之。伏生作《尚书传》四十一篇，以授同郡张生；张生授千乘欧阳生；欧阳生授同郡倪宽；宽授欧阳生之子，世世传之，至曾孙欧阳高，谓之《尚书》欧阳之学。又有夏侯都尉，受业于张生，以授族子始昌；始昌传族子胜，为大夏侯之学。胜传从子建，别为小夏侯之学。故有欧阳，大小夏侯三家并立，讫汉东京，相传不绝，而欧阳最盛。初，汉武帝时，鲁恭王坏孔子旧宅，得其末孙惠所藏之书，字皆古文。孔安国以今文校之，得二十五篇，其《泰誓》与河内女子所献不同。又济南伏生所诵，有五篇相合。安国并依古文，开其篇第，以隶古字写之，合成五十八篇。其余篇简错乱，不可复读，并送之官府。安国又为五十八篇作《传》，会巫蛊事起，不得奏上，私传其业于都尉朝；朝授胶东庸生，谓之《尚书》古文之学，而未得立。后汉扶风杜林传《古文尚书》，同郡贾逵为之作训，马融作传，郑玄亦为之注。然其所传唯二十九篇，又杂以今文，非孔旧本；自余绝无师说。晋世秘府所存，有《古文尚书》经文，今无有传者。及永嘉之乱，欧阳、大小夏侯《尚书》并亡，济南伏生之传，唯刘向父子所著《五行传》是其本法，而又多乖戾。至东晋，豫章内史梅赜，始得安国之《传》奏之，时又阙《舜典》一篇。齐建武中，吴姚方兴于大桁市得其书，奏上，比马、郑所注多二十八字。于是始列国学。梁、陈所讲，有孔、郑二家；齐代唯传郑义。至隋，孔、郑并行，而郑氏甚微。自余所存，无复师说。（《隋书经籍志》）

……《古文尚书》较今文多十六篇，晋、魏以来，绝无师说。故《左氏》所引，杜预皆注曰"逸《书》。"东晋之初，其书始出，乃增多二十五篇。初犹与今文并立，自陆德明据作《释文》，孔颖达据以作《正义》，遂与伏生二十九篇混合为一。唐以来，虽疑经惑古如刘知几之流，亦以《尚书》一家，列《史通》，未言古文之伪。自吴棫始有异议，朱子亦稍稍疑之。吴澄诸人，本朱子之说，相继抉摘；其伪益彰；然亦未能条分缕析，以抉其罅漏。明梅鷟始参考诸书,证其剽剟;而见闻较狭,蒐采未周。至若璩乃引经据古,一一陈其矛盾之故,古文之伪乃大明。所列一百二十八条,毛奇龄作《古文尚书冤词》,百计相轧,终不能以强辞夺正理,则有据之言,先立于不可败也。(《四库全书总目提要》卷十二,阎若璩《古文尚书疏证》条)

……是以孔子明王道,干七十余君莫能用,故西观周室,论史记旧闻,兴于鲁而次《春秋》。上记隐,下至哀之获麟;约其辞文,去其烦重,以制义法;王道备,人事浃。七十子之徒,口受其传指。为有所刺讥褒讳挹损之文辞,不可以书见也。鲁君子左丘明,惧弟子人人异端,各安其意,失其真,故因孔子史记,具论其语,成《左氏春秋》。(《史记·十二诸侯年表序》)

古之王者,世有史官;君举必书,所以慎言行,昭法式也。左史记言,右史记事,事为《春秋》,言为《尚书》,帝王靡不同之。周室既微,载籍残缺。仲尼思存前圣之业,乃称曰:“夏礼吾能言之,杞不足徵也;殷礼吾能言之,宋不足徵也;文献不足故也,足则吾能徵之矣。”以鲁周公之国,礼文备物,史官有法,故与左丘明观其史记,据行事,仍人道,因兴以立功,就败以成罚,假日月以定历数,藉朝聘以正礼乐。有所褒讳贬损,不可书见,口授弟子,弟子退而异言。丘明恐弟子各安其意,以失其真,故论本事而作《传》,明夫子不以空言说《经》也。《春秋》所贬损大人、当世君臣,有威权势力,其事实皆形于《传》,是以隐其书而不宣,所以免时难也。及末世口说流行,故有公羊、谷梁、邹、夹之《传》。四家之中,《公羊》、《谷梁》立于学官,邹氏无师,夹氏未有书。(《汉书·艺文志》)

《春秋左传正义》六十卷,周左丘明传,晋杜预注,唐孔颖达疏。自刘向、刘歆、桓谭、班固,皆以《春秋传》出左丘明,左丘明受经于孔子。魏、晋以来,儒者更无异议。至唐赵匡,始谓左氏非丘明,盖欲攻《传》之不合《经》,必先攻作传之人非受经于孔子,与王柏欲攻《毛诗》,先攻《毛诗》不传于子夏,其智一也。宋、元诸儒,相继并起。王安石有《春秋解》一卷①,证左氏非丘明者十一事。陈振孙《书录解题》谓出依托。今未见其书,不知十一事者何据。其余辨论,惟朱子谓“虞不腊矣”为秦人之语,叶梦得谓“纪事终于智伯,当为六国时人”,似为近理。然考《史记·秦本纪》称“惠文君十二年始腊”,张守节《正义》称“秦惠文王始效中国为之”;明古有腊祭,秦至是始用,非至是始创。阎若璩《古文尚书疏证》亦驳此说曰:“史称‘秦文公始有史以记事,秦宣公初志闰月’。岂亦中国所无,待秦独创哉?”则腊为秦礼之说,未可据也。《左传》载预断祸福,无不徵验,盖不免从后傅合之。惟哀公九年称赵氏“其世有乱”,后竟不然,是未见后事之证也。《经》止获麟,而弟子续至孔子卒;《传》载智伯之亡,殆亦后人所续。《史记·司马相如传》中有扬雄之语,不能执是一事,指司马迁为后汉人也。则载及智伯之说,不足疑也。今仍定为左丘明作,以祛众惑。至其作《传》之由,则刘知几“躬为国史”之言,最为确论。《疏》称:“大事书于策者,《经》之所书;小事书于简者,《传》之所载。”观晋史之书赵盾,齐史之书崔杼,及甯殖所谓“载在诸侯之籍”者,其文体皆与《经》合。《墨子》称周春秋载杜伯,《燕春秋》载庄子仪,《宋春秋》载纣观辜,《齐春秋》载王里国、中里缴,其文体皆与《传》合。《经》、《传》同因国史而修,斯为显证;知说《经》去《传》,为舍近而求诸远矣。(《四库全书总目提要》卷二十六)

①据马端临《文献通考》,王安石所作乃“《左氏解》”。

……《国语》出自何人,说者不一。然终以汉人所说为近古。所记之事,与《左传》俱迄智伯之亡,时代亦复相合。中有与《左传》未符者,犹《新序》、《说苑》,同出刘向,而时复牴牾。盖古人著书,各据所见之旧文,疑以存疑,不似后人轻改也。

案,《国语》二十一篇,《汉志》虽载《春秋》后,然无《春秋外传》之名也。《汉书·律历志》始称《春秋外传》。……考《国语》上包周穆王,下暨鲁悼公,与《春秋》时代,首尾皆不相应;其事亦多与《春秋》无关。系之《春秋》,殊为不类。……《史通》“六家”,《国语》居一,实古左史之遗,今改隶杂史类焉。(《四库全书总目提要》卷五十一)

《左氏》之书,非出一人所成。自左氏丘明作传以授曾申,申传吴起,起传其子期,期传楚人铎椒,椒传赵人虞卿,虞卿传荀卿,盖后人屡有附益。其为丘明说经之旧,及为后所益者,今不知孰为多寡矣!余考其书,于魏氏事造饰尤甚,窃以为吴起为之者盖尤多。夫魏绛在晋悼公时,甫佐新军,在七人下耳;安得平郑之后,赐乐独以与绛?魏献子合诸侯,干位之人;而述其为政之美,词不恤其夸,此岂信史所谓论本事而为之传者耶?《国风》之魏,至季札时亡久矣,与邶、鄘、郐等;而札胡独美之曰"以德辅之,此则明主也"?与"魏大名"、"公侯子孙,必复其始"之谈,皆造饰以媚魏君者耳。又忘"明主"之称,乃三晋篡位后之称,非季札时所宜有,适以见其诬焉耳!自东汉以来,其书独重,世皆溺其文词;宋儒颇知其言不尽信,然遂以讥及左氏,则过矣。彼儒者亲承孔子学,以授其徒,言亦约耳;乌知后人增饰若是之多也哉?(姚鼐《左传补注序》)

《左氏》之传,史之极也。文采若云月,高深若山海。(贺循《经义考》卷一六九引)

……寻《左氏》载诸大夫词令,行人应答,其文典而美,其语博而奥;述远古则委曲如存,徵近代则循环可覆。必料其功用厚薄,指意深浅;谅非经营草创,出自一时,琢磨润色,独成一手。斯盖当时国史,已有成文,丘明但编而次之,配经称传而行也。(刘知几《史通•申左篇》)

《左氏》之叙事也,述行师则薄领盈视,哤聒沸腾;论备火则区分在目,修饰峻整;言胜捷则收获都尽;记奔败则披靡横前;申盟誓则慷慨有余;称谲诈则欺诬可见;谈恩惠则煦如春日;纪严切则凛若秋霜;叙兴邦则滋味无量;陈亡国则凄凉可悯。或腴辞润简牍,或美句入咏歌。跌宕而不群,纵横而自得,若斯才者,殆将工侔造化,思涉鬼神,著述罕闻,古今卓绝。(《史通•杂说上•左氏传》)

《国语》一书,深厚浑朴,《周(语)》、《鲁(语)》尚矣。《周语》辞胜事,《晋语》事胜辞。《齐语》单记桓公霸业,大略与《管子》同。如其妙理玮辞,骤读之而心惊,潜玩之而味永,还须以《越语》压卷。(陶望龄:《经义考》卷二百九引)

《左传》文章优美,其记事文对于极复杂之事项——如五大战役等,纲领提挈得极严谨而分明,情节叙述得极委曲而简洁,可谓极技术之能事。其记言文渊懿美茂,而生气勃勃,后此亦殆未有其比。又其文虽时代甚古,然无佶屈聱牙之病,颇易诵习。故专以学文为目的,《左传》亦应在精读之列也。(梁启超《要籍解题及其读法》:《左传》、《国语》)

护左都水使者光禄大夫臣向言:所校中《战国策书》,中书余卷,错乱相糅莒。又有国别者八篇,少不足。臣向因国别者,略以时次之,分别不以序者,以相补除复重,得三十三篇。本字多误脱为半字,以赵为肖,以齐为立,如此字者多。中书本号,或曰《国策》,或曰《国事》,或曰《短长》,或曰《事语》,或曰《长书》,或曰《修书》。臣向以为战国时游士,辅所用之国,为立策谋,宜为《战国策》。其事继春秋以后,讫楚、汉之起,二百四十五年间之事,皆定以杀青书,可缮写。叙曰:周室自文、武始兴,崇道德,隆礼义,设辟雍泮宫庠序之教,陈礼乐弦歌移风之化,叙人伦,正夫妇,天下莫不晓然论孝悌之义、惇笃之行,故仁义之道,满乎天下,卒致之刑措四十余年;远方慕义,莫不宾服。《雅》、《颂》歌咏,以思其德。下及康、昭之后,虽有衰德,其纲纪尚明。及春秋时,已四五百载矣。然其余业遗烈,流而未灭,五伯之起,尊事周室。五伯之后,时君虽无德,人臣辅其君者,若郑之子产、晋之叔向、齐之晏婴,挟君辅政,以并立于中国,犹以义相支持,歌说以相感,聘觐以相交,期会以相一,盟誓以相救。天子之命,犹有所行;会享之国,犹有所耻。小国得有所依,百姓得有所息。故孔子曰:"能以礼让为国乎,何有!"周之流化,岂不大哉!及春秋之后,众贤辅国者既没,而

53

礼义衰矣。孔子虽论《诗》、《书》,定礼、乐,王道粲然分明;以匹夫无势,化之者七十二人而已,皆天下之俊也。时君莫尚之,是以王道遂用不兴。故曰,非威不立,非势不行。仲尼既没之后,田氏取齐,六卿分晋,道德大废,上下失序。至秦孝公,捐礼让而贵战争,弃仁义而用诈谲,苟以取强而已矣。夫篡盗之人,列为侯王,诈谲之国,兴立为强,是以转相仿效,后生师之,遂相吞灭,并大兼小,暴师轻岁,流血满野,父子不相亲,兄弟不相安,夫妇离散,莫保其命,澌然道德绝矣。晚世益甚,万乘之国七,千乘之国五,敌侔争权,尽为战国。贪饕无耻,竞进无厌,国异政教,各自制断。上无天子,下无方伯,力功争强,胜者为右,兵革不休,诈伪并起。当此之时,虽有道德,不得施设;有谋之强,负阻而恃固,连与交质,重约誓结,以守其国。故孟子、孙卿,儒术之士,弃捐于世。而游说权谋之徒,见贵于俗。是以苏秦、张仪、公孙衍、陈轸、代、厉之属,生纵横短长之说,左右倾侧;苏秦为纵,张仪为横:横则秦帝,纵则楚王。所在国重,所去国轻。然当此之时,秦国最雄,诸侯方弱。苏秦结之。时六国为一,以傧背秦。秦人恐惧,不敢阚兵于关中。天下不交兵者二十有九年。然秦国势便形利,权谋之士,咸先驰之。苏秦初欲横,秦弗用,故东合纵。及苏秦死,后张仪连横,诸侯听之,西向事秦。是故始皇因四塞之固,据崤、函之阻,跨陇、蜀之饶,听众人之策,乘六世之烈,以蚕食六国,兼诸侯,并有天下,仗于诈谋之弊,终无信笃之诚,无道德之教,仁义之化,以缀天下之心,任刑罚以为治,信小术以为道,遂燔烧诗书,坑杀儒士,上小尧、舜,下邈三王。二世愈甚,惠不下施,情不上达,君臣相疑,骨肉相疏,化道浅薄,纲纪坏败,民不见义,而悬于不宁;抚天下十四岁,天下大溃,诈伪之弊也。其比王德,岂不远哉!孔子曰:"道之以政,齐之以刑,民免而无耻;道之以德,齐之以礼,有耻且格。"夫使天下有所耻,故化可致也;苟以诈伪偷活取容,自上为之,何以率下!秦之败也,不亦宜乎?战国之时,君德浅薄,为之谋策者,不得不因势而为资,据时而为画,故其谋扶急持倾,为一切之权,虽不可以临教化,兵革救急之势也,皆高才秀士,度时君之所能行,出奇策异智,转危为安,运亡为存,亦可喜。皆可观。(刘向《战国策叙录》)

……或问:《战国策》畔经离道之书也,然而天下传焉,后世述焉,何也?李子曰:策有四尚,尚一足传。传斯述矣,况四者乎?四者何也?录往者迹其事,考世者证其变,攻文者模其辞,好谋者袭其智。(李梦阳《刻战国策序》)

战国说士之言,其用意类能先立地步,故得如善攻者使人不能守,善守者使人不能攻也。不然,专于措辞求奇,虽复可惊可喜,不免脆而易败。(刘熙载《艺概·文概》)

文之快者每不沈,沈者每不快,《国策》乃沈而快。文之隽者每不雄,雄者每不隽,《国策》乃雄而隽。(同上)

战国者纵横之世也。纵横之学,本于古者行人之官。观《春秋》之辞命,列国大夫,聘问诸侯,出使专对,盖欲文其言以达旨而已。至战国而抵掌揣摩,腾说以取富贵,其辞敷张而扬厉,变其本而加恢奇焉,不可谓非行人辞命之极也。孔子曰:"诵诗《三百》,授之以政,不达;使于四方,不能专对,虽多奚为。"是则比兴之旨,讽谕之义,固行人之所肄也。纵横者流,推而衍之,是以能委折而入情,微婉而善讽也。(章学诚《文史通义·诗教上》)

参考书目:

杨伯峻:《春秋左传注》,中华书局1995年版。
傅庚生:《国语选》,人民文学出版社1959年版。
刘向集录:《战国策注》,上海古籍出版社1985年版。

诸 子 散 文

老 子

《老子》又名《道德经》,凡八十一章,约五千字,可能成书于战国时期,为老子后学根据老子的学说加以发挥补充而成。《老子》为道家的哲理书。旨义深邃玄奥,涉及哲学、政治、军事、文化、自然界和社会生活诸方面,含有丰富而朴素的辩证法思想;政治上主张"无为而治",幻想"小国寡民"的原始状态。全书为语录体,文笔简净、声韵流美、风格清远。较重要的注本有魏王弼《老子注》、清魏源《老子本义》,和近人马叙伦的《老子校诂》。

老子(生卒年月不详),相传姓李,名耳,字伯阳,一说即老聃。道家学派创始人。为春秋时楚人,略早于孔子,曾做过周王室的史官,《史记》有传。

有无相生

天下皆知美之为美,斯恶已;皆知善之为善,斯不善已。故有无相生,难易相成,长短相形,高下相倾,音声相和,前后相随。是以圣人处无为之事,行不言之教。万物作焉而不辞,生而不有,为而不恃,功成而弗居。夫唯弗居,是以不去。(《二章》)

柔弱胜刚强

将欲歙之,必固张之;将欲弱之,必固强之;将欲废之,必固兴之;将欲夺之,必固与之。是谓微明,柔弱胜刚强。鱼不可脱于渊,国之利器,不可以示人。(《三十六章》)

祸福相倚

其政闷闷,其民淳淳;其政察察,其民缺缺。祸兮,福之所倚;福兮,祸之所伏。孰知其极?其无正。正复为奇,善复为妖,人之迷,其日固久。是以圣人方而不割,廉而不刿,直而不肆,光而不耀。(《五十八章》)

民不畏死

民不畏死,奈何以死惧之?若使民常畏死,而为奇者,吾得执而杀之,孰敢?常有司杀者杀。夫代司杀者杀,是谓代大匠斫。夫代大匠斫者,希不伤其手矣。(《七十四章》)

小国寡民

小国寡民。使有什伯人之器而不用。使民重死而不远徙。虽有舟车,无所乘之;虽有甲兵,无所陈之。使民复结绳而用之。甘其食,美其服,安其居,乐其俗。邻国相望,鸡犬之音相闻,民至老死,不相往来。(《八十章》)

论　　语

　　《论语》是孔子弟子和后学关于孔子言行的记录,内容包括哲学、政治、教育、文学等方面,共二十篇。是重要的儒家经典,也是研究孔子思想的主要资料。《论语》是语录体散文集,文字质朴简练,表达含蓄隽永,颇具哲理。有的篇章描写形象,娓娓动人。主要注本有魏何晏《论语集解》、宋朱熹《论语集注》、清刘宝楠《论语正义》、今人杨伯峻《论语译注》等。

　　孔子(前551—前479),名丘,字仲尼,鲁国陬邑(今山东曲阜)人,是我国古代著名的思想家和教育家,儒家学派的创始人。其政治思想核心是"仁",对后世影响很大。孔子早年曾经从政,未能遂愿,继而周游列国,不被信用。晚年从事讲学和著述,《史记·孔子世家》载有其行事。

笃信好学①

　　子曰②:"笃信好学,守死善道③。危邦不入,乱邦不居。天下有道则见④,无道则隐⑤。邦有道,贫且贱焉,耻也;邦无道,富且贵焉,耻也。"(《泰伯》)

　　①本章阐述"笃信好学,守死善道"这一为人处世的原则,和盛世应举国同富、弊政则不谋私利的济世精神。语言简洁明快,含意深刻而情志鲜明。　②子:指孔子。以下同。　③笃:真诚,纯一,引申为坚定。　善:使……完善(保全)。　道:指儒家的伦理原则。全句意谓:坚定信念,努力学习,坚守完善正义的事业。　④有道:指政教清明的盛世。　见:同现,出仕。　⑤无道:指政治腐败黑暗。

子路曾皙冉有公西华侍坐①

　　子路、曾皙、冉有,公西华侍坐。
　　子曰:"以吾一日长乎尔②,毋吾以也③。居则曰④:'不吾知也⑤!'如或知尔,则何以哉⑥?"
　　子路率尔而对曰⑦:"千乘之国⑧,摄乎大国之间⑨,加之以师旅⑩,因之以饥馑⑪。由也为之⑫,比及三年⑬,可使有勇⑭,且知方也⑮。"
　　夫子哂之⑯。
　　"求,尔何如?"
　　对曰:"方六七十⑰,如五六十⑱,求也为之,比及三年,可使足民⑲。如其礼乐⑳,以俟君子㉑。"
　　"赤,尔何如?"
　　对曰:"非曰能之,愿学焉。宗庙之事㉒,如会同㉓,端章甫㉔,愿为小相焉㉕。"
　　"点,尔何如?"
　　鼓瑟希㉖,铿尔,舍瑟而作㉗。对曰:"异乎三子者之撰㉘。"
　　子曰:"何伤乎㉙?亦各言其志也㉚!"
　　曰:"莫春者㉛,春服既成㉜,冠者五六人㉝,童子六七人㉞,浴乎沂㉟,风乎舞雩㊱,咏而归㉛。”

夫子喟然叹曰㊳："吾与点也㊴。"

三子者出,曾皙后㊵。曾皙曰："夫三子者之言何如?"

子曰:"亦各言其志也已矣!"

曰:"夫子何哂由也?"

曰:"为国以礼,其言不让㊶,是故哂之。""唯求则非邦也与㊷?""安见方六七十如五六十而非邦也者㊸!""唯赤则非邦也与?""宗庙、会同,非诸侯而何? 赤也为之小,孰能为之大㊹!"

(《先进》)

①本章记述孔子和子路等四个学生的谈话,写出了学生们的人生理想以及孔子对他们的评价,表达了孔子的思想态度。文字简约,记述生动。 子路:姓仲,名由,字子路。 曾皙(xī):名点,字皙,为曾参父亲。 冉有:姓冉,名求,字子有。 公西华:姓公西,名赤,字子华。四人均为孔子学生。 侍坐:陪侍孔子坐着。 ②以:因。 长乎尔:比你们年长一点。 ③毋吾以:不要对我止而不言。以,通"已",止。 ④居:闲居,平时。 则:总是。 ⑤不吾知:即不知吾,不了解我。 ⑥何以:以何。 ⑦率尔:轻率而急促的样子。 ⑧千乘(shèng)之国:拥有一千辆兵车的诸侯国。乘,古代四匹马拉的兵车。 ⑨摄乎:夹在。 ⑩师旅:大军,此指战争。 因:继,接着。 饥馑(jǐn):饥荒。《尔雅·释天》:谷不熟为饥,蔬不熟为馑。 ⑫为之:治理它(指千乘之国)。 ⑬比及:等到。比,近。 ⑭可使有勇:可以使人民勇于作战。 ⑮方:此指礼仪,即做人的道理。 ⑯哂(shěn):微笑。 ⑰方:即方圆、见方。 ⑱如:或者。 ⑲足民:使民衣食富足。 ⑳如其:至于那个。 ㉑俟:等待。 君子:此指有德行的统治者。 ㉒宗庙之事:指祭祀之事。宗庙,是国君祭祀祖宗的地方。 ㉓如:或者。 会同:指诸侯会盟之事。 ㉔端章甫:穿着礼服、戴着礼帽。端,玄端,一种礼服。章甫,一种礼帽。 ㉕相:诸侯祭祀或会盟时主持赞礼和司仪的人。小相,是谦逊之词。 ㉖鼓瑟:弹瑟。瑟,古代弦乐之一。 希:稀。此指瑟声渐稀。 ㉗铿尔:象声词,指停止弹瑟前所奏出的最后一声余音。 作:站起。 ㉘撰:述,指所述的志向。 ㉙何伤:有什么妨碍。 ㉚亦:也只是。 ㉛莫:同暮。暮春,指夏历三月。 ㉜春服:夹衣。 既成:指已经穿上了。 ㉝冠(guàn):古代男子二十岁行冠礼。冠者,成年人。 ㉞童子:未成年的人。 ㉟沂(yí):水名,在今山东省曲阜南。 ㊱风:吹风乘凉。 舞雩(yú):求雨的祭坛,在今曲阜东南。 ㊲咏:唱歌。 ㊳喟然:叹气的样子。 ㊴与(yù):赞同。 ㊵后:指最后走出。 ㊶不让:不谦虚。 ㊷唯:发语词。 邦:国。 与:同欤。 ㊸安见:怎见得。 ㊹"赤也"两句:公西华说自己只能做小相,那么谁还能做大相呢? 言外之意是说公西华具有大相的才德。

荷蓧丈人①

子路从而后②,遇丈人,以杖荷蓧。

子路问曰:"子见夫子乎?"

丈人曰:"四体不勤,五谷不分③,孰为夫子?"植其杖而芸④。

子路拱而立⑤。

止子路宿⑥,杀鸡为黍而食之⑦,见其二子焉⑧。

明日,子路行以告⑨。子曰:"隐者也。"使子路反见之⑩。至则行矣⑪。

子路曰:"不仕无义⑫。长幼之节,不可废也;君臣之义,如之何其废之⑬? 欲洁其身,而乱大伦⑭! 君子之仕也,行其义也⑮。道之不行⑯,已知之矣。"(《微子》)

①本章记述孔子、子路赴楚国途中遇见隐士,遭到讥讽,以及子路的辩解。子路认为,孔子为实现自己的政治主张,明知难为,但仍坚持寻求入仕之途而不肯洁身自好,是一种积极的人生态度。语言简朴,记述饶有情味。 荷:肩负。 蓧(tiáo):古代耘田所用的竹器具。 丈人:指老人。 ②从而后:跟随(孔子)出行,却落在后面。 ③四体:指四肢。 五谷:指稻、稷、黍、麦、菽。 ④植:同"置"。 芸:通"耘",除草。 ⑤拱:拱手,表示敬意。 ⑥止:留。 宿:住宿。 ⑦为黍:用黍米做饭。 食(sì)之:给(子路)吃。 ⑧见:同"现"。此句意为引其二子出见子路。 ⑨行:追上。 ⑩反:同"返"。 ⑪至则行矣:到丈人家里,丈人已经出去了。 ⑫仕:做官,给国家做事。 义:指君臣之间关系准则。 ⑬"长幼"四句:意谓丈人引见二子,是知长幼的礼节;长幼之节不可废弃,那么君臣之义又怎么能够废掉呢? ⑭"欲洁"二句:意谓丈人独善其身不出仕是违反君臣之义的。 洁,使……干净。 大伦:指君臣之义。 ⑮君子:隐指孔子。 行:实施。 义:此指合理的、应该做的事(即君臣之义)。 ⑯道:指政治主张。

富 与 贵

子曰:"富与贵,是人之所欲也;不以其道得之,不处也。贫与贱,是人之所恶也;不以其道得之,不去也。君子去仁,恶乎成名? 君子无终食之间违仁,造次必于是,颠沛必于是。"(《里仁》)

长沮桀溺耦而耕

长沮、桀溺耦而耕。孔子过之,使子路问津焉。

长沮曰:"夫执舆者为谁?"子路曰:"为孔丘。"曰:"是鲁孔丘与?"曰:"是也。"曰:"是知津矣!"

问于桀溺。桀溺曰:"子为谁?"曰:"为仲由。"曰:"是鲁孔丘之徒与?"对曰:"然。"曰:"滔滔者,天下皆是也,而谁以易之? 且而与其从辟人之士也,岂若从辟世之士哉?"耰而不辍。

子路行以告,夫子怃然曰:"鸟兽不可与同群,吾非斯人之徒与而谁与? 天下有道,丘不与易也。"(《微子》)

论 学

子曰:"学而时习之,不亦说乎? 有朋自远方来,不亦乐乎? 人不知而不愠,不亦君子乎?"(《学而》)

曾子曰:"吾日三省吾身:为人谋而不忠乎? 与朋友交而不信乎? 传不习乎?"(《学而》)

子曰:"君子食无求饱,居无求安,敏于事而慎于言,就有道而正焉,可谓好学也已。"(《学而》)

子曰:"温故而知新,可以为师矣。"(《为政》)

子曰:"由,诲女知之乎! 知之为知之,不知为不知 ,是知也。"(《为政》)

子曰："学而不思则罔，思而不学则殆。"（《为政》）

子曰："见贤思齐焉，见不贤而内自省也。"（《里仁》）

子贡问曰："孔文子何以谓之'文'也？"子曰："敏而好学，不耻下问，是以谓之'文'也。"
（《公冶长》）

子曰："默而识之，学而不厌，诲人不倦，何有于我哉！"（《述而》）

子曰："德之不修，学之不讲，闻义不能徙，不善不能改，是吾忧也。"（《述而》）

子曰："不愤不启，不悱不发，举一隅不以三隅反，则不复也。"（《述而》）

子曰："三人行，必有我师焉。择其善者而从之，其不善者而改之。"（《述而》）

论　仁

有子曰："其为人也孝弟，而好犯上者，鲜矣；不好犯上，而好作乱者，未之有也。君子务
本，本立而道生。孝弟也者，其为仁之本与！"（《学而》）

子贡曰："如有博施于民而能济众，何如？可谓仁乎？"子曰："何事于仁，必也圣乎！尧舜
其犹病诸！夫仁者，己欲立而立人，己欲达而达人。能近取譬，可谓仁之方也已。"（《雍也》）

颜渊问仁。子曰："克己复礼为仁。一日克己复礼，天下归仁焉。为仁由己，而由人乎
哉？"颜渊曰："请问其目。"子曰："非礼勿视，非礼勿听，非礼勿言，非礼勿动。"颜渊曰："回虽
不敏，请事斯语矣。"（《颜渊》）

仲弓问仁。子曰："出门如见大宾，使民如承大祭。己所不欲，勿施于人。在邦无怨，在
家无怨。"仲弓曰："雍虽不敏，请事斯语矣。"（《颜渊》）

樊迟问仁。子曰："爱人。"（《颜渊》）

子曰："刚毅、木讷，近仁。"（《子路》）

子贡曰："管仲非仁者与？桓公杀公子纠，不能死，又相之。"子曰："管仲相桓公，霸诸侯，
一匡天下，民到于今受其赐。微管仲，吾其被发左衽矣。岂若匹夫匹妇之为谅也，自经于沟
渎而莫之知也。"（《宪问》）

子张问仁于孔子。孔子曰："能行五者于天下，为仁矣。""请问之。"曰："恭、宽、信、敏、
惠。恭则不侮，宽则得众，信则人任焉，敏则有功，惠则足以使人。"（《阳货》）

墨　子

　　《墨子》是记录墨子及其弟子言行的一部著作,其中大部分是由墨子弟子记录的,一部分是墨家后学的著作。据《汉书·艺文志》记载,《墨子》共七十一篇,现存五十三篇。《墨子》行文质朴浅显,逻辑性强。通行的注本为清孙诒让的《墨子闲诂》。

　　墨子(前468?—前376?),名翟,鲁人(或说宋人),相传做过宋国的大夫,是墨家学派的创始人。《史记》有传。墨子主张兼爱、尚贤、非攻、节用等,反映了小生产者的利益和愿望。

兼　爱(上)

　　圣人以治天下为事者也。必知乱之所自起,焉能治之;不知乱之所自起,则不能治。譬之如医之攻人之疾者然:必知疾之所自起,焉能攻之;不知疾之所自起,则弗能攻。治乱者何独不然?必知乱之所自起,焉能治之;不知乱之所自起,则弗能治。圣人以治天下为事者也,不可不察乱之所自起。

　　当察乱何自起?起不相爱。臣子之不孝君父,所谓乱也。子自爱,不爱父,故亏父而自利;弟自爱,不爱兄,故亏兄而自利;臣自爱,不爱君,故亏君而自利,此所谓乱也。虽父之不慈子,兄之不慈弟,君之不慈臣,此亦天下之所谓乱也。父自爱也,不爱子,故亏子而自利;兄自爱也,不爱弟,故亏弟而自利;君自爱也,不爱臣,故亏臣而自利。是何也?皆起不相爱。

　　虽至天下之为盗贼者亦然:盗爱其室,不爱其异室,故窃异室以利其室。贼爱其身,不爱人,故贼人以利其身。此何也?皆起不相爱。

　　虽至大夫之相乱家,诸侯之相攻国者亦然:大夫各爱其家,不爱异家,故乱异家以利其家。诸侯各爱其国,不爱异国,故攻异国以利其国,天下之乱物,具此而已矣。察此何自起?皆起不相爱。

　　若使天下兼相爱,爱人若爱其身,犹有不孝者乎?视父兄与君若其身,恶施不孝?犹有不慈者乎?视弟子与臣若其身,恶施不慈?故不孝不慈亡有。犹有盗贼乎?故视人之室若其室,谁窃?视人身若其身,谁贼?故盗贼亡有。犹有大夫之相乱家,诸侯之相攻国者乎?视人家若其家,谁乱?视人国若其国,谁攻?故大夫之相乱家,诸侯之相攻国者亡有。若使天下兼相爱,国与国不相攻,家与家不相乱,盗贼无有,君臣父子皆能孝慈,若此,则天下治。

　　故圣人以治天下为事者,恶得不禁恶而劝爱。故天下兼相爱则治,交相恶则乱。故子墨子曰:"不可以不劝爱人者,此也。"

公　输

　　公输盘为楚造云梯之械,成,将以攻宋。子墨子闻之,起于齐,行十日十夜而至于郢,见公输盘。

　　公输盘曰:"夫子何命焉为?"子墨子曰:"北方有侮臣者,愿藉子杀之。"公输盘不说。子墨子曰:"请献千金。"公输盘曰:"吾义固不杀人。"

　　子墨子起,再拜。曰:"请说之。吾从北方闻子为梯,将以攻宋。宋何罪之有?荆国有余于地而不足于民。杀所不足而争所有余，不可谓智；宋无罪而攻之，不可谓仁；知而不争，不可谓忠；争而不得，不可谓强；义不杀少而杀众，不可谓知类。"公输盘服。

子墨子曰："然，胡不已乎？"公输盘曰："不可！吾既已言之王矣。"子墨子曰："胡不见我于王？"公输盘曰："诺"。

子墨子见王，曰："今有人于此，舍其文轩，邻有敝舆而欲窃之；舍其锦绣，邻有短褐而欲窃之；舍其粱肉，邻有糠糟而欲窃之。此为何若人？"王曰："必为窃疾矣。"

子墨子曰："荆之地，方五千里；宋之地，方五百里，此犹文轩之与敝舆也。荆有云梦，犀兕麋鹿满之，江、汉之鱼鳖鼋鼍为天下富；宋，所为无雉兔狐狸者也，此犹粱肉之与糠糟也。荆有长松文梓楩楠豫章；宋无长木，此犹锦绣之与短褐也。臣以三事之攻宋也，为与此同类。臣见大王之必伤义而不得！"王曰："善哉！虽然，公输盘为我为云梯，必取宋。"

于是见公输盘。子墨子解带为城，以牒为械。公输盘九设攻城之机变，子墨子九距之。公输盘之攻械尽，子墨子之守圉有余。公输盘诎，而曰："吾知所以距子矣，吾不言。"子墨子亦曰："吾知子所以距我，吾不言。"楚王问其故。子墨子曰："公输子之意，不过欲杀臣。杀臣，宋莫能守，可攻也。然臣之弟子禽滑厘等三百人，已持臣守圉之器，在宋城上而待楚寇矣。虽杀臣，不能绝也。"楚王曰："善哉！吾请无攻宋矣。"

子墨子归，过宋，天雨，庇其闾中，守闾者不内也。故曰：治于神者，众人不知其功；争于明者，众人知之。

孟　　子

《孟子》是孟轲和他的弟子万章等人的著作，是一部对话形式的语录体散文集，儒家学派经典之一。《孟子》共七篇，二百五十八章，主要记述孟子的言论和有关的活动。《孟子》行文富有气势，笔锋犀利，善于以比喻和寓言增强论辩的说服力，还善于表现人物的心理，具有鲜明的艺术特性。东汉时赵岐有《孟子章句》十四卷，南宋时朱熹撰《孟子集注》，颇为流行，清焦循有《孟子正义》，今人杨伯峻有《孟子译注》。

孟子(前 372？—前 289？)，名轲，字子舆，战国时邹(今山东邹县)人，是孔子后儒学的主要代表。他继承并发展了孔子的思想，主张法先王、行仁政；在哲学上，提出性善论。曾游说齐宣王、梁惠王等，未为所用，晚年退居与弟子万章等著述，作《孟子》。《史记》有传。

齐桓晋文之事①

齐宣王问曰："齐桓晋文之事，可得闻乎②？"

孟子对曰："仲尼之徒无道桓文之事者③，是以后世无传焉，臣未之闻也。无以，则王乎④？"

曰："德何如，则可以王矣？"

曰："保民而王，莫之能御也⑤。"

曰："若寡人者，可以保民乎哉？"

曰："可。"

曰："何由知吾可也？"

曰："臣闻之胡龁曰⑥：'王坐于堂上，有牵牛而过堂下者。王见之，曰'牛何之⑦？'对曰：

"将以衅钟⑧。"王曰："舍之！吾不忍其觳觫，若无罪而就死地⑨。"对曰："然则废衅钟与⑩？"曰："何可废也？以羊易之。'不识有诸⑪？"

曰："有之。"

曰："是心足以王矣⑫。百姓皆以王为爱也⑬，臣固知王之不忍也⑭。"

王曰："然，诚有百姓者⑮。齐国虽褊小⑯，吾何爱一牛？即不忍其觳觫，若无罪而就死地，故以羊易之也。"

曰："王无异于百姓之以王为爱也⑰。以小易大，彼恶知之⑱？王若隐其无罪而就死地⑲，则牛羊何择焉⑳？"

王笑曰："是诚何心哉！我非爱其财而易之以羊也，宜乎百姓之谓我爱也㉑。"

曰："无伤也㉒，是乃仁术也㉓，见牛未见羊也。君子之于禽兽也，见其生，不忍见其死；闻其声，不忍食其肉。是以君子远庖厨也。"

王说㉔，曰："诗云：'他人有心，予忖度之。'——夫子之谓也㉕。夫我乃行之，反而求之㉖，不得吾心㉗；夫子言之，于我心有戚戚焉㉘。此心之所以合于王者，何也？"

曰："有复于王者曰：'吾力足以举百钧㉙，而不足以举一羽；明足以察秋毫之末㉚，而不见舆薪㉛。'则王许之乎㉜？"

曰："否。"

"今恩足以及禽兽，而功不至于百姓者，独何与㉝？然则一羽之不举，为不用力焉；舆薪之不见，为不用明焉；百姓之不见保，为不用恩焉㉞。故王之不王，不为也，非不能也。"

曰："不为者与不能者之形㉟，何以异㊱？"

曰："挟太山以超北海㊲，语人曰：'我不能。'是诚不能也。为长者折枝㊳，语人曰：'我不能。'是不为也，非不能也。故王之不王，非挟太山以超北海之类也；王之不王，是折枝之类也。老吾老㊴，以及人之老；幼吾幼㊵，以及人之幼：天下可运于掌㊶。诗云：'刑于寡妻，至于兄弟，以御于家邦㊷？'——言举斯心加诸彼而已㊸。故推恩足以保四海，不推恩无以保妻子。古之人所以大过人者无他焉，善推其所为而已矣！今恩足以及禽兽，而功不至于百姓者，独何与？权㊹，然后知轻重；度㊺，然后知长短。物皆然，心为甚。王请度之！抑王兴甲兵㊻，危士臣㊼，构怨于诸侯㊽，然后快于心与？"

王曰："否，吾何快于是，将以求吾所大欲也㊾。"

曰："王之所大欲，可得闻与？"

王笑而不言。

曰："为肥甘不足于口与？轻暖不足于体与？抑为采色不足视于目与？声音不足听于耳与？便嬖不足使令于前与㊿？王之诸臣，皆足以供之，而王岂为是哉！"

曰："否，吾不为是也。"

曰："然则王之所大欲可知已㊿：欲辟土地㊿，朝秦楚㊿，莅中国而抚四夷也㊿。以若所为㊿，求若所欲，犹缘木而求鱼也㊿。"

王曰："若是其甚与㊿？"

曰："殆有甚焉㊿。缘木求鱼，虽不得鱼，无后灾；以若所为，求若所欲，尽心力而为之，后必有灾。"

曰："可得闻与？"

曰："邹人与楚人战㊿，则王以为孰胜？"

曰："楚人胜。"

曰："然则小固不可以敌大，寡固不可以敌众，弱固不可以敌强。海内之地，方千里者九⑫，齐集有其一⑬；以一服八，何以异于邹敌楚哉？盖亦反其本矣⑭。今王发政施仁⑮，使天下仕者皆欲立于王之朝，耕者皆欲耕于王之野，商贾皆欲藏于王之市⑯，行旅皆欲出于王之涂⑰，天下之欲疾其君者⑱，皆欲赴诉于王⑲。其若是，孰能御之！"

王曰："吾惛⑳，不能进于是矣。愿夫子辅吾志，明以教我。我虽不敏，请尝试之。"

曰："无恒产而有恒心者，惟士为能⑪。若民，则无恒产因无恒心⑫。苟无恒心，放辟邪侈，无不为已⑬。及陷于罪，然后从而刑之，是罔民也⑭。焉有仁人在位，罔民而可为也！是故明君制民之产⑮，必使仰足以事父母，俯足以畜妻子，乐岁终身饱⑯，凶年免于死亡，然后驱而之善⑰，故民之从之也轻⑱。今也制民之产，仰不足以事父母，俯不足以畜妻子，乐岁终身苦，凶年不免于死亡。此惟救死而恐不赡，奚暇治礼义哉⑲！王欲行之，则盍反其本矣。五亩之宅，树之以桑⑳，五十者可以衣帛矣㉑；鸡豚狗彘之畜，无失其时㉒，七十者可以食肉矣；百亩之田，勿夺其时㉓，八口之家可以无饥矣，谨庠序之教㉔，申之以孝悌之义㉕，颁白者不负戴于道路矣㉖。老者衣帛食肉，黎民不饥不寒㉗，然而不王者，未之有也。"（《孟子·梁惠王上》）

①本章比较系统地阐述了孟子反对霸道主张王道的仁政思想，反映了孟子的性善论观点。辩风犀利，说理透彻，善设机巧，引人入毂；语言生动明快，善用比喻，充分体现了孟文的特点。　②齐宣王：战国时齐国国君。姓田，名辟疆，谥号宣，喜招集文学游说之士。　齐桓：即齐桓公。晋文：即晋文公。分别为春秋时齐、晋两国的国君，在位期间，国力强盛，先后称霸，是春秋五霸的代表人物。　③道：说。　④无以：同无已，不能中止。　王（wàng）：称王。　⑤保：安定，爱护。　莫之：没有人。　之：代指下面所讲的事。　⑥胡龁（hé）：齐宣王的近臣。　⑦之：动词，往，到……去。　⑧衅钟：新钟铸成之后，杀牲取血，涂抹孔隙设祭。　⑨觳（hú）觫（sù）：恐惧战栗的样子。　若：如此，像这般。　就：接近，走向。　⑩与：同欤，疑问助词。　⑪识：知道。　⑫是心：这样的心。　⑬爱：本为爱惜，此有吝啬之意。　⑭固：本来。　⑮"诚有"句：确实有像百姓所误解的情况。　⑯褊（biǎn）小：狭小。　⑰异：奇怪。　⑱恶（wū）：何，哪里　⑲隐：怜悯，可怜。　⑳择：区别。　㉑宜乎：该当，同"难怪"的语意相近。　㉒无伤：不要紧，没有妨碍。　㉓仁术：施行仁政的途径、方法。　㉔说：同悦。　㉕"他人"两句：见《诗经·小雅·巧言》。忖度（cǔn duó）：揣测衡量，推断。　㉖夫子：指孟子。　……之谓：说的就是……　㉗乃：这样。反而求之：反过来探究这种行动。　㉘心：指思想。　㉙戚戚：心中有所感动。　㉚复：报告。　㉛钧：三十斤，古代重量单位。　㉜秋毫：秋天鸟兽新生的毫毛，其端很细。　㉝舆薪：整车的柴。　㉞许：相信，同意。功：功德，政绩。独：单，偏。　㉟为：因为。　见保：被爱护，受到安抚。　㊱形：外在的表现。　㊲异：分辨，区别。　㊳挟（xié）：夹在胳膊下面。　太山：即泰山。　超：跳过，跳越。　北海：指渤海。　㊴折枝：按摩肢体。枝，同肢。一说"折枝"即折取草木之枝；一说是屈臂行礼的意思。　㊵老吾老：敬爱自己的老人。前一个老字作尊敬解。　㊶幼吾幼：爱护自己的孩子。前一幼字作爱抚解。　㊷运于掌：运转在手掌上，比喻治天下之容易。　㊸"刑于"三句：见《诗经·大雅·思齐》。刑：同型，作示范讲。寡妻：寡德之妻，此指国君的正妻。　御：治。　家邦：国家。　㊹"言举"句：说的无非是把爱自家人的心推广开去，加之于别人身上罢了。斯：此。　㊺权：秤锤，用作动词，作"称一称"讲。　㊻度（duó）：动词，量一量。　㊼抑：还是，或者。　兴甲兵：指发动战争。　㊽危：使……遭受危害。　㊾构：结。　㊿大欲：指最想得到的东西。　52便嬖（pián bì）：指国君所宠信的人。　53已：同矣。　54辟：开辟。　55朝：使……来朝见。　56莅：临。中国：指中原。　抚：安抚。　四夷：指中原以外四方边远地区的少数民族。　57若：这样。　58"犹缘木"句：比喻绝对不能达到目的。缘，攀登。　59若是：像这样。甚：厉害。　60殆：恐

63

怕。　有:同又。　⑥邹:当时的小国,原称邾,又称邾娄,后改为邹,被楚国所灭。其地在今山东邹县。
⑥方千里者九:九倍方圆千里的土地。　⑥集:凑集、会集,指截长补短计算国土面积。　⑥盖(hé):同盍,
何不。　本:治国的根本。　⑥发政施仁:发布政令,施行仁政。　⑥商贾(gǔ):古代把来往贩卖货物的叫
商,居于一地藏货待卖的叫贾,此处泛指商人。　⑥涂:同途。　疾:痛恨、憎恨。　⑥赴诉:跑来申
诉。　⑦惛(hūn):同昏,指思想昏乱,糊涂。　⑦恒产:固定的产业,如土地、山林等。　恒心:常久不变的
心,这里指安分守己之心。　⑦若:至于。　因:因而。　⑦放辟邪侈:指行为不正。　放:放荡。　辟:同
僻,行为不端。　邪:与辟同义。　侈:与放同义。　⑦罔民:坑陷百姓。罔,同网,网罗,引申作"坑陷"
解。　⑦制:规定。　⑦畜:养活。　妻子:妻子和儿女。　⑦乐岁:丰收年。　⑦凶年:灾害年。　之:
向,去。　⑦轻:容易。　⑧赡(shàn):足。　⑧治:讲求。　⑧五亩之宅:孟子认为,按古制一个男丁可分
得土地五亩,以建置住宅。　⑧衣(yì):穿衣。　帛:此指丝棉做的棉衣。　⑧豚(tún):小猪。　彘(zhì):
大猪。　⑧百亩之田:孟子认为,按古代井田制,一个男丁可分耕田百亩。　夺:侵占。　⑧谨:重视。
庠序:古代学校名称,有周庠殷序之分,此泛指学校。　⑧申:反复。　悌(tì):兄弟相爱。　⑧颁:同斑。
颁白者,头发花白的人。　负:背负。　戴:头上顶着。　⑧黎民:指黑发的壮年百姓。

君子莫大乎与人为善

　　孟子曰:"子路,人告之以有过则喜。禹闻善言则拜。大舜有大焉:善与人同,舍己从人,
乐取于人以为善。自耕稼陶渔以至为帝,无非取于人者。取诸人以为善,是与人为善者也。
故君子莫大乎与人为善。"(《孟子·公孙丑上》)

天时不如地利

　　孟子曰:
　　天时不如地利,地利不如人和。
　　三里之城,七里之郭,环而攻之而不胜。夫环而攻之,必有得天时者矣,然而不胜者,是
天时不如地利也。
　　城非不高也,池非不深也,兵革非不坚利也,米粟非不多也,委而去之,是地利不如人
和也。
　　故曰,域民不以封疆之界,固国不以山豀之险,威天下不以兵革之利。得道者多助,失
道者寡助。寡助之至,亲戚畔之。多助之至,天下顺之。以天下之所顺,攻亲戚之所畔,故君
子有不战,战必胜矣。(《孟子·公孙丑下》)

鱼我所欲也

　　孟子曰:
　　鱼,我所欲也;熊掌,亦我所欲也。二者不可得兼,舍鱼而取熊掌者也。生,亦我所欲也;
义,亦我所欲也。二者不可得兼,舍生而取义者也。
　　生亦我所欲,所欲有甚于生者,故不为苟得也。死亦我所恶,所恶有甚于死者,故患有所
不辟也。
　　如使人之所欲莫甚于生,则凡可以得生者,何不用也?使人之所恶莫甚于死者,则凡可

以辟患者,何不为也?由是则生,而有不用也。由是则可以辟患,而有不为也。是故所欲有甚于生者,所恶有甚于死者;非独贤者有是心也,人皆有之,贤者能弗丧耳。

一箪食,一豆羹,得之则生,弗得则死;嘑尔而与之,行道之人弗受;蹴尔而与之,乞人不屑也。

万钟则不辨礼义而受之,万钟于我何加焉?为宫室之美,妻妾之奉,所识穷乏者得我与?乡为身死而不受,今为宫室之美为之;乡为身死而不受,今为妻妾之奉为之;乡为身死而不受,今为所识穷乏者得我而为之,是亦不可以已乎?此之谓失其本心。(《孟子·告子上》)

生于忧患,死于安乐

孟子曰:"舜发于畎亩之中,傅说举于版筑之间,胶鬲举于鱼盐之中,管夷吾举于士,孙叔敖举于海,百里奚举于市。故天将降大任于斯人也,必先苦其心志,劳其筋骨,饿其体肤,空乏其身,行拂乱其所为,所以动心忍性,曾益其所不能。人恒过,然后能改;困于心,衡于虑,而后作;征于色,发于声,而后喻。入则无法家拂士,出则无敌国外患者,国恒亡。然后知生于忧患而死于安乐也。"(《孟子·告子下》)

民 为 贵

孟子曰:"民为贵,社稷次之,君为轻。是故得乎丘民而为天子,得乎天子为诸侯,得乎诸侯为大夫。诸侯危社稷,则变置。牺牲既成,粢盛既洁,祭祀以时;然而旱干水溢,则变置社稷。"(《孟子·尽心下》)

庄 子

《庄子》亦称《南华经》,是道家的经典著作。《汉书·艺文志》著录五十二篇,现存三十三篇。一般认为,其中《内篇》七,为庄子自著;《外篇》十五、《杂篇》十一,为庄子后学所作。《庄子》充满了浓厚的浪漫主义色彩。其文想象丰富而超群绝俗,构思奇特而意出尘外,意境恍惚而美妙奇幻,文风多变而汪洋恣肆,正如鲁迅所说:"著书十余万言,大抵寓言,人物土地,皆空言无事实,而其文则汪洋辟阖,仪态万方,晚周诸子之作,莫能先也。"(《汉文学史纲要》)对后世文学有很大影响。三国以来,《庄子》盛行,注本较多。晋郭象为《庄子》作注,唐成玄英为郭象注作疏。现较通行的注本有清王先谦《庄子集解》和郭庆藩《庄子集释》。

庄子(前369?—前286?),名周,战国中期宋国蒙(今河南商丘)人。曾为蒙之漆园吏。据《庄子》一书所记,一生贫困,鄙夷富贵,楚威王曾"使使厚币迎之,许以为相",他拒绝不受,终生隐居陋巷而不显于世。《史记》有传。

庄子的思想,以老子为依归而有所发展。主张"无为"、"无用"、顺应自然,反对人为;又从相对主义观点出发,否定客观事物的差别。对儒学多有诋毁。对"窃钩者诛,窃国者侯"的不合理社会作激烈的抨击,却又采取逃避现实、逍遥自得的态度。

逍 遥 游①

北冥有鱼,其名为鲲②。鲲之大,不知其几千里也。化而为鸟,其名为鹏。鹏之背,不知其几千里也;怒而飞③,其翼若垂天之云④。是鸟也,海运则将徙于南冥⑤。南冥者,天池也⑥。

《齐谐》者⑦,志怪者也⑧。《谐》之言曰:"鹏之徙于南冥也,水击三千里⑨,抟扶摇而上者九万里⑩,去以六月息者也⑪。"野马也⑫,尘埃也⑬,生物之以息相吹也。天之苍苍⑭,其正色邪? 其远而无所至极邪? 其视下也⑮,亦若是则已矣。

且夫水之积也不厚⑯,则其负大舟也无力。覆杯水于坳堂之上⑰,则芥为之舟⑱。置杯焉则胶⑲,水浅而舟大也。风之积也不厚,则其负大翼也无力。故九万里则风斯在下矣,而后乃今培风⑳;背负青天而莫之夭阏者㉑,而后乃今将图南。

蜩与学鸠笑之曰㉒:"我决起而飞,抢榆枋㉓,时则不至而控于地而已矣㉔,奚以之九万里而南为?"适莽苍者㉕,三飡而反㉖,腹犹果然;适百里者,宿舂粮㉗;适千里者,三月聚粮。之二虫又何知㉘!

小知不及大知㉙,小年不及大年。奚以知其然也? 朝菌不知晦朔,蟪蛄不知春秋㉚,此小年也。楚之南有冥灵者㉛,以五百岁为春,五百岁为秋;上古有大椿者㉜,以八千岁为春,八千岁为秋。而彭祖乃今以久特闻㉝,众人匹之,不亦悲乎!

汤之问棘也是已㉞:"穷发之北㉟,有冥海者,天池也。有鱼焉,其广数千里㊱,未有知其修者㊲,其名为鲲。有鸟焉,其名为鹏,背若泰山,翼若垂天之云,抟扶摇羊角而上者九万里㊳,绝云气,负青天,然后图南,且适南冥也。"斥鴳笑之曰㊴:"彼且奚适也? 我腾跃而上,不过数仞而下,翱翔蓬蒿之间,此亦飞之至也,而彼且奚适也?"此小大之辩也㊵。

故夫知效一官㊶,行比一乡,德合一君,而征一国者,其自视也,亦若此矣。而宋荣子犹然笑之㊷。且举世而誉之而不加劝㊸,举世而非之而不加沮㊹,定乎内外之分,辨乎荣辱之境,斯已矣。彼其于世,未数数然也㊺。虽然,犹有未树也。夫列子御风而行,泠然善也㊻,旬有五日而后反。彼于致福者,未数数然也。此虽免乎行,犹有所待者也㊼。若夫乘天地之正㊽,而御六气之辩㊾,以游无穷者,彼且恶乎待哉! 故曰:至人无己㊿,神人无功,圣人无名(51)。

尧让天下于许由(52),曰:"日月出矣,而爝火不息(53),其于光也,不亦难乎! 时雨降矣,而犹浸灌(54),其于泽也,不亦劳乎! 夫子立而天下治,而我犹尸之,吾自视缺然(55)。请致天下(56)。"

许由曰:"子治天下(57),天下既已治也(58),而我犹代子,吾将为名乎? 名者,实之宾也(59),吾将为宾乎? 鹪鹩巢於深林(60),不过一枝;偃鼠饮河(61),不过满腹。归休乎君,予无所用天下为! 庖人虽不治庖(62),尸祝不越樽俎而代之矣(63)。"

肩吾问于连叔曰(64):"吾闻言于接舆(65),大而无当,往而不返。吾惊怖其言犹河汉而无极也,大有径庭(66),不近人情焉(67)。"

连叔曰:"其言谓何哉?"

"曰'藐姑射之山(68),有神人居焉。肌肤若冰雪,淖约若处子(69);不食五谷,吸风饮露;乘云气,御飞龙,而游乎四海之外;其神弟凝,使物不疵疠而年谷熟'(70)。吾以是狂而不信也(71)。"

连叔曰:"然。瞽者无以与乎文章之观(72),聋者无以与乎钟鼓之声。岂唯形骸有聋盲哉? 夫知亦有之(73)。是其言也,犹时女也(74)。之人也,之德也,将旁礴万物以为一(75),世蕲乎乱(76),孰弊弊焉以天下为事(77)! 之人也,物莫之伤,大浸稽天而不溺,大旱金石流、土山焦而不热。是其尘垢秕糠,将犹陶铸尧舜者也(78),孰肯以物为事! 宋人资章甫而适诸越(79),越人断发文身(80),无所用之。尧治天下之民,平海内之政。往见四子藐姑射之山(81),汾水之阳(82),窅然丧

66

其天下焉⑪。"

惠子谓庄子曰⑫:"魏王贻我大瓠之种"⑬,我树之成而实五石⑭。以盛水浆,其坚不能自举也。剖之以为瓢,则瓠落无所容⑮。非不呺然大也⑯,吾为其无用而掊之⑰。

庄子曰:"夫子固拙于用大矣。宋人有善为不龟手之药者⑱,世世以洴澼絖为事⑲。客闻之,请买其方百金。聚族而谋之曰:'我世世为洴澼絖,不过数金。今一朝而鬻技百金⑳,请与之。'客得之,以说吴王㉑。越有难㉒,吴王使之将。冬,与越人水战,大败越人,裂地而封之。能不龟手一也。或以封,或不免于洴澼絖,则所用之异也。今子有五石之瓠,何不虑以为大樽而浮乎江湖㉓,而忧其瓠落无所容?则夫子犹有蓬之心也夫㉔"!

惠子谓庄子曰:"吾有大树,人谓之樗㉕。其大本臃肿而不中绳墨㉖,其小枝卷曲而不中规矩。立之涂㉗,匠者不顾。今子之言,大而无用,众所同去也㉘。"

庄子曰:"子独不见狸狌乎㉙?卑身而伏,以候敖者;东西跳梁㉚,不辟高下㉛;中于机辟㉜,死于罔罟。今夫斄牛㉝,其大若垂天之云。此能为大矣,而不能执鼠。今子有大树,患其无用,何不树之于无何有之乡,广莫之野,彷徨乎无为其侧㉞,逍遥乎寝卧其下。不夭斤斧,物无害者,无所可用,安所困苦哉!"

①《逍遥游》为《庄子》首篇。"逍遥游"的含义就是怡然自得,无拘无束地遨游于天地之间。全篇的宗旨在于阐明摆脱一切物累、追求绝对自由的人生观。这种观点是庄子不满现实的一种自我超脱的空想,实际上这种境界是不存在的。文中先写从高飞九万里的大鹏到微不足道的蜩与学鸠,从御风而行的列子到"知效一官者",都是"有待"而不自由的,从而为论述"绝对自由"作铺垫。文章想象丰富,构思奇物,行文变化莫测,喻例层出不穷,读之令人神思飞扬。　②冥:同"溟",指海。　③怒:同"努",奋起。　④垂:"陲",边际。　⑤海运:海动。　徙:移　⑥天池:天然形成的大池。　⑦《齐谐》:书名。　⑧志:同"志",记载。　怪:怪异。　⑨击:激。　⑩抟(tuán):环绕而上。　扶摇:飚风,旋转而上的大风。　⑪六月息:六月风;据说六月的风最大。息,风。　⑫野马:空中漂浮的游气。　⑬尘埃:空中的浮尘。　⑭苍苍:深蓝色。　⑮其:指大鹏。　⑯厚:深。　⑰坳堂之上:堂上洼处。　⑱芥:小草。　⑲胶:粘青。　⑳培:通"凭",凭风、乘风。　㉑莫之夭阏:没有阻碍。　㉒蜩:蝉。　学鸠:小斑鸠。　㉓决起而飞:迅疾而飞。　㉔抢:突过。　榆:榆树。　枋:檀树。　㉕则:或。　控:投。　㉖莽苍:郊野。　㉗飡:餐。　反:返。　㉘宿舂粮:一宿的粮食。　㉙之:这。　二虫:蜩与学鸠。　㉚知:智。　㉛年:年寿、寿命。　㉜朝菌:朝生暮死的虫子。　晦:每月的最后一天。　朔:每月的第一天。　㉝蟪蛄:寒蝉。春生夏死,夏生秋死。　㉞冥灵:溟海灵龟。　㉟椿:椿树。　㊱彭祖:古代传说中的长寿之人。　㊲棘:汤时贤人。　㊳穷发:不毛之地。　㊴广:宽度。　㊵修:长度。　㊶羊角:即羊角风、旋风。　㊷斥鷃:生活在小泽中的麻雀。斥,小泽;鷃,雀。　㊸辩:通"辨",分别。　㊹知:智。　效:胜任。　㊺宋荣子:即宋鈃,宋国人,战国时期思想家。　㊻劝:励勉、努力。　㊼沮:沮丧。　㊽数数然:汲汲营求的样子。　㊾列子:即列御寇,春秋时期思想家。　㊿泠然:轻妙的样子。　51所待:有所依凭。　52天地之正:自然的规律。正,规律、法则。　53六气:阴阳风雨晦明。　辩:变,变化。　54至人无己:至人,道德修养最高的人。无己,忘我(即物我齐一)。与自然合而为一。　55神人无功:神人,道德修养神化的人。无功,无意于求功,忘记功利。　56圣人无名:圣人,即儒学理想中德行高尚的人。无名,无意于求名,忘记名位。　57尧:传说中的上古帝王。　许由:传说中的隐士。　58爝(jué)火:小火。　59浸灌:灌溉。　60尸:主。　61缺然:歉然。　62致:与、让与。　63治天下:治理天下。　64已治:已经太平。　65宾:附属、从属。　66鹪鹩(jiāo liáo):小鸟名。　67偃鼠:鼹鼠。　68疱人:厨人。　69尸祝:古代祭祀时主祭之人。　樽俎:酒器;俎,肉案。　70肩吾、连叔:庄子虚构的人物。　71接舆:楚国隐士,一说姓陆,名通,字接舆。　72大有径庭:差别太大。　73不近人情:不合乎世情。　74藐姑射(shè)之山:传说中神山。藐,遥远。　75淖约:轻盈柔美的

67

样子。　处子:处女。　⑦⑥神凝:神情专注。　⑦⑦疵疠:灾病。　⑦⑧狂:同"诳",不实之言。　⑦⑨瞽(gǔ)者:盲人。　文章:花纹。　⑧⓪知:智。　⑧①时:同是。女:汝,你。　⑧②旁礴:混同。　⑧③蕲:希望。　乱:治。　⑧④弊弊:忙碌经营的样子。　⑧⑤大浸:洪水。　稽:至。　⑧⑥陶铸:造成。　⑧⑦宋:在今河南。　资:贩卖。　章甫:帽子。　诸越:於越,今浙江一带。　⑧⑧文:纹。　⑧⑨四子:旧注为王倪、齧缺、被衣、许由,实为庄子假托人物。　⑨⓪汾水:今山西境内。　阳:北面。　⑨①窅(yǎo)然:怅然。　丧:忘记。　⑨②惠子:宋人,姓惠,名施,庄子好友。　⑨③魏王:梁惠王。　瓠(hù):葫芦。　⑨④石:十斗为一石。　⑨⑤瓠落:廓落、阔大。　⑨⑥呺(xiāo)然:大而空的样子。　⑨⑦掊:打碎。　⑨⑧龟(jūn):同"皲",指皮肤冻裂。　⑨⑨洴澼絖(píng pà kuàng):漂洗丝棉絮。　⑩⓪鬻:卖。　⑩①说:游说。　⑩②难:发难。　⑩③虑:系缚。　樽:腰舟。　⑩④蓬之心:心中有茅塞不通之处。　⑩⑤樗(chū):一种木质粗劣之树。　⑩⑥大本:树干。　臃肿:木瘤盘结。　⑩⑦涂:同"途",道路。　⑩⑧去:离开、抛弃。　⑩⑨狸狌:狸,野猫;狌,黄鼠狼。　⑩⑩跳梁:跳跃。　⑪①辟:同"避"。　⑪②机辟:机关。　⑪③斄牛:牦牛。　⑪④彷徨:徘徊。

胠箧

　　将为胠箧、探囊、发匮之盗而为守备,则必摄缄縢,固扃鐍,此世俗之所谓知也。然而巨盗至,则负匮、揭箧、担囊而趋,唯恐缄縢、扃鐍之不固也。然则乡之所谓知者,不乃为大盗积者也?

　　故尝试论之,世俗之所谓知者,有不为大盗积者乎?所谓圣者,有不为大盗守者乎?

　　何以知其然邪?

　　昔者齐国,邻邑相望,鸡狗之音相闻,罔罟之所布,耒耨之所刺,方二千余里,阖四竟之内,所以立宗庙社稷,治邑屋州闾乡曲者,曷尝不法圣人哉?然而田成子一旦杀齐君而盗其国,所盗者,岂独其国邪?并与其圣知之法而盗之。故田成子有乎盗贼之名,而身处尧、舜之安,小国不敢非,大国不敢诛,十二世有齐国,则是不乃窃齐国并与其圣知之法,以守其盗贼之身乎?

　　尝试论之,世俗之所谓至知者,有不为大盗积者乎?所谓至圣者,有不为大盗守者乎?

　　何以知其然邪?

　　昔者龙逢斩,比干剖,苌弘胣,子胥靡。故四子之贤,而身不免乎戮。故盗跖之徒问于跖曰:"盗亦有道乎?"跖曰:"何适而无有道邪?夫妄意室中之藏,圣也;入先,勇也;出后,义也;知可否,知也;分均,仁也。五者不备,而能成大盗者,天下未之有也。由是观之,善人不得圣人之道不立,跖不得圣人之道不行;天下之善人少而不善人多,则圣人之利天下也少,而害天下也多。故曰:唇竭则齿寒,鲁酒薄而邯郸围,圣人生而大盗起。掊击圣人,纵舍盗贼,而天下始治矣!"

　　夫川竭而谷虚,丘夷而渊实;圣人已死,则大盗不起,天下平而无故矣。圣人不死,大盗不止。虽重圣人而治天下,则是重利盗跖也。为之斗斛以量之,则并与斗斛而窃之;为之权衡以称之,则并与权衡而窃之;为之符玺以信之,则并与符玺而窃之;为之仁义以矫之,则并与仁义而窃之。何以知其然邪?彼窃钩者诛,窃国者为诸侯;诸侯之门,而仁义存焉,则是非窃仁义圣知邪?故逐于大盗、揭诸侯、窃仁义并斗斛权衡符玺之利者,虽有轩冕之赏弗能劝,斧钺之威弗能禁。此重利盗跖而使不可禁者,是乃圣人之过也。故曰:"鱼不可脱于渊,国之利器不可以示人。"彼圣人者,天下之利器也,非所以明天下也。

　　故绝圣弃知,大盗乃止;擿玉毁珠,小盗不起;焚符破玺,而民朴鄙;掊斗折衡,而民不争;

68

殚残天下之圣法,而民始可与论议;擢乱六律,铄绝竽瑟,塞瞽旷之耳,而天下始人含其聪矣;灭文章,散五采,胶离朱之目,而天下始人含其明矣;毁绝钩绳,而弃规矩,攦工倕之指,而天下始人有其巧矣。故曰:"大巧若拙。"削曾、史之行,钳杨、墨之口,攘弃仁义,而天下之德始玄同矣。

彼人含其明,则天下不铄矣;人含其聪,则天下不累矣;人含其知,则天下不惑矣;人含其德,则天下不僻矣。彼曾、史、杨、墨、师旷、工倕、离朱,皆外立其德,而以爚乱天下者也,法之所无用也。

子独不知至德之世乎?昔者容成氏、大庭氏、伯皇氏、中央氏、栗陆氏、骊畜氏、轩辕氏、赫胥氏、尊卢氏、祝融氏、伏羲氏、神农氏,当是时也,民结绳而用之,甘其食,美其服,乐其俗,安其居,邻国相望,鸡狗之音相闻,民至老死而不相往来。若此之时,则至治已。今遂至使民延颈举踵,曰"某所有贤者",赢粮而趣之,则内弃其亲,而外去其主之事;足迹接乎诸侯之境,车轨结乎千里之外,则是上好知之过也。上诚好知而无道,则天下大乱矣!

何以知其然邪?

夫弓弩毕弋机变之知多,则鸟乱于上矣;钩饵罔罟罾笱之知多,则鱼乱于水矣;削格、罗落、罝罘之知多,则兽乱于泽矣;知诈渐毒、颉滑坚白、解垢同异之变多,则俗惑于辩矣。故天下每每大乱,罪在于好知。故天下皆知求其所不知,而莫知求其所已知者;皆知非其所不善,而莫知非其所已善者,是以大乱。故上悖日月之明,下烁山川之精,中堕四时之施,惴耎之虫,肖翘之物,莫不失其性。甚矣夫,好知之乱天下也!自三代以下者是已。舍夫种种之民,而悦夫役役之佞;释夫恬淡无为,而悦夫啍啍之意。啍啍已乱天下矣!

曹商使秦

宋人有曹商者,为宋王使秦。其往也,得车数乘;王说之,益车百乘。反于宋,见庄子,曰:"夫处穷闾阨巷,困窘织屦,槁项黄馘者,商之所短也;一悟万乘之主,而从车百乘者,商之所长也。"庄子曰:"秦王有病召医,破痈溃痤者,得车一乘,舐痔者得车五乘,所治愈下,得车愈多。子岂治其痔邪?何得车之多也! 子行矣!"(《列御寇》)

荀　　子

据《汉书·艺文志》记载,《孙卿子》为三十三篇,现存三十二篇,大部分为荀况自著。《荀子》长于说理,论点明确,论断缜密,结构谨严,语言整饬,风格朴实浑厚。重要 注本有唐杨倞《荀子注》二十卷,清王先谦《荀子集解》影响更大,近人有梁启雄的《荀子简释》。

荀子(前313? —前238?),名况,又称荀卿或孙卿,战国末期赵人。曾游学于齐、秦,仕于楚,为兰陵令。李斯和韩非都是其学生。《史记》有传。荀子政治上主张法后王,提倡礼治法治并用;哲学上具有朴素的唯物主义思想,又提出"性恶"说,强调后天教育的作用。

劝　　学(节选)

君子曰:学不可以已。青,取之于蓝,而青于蓝;冰,水为之,而寒于水。木直中绳,鞣以为轮,其曲中规。虽有槁暴,不复挺者,鞣使之然也。故木受绳则直,金就砺则利,君子博学而日参省乎己,则知明而行无过矣。

故不登高山,不知天之高也;不临深溪,不知地之厚也;不闻先王之遗言,不知学问之大也。干、越、夷、貉之子,生而同声,长而异俗,教使之然也。《诗》曰:"嗟尔君子,无恒安息。靖共尔位,好是正直。神之听之,介尔景福。"神莫大于化道,福莫长于无祸。

吾尝终日而思矣,不如须臾之所学也;吾尝跂而望矣,不如登高之博见也。登高而招,臂非加长也,而见者远;顺风而呼,声非加疾也,而闻者彰。假舆马者,非利足也,而致千里;假舟楫者,非能水也,而绝江河。君子生非异也,善假于物也。

南方有鸟焉,名曰蒙鸠。以羽为巢,而编之以发,系之苇苕。风至苕折,卵破子死。巢非不完也,所系者然也。西方有木焉,名曰射干,茎长四寸,生于高山之上,而临百仞之渊。木茎非能长也,所立者然也。蓬生麻中,不扶而直;白沙在涅,与之俱黑。兰槐之根是为芷,其渐之滫,君子不近,庶人不服。其质非不美也,所渐者然也。故君子居必择乡,游必就士,所以防邪僻而近中正也。

物类之起,必有所始。荣辱之来,必象其德。肉腐出虫,鱼枯生蠹。怠慢忘身,祸灾乃作。强自取柱,柔自取束。邪秽在身,怨之所构。施薪若一,火就燥也;平地若一,水就湿也。草木畴生,禽兽群焉。物各从其类也。是故质的张而弓矢至焉,林木茂而斧斤至焉,树成荫而众鸟息焉,醯酸而蜹聚焉。故言有招祸也,行有招辱也,君子慎其所立乎!

积土成山,风雨兴焉;积水成渊,蛟龙生焉;积善成德,而神明自得,圣心备焉。故不积跬步,无以至千里;不积小流,无以成江海。骐骥一跃,不能十步;驽马十驾,功在不舍。锲而舍之,朽木不折;锲而不舍,金石可镂。蚓无爪牙之利,筋骨之强,上食埃土,下饮黄泉,用心一也。蟹八跪而二螯,非蛇蟺之穴,无可寄托者,用心躁也。是故无冥冥之志者,无昭昭之明;无惛惛之事者,无赫赫之功。行衢道者不至,事两君者不容。目不能两视而明,耳不能两听而聪。螣蛇无足而飞,鼫鼠五技而穷。《诗》曰:"尸鸠在桑,其子七兮。淑人君子,其仪一兮。其仪一兮,心如结兮。"故君子结于一也。

富　国（节选）

足国之道:节用裕民,而善臧其余。节用以礼,裕民以政。彼节用故多余,裕民则民富,民富则田肥以易,田肥以易则出实百倍。上以法取焉,而下以礼节用之,余若丘山,不时焚烧,无所臧之。夫君子奚患乎无余!故知节用裕民,则必有仁义圣良之名,而且有富厚丘山之积矣。此无它故焉,生于节用裕民也。不知节用裕民则民贫,民贫则田瘠以秽,田瘠以秽则出实不半,上虽好取侵夺,犹将寡获也;而或以无礼节用之,则必有贪利纠诟之名,而且有空虚穷乏之实矣。此无它故焉,不知节用裕民也。《康诰》曰:"弘覆乎天,若德裕乃身。"此之谓也。

礼者,贵贱有等,长幼有差,贫富轻重皆有称者也。故天子朱裷衣冕,诸侯玄裷衣冕,大夫裨冕,士皮弁服。德必称位,位必称禄,禄必称用,由士以上则必以礼乐节之,众庶百姓则必以法数制之。量地而立国,计利而畜民,度人力而授事;使民必胜事,事必出利,利足以生民,皆使衣食百用出入相揜,必时臧余,谓之称数。故自天子通于庶人,事无大小多少,由是推之。故曰:"朝无幸位,民无幸生。"此之谓也。

轻田野之税,平关市之征,省商贾之数,罕兴力役,无夺农时,如是则国富矣。夫是之谓以政裕民。

············

观国之强弱贫富有征验:上不隆礼则兵弱,上不爱民则兵弱,已诺不信则兵弱,庆赏不渐则兵弱,将率不能则兵弱。上好功则国贫,上好利则国贫,士大夫众则国贫,工商众则国贫,无制数度量则国贫。下贫则上贫,下富则上富。故田野县鄙者财之本也,垣窌仓廪者财之末也;百姓时和、事业得叙者货之源也,等赋府库者货之流也。故明主必谨养其和,节其流,开其源,而时斟酌焉。潢然使天下必有余,而上不忧不足。如是,则上下俱富,交无所藏之,是知国计之极也。故禹十年水,汤七年旱,而天下无菜色者,十年之后,年谷复熟,而陈积有余,是无它故焉,知本末源流之谓也。故田野荒而仓廪实,百姓虚而府库满,夫是之谓国蹶。伐其本,竭其源,而并之其末,然而主相不知恶也,则其倾覆灭亡可立而待也。以国持之而不足以容其身,夫是之谓至贪,是愚主之极也。将以求富而丧其国,将以求利而危其身,古有万国,今有十数焉,是无它故焉,其所以失之一也。君人者,亦可以觉矣。

议　兵(节选)

临武君与孙卿子议兵于赵孝成王前。王曰:“请问兵要。”临武君对曰:“上得天时,下得地利,观敌之变动,后之发,先之至,此用兵之要术也。”孙卿子曰:“不然。臣所闻古之道,凡用兵攻战之本在乎壹民。弓矢不调,则羿不能以中微;六马不和,则造父不能以致远;士民不亲附,则汤、武不能以必胜也。故善附民者,是乃善用兵者也。故兵要在乎善附民而已。”临武君曰:“不然。兵之所贵者势利也,所行者变诈也。善用兵者,感忽悠暗,莫知其所从出,孙、吴用之无敌于天下,岂必待附民哉?”孙卿子曰:“不然。臣之所道,仁人之兵,王者之志也。君之所贵,权谋势利也;所行,攻夺变诈也,诸侯之事也。仁人之兵,不可诈也;彼可诈者,怠慢者也,路亶者也,君臣上下之间涣然有离德者也。故以桀诈桀,犹巧拙有幸焉。以桀诈尧,譬之若以卵投石,以指挠沸;若赴水火,入焉焦没耳!故仁人上下,百将一心,三军同力;臣之于君也,下之于上也,若子之事父,弟之事兄,若手臂之扞头目而覆胸腹也,诈而袭之与先惊而后击之,一也。且仁人之用十里之国,则将有百里之听;用百里之国,则将有千里之听;用千里之国,则将有四海之听,必将聪明警戒,和抟而一。故仁人之兵,聚则成卒;散则成列;延则若莫邪之长刃,婴之者断;兑则若莫邪之利锋,当之者溃;圜居而方止,则若盘石然,触之者角摧,案鹿埵陇种东笼而退耳。且夫暴国之君,将谁与至哉?彼其所与至者,必其民也,而其民之亲我欢若父母,其好我芬若椒兰,彼反顾其上,则若灼黥,若仇雠;人之情虽桀、跖,岂又肯为其所恶、贼其所好者哉?是犹使人之子孙自贼其父母也,彼必将来告之,夫又何可诈也?故仁人用,国日明,诸侯先顺者安,后顺者危,虑敌之者削,反之者亡。《诗》曰:‘武王载发,有虔秉钺;如火烈烈,则莫我敢遏。’此之谓也。”

陈嚣问孙卿子曰:“先生议兵,常以仁义为本。仁者爱人,义者循理,然则又何以兵为?凡所为有兵者,为争夺也。”孙卿子曰:“非女所知也!彼仁者爱人,爱人故恶人之害之也;义者循理,循理故恶人之乱之也。彼兵者,所以禁暴除害也,非争夺也。故仁人之兵,所存者神,所过者化,若时雨之降,莫不说喜。是以尧伐驩兜,舜伐有苗,禹伐共工,汤伐有夏,文王伐崇,武王伐纣,此四帝两王皆以仁义之兵行于天下也。故近者亲其善,远方慕其义,兵不血刃,远迩来服,德盛于此,施及四极。《诗》曰:'淑人君子,其仪不忒;其仪不忒,正是四国。'此之谓也。"

李斯问孙卿子曰:"秦四世有胜,兵强海内,威行诸侯,非以仁义为之也,以便从事而已。"孙卿子曰:"非女所知也!女所谓便者,不便之便也。吾所谓仁义者,大便之便也。彼仁义者,所以修政者也;政修则民亲其上,乐其君,而轻为之死。故曰:凡在于君,将率末事也。秦四世有胜,諰諰然常恐天下之一合而轧己也,此所谓末世之兵,未有本统也。故汤之放桀也,非其逐之鸣条之时也;武王之诛纣也,非以甲子之朝而后胜之也,皆前行素修也,此所谓仁义之兵也。今女不求之于本而索之于末,此世之所以乱也。"

凡兼人者有三术:有以德兼人者,有以力兼人者,有以富兼人者。彼贵我名声,美我德行,欲为我民,故辟门除涂,以迎吾入;因其民,袭其处,而百姓皆安,立法施令,莫不顺比;是故得地而权弥重,兼人而兵俞强,是以德兼人者也。非贵我名声也,非美我德行也,彼畏我威,劫我势,故民虽有离心,不敢有畔虑,若是则戎甲俞众,奉养必费;是故得地而权弥轻,兼人而兵俞弱,是以力兼人者也。非贵我名声也,非美我德行也,用贫求富,用饥求饱,虚腹张口来归我食;若是则必发夫禀窖之粟以食之,委之财货以富之,立良有司以接之,已朞三年,然后民可信也;是故得地而权弥轻,兼人而国俞贫,是以富兼人者也。故曰:以德兼人者王,以力兼人者弱,以富兼人者贫。古今一也。兼并易能也,唯坚凝之难焉。齐能并宋,而不能凝也,故魏夺之。燕能并齐,而不能凝也,故田单夺之。韩之上地,方数百里,完全富足而趋赵,赵不能凝也,故秦夺之。故能并之而不能凝则必夺,不能并之又不能凝其有则必亡。能凝之则必能并之矣。得之则凝,兼并无强。古者汤以薄,武王以滈,皆百里之地也,天下为一,诸侯为臣,无它故焉,能凝之也。故凝士以礼,凝民以政;礼修而士服,政平而民安;士服民安,夫是之谓大凝。以守则固,以征则强,令行禁止,王者之事毕矣。

天　论(节选)

天行有常,不为尧存,不为桀亡。应之以治则吉,应之以乱则凶。强本而节用,则天不能贫;养备而动时,则天不能病;循道而不贰,则天不能祸。故水旱不能使之饥,寒暑不能使之疾,祅怪不能使之凶。本荒而用侈,则天不能使之富;养略而动罕,则天不能使之全;倍道而妄行,则天不能使之吉。故水旱未至而饥,寒暑未薄而疾,祅怪未至而凶。受时与治世同,而殃祸与治世异,不可以怨天,其道然也。故明于天人之分,则可谓至人矣。

治乱天邪?曰:日月星辰瑞历,是禹、桀之所同也;禹以治,桀以乱:治乱非天也。时邪?曰:繁启蕃长于春夏,畜积收藏于秋冬,是又禹、桀之所同也;禹以治,桀以乱:治乱非时也。地邪?曰:得地则生,失地则死,是又禹、桀之所同也;禹以治,桀以乱:治乱非地也。《诗》曰:"天作高山,大王荒之,彼作矣,文王康之。"此之谓也。

星坠、木鸣,国人皆恐。曰:是何也?曰:无何也,是天地之变,阴阳之化,物之罕至者也。怪之,可也;而畏之,非也。夫日月之有蚀,风雨之不时,怪星之党见,是无世而不常有之。上明而政平,则是虽并世起,无伤也。上闇而政险,则是虽无一至者,无益也。夫星之坠,木之鸣,是天地之变,阴阳之化,物之罕至者也。怪之,可也;而畏之,非也。

大天而思之,孰与物畜而制之;从天而颂之,孰与制天命而用之!望时而待之,孰与应时而使之!因物而多之,孰与骋能而化之!思物而物之,孰与理物而勿失之也!愿于物之所以生,孰与有物之所以成！故错人而思天,则失万物之情。

附:

成 相 篇（节选）

请成相,世之殃,愚闇愚闇堕贤良！人主无贤,如瞽无相,何伥伥！请布基,慎圣人,愚而自专事不治。主忌苟胜,群臣莫谏,必逢灾。论臣过,反其施,尊主安国尚贤义。拒谏饰非,愚而上同,国必祸。曷谓罢？国多私,比周还主党与施。远贤近谗,忠臣蔽塞,主执移。曷谓贤？明君臣,上能尊主爱下民。主诚听之,天下为一,海内宾。主之孽,谗人达,贤能遁逃国乃蹷。愚以重愚,闇以重闇,成为桀。世之灾,妒贤能,正廉知政任恶来。卑其志意,大其园囿,高其台。武王怒,师牧野,纣卒易乡启乃下。武王善之,封之于宋,立其祖。世之衰,谗人归,比干见刳箕子累。武王诛之,吕尚招麾,殷民怀。世之祸,恶贤士,子胥见杀百里徙。穆公任之,强配五伯,六卿施。世之愚,恶大儒,逆斥不通孔子拘。展禽三绌,春申道缀,基毕输。请牧基,贤者思,尧在万世如见之。谗人罔极,险陂倾侧,此之疑。基必施,辨贤罢,文武之道同伏戏。由之者治,不由者乱,何疑为？……

赋 篇（节选）

有物于此,生于山阜,处于室堂;无知无巧,善治衣裳;不盗不窃,穿窬而行;日夜合离,以成文章;以能合从,又善连衡;下覆百姓,上饰帝王;功业甚博,不见贤良;时用则存,不用则亡。臣愚不识,敢请之王！王曰:此夫始生钜其成功小者邪？长其尾而锐其剽者邪？头铦达而尾赵缭者邪？一往一来,结尾以为事;无羽无翼,反覆甚极;尾生而事起,尾遭而事已;簪以为父,管以为母;既以缝表,又以连里;夫是之谓箴理。——箴。

韩 非 子

《韩非子》为韩非的著作集,是先秦法家重要著作,据《汉书·艺文志》所载,共五十五篇,通行的注本有清王先慎《韩非子集解》,今人陈奇猷《韩非子集释》及梁启雄《韩非子浅释》。《韩非子》在先秦诸子中独树一帜,其专题论文逻辑严密,说理透彻,思想犀利,感情激越,文字峭刻,又大量化用寓言,说理形象明切可见。

韩非（? —前233),韩国贵族,屡谏韩王而不用,退而著书,成十余万言。后入秦,遭李斯、姚贾诬陷,下狱而死。《史记》有传。韩非是先秦法家学说集大成者,主张君主集权,提出法、术、势相结合的统治术,为封建极权统治建立理论根据。

定 法①

问者曰②:"申不害、公孙鞅③,此二家之言,孰急于国④?"

应之曰:"是不可程也⑤。人不食十日则死,大寒之隆不衣亦死,谓之衣食孰急于人？则是不可一无也,皆养生之具也。今申不害言术而公孙鞅为法。术者,因任而授官⑥,循名而责实⑦,操杀生之柄,课群臣之能者也⑧:此人主之所执也。法者,宪令著于官府⑨,刑罚必于民心,赏存乎慎法⑩,而罚加乎奸令者也⑪:此臣之所师⑫也。君无术则弊于上,臣无法则乱于下,此不可一无,皆帝王之具也。"

问者曰:"徒术而无法⑬,徒法而无术,其不可,何哉?"

对曰："申不害,韩昭侯之佐也⑬。韩者,晋之别国也⑮。晋之故法未息⑯,而韩之新法又生;先君之令未收⑰,而后君之令又下⑱。申不害不擅其法⑲,不一其宪令,则奸多⑳。故利在故法、前令则道之,利在新法、后令则道之㉑。故新相反,前后相悖㉒,则申不害虽十使昭侯用术,而奸臣犹有所谄其辞矣㉓。故讬万乘之劲韩十七年㉔,而不至于霸王者,虽用术于上,法不勤饰于官之患也㉕。公孙鞅之治秦也:设告相坐而责其实㉖,连什伍而同其罪㉗,赏厚而信,刑重而必。是以其民用力劳而不休,逐敌危而不却,故其国富而兵强;然而无术以知奸,则以其富强也资人臣而已矣㉘。及孝公、商君死㉙,惠王即位,秦法未败也,而张仪以秦殉韩、魏㉚;惠王死,武王即位,甘茂以秦殉周㉛;武王死,昭襄王即位,穰侯越韩、魏而东攻齐,五年而秦不益尺寸之地,乃成其陶邑之封㉜;应侯攻韩八年㉝,成其汝南之封。自是以来,诸用秦者,皆应、穰之类也。故战胜则大臣尊,益地则私封立,主无术以知奸也。商君虽十饰其法㉞,人臣反用其资。故乘强秦之资数十年㉟,而不至于帝王者,法虽勤饰于官,主无术于上之患也。"

问者曰:"主用申子之术,而官行商君之法,可乎?"

对曰:"申子未尽于术,商君未尽于法也。申子言:'治不逾官,虽知弗言㊱。'治不逾官,谓之守职可;知而弗言,是不谒过也㊲。人主以一国目视,故视莫明焉;以一国耳听,故听莫聪焉㊳。今知而弗言,则人主尚安假借矣㊴?商君之法曰:'斩一首者爵一级,欲为官者为五十石之官;斩二首者爵二级,欲为官者为百石之官㊵。'官爵之迁与斩首之功相称也㊶。今有法曰㊷:'斩首者令为医、匠',则屋不成而病不已㊸。夫匠者手巧也,而医者齐药也㊹,而以斩首之功为之,则不当其能。今治官者,智能也㊺;而斩首者,勇力之所加也。以勇力之所加而治智能之官;是以斩首之功为医、匠也㊻。故曰:二子之于法术,皆未尽善也㊼。"

①韩非对战国法家"主法"、"主术"、"主势"三派都有所取,亦有所扬弃。《定法》是对当时各国变法实践的经验总结,旨在分析申不害、商鞅之术与法,并加以修正综合。认为法与术犹如衣与食,二者不可偏废。以《定法》标题,实则包括论术在内。全篇用的是问答体,这与其它各篇的写法有所不同,显得气势充畅,以理服人,颇能代表韩非的文风。　②问者:假设有人发问。　③申不害:郑国人,战国时期法家代表人物,以任术著称,韩昭侯用为相,内修政教,外应诸侯。《汉书·艺文志》"法家类"著录《申子》六篇,已佚。　公孙鞅:即商鞅,卫人,是法家主要代表人物,今有《商君书》二十四篇。　④孰急于国:对于国家来说哪一样最急需。　⑤程:估计、比较。　⑥任:能力,才能。　⑦责:求。　⑧课:考核。　⑨宪令:法令。　著:明确制定。　⑩慎法:指守法的人。　⑪奸令:指犯法的人。奸,通干,触犯。　⑫师:效法,遵循。　⑬徒:独,只有。　⑭佐:辅佐。　⑮别国:分出之国。公元前453年,晋国为赵、韩、魏所瓜分,自立为诸侯国,史称"三家分晋",故称韩为别国。　⑯故:旧。　息:止,废除。　⑰先君:指晋君。　⑱后君:指韩君。　⑲擅:掌握,专。　⑳奸:指违法事件。　㉑道:由,从。　㉒悖:背,乱。　㉓谄:诈。　㉔劲韩:犹言强韩。　十七年:按《史记·韩世家》,昭侯八年申子相韩,二十二年申子卒。此处多了二年。　㉕饰:通饬,修治,整顿。　㉖告:即检举,告发。　坐:定罪。不告奸的一同定罪,叫做同坐;告奸不实的也要定罪,叫做反坐。　㉗什伍:秦国的户籍制度。十家为什,伍家为伍。　㉘资:帮助。　㉙及孝公、商君死:孝公即秦孝公;商君,公孙鞅的封号。商鞅死在惠王即位以后,这里为了行文方便,和秦孝公之死连起来写。　㉚"而张仪"句:意谓张仪把秦国的兵力、财力牺牲在韩、魏事件上以谋取私利。秦惠文王时,张仪用秦国的兵力迫使魏国献出土地,被任为秦相;后又游说韩国依附秦国,被封为武信君。　殉:牺牲。　㉛武王:指秦武王,名荡,前310—前307年在位。　甘茂:战国时楚国下蔡人,曾为武王相。　周:战国时周天子的统治范围只有七个城邑,沦为小国,国势很弱。　甘茂以秦殉周:前308年,甘茂出兵攻打韩国的宜阳(今河南宜阳),通过三川(黄河、洛水、伊水)而到周,消耗了秦国的力量。　㉜穰(ráng)侯:即魏冉,因

受封于穰(今河南邓县),故称。他原为楚人,秦昭襄王母宣太后的异母弟,昭襄王时四次任相,曾利用权势扩大封地。　陶邑:即定陶(今山东定陶县北),原为宋地,后为秦攻取。陶邑之封:前284年,燕秦等五国联兵攻齐,秦占有定陶,魏冉把它占为自己的封地。　㉝应侯:范雎(jū)的封号。范雎是魏国人,秦昭襄王用他为相,代替穰侯魏冉,以功封于应(今河南鲁山县东北)。下文的汝(水)南(面)也即应地。　㉞十饰其法:极言修法次数之多。　㉟乘:凭借。　㊱"治不逾官"两句:官吏执行政事,不应当超越自己的职权,(职权以外的事)即使知道也不可说。　㊲谒:告。不谒过,不以臣下过失告于君。　㊳以:凭借。　㊴假借:凭借。　㊵首:指甲首,披甲的小军官之头。　级:指秦国的爵位分二十级,见《汉书·百官公卿表》。　石:容量单位,十斗为一石,重一百二十斤。战国时期或用"石"作为俸禄的计算单位。　㊶迁:提升。　相称(chèn):相当。　㊷今有法:假如出现下述之法。今,如果。　㊸已:止、愈。　㊹齐:通剂。齐药,即调配药物。　㊺智能:智谋和才能。　㊻"是以"句:这就等于让斩首立功的人去当医生、工匠一样。　㊼二子:二人,指申不害和商鞅。　法术:分别对申、商而言。

难　一(节选)

历山之农者侵畔,舜往耕焉,期年,甽亩正。河滨之渔者争坻,舜往渔焉,期年而让长。东夷之陶者器苦窳,舜往陶焉,期年而器牢。仲尼叹曰:"耕、渔与陶,非舜官也,而舜往为之者,所以救败也。舜其信仁乎!乃躬藉处苦,而民从之。故曰:圣人之德化乎!"

或问儒者曰:"方此时也,尧安在?"其人曰:"尧为天子。""然则仲尼之圣尧奈何?圣人明察在上位,将使天下无奸也。今耕渔不争,陶器不窳,舜又何德而化?舜之救败也,则是尧之有失也。贤舜则去尧之明察,圣尧则去舜之德化,不可两得也。楚人有鬻盾与矛者,誉其盾曰:'吾盾之坚,物莫能陷也。'又誉其矛曰:'吾矛之利,于物无不陷也。'或曰:'以子之矛,陷子之盾,何如?'其人弗能应也。夫不可陷之盾与无不陷之矛,不可同世而立。今尧、舜之不可两誉,矛盾之说也。

且舜救败,期年已一过,三年已三过。舜有尽,寿有尽,天下过无已者;以有尽逐无已,所止者寡矣。赏罚,使天下必行之,令曰:'中程者赏,弗中程者诛。'令朝至,暮变;暮至,朝变。十日而海内毕矣,奚待期年?舜犹不以此说尧令从己,乃躬亲,不亦无术乎?且夫以身为苦而后化民者,尧舜之所难也;处势而骄下者,庸主之所易也。将治天下,释庸主之所易,道尧舜之所难,未可与为政也。"

五　蠹(节选)

上古之世,人民少而禽兽众;人民不胜禽兽虫蛇。有圣人作,构木为巢以避群害,而民说之,使王天下,号之曰有巢氏。民食果蓏蚌蛤,腥臊恶臭而伤害腹胃,民多疾病。有圣人作,钻燧取火以化腥臊,而民说之,使王天下,号之曰燧人氏。中古之世,天下大水,而鲧禹决渎。近古之世,桀纣暴乱,而汤武征伐。今有构木钻燧于夏后氏之世者,必为鲧、禹笑矣;有决渎于殷、周之世者,必为汤、武笑矣。然则今有美尧、舜、鲧、禹、汤、武之道于当今之世者,必为新圣笑矣,是以圣人不期修古,不法常可,论世之事,因为之备。宋人有耕田者,田中有株,兔走触株,折颈而死;因释其耒而守株,冀复得兔;兔不可复得,而身为宋国笑。今欲以先王之政,治当世之民,皆守株之类也。

古者丈夫不耕,草木之实足食也;妇人不织,禽兽之皮足衣也。不事力而养足,人民少而财有余,故民不争。是以厚赏不行,重罚不用,而民自治。今人有五子不为多,子又有五子,大父未死而有二十五孙,是以人民众而货财寡,事力劳而供养薄,故民争,虽倍赏累罚而不免于乱。

尧之王天下也,茅茨不翦,采椽不斫;粝粢之食,藜藿之羹;冬日麑裘,夏日葛衣;虽监门之服养,不亏于此矣。禹之王天下也,身执耒臿以为民先,股无完胈,胫不生毛,虽臣虏之劳,不苦于此矣。以是言之,夫古之让天子者,是去监门之养而离臣虏之劳也,故传天下而不足多也。今之县令,一日身死,子孙累世絜驾,故人重之。是以人之于让也,轻辞古之天子,难去今之县令者,薄厚之实异也。夫山居而谷汲者,膢腊而相遗以水;泽居苦水者,买庸而决窦。故饥岁之春,幼弟不饷;穰岁之秋,疏客必食。非疏骨肉爱过客也,多少之实异也。是以古之易财,非仁也,财多也;今之争夺,非鄙也,财寡也。轻辞天子,非高也,势薄也;重争土橐,非下也,权重也。故圣人议多少、论薄厚而为之政,故罚薄不为慈,诛严不为戾,称俗而行也。故事因于世,而备适于事。

古者文王处丰、镐之间,地方百里,行仁义而怀西戎,遂王天下。徐偃王处汉东,地方五百里,行仁义,割地而朝者三十有六国;荆文王恐其害己也,举兵伐徐,遂灭之。故文王行仁义而王天下,偃王行仁义而丧其国,是仁义用于古而不用于今也。故曰:世异则事异。当舜之时,有苗不服,禹将伐之,舜曰:"不可。上德不厚而行武,非道也。"乃修教三年,执干戚舞,有苗乃服。共工之战,铁铦短者及乎敌,铠甲不坚者伤乎体,是干戚用于古不用于今也。故曰:事异则备变。上古竞于道德,中世逐于智谋,当今争于气力。齐将攻鲁,鲁使子贡说之。齐人曰:"子言非不辩也,吾所欲者土地也,非斯言所谓也。"遂举兵伐鲁,去门十里以为界。故偃王仁义而徐亡,子贡辩智而鲁削。以是言之,夫仁义辩智,非所以持国也。去偃王之仁,息子贡之智,循徐、鲁之力使敌万乘,则齐、荆之欲不得行于二国矣。

吕氏春秋

《吕氏春秋》,又名《吕览》,为战国末秦相吕不韦集合门客共同编撰,署名吕不韦。全书分十二纪、八览、六论,共一百六十篇。

《吕氏春秋》是杂家的代表作,内容甚为庞杂,"兼儒墨,合名法",是先秦理论散文最早的总集。文章篇幅不长,语言简明,善用比喻和寓言,富有逻辑性和说服力。注本有汉高诱注本和清毕沅的《吕氏春秋新校证》等。

察 今

上胡不法先王之法?非不贤也,为其不可得而法。先王之法,经乎上世而来者也,人或益之,人或损之,胡可得而法?虽人弗损益,犹若不可得而法。东、夏之命,古今之法,言异而典殊。故古之命多不通乎今之言者,今之法多不合乎古之法者。殊俗之民,有似于此。其所为欲同,其所为异。口惽之命不愉,若舟、车、衣冠、滋味、声色之不同,人以自是,反以相诽。天下之学者多辩,言利辞倒,不求其实,务以相毁,以胜为故。先王之法,胡可得而法?虽可得,犹若不可法。

凡先王之法,有要于时也。时不与法俱在,法虽今而在,犹若不可法。故释先王之成法,

76

而法其所以为法。先王之所以为法者,何也?先王之所以为法者,人也,而己亦人也,故察己则可以知人,察今则可以知古。古今一也,人与我同耳。有道之士,贵以近知远,以今知古,以所见知所不见。故审堂下之阴,而知日月之行,阴阳之变;见瓶水之冰,而知天下之寒,鱼鳖之藏也。尝一脟肉,而知一镬之味,一鼎之调。

荆人欲袭宋,使人先表澭水。澭水暴益,荆人弗知,循表而夜涉,溺死者千有余人,军惊而坏都舍。向其先表之时可导也,今水已变而益多矣,荆人尚犹循表而导之,此其所以败也。今世之主法先王之法也,有似于此。其时已与先王之法亏矣,而曰此先王之法也,而法之。以此为治,岂不悲哉!

故治国无法则乱,守法而弗变则悖,悖乱不可以持国。世易时移,变法宜矣。譬之若良医,病万变,药亦万变。病变而药不变,向之寿民,今为殇子矣。故凡举事必循法以动,变法者因时而化。若此论,则无过务矣。夫不敢议法者,众庶也;以死守法者,有司也;因时变法者,贤主也。是故有天下七十一圣,其法皆不同;非务相反也,时势异也。故曰:良剑期乎断,不期乎镆铘;良马期乎千里,不期乎骥骜。夫成功名者,此先王之千里也。

楚人有涉江者,其剑自舟中坠于水,遽契其舟,曰:"是吾剑之所从坠。"舟止,从其所契者入水求之。舟已行矣,而剑不行,求剑若此,不亦惑乎?以故法为其国,与此同。时已徙矣,而法不徙。以此为治,岂不难哉!

有过于江上者,见人方引婴儿而欲投之江中,婴儿啼。人问其故。曰:"此其父善游。"其父虽善游,其子岂遽善游哉?以此任物,亦必悖矣。荆国之为政,有似于此。

附　　录:

凡诸子百八十九家,四千三百二十四篇。

诸子十家,其可观者九家而已。皆起于王道既微,诸侯力政,时君世主,好恶殊方,是以九家之术蜂出并作,各引一端,崇其所善,以此驰说,取合诸侯。其言虽殊,辟犹水火,相灭亦相生也。仁之与义,敬之与和,相反而皆相成也。(《汉书·艺文志》)

诸子者,入道见志之书。太上立德,其次立言。百姓之群居,苦纷杂而莫显;君子之处世,疾名德之不章。唯英才特达,则炳曜垂文,腾其姓氏,悬诸日月焉。……逮及七国力政,俊乂蜂起:孟轲膺儒以磬折,庄周述道以翱翔;墨翟执俭确之教,尹文课名实之符;野老治国于地利,驺子养政于天文;申商刀锯以制理,鬼谷唇吻以策勋;尸佼兼总于杂术,青史曲缀以街谈;承流而枝附者,不可胜算。并飞辩以驰术,餍禄而余荣矣。……博明万事为子,适辨一理为论,彼皆蔓延杂说,故入诸子之流。夫自六国以前,去圣未远,故能越世高谈,自开户牖。……嗟夫!身与时舛,志共道申,标心于万古之上,而送怀于千载之下,金石靡矣,声其销乎!(刘勰《文心雕龙·诸子》)

诸子之奋起,由于道术既裂,而各以聪明才力之所偏,每有得于大道之一端,而遂欲以之易天下。其持之有故,而言之成理者,故将推衍其学术,而传之其徒焉。(章学诚《文史通义·言公上》)

古者官师合一,私家无学。及王道既微,官失其守,始有私家之学。……至时君世主,好恶殊方,及悬格以待学者,而诸子专家,于是乎起矣。(姚明辉《汉书·艺文志注解》)

太史公曰:《诗》有云:"高山仰止,景行行止。"虽不能至,然心向往之。余读孔氏书,想见其为人。……

天下君王至于贤人众矣，当时则荣，没则已焉。孔子布衣，传十余世，学者宗之。自天子王侯，中国言"六艺"者折中于夫子，可谓至圣矣！（《史记·孔子世家》）

老子疾伪，故称"美言不信"；而五千精妙，则非弃美矣。庄周云"辩雕万物"，谓藻饰也。（刘勰《文心雕龙·情采》）

（孟子）辞不迫切，而意以独至。（赵岐《孟子·题辞》）

孟子长于譬喻。（赵岐《孟子·题辞》）

孟子之文，至简至易，如舟师执柁，中流自在，而推移费力者不觉自屈。龟山杨氏论《孟子》千变万化，只说从心上来。可谓探本之言。（刘熙载《艺概·文概》）

孟子之文，百变而不离其宗。然此亦诸子所同。其度越诸子处，乃在析义至精，不惟用法至密也。（刘熙载《艺概·文概》）

（《孟子》）全书二百六十一章中，就有九十三章总共使用着一百五十九种譬喻。（李炳英《孟子文选·前言》）

孟子之文，语约而意尽，不为巉刻斩绝之言，而其锋不可犯。（苏洵《上欧阳内翰第一书》）

辙生好为文，思之至深。以为文者，气之所形。然文不可以学而能，气可以养而致。孟子曰："我善养吾浩然之气。"今观其文章，宽厚宏博，充乎天地之间，称其气之小大。（苏辙《上枢密韩太尉书》）

芴漠无形，变化无常。死与生与？天地并与？神明往与？芒乎何之？忽乎何适？万物毕罗，莫足以归。古之道术有在于是者。庄周闻其风而悦之，以谬悠之说，荒唐之言，无端崖之辞，时恣纵而不傥，不以觭见之也。以天下为沈浊不可与庄语，以卮言为曼衍，以重言为真，以寓言为广。独与天地精神往来而不敖倪于万物，不谴是非，以与世俗处。其书虽瑰玮而连犿无伤也。其辞虽参差而諔诡可观。彼其充实，不可以已，上与造物者游，而下与外死生无终始者为友。其于本也，弘大而辟，深闳而肆；其于宗也，可谓稠适而上遂矣。虽然，其应于化而解于物也，其理不竭，其来不蜕，芒乎昧乎，未之尽者。（《庄子·天下》）

寓言十九，重言十七，卮言日出，和以天倪。寓言十九，藉外论之。……重言十七，所以已言也，是为耆艾。……卮言日出，和以天倪，因以曼衍，所以穷年。（《庄子·寓言》）

（庄子）善属书离辞，指事类情，用剽剥儒、墨，虽当世宿学不能自解免也。其言洸洋自恣以适己。（《史记·老庄申韩列传》）

《庄子》为书，虽恢恑憰怪，佚宕于"六经"外，譬犹天地日月，固有常经常运，而风云开阖，神鬼变幻，要自不可阙。古今文士，每每奇之。（罗勉道《南华真经循本释题》）

文之神妙，莫过于能飞。庄子之言鹏曰"怒而飞"，今观其文，无端而来，无端而去，殆得"飞"之机者。（刘熙载《艺概·文概》）

庄子寓真于诞,寓实于无,于此见寓言之妙。(刘熙载《艺概·文概》)

《庄子》文法断续之妙,如《逍遥游》忽说鹏,忽说蜩与莺鸠、斥鷃,是为断。下乃接之曰:"此大小之辨也。"则上文之断处,皆续矣。而下文宋荣子、许由、接舆、惠子诸断处,亦无不续矣。(刘熙载《艺概·文概》)

(庄子)著书十余万言,大抵寓言,人物土地,皆空言无事实,而其文则汪洋辟阖,仪态万方,晚周诸子之作,莫能先也。(鲁迅《汉文学史纲要》)

但不仅"晚周诸子之作莫能先",秦汉以来的一部中国文学史差不多大半在他(庄子)的影响之下发展。(郭沫若《庄子与鲁迅》)

孟、荀所述,理懿而辞雅。(刘勰《文心雕龙·诸子》)

诗有六义,其二曰赋。赋者,铺也;铺采摛文,体物写志也。……赋也者,受命于诗人,拓宇于楚辞也。于是荀况《礼》《智》,宋玉《风》《钓》,爰锡名号,与诗画境,六义附庸,蔚成大国。遂客主以首引,极声貌以穷文,斯盖别诗之原始,命赋之厥初也。(刘勰《文心雕龙·诠赋》)

昌黎之文,本于官礼,而尤近于孟、荀。(章学诚《上朱大司马论文》)

荀子的文章颇为宏富,……他以思想家而兼长于文艺,在先秦诸子中与孟轲、庄周可以鼎足而三,加上相传是他的弟子的韩非,也可以称之为四大台柱了。孟文的犀利,庄文的恣肆,荀文的浑厚,韩文的峻峭,单拿文章来讲,实在是各有千秋。(郭沫若《十批判书·荀子的批判》)

荀卿"法后王"之说,王伯厚深诋之。愚以为王氏似未达荀子之意也。孔子曰:吾学周礼,今用之,吾从周。孟、荀生于衰周之季,闵战国之暴,欲以王道救之。孟言"先王",与荀所言"后王",皆谓周王,与孔子从周之义不异也。荀卿岂逆料李斯之仕秦,而令其用秦法哉?七国僭号,名虽王,实诸侯也。孰可以当"后王"之名?而荀子乃肯法之耶?方是时老庄之言盛行,皆妄讬于三皇,故特称"后王",以针砭荒唐谬悠之谈,非谓三代不足法也。(钱大昕《十驾斋养新录》卷十八"法后王"条)

参考书目:
司马迁:《史记·孔子世家》,中华书局1959年版。
司马迁:《史记·老庄申韩列传》,中华书局1959年版。
司马迁:《史记·孟轲荀卿列传》,中华书局1959年版。
司马迁:《史记·吕不韦列传》,中华书局1959年版。
周振甫:《文心雕龙·今译》,中华书局1986年版。
刘熙载:《艺概·文概》,上海古籍出版社1982年版。
杨伯峻:《论语译注》,中华书局1980年版。
孙诒让:《墨子闲诂》,《诸子集》本,上海书店1986年版。
杨伯峻:《孟子译注》,中华书局1960年版。

郭庆藩:《庄子集释》,中华书局 1961 年版。

王先谦:《荀子集解 》,《诸子集成》本,上海书店 1986 年版。

陈奇猷:《韩非子集解 》,上海古籍出版社 2000 年版。

许维遹:《吕氏春秋集释》,中华书局 2009 年版。

先秦寓言、神话

寓　　言

"寓言"一词出自《庄子》。寓言是采用虚构假托的故事寄寓某种事理的一种文学样式。

先秦寓言是先秦诸子用来说理所采取的一种普遍的手段，它们大多短小精悍，寓意深刻，又多借助于想象、虚构、夸张、拟人等手法，因而寓言形象生动逼真，饶有风趣。

保存寓言故事最多的先秦典籍是《孟子》、《庄子》、《韩非子》、《列子》、《吕氏春秋》等，《战国策》和《国语》也有保存。

揠苗助长

宋人有闵其苗之不长而揠之者，芒芒然归，谓其人曰："今日病矣！予助苗长矣！"其子趋而往视之，苗则槁矣。天下之不助苗长者寡矣。以为无益而舍之者，不耘苗者也；助之长者，揠苗者也。非徒无益，而又害之。（《孟子·公孙丑上》）

涸辙之鲋

庄周家贫，故往贷粟于监河侯。监河侯曰："诺。我将得邑金，将贷子三百金，可乎？"庄周忿然作色曰："周昨来，有中道而呼者。周顾视，车辙中有鲋鱼焉。周问之曰：'鲋鱼来，子何为者邪？'对曰：'我，东海之波臣也。君岂有斗升之水而活我哉？'周曰：'诺，我且南游吴越之王，激西江之水而迎子，可乎？'鲋鱼忿然作色曰：'吾失我常与，我无所处。吾得斗升之水然活耳。君乃言此，曾不如早索我于枯鱼之肆。'"（《庄子·外物》）

郑人买履

郑人有欲买履者，先自度其足而置之其坐。至之市，而忘操之。已得履，乃曰："吾忘持度。"反归取之。及反，市罢。遂不得履。人曰："何不试之以足？"曰："宁信度，无自信也。"（《韩非子·外储说左上》）

自相矛盾

人有鬻矛与盾者，誉其盾之坚："物莫能陷也。"俄而又誉其矛曰："吾矛之利，物无不陷也。"人应之曰："以子之矛，陷子之盾，何如？"其人弗能应也。（《韩非子·难势》）

疑人窃铁

人有亡铁者，意其邻之子，视其行步，窃铁也；颜色，窃铁也；言语，窃铁也；动作态度，无为而不窃铁也。俄而掘其谷而得其铁，他日复见其邻人之子，动作态度，无似窃铁者。（《列子·说符》）

画蛇添足

楚有祠者，赐其舍人卮酒。舍人相谓曰："数人饮之不足，一人饮之有余。请画地为蛇，先成者饮酒。"一人蛇先成，引酒且饮之，乃左手持卮，右手画蛇曰："吾能为之足。"未成，一人之蛇成，夺其卮曰："蛇固无足，子安能为之足？"遂饮其酒。为蛇足者，终亡其酒。（《战国策·齐策》）

叶公好龙

叶公子高好龙，钩以写龙，凿以写龙，屋室雕文以写龙。于是天龙闻而下之，窥头于牖，施尾于堂。叶公见之，弃而还走，失其魂魄，五色无主。是叶公非好龙也，好夫似龙而非龙者也。（《新序·杂事第五》）

杞人忧天

杞国有人忧天地崩坠，身无所寄，废寝食者。又有忧彼之所忧者，因往晓之，曰："天，积气耳，亡处亡气。若屈伸呼吸，终日在天中行止，奈何忧崩坠乎？"其人曰："天果积气，日月星宿，不当坠耶？"晓之者曰："日月星宿，亦积气之中有光耀者，只使坠，亦不能有所中伤。"其人曰："奈地坏何？"晓者曰："地，积块耳，充塞四虚，亡处亡块，若踏步跐蹈，终日在地上行止，奈何忧其坏？"其人舍然大喜，晓之者亦舍然大喜。（《列子·天瑞》）

神　　话

上古神话（原始神话）是原始人类借助于幻想和想象以不自觉的艺术方式口头创作的神异故事。或用来解释自然和社会现象，或借以表达征服自然、支配自然的愿望。我国古代神话丰富多彩，主要保留在《山海经》、《楚辞》、《列子》、《庄子》、《淮南子》等古籍中，其中以《山海经》保存的为最多。

黄帝擒蚩尤①

蚩尤作兵，伐黄帝。黄帝乃令应龙攻之冀州之野②。应龙蓄水，蚩尤请风伯雨师，纵大风雨。黄帝乃下天女曰"魃"③。雨止，遂杀蚩尤。（《山海经·大荒北经》）

①本篇曲折地反映了上古社会氏族之间的相互斗争。蚩(chī)尤凶残暴戾,黄帝则是抗暴弭乱的氏族英雄。　黄帝:传说中的古帝名,号轩辕氏,被尊为中华民族的祖先。　蚩尤:神话中东方九黎族首领。②应龙:传说中长翅膀的神龙。　冀州:古代九州之一。　③魃(bá):旱魃,传说中的旱神。一说为黄帝的女儿。

夸父逐日①

夸父与日逐走②,入日;渴,欲得饮,饮于河、渭③;河、渭不足,北饮大泽④,未至,道渴而死⑤。弃其杖,化为邓林⑥。(《山海经·海外北经》)

①本篇赞扬了夸父不达目的誓不罢休的顽强意志和为后人造福的自我献身精神,表现了古代人民探索自然、征服自然的伟大气魄和强烈愿望。　夸父:传说中的人名。　②逐走:跑步追赶。　③河渭:指黄河和渭水(在今陕西省)　④大泽:大湖。传说在雁门山北,纵横有千里。　⑤邓林:地名,即桃林。据毕沅《山海经》校本考证:邓、桃音近。

鲧禹治水

洪水滔天,鲧窃帝之息壤以堙洪水,不待帝命;帝令祝融杀鲧于羽郊。鲧复生禹,帝乃命禹卒布土以定九州。(《山海经·海内经》)

女娲补天

往古之时,四极废,九州裂;天不兼覆,地不周载。火爁焱而不灭,水浩洋而不息;猛兽食颛民,鸷鸟攫老弱。于是女娲炼五色石以补苍天,断鳌足以立四极,杀黑龙以济冀州,积芦灰以止淫水。苍天补,四极正;淫水涸,冀州平;狡虫死,颛民生。(《淮南子·览冥训》)

后羿射日

逮至尧之时,十日并出,焦禾稼,杀草木,而民无所食。猰貐、凿齿、九婴、大风、封豨、修蛇,皆为民害。尧乃使羿诛凿齿于畴华之野,杀九婴于凶水之上,缴大风于青邱之泽,上射十日而下杀猰貐,断修蛇于洞庭,擒封豨于桑林。万民皆喜,置尧以为天子。(《淮南子·本经训》)

共工怒触不周之山

昔者共工与颛顼争为帝,怒而触不周之山,天柱折,地维绝。天倾西北,故日月星辰移焉;地不满东南,故水潦尘埃归焉。(《淮南子·天文训》)

参考书目:

马克思:《政治经济学批判·导言》,《马克思恩格斯选集》第 2 卷,人民出版社 1995

年版。
鲁迅:《中国小说史略》,上海古籍出版社1998年版。
袁珂:《中国古代神话》,华夏出版社2006年版。
袁珂:《古神话选释》,人民文学出版社1979年版。

汉　赋

贾　　谊

贾谊(前200—前168),洛阳人,西汉初年著名的政论家和辞赋家。曾官至大中大夫。因力主革新政治,被权贵中伤,贬为长沙王太傅,人称贾长沙、贾太傅,后又被召为梁怀王太傅。怀王堕马死,谊自伤为傅无状,郁郁而死。《史记》《汉书》皆有传。原有集,已散佚,今人辑为《贾谊集》,包括《新书》十卷。

吊屈原赋 并序

谊为长沙王太傅,既以谪去,意不自得;及渡湘水,为赋以吊屈原。屈原,楚贤臣也。被谗放逐,作《离骚》赋,其终篇曰:"已矣哉!国无人兮,莫我知也。"遂自投汨罗而死。谊追伤之,因以自喻。其辞曰:

恭承嘉惠兮,俟罪长沙;侧闻屈原兮,自沉汨罗。造托湘流兮,敬吊先生。遭世罔极兮,乃殒厥身。呜呼哀哉!逢时不祥。鸾凤伏窜兮,鸱枭翱翔。阘茸尊显兮,谗谀得志;贤圣逆曳兮,方正倒植。世谓随、夷为溷兮,谓跖、蹻为廉;莫邪为钝兮,铅刀为铦。吁嗟默默,生之无故兮;斡弃周鼎,宝康瓠兮。腾驾罢牛,骖蹇驴兮;骥垂两耳,服盐车兮。章甫荐履,渐不可久兮,嗟苦先生,独离此咎兮。

讯曰:已矣!国其莫我知兮,独壹郁其谁语?凤漂漂其高逝兮,夫固自引而远去。袭九渊之神龙兮,沕深潜以自珍;偭蟂獭以隐处兮,夫岂从虾与蛭蟥?所贵圣人之神德兮,远浊世而自藏。使骐骥可得系而羁兮,岂云异夫犬羊?般纷纷其离此尤兮,亦夫子之故也。历九州而相其君兮,何必怀此都也?凤凰翔于千仞兮,览德辉而下之;见细德之险征兮,遥曾击而去之。彼寻常之汙渎兮,岂能容夫吞舟之巨鱼?横江湖之鳣鲸兮,固将制于蝼蚁。

枚　　乘

枚乘(? —前140年),字叔,淮阴(今属江苏)人。初为吴王刘濞郎中,吴王有谋反之意,上书谏阻不听,去吴适梁,为梁孝王文学侍臣。吴楚反时,又上书吴王息兵,由此知名。吴楚乱平,景帝召为弘农都尉。后以病去官,复游梁。梁孝王死,乘归淮阴。武帝即位,以安车蒲轮征召,终因年高死于途中。《汉书》有传。枚乘为西汉著名辞赋家,《汉书·艺文志》谓其有赋九篇,今存三篇。代表作《七发》标志着汉大赋的正式形成,后人学习其结构体制写作,称为"七"体。

七　发(节选)

楚太子有疾,而吴客往问之,曰:"伏闻太子玉体不安,亦少间乎?"太子曰:"惫。谨谢客。"

客因称曰:"今时天下安宁,四宇和平;太子方富于年。意者久耽安乐,日夜无极;邪气袭逆,中若结辖。纷屯澹淡,嘘唏烦酲;惕惕怵怵,卧不得瞑。虚中重听,恶闻人声;精神越渫,百病咸生。聪明眩曜,悦怒不平;久执不废,大命乃倾。太子岂有是乎?"

太子曰:"谨谢客。赖君之力,时时有之,然未至于是也。"

客曰:"今夫贵人之子,必宫居而闺处。内有保母,外有傅父,欲交无所。饮食则温淳甘膬,腥醲肥厚;衣裳则杂遝曼暖,燂烁热暑。虽有金石之坚,犹将销铄而挺解也,况其在筋骨之间乎哉!故曰:纵耳目之欲,恣支体之安者,伤血脉之和。且夫出舆入辇,命曰蹷痿之机;洞房清宫,命曰寒热之媒;皓齿蛾眉,命曰伐性之斧;甘脆肥脓,命曰腐肠之药。今太子肤色靡曼,四支委随,筋骨挺解,血脉淫濯,手足堕窳;越女侍前,齐姬奉后;往来游宴,纵恣于曲房隐间之中:此甘餐毒药,戏猛兽之爪牙也。所从来者至深远,淹滞永久而不废;虽令扁鹊治内,巫咸治外,尚何及哉!今如太子之病者,独宜世之君子,博见强识,承间语事,变度易意,常无离侧,以为羽翼。淹沉之乐,浩唐之心,遁佚之志,其奚由至哉!"

太子曰:"诺。病已,请事此言。"

客曰:"今太子之病,可无药石针刺灸疗而已,可以要言妙道说而去也。不欲闻之乎?"

太子曰:"仆愿闻之。"

……

客曰:"将为太子驯骐骥之马,驾飞轮之舆,乘牡骏之乘;右夏服之劲箭,左乌号之雕弓;游涉乎云林,周驰乎兰泽,弭节乎江浔;掩青蘋,游清风,陶阳气,荡春心,逐狡兽,集轻禽。于是极犬马之才,困野兽之足,穷相御之智巧,恐虎豹,慑鸷鸟,逐马鸣镳,鱼跨麋角,履游麕兔,蹈践麖鹿。汗流沫坠,冤伏陵窨,无创而死者,固足充后乘矣。此校猎之至壮也。太子能强起而游乎?"

太子曰:"仆病未能也。"然阳气见于眉宇之间,侵淫而上,几满大宅。

客见太子有悦色,遂推而进之,曰:"冥火薄天,兵车雷运;旌旗偃蹇,羽旄肃纷。驰骋角逐,慕味争先;徽墨广博,观望之有圻。纯粹全牺,献之公门。"

太子曰:"善。愿复闻之。"

客曰:"未既,于是榛林深泽,烟云暗莫,兕虎并作。毅武孔猛,袒裼身薄;白刃砲砲,矛戟交错。收获掌功,赏赐金帛;掩蘋肆若,为牧人席。旨酒嘉肴,羞炰脍炙,以御宾客。涌觞并起,动心惊耳。诚必不悔,决绝以诺;贞信之色,形于金石;高歌陈唱,万岁无斁。此真太子之所喜也,能强起而游乎?"

太子曰:"仆甚愿从,直恐为诸大夫累耳。"然而有起色矣。

客曰:"将以八月之望,与诸侯远方交游兄弟,并往观涛乎广陵之曲江。至则未见涛之形也,徒观水力之所到,则恤然足以骇矣。观其所驾轶者,所擢拔者,所扬汩者,所温汾者,所涤汔者,虽有心略辞给,固未能缕形其所由然也。怳兮忽兮,聊兮慄兮,混汨汨兮。忽兮慌兮,俶兮傥兮,浩汼濊兮,慌旷旷兮。秉意乎南山,通望乎东海,虹洞兮苍天,极虑乎崖涘。流览无穷,归神日母。汩乘流而下降兮,或不知其所止。或纷纭其流折兮,忽缪往而不来;临朱汜而远逝兮,中虚烦而益怠;莫离散而发曙兮,内存心而自持。于是澡概胸中,洒练五藏;澹澉手足,颒濯发齿,揄弃恬怠,输写淟浊。分决狐疑,发皇耳目。当是之时,虽有淹病滞疾,犹将伸伛、起蹙、发瞽、披聋而观望之也。况直眇小烦懑、酲酲病酒之徒哉!故曰:发蒙解惑,不足以言也。"

太子曰:"善。然则涛何气哉?"

86

客曰："不记也。然闻于师曰，似神而非者三：疾雷闻百里；江水逆流，海水上潮；山出内云，日夜不止。衍溢漂疾，波涌而涛起。其始起也，洪淋淋焉，若白鹭之下翔；其少进也，浩浩澄澄，如素车白马帷盖之张；其波涌而云乱，扰扰焉如三军之腾装；其旁作而奔起也，飘飘焉如轻车之勒兵。六驾蛟龙，附从太白；纯驰浩霓，前后骆驿，颙颙卬卬，椐椐强强，莘莘将将；壁垒重坚，沓杂似军行。訇隐匈磕，轧盘涌裔，原不可当。观其两旁，则滂渤沸郁，暗漠感突；上击下律，有似勇壮之卒，突怒而无畏。蹈壁冲津，穷曲随隈，逾岸出追。遇者死，当者坏。初发乎或围之津涯，荄轸谷分；回翔青篾，衔枚檀桓，弭节伍子之山，通厉胥母之场；凌赤岸，篲扶桑，横奔似雷行。诚奋厥武，如振如怒；沌沌浑浑，状如奔马。混混庉庉，声如雷鼓。发怒庢沓，清升逾跰，侯波奋振，合战于藉藉之口；鸟不及飞，鱼不及回，兽不及走。纷纷翼翼，波涌云乱；荡取南山，背击北岸；覆亏丘陵，平夷西畔。险险戏戏，崩坏陂池，决胜乃罢。浤浤潒潒，披扬流洒，横暴之极；鱼鳖失势，颠倒偃侧。沈沈湲湲，蒲伏连延；神物怪疑，不可胜言。直使人踣焉，洄暗凄怆焉。此天下怪异诡观也，太子能强起观之乎？"

太子曰："仆病未能也。"

客曰："将为太子奏方术之士有资略者，若庄周、魏牟、杨朱、墨翟、便蜎、詹何之伦，使之论天下之精微，理万物之是非；孔、老览观，孟子持筹而算之，万不失一。此亦天下要言妙道也，太子岂欲闻之乎？"

于是太子据几而起，曰："涣乎若一听圣人辩士之言。"涊然汗出，霍然病已。

淮南小山

　　淮南小山，生平事迹不详，或以为是西汉淮南王刘安的宾客。《招隐士》以冷峻幽峭的笔调极力渲染隐居山林的患害之多且恶，劝导隐士从山中归来。此赋以其巧妙的构思和独特的表现手法，在文学史上留下深远的影响。

招 隐 士

　　桂树丛生兮山之幽，偃蹇连蜷兮枝相缭。山气茏苁兮石嵯峨，谿谷崭岩兮水曾波。猿狖群啸兮虎豹嗥，攀援桂枝兮聊淹留。王孙游兮不归，春草生兮萋萋。岁暮兮不自聊，蟪蛄鸣兮啾啾。

　　块兮轧，山曲岪，心淹留兮恫慌忽。罔兮沕，憭兮栗，虎豹穴，丛薄深林兮人上栗。嶔岑碕礒兮，碅磳磈硊。树轮相纠兮，林木茷骩。青莎杂树兮，薠草靃靡。白鹿麏麚兮，或腾或倚，状貌崟崟兮峨峨，凄凄兮漇漇。猕猴兮熊罴，慕类兮以悲。攀援桂枝兮聊淹留。虎豹斗兮熊罴咆，禽兽骇兮亡其曹。王孙兮归来，山中兮不可以久留！

司 马 相 如

　　司马相如（前179—前117），字长卿，蜀郡成都人。西汉著名辞赋家。景帝时为武骑常侍，因病免官，客游于梁，与邹阳、枚乘等同为梁孝王客。因擅赋，为武帝所赏识，任为郎官。曾奉使西南，对沟通汉族与西南少数民族的关系有一定贡献。晚年为孝文园令,病卒于家。《史记》《汉书》皆有传。其赋大都描写帝王苑囿之盛,田猎之乐,极尽铺张之能事,于篇末则寄寓讽谏;富于文采,但有堆砌辞藻之病。明人辑有《司马文园集》。

子 虚 赋

楚使子虚使于齐,王悉发车骑,与使者出畋。畋罢,子虚过妊乌有先生,亡是公存焉。坐定,乌有先生问曰:"今日畋乐乎?"子虚曰:"乐。""获多乎?"曰:"少。""然则何乐?"对曰:"仆乐齐王之欲夸仆以车骑之众,而仆对以云梦之事也。"曰:"可得闻乎?"

子虚曰:"可。王车驾千乘,选徒万骑,畋于海滨。列卒满泽,罘网弥山。掩兔辚鹿,射麋脚麟,骛于盐浦,割鲜染轮。射中获多,矜而自功,顾谓仆曰:'楚亦有平原广泽游猎之地,饶乐若此者乎?楚王之猎,孰与寡人乎?'仆下车对曰:'臣,楚国之鄙人也。幸得宿卫十有余年,时从出游,游于后园,览于有无,然犹未能遍睹也,又焉足以言其外泽乎?'齐王曰:'虽然,略以子之所闻见而言之。'仆对曰:'唯唯。'

"'臣闻楚有七泽,尝见其一,未睹其余也。臣之所见,盖特其小小者耳,名曰云梦。云梦者,方九百里,其中有山焉。其山则盘纡弗郁,隆崇聿崒,岑崟参差,日月蔽亏。交错纠纷,上干青云;罢池陂陁,下属江河。其土则丹青赭垩,雌黄白坿,锡碧金银;众色炫耀,照烂龙鳞。其石则赤玉玫瑰,琳瑉昆吾,瑊玏玄厉,碈石碔砆。其东则有蕙圃:蘅兰芷若,芎䓖菖蒲;江蓠蘪芜,诸柘巴苴。其南则有平原广泽:登降陁靡,案衍坛曼;缘以大江,限以巫山。其高燥则生葴菥苞荔,薛莎青薠;其埤湿则生藏莨蒹葭,东蔷雕胡,莲藕觚卢,庵闾轩于。众物居之,不可胜图。其西则有涌泉清池,激水推移:外发芙蓉菱华,内隐巨石白沙;其中则有神龟蛟鼍,瑇瑁鳖鼋。其北则有阴林:其树楩柟豫章,桂椒木兰,檗离朱杨,樝梨梬栗,橘柚芬芳;其上则有鹓雏孔鸾,腾远射干;其下则有白虎玄豹,蟃蜒貙犴。

"'于是乎乃使剸诸之伦,手格此兽。楚王乃驾驯驳之驷,乘雕玉之舆;靡鱼须之桡旃,曳明月之珠旗;建干将之雄戟,左乌号之雕弓,右夏服之劲箭。阳子骖乘,纤阿为御;案节未舒,即陵狡兽。蹴蛩蛩,辚距虚,轶野马,辐陶駼,乘遗风,射游骐。倏眒倩浰,雷动焱至,星流霆击;弓不虚发,中必决眦;洞胸达掖,绝乎心系。获若雨兽,掩草蔽地。于是楚王乃弭节徘徊,翱翔容与;览乎阴林,观壮士之暴怒,与猛兽之恐惧;徼𨚅受诎,殚睹众物之变态。

"'于是郑女曼姬,被阿绤,揄纻缟;杂纤罗,垂雾縠;襞积褰绉,纡徐委曲,郁桡溪谷。粉粉裶裶,扬袘戍削,蜚襳垂髾。扶舆猗靡,翕呷萃蔡;下靡兰蕙,上拂羽盖;错翡翠之威蕤,缪绕玉绥。眇眇忽忽,若神仙之仿佛。

"'于是乃相与獠于蕙圃;媻姗勃窣,上乎金堤;掔翡翠,射鵔鸃;微矰出,纤缴施。弋白鹄,连驾鹅,双鸧下,玄鹤加。怠而后发,游于清池。浮文鹢,扬旌枻;张翠帷,建羽盖;罔瑇瑁,钩紫贝;摐金鼓,吹鸣籁;榜人歌,声流喝;水虫骇,波鸿沸;涌泉起,奔扬会。礧石相击,硠硠礚礚,若雷霆之声,闻乎数百里之外。将息獠者,击灵鼓,起烽燧;车按行,骑就队,缅乎淫淫,般乎裔裔。

"'于是楚王乃登云阳之台,怕乎无为,憺乎自持;勺药之和具,而后御之。不若大王终日驰骋,曾不下舆,脟割轮淬,自以为娱。臣窃观之,齐殆不如。'于是齐王无以应仆也。"

乌有先生曰:"是何言之过也!足下不远千里,来贶齐国;王悉发境内之士,备车骑之众,与使者出畋；乃欲戮力致获，以娱左右，何名为夸哉？问楚地之有无者，愿闻大国之风烈，先生之余论也。今足下不称楚王之德厚，而盛推云梦以为高；奢言淫乐，而显侈靡，窃为足下不取也。必若所言，固非楚国之美也；无而言之，是害足下之信也。彰君恶，伤私义，二者无一可；而先生行之，必且轻于齐而累于楚矣！且齐东陼钜海，南有琅邪；观乎成山，射乎之罘；浮渤澥，游孟诸。邪与肃慎为邻，右以汤谷为界；秋田乎青邱，彷徨乎海外，吞若云梦者八九于其胸中，曾不蒂芥。若乃俶傥瑰玮，异方殊类，珍怪鸟兽，万端鳞崒，充牣其中，不可胜记；禹不能名，卨不能计。然在诸侯之位，不敢言游戏之乐，苑囿之大；先生又见客，是以王辞不复，何为无以应哉？"

张　　衡

张衡(78—139)，字平子，南阳西鄂(今河南南阳)人。东汉著名文学家和科学家，曾任郎中、太史令、河间相等职。《后汉书》有传。张衡精于天文历算，创制世界上最早的浑天仪和地动仪，科学地解说月蚀的成因和测算地震。他擅辞赋，亦能诗，明人辑有《张河间集》。

归　田　赋

游都邑以永久，无明略以佐时；徒临川以羡鱼，俟河清乎未期。感蔡子之慷慨，从唐生以决疑。谅天道之微昧，追渔父以同嬉。超埃尘以遐逝，与世事乎长辞。

于是仲春令月，时和气清，原隰郁茂，百草滋荣。王雎鼓翼，仓庚哀鸣。交颈颉颃，关关嘤嘤。于焉逍遥，聊以娱情。

尔乃龙吟方泽，虎啸山丘。仰飞纤缴，俯钓长流。触矢而毙，贪饵吞钩；落云间之逸禽，悬渊沉之鰦鰡。

于是曜灵俄景，继以望舒。极般游之至乐，虽日夕而忘劬。感老氏之遗诫，将回驾乎蓬庐。弹五弦之妙指，咏周、孔之图书。挥翰墨以奋藻，陈三皇之轨模。苟纵心于物外，安知荣辱之所如？

赵　　壹

赵壹，生卒年不详，字元叔，东汉末汉阳西县(今甘肃天水县西南)人。性耿介高傲，狂放不羁，屡遭豪强势家的排挤和陷害，几被判处死刑。后为计吏入京，受到司徒袁逢、河南尹羊涉等器重，名动京师。公府屡次征召，皆不就，终老于家中。《后汉书》有传。其著作以《刺世嫉邪赋》最为有名。

刺世嫉邪赋①

伊五帝之不同礼②，三王亦又不同乐③。数极自然变化④，非是故相反驳⑤。德政不能救世溷乱，赏罚岂足惩时清浊？春秋时祸败之始⑥，战国愈复增其荼毒⑦。秦、汉无以相逾越⑧，乃更加其怨酷⑨。宁计生民之命，唯利己而自足⑩。

于兹迄今⑪，情伪万方⑫；佞谄日炽⑬，刚克消亡⑭。舐痔结驷⑮，正色徒行⑯。妪娵名势^⑰，抚拍豪强^⑱。偃蹇反俗^⑲，立致咎殃。捷慑逐物^⑳，日富月昌。浑然同惑^㉑，孰温孰凉？邪夫显进，直士幽藏^㉒。

原斯瘼之攸兴^㉓，实执政之匪贤：女谒掩其视听兮^㉔，近习秉其威权^㉕。所好则钻皮出其毛羽，所恶则洗垢求其瘢痕^㉖。虽欲竭诚而尽忠，路绝崄而靡缘^㉗。九重既不可启^㉘，又群吠之狺狺^㉙。安危亡于旦夕^㉚，肆嗜欲于目前。奚异涉海之失柂^㉛，积薪而待燃。

荣纳由于闪榆^㉜，孰知辨其蚩妍^㉝！故法禁屈挠于势族^㉞，恩泽不逮于单门^㉟。宁饥寒于尧、舜之荒岁兮，不饱暖于当今之丰年。乘理虽死而非亡^㊱，违义虽生而匪存。

有秦客者^㊲，乃为诗曰："河清不可俟，人命不可延。顺风激靡草^㊳，富贵者称贤。文籍虽满腹^㊴，不如一囊钱。伊优北堂上^㊵，抗脏倚门边^㊶。"鲁生闻此辞，系而作歌曰^㊷："势家多所宜^㊸，咳唾自成珠。被褐怀金玉^㊹，兰蕙化为刍^㊺。贤者虽独悟^㊻，所困在群愚^㊼。且各守尔分^㊽，勿复空驰驱。哀哉复哀哉，此是命矣夫"。

①本文对东汉末年是非颠倒、"情伪万方"的黑暗现实进行了揭露和抨击，指出这些邪恶现象的根源就在于"执政之匪贤"，表现了作者决不同流合污的刚强性格和疾恶如仇的反抗精神。语言犀利，情绪悲愤，在抒情赋中别具一格，有所创新。　②伊：发语词，表感叹。　五帝：《史记》以黄帝、颛顼、帝喾、尧、舜为五帝。　礼：指典章制度。　③三王：指夏、商、周三代开国之君夏禹、商汤、周文王和周武王。　乐：指三代所用的音乐，相传夏有大夏，商有大濩(huò)，武王有大武。　④数：指社会、自然发展的定数。　极：极限，极点。　⑤非是：指非与是。　驳：同驳。　反驳：排斥。　⑥时：通是。　⑦荼毒：比喻人的苦难。　荼：苦菜。　毒：毒物。　⑧逾越：超越，胜过。　⑨乃：竟，却。　怨酷：怨恨惨痛。　⑩自足：满足自己的欲望。　⑪兹：此，指春秋时代。　⑫情伪：情弊，弊病。　万方：形形色色，各种各样。　⑬佞(nìng)：巧媚善辩。　谄(chǎn)：奉承拍马。　炽：盛。　⑭刚克：刚强正直。　⑮"舐痔(shì zhì)"句：《庄子·列御寇》载：秦王有病召医，破痈溃痤者得车一乘，舐痔者得车五乘。　舐：舔。　痔：痔疮。　驷：四匹马拉的车。　⑯正色：正直的人。　徒行：步行。　⑰姁媮(qǔ)：伛偻，屈背，形容屈身奉迎之状。　⑱抚拍：溜须拍马，亲昵献媚。　⑲偃蹇：高傲。　反俗：不同世俗，即不同流合污。　⑳捷：急，疾。　慑：惧。　逐物：追逐名利权势。　㉑浑然同惑：好坏混同一体，是非不明。　㉒幽藏：隐退，埋没。　㉓原：考查，探究。　瘼：病，此指弊病。　攸：所。　㉔女谒：亦作"妇谒"，谓宫中妇女得宠弄权。　掩：蒙蔽。　㉕近习：皇帝所宠信的人。　秉：掌握，把持。　㉖"所好"两句：（女谒和近习）对自己喜欢的人千方百计地提拔，对讨厌的人则百般挑剔毛病。　㉗绝崄：极险。崄，同险。　靡缘：无法攀援。　㉘九重：指君主宫门。　㉙狺(yín)狺：犬争吠声。此指小人的诽谤。　㉚安：以……为安。　㉛柂：同"舵"。　㉜荣纳：受宠而被进用。　闪榆：邪佞的样子。　㉝蚩妍：即丑与美。蚩，痴，愚。妍，好，慧。　㉞法禁：法律禁令。　屈挠：被阻挠。　㉟恩泽：指皇帝给的恩惠。　单门：没有权势的寒微人家。　㊱乘理：秉持正理。　㊲秦客：与下文的"鲁生"都是假托的人物。　㊳激：劲吹。　靡草：细弱的草。　㊴文籍：文章、书籍。喻指学问。　㊵伊优：卑躬屈节之貌。　北堂：富贵者居处。　㊶抗脏：高亢刚直貌。　㊷系：接着。　㊸势家：有权势的人家。　㊹被褐：指穿粗布短衣的寒士。被，披，穿着。　金玉：喻美好的才德。　㊺刍：喂牲口的干草。　㊻独悟：独自清醒。　㊼"所困"句：意谓被愚蠢的人群围困着。　㊽分(fèn)：本分。

附　录：

相如以"子虚"，虚言也，为楚称；"乌有先生"者，乌有此事也，为齐难；"亡是公"者，无是人也，明天子之义。故空藉此三人为辞，以推天子诸侯之苑囿。其卒章归之于节俭，因以讽谏。（司马迁《史记·司马相如列传》）

雄以为赋者,将以风也,必推类而言,极丽靡之辞,闳侈钜衍,竞于使人不能加也,既乃归之于正,然览者已过矣。往时武帝好神仙,相如上《大人赋》,欲以风,帝反缥缥有凌云之志。由是言之,赋劝而不止,明矣。(班固《汉书·扬雄传》)

相如一切文,皆善于架虚行危。其赋既会造出奇怪,又会撇入窅冥,所谓"似不从人间来者"此也。至模山范水,犹其末事。(刘熙载《艺概·赋概》)

武帝时文人,赋莫若司马相如,文莫若司马迁,而一则寥寂,一则被刑。盖雄于文者,常桀骜不欲迎雄主之意,故遇合常不及凡文人。(鲁迅《汉文学史纲要·司马相如与司马迁》)

汉兴好楚声,武帝左右亲信,如朱买臣等,多以楚辞进,而相如独变其体,益以玮奇之意,饰以绮丽之辞,句之短长,亦不拘成法,与当时甚不同。(同上)

然其(按:指司马相如)专长,终在辞赋,制作虽甚迟缓,而不师故辙,自撼妙才,广博宏丽,卓绝汉代,明王世贞评《子虚》、《上林》,以为材极富,辞极丽,运笔极古雅,精神极流动,长沙有其意而无其材,班张潘有其材而无其笔,子云有其笔而不得其精神流动之处云云,其为历代评骘家所倾倒,可谓至矣。(同上)

参考书目:
北京大学中国文学史教研室选注:《两汉文学史参考资料》,中华书局 1962 年版。
班固:《汉书·艺文志》,中华书局 1983 年版。
周振甫:《文心雕龙今译·诠赋篇》,中华书局 1986 年版。
陈元龙:《历代赋汇》,江苏古籍出版社、上海书店 1987 年版。
刘熙载:《艺概·赋概》,上海古籍出版社 1982 年版。
鲁迅:《汉文学史纲要》,上海古籍出版社 2005 年版。
瞿蜕园:《汉魏六朝赋选》,上海古籍出版社 1983 年版。

秦 汉 文

李　　斯

李斯(?—前208),楚国上蔡(今河南上蔡)人,助秦始皇统一中国,官至丞相,后被赵高陷害而死。《史记》有传。李斯是秦代著名的散文家,鲁迅说:"秦之文章,李斯一人而已。"(《汉文学史纲要》)

谏逐客书①

臣闻吏议逐客,窃以为过矣。昔缪公求士②,西取由余于戎③,东得百里奚于宛④,迎蹇叔于宋⑤,求丕豹、公孙支于晋⑥。此五子者,不产于秦,而缪公用之,并国二十,遂霸西戎。孝公用商鞅之法⑦,移风易俗,民以殷盛,国以富强,百姓乐用,诸侯亲服,获楚魏之师,举地千里⑧,至今治强。惠王用张仪之计⑨,拔三川之地⑩,西并巴蜀⑪,北收上郡⑫,南取汉中⑬,包九夷⑭,制鄢郢⑮,东据成皋之险⑯,割膏腴之壤,遂散六国之从⑰,使之西面事秦,功施到今⑱。昭王得范雎,废穰侯,逐华阳⑲,强公室⑳,杜私门㉑,蚕食诸侯,使秦成帝业。此四君者,皆以客之功。由此观之,客何负于秦哉!向使四君却客而不内㉒,疏士而不用㉓,是使国无富利之实,而秦无强大之名也。

今陛下致昆山之玉㉔,有随和之宝㉕,垂明月之珠㉖,服太阿之剑㉗,乘纤离之马㉘,建翠凤之旗㉙,树灵鼍之鼓㉚。此数宝者,秦不生一焉,而陛下说之㉛,何也?必秦国之所生然后可,则是夜光之璧不饰朝廷,犀象之器不为玩好㉜,郑卫之女不充后宫㉝,而骏良駃騠不实外厩㉞,江南金锡不为用,西蜀丹青不为采。所以饰后宫、充下陈、娱心意、说耳目者㉟,必出于秦然后可,则是宛珠之簪㊱,傅玑之珥㊲,阿缟之衣㊳,锦绣之饰,不进于前,而随俗雅化㊴,佳冶窈窕㊵,赵女不立于侧也㊶。夫击瓮叩缶㊷,弹筝搏髀㊸,而歌呼呜呜快耳目者,真秦之声也;郑、卫、桑间、韶、虞、武、象者㊹,异国之乐也。今弃击瓮叩缶而就郑卫,退弹筝而取韶虞,若是者何也?快意当前,适观而已矣㊺。今取人则不然。不问可否,不论曲直,非秦者去,为客者逐。然则是所重者在乎色乐珠玉,而所轻者在乎人民也。此非所以跨海内、制诸侯之术也㊻。

臣闻地广者粟多,国大者人众,兵强则士勇。是以太山不让土壤㊼,故能成其大;河海不择细流㊽,故能就其深;王者不却众庶,故能明其德㊾。是以地无四方,民无异国,四时充美,鬼神降福。此五帝三王之所以无敌也㊿。今乃弃黔首以资敌国51,却宾客以业诸侯52,使天下之士退而不敢西向,裹足不入秦,此所谓"藉寇兵而赍盗粮"者也53。夫物不产于秦,可宝者多;士不产于秦,而愿忠者众。今逐客以资敌国,损民以益仇54,内自虚而外树怨于诸侯,求国无危,不可得也。

①本文是李斯的一篇奏疏,作于秦王政十年(前237)。此前韩派水工郑国赴秦,劝秦修筑灌渠,意在使

秦消耗财力。秦发觉了韩的阴谋,宗室大臣纷纷建议秦王逐客。是时李斯为秦客卿,亦在被逐之列,乃上此书劝谏。本文使用铺陈、排比、对偶的手法,写得雄辩有力,气势奔放,文采斐然。秦王读后遂取消了逐客令。　②缪(mù)公:即秦穆公,名任好,春秋五霸之一。缪,通穆。　③由余:春秋时晋人,流亡入戎,秦穆公用计招归秦。后为秦定计伐戎,征服了西戎。　④百里奚:楚国人。曾任虞大夫,晋灭虞,作为晋献公女陪嫁奴仆入秦。后逃至楚,为楚边境军士所虏。秦穆公闻其贤,用五张羊皮赎回,任用为相。　宛:楚地(今河南南阳)。　⑤蹇(jiǎn)叔:岐(今陕西)人,经百里奚推荐,秦穆公厚礼聘为上大夫。　⑥丕豹:晋大夫丕郑之子。晋惠公杀郑,豹逃至秦,秦穆公用豹为大将攻晋,下八城,生俘晋惠公。　公孙支:歧人,寓居于晋,为秦穆公招为谋臣。　⑦孝公:即秦孝公,名渠梁。　商鞅:即公孙鞅,本卫国之庶公子,称卫鞅。入秦佐秦孝公变法,封于商於(wù),故称商鞅、商君。　⑧举:攻克,占领。　⑨惠王:即秦惠文王,名驷,秦孝公之子。　张仪:魏人,著名的纵横家。惠王用为相,为秦筹划连横之计。　⑩三川:本韩地,在今河南黄河以南、灵宝以东一带,境内有黄河、洛水、伊水,故称。　⑪巴、蜀:皆古国名。巴在今四川东部,蜀在今四川西部。　⑫上郡:本魏地,包括今陕西北部和宁夏、内蒙古的部分地区。　⑬汉中:本属楚,在今陕西西南部。　⑭包:并吞。　九夷:属楚的少数民族。　⑮鄢(yān):本楚地,在今湖北宜城。　郢:楚都,在今湖北江陵。　⑯成皋(gāo):又名虎牢,古代军事要塞,在今河南荥阳。　⑰从:同"纵"。燕、赵、韩、魏、齐、楚东方六国曾合纵抗秦。　⑱施(yì):延续。　⑲昭王:昭王即秦昭襄王。　范雎(jū):魏人,受魏相迫害逃至秦,后为秦昭王相,提出远交近攻的策略,使秦逐步征服邻国。　穰(ráng)侯、华阳:均为秦昭王母弟,在朝专权。昭王听从范雎之劝,逐穰侯、华阳等于关外。　⑳公室:王室。　㉑杜:杜绝,抑制。　私门:私家豪门。　㉒却:拒绝。　内:同"纳"。　㉓疏:疏远。　㉔昆山之玉:古代传说昆仑山北麓和田产美玉。　㉕随、和之宝:指隋侯珠、和氏璧。随,同隋,周初小国名。相传隋侯用药为一大蛇治伤,后蛇衔一宝珠来谢,此珠因号"隋珠"。和,春秋时楚人卞和得一璞玉,献楚厉王,王以为诳,被砍左足;武王即位,再献,被砍右足。文王即位,才识为宝玉,称和氏璧。(见《韩非子·和氏》)　㉖明月之珠:夜光珠。　㉗太阿(ē):宝剑名,相传为春秋时吴国欧冶子、干将所铸。　㉘纤离:古骏马名。　㉙建:竖。　翠凤之旗:以翠凤之羽装饰的旗子。　㉚鼍(tuó):即扬子鳄,皮可蒙鼓。　㉛说:同"悦"。　㉜犀象:犀牛角和象牙。　玩好:玩赏的东西。　㉝郑、卫之女:古时认为郑、卫两地女子美丽且善歌舞。　㉞駃騠(jué tí):骏马名。　㉟下陈:后列。指侍奉君主的嫔妃、宫女。　㊱宛珠之簪:以宛地(今河南南阳)出产的珠子所饰的簪。　㊲傅玑之珥:附有玑珠的耳饰。傅,同"附"。玑,不圆的珠子。珥,妇女耳饰。　㊳阿(ē)缟:齐国东阿(今属山东)出产的白色绢。　㊴随俗雅化:随着时俗打扮自己,力求变娴雅。　㊵佳冶:美好艳丽。　㊶赵女:传说古代赵地多美女。　㊷瓮、缶(fǒu):均瓦制容器,秦人兼以作打击乐器。　㊸搏:拍击。　髀(bì):大腿。　㊹郑、卫:指春秋末郑国、卫国的民间音乐,以悦耳著称。　桑间:地名,在卫国濮水之滨(今河南濮阳)。此指卫国男女在桑间欢会时的乐歌。　韶、虞:相传为舜时的乐曲。　武、象:周武王时的乐曲。　㊺适观:适合观赏。　㊻跨:据有。此指统一。　㊼让:辞退。　㊽择:选择,此有舍弃之意。　㊾明:彰明。　㊿五帝:一般指黄帝、颛顼、帝喾、尧、舜。　三王:一般指夏禹、商汤、周文王。　(51)黔首:秦定天下后称百姓为黔首。黔,黑色。　(52)业:动词,成就其功业。　(53)藉:借。　赍:给予。　(54)损:减少。　益:增加。　仇:指敌国。

贾　　谊

作者生平介绍,见汉赋部分。

过 秦 论（上）

秦孝公据殽函之固,拥雍州之地,君臣固守,而窥周室。有席卷天下,包举宇内,囊括四海之意,并吞八荒之心。当是时,商君佐之,内立法度,务耕织,修守战之备;外连衡而斗诸侯。于是秦人拱手而取西河之外。

孝公既没,惠文王、武王蒙故业,因遗策,南兼汉中,西举巴蜀,东割膏腴之地,收要害之郡。诸侯恐惧,会盟而谋弱秦。不爱珍器重宝肥美之地,以致天下之士,合从缔交,相与为一。当是时,齐有孟尝,赵有平原,楚有春申,魏有信陵:此四君者,皆明知而忠信,宽厚而爱人,尊贤重士。约从离衡,并韩、魏、燕、楚、齐、赵、宋、卫、中山之众。于是六国之士,有宁越、徐尚、苏秦、杜赫之属为之谋,齐明、周最、陈轸、昭滑、楼缓、翟景、苏厉、乐毅之徒通其意,吴起、孙膑、带佗、倪良、王廖、田忌、廉颇、赵奢之朋制其兵。尝以十倍之地,百万之师,叩关而攻秦。秦人开关延敌,九国之师逡巡遁逃而不敢进。秦无亡矢遗镞之费,而天下诸侯已困矣。于是纵散约解,争割地而奉秦。秦有余力而制其弊,追亡逐北,伏尸百万,流血漂卤,因利乘便,宰割天下,分裂山河,强国请服,弱国入朝。

延及孝文王、庄襄王,享国日浅,国家无事。及至秦王,续六世之余烈,振长策而御宇内,吞二周而亡诸侯,履至尊而制六合,执棰拊以鞭笞天下,威震四海。南取百越之地,以为桂林、象郡,百越之君俛首系颈,委命下吏。乃使蒙恬北筑长城而守藩篱,却匈奴七百余里,胡人不敢南下而牧马,士不敢弯弓而报怨。

于是废先王之道,焚百家之言,以愚黔首。堕名城,杀豪俊,收天下之兵聚之咸阳,销锋铸镶,以为金人十二,以弱黔首之民。然后斩华为城,因河为津,据亿丈之城,临不测之溪以为固。良将劲弩,守要害之处,信臣精卒,陈利兵而谁何。天下已定,秦王之心,自以为关中之固,金城千里,子孙帝王万世之业也。

秦王既没,余威振于殊俗。然而陈涉瓮牖绳枢之子,氓隶之人,而迁徙之徒。才能不及中人,非有仲尼、墨翟之贤,陶朱、猗顿之富也。蹑足行伍之间,而倔起阡陌之中,率罢散之卒,将数百之众,转而攻秦。斩木为兵,揭竿为旗,天下云集响应,赢粮而景从,山东豪俊遂并起而亡秦族矣。

且夫天下非小弱也;雍州之地,殽函之固,自若也。陈涉之位,非尊于齐、楚、燕、赵、韩、魏、宋、卫、中山之君也;锄耰棘矜,非铦于句戟长铩也;适戍之众,非抗于九国之师也;深谋远虑,行军用兵之道,非及向时之士也。然而成败异变,功业相反也。试使山东之国与陈涉度长絜大,比权量力,则不可同年而语矣。然秦以区区之地,致千乘之权,招八州而朝同列,百有余年矣。然后以六合为家,殽函为宫。一夫作难而七庙堕,身死人手,为天下笑者,何也?仁义不施,而攻守之势异也。

过秦论(中)

秦并海内,兼诸侯,南面称帝,以养四海,天下之士,斐然乡风。若是者何也?曰:近古之无王者久矣。周室卑微,五霸既殁,令不行于天下。是以诸侯力政,强侵弱,众暴寡,兵革不休,士民罢敝。今秦南面而王天下,是上有天子也。既元元之民冀得安其性命,莫不虚心而仰上。当此之时,守威定功,安危之本在于此矣。

秦王怀贪鄙之心,行自奋之智,不信功臣,不亲士民,废王道,立私权,禁文书而酷刑法,先诈力而后仁义,以暴虐为天下始。夫并兼者高诈力,安定者贵顺权,此言取与守不同术也。秦离战国而王天下,其道不易,其政不改,是其所以取之守之者异也。孤独而有之,故其亡可立而待。借使秦王计上世之事，并殷、周之迹，以制御其政，后虽有淫骄之主而未有倾危之患也。故三王之建天下，名号显美，功业长久。

今秦二世立，天下莫不引领而观其政。夫寒者利裋褐而饥者甘糟糠，天下之嗷嗷，新主之资也。此言劳民之易为仁也。乡使二世有庸主之行，而任忠贤，臣主一心而忧海内之患，缟素而正先帝之过；裂地分民以封功臣之后，建国立君以礼天下；虚囹圄而免刑戮，除去收帑汙秽之罪，使各反其乡里；发仓廪，散财币，以振孤独穷困之士；轻赋少事，以佐百姓之急；约法省刑以持其后，使天下之人皆得自新，更节修行，各慎其身；塞万民之望，而以威德与天下，天下集矣。即四海之内，皆谨然各自安乐其处，唯恐有变。虽有狡猾之民，无离上之心，则不轨之臣无以饰其智，而暴乱之奸止矣。

二世不行此术，而重之以无道：坏宗庙，与民更始，作阿房宫；繁刑严诛，吏治刻深；赏罚不当，赋敛无度；天下多事，吏弗能纪；百姓困穷，而主弗收恤。然后奸伪并起，而上下相遁，蒙罪者众，刑戮相望于道，而天下苦之。自君卿以下至于众庶，人怀自危之心，亲处穷苦之实，咸不安其位，故易动也。是以陈涉不用汤、武之贤，不藉公侯之尊，奋臂于大泽而天下响应者，其民危也。

故先王见始终之变，知存亡之机，是以牧民之道，务在安之而已。天下虽有逆行之臣，必无响应之助矣。故曰"安民可与行义，而危民易与为非"，此之谓也。贵为天子，富有天下，身不免于戮杀者，正倾非也。是二世之过也。

过 秦 论（下）

秦并兼诸侯，山东三十余郡，缮津关，据险塞，修甲兵而守之。然陈涉以戍卒散乱之众数百，奋臂大呼，不用弓戟之兵，钮耰白梃，望屋而食，横行天下。秦人阻险不守，关梁不阖，长戟不刺，强弩不射。楚师深入，战于鸿门，曾无藩篱之艰。于是山东大扰，诸侯并起，豪俊相立。秦使章邯将而东征，章邯因以三军之众，要市于外，以谋其上。群臣之不信，可见于此矣。

子婴立，遂不寤。藉使子婴有庸主之材，仅得中佐，山东虽乱，秦之地可全而有，宗庙之祀未当绝也。

秦地被山带河以为固，四塞之国也。自缪公以来，至于秦王，二十余君，常为诸侯雄。岂世世贤哉？其势居然也。且天下尝同心并力而攻秦矣。当此之世，贤智并列，良将行其师，贤相通其谋，然困于阻险而不能进。秦乃延入战而为之开关，百万之徒逃北而遂坏。岂勇力智慧不足哉？形不利，势不便也。秦小邑并大城，守险塞而军，高垒毋战，闭关据阨，荷戟而守之。诸侯起于匹夫，以利合，非有素王之行也。其交未亲，其下未附，名为亡秦，其实利之也。彼见秦阻之难犯也，必退师。安土息民，以待其敝，收弱扶罢，以令大国之君，不患不得意于海内。贵为天子，富有天下，而身为禽者，其救败非也。

秦王足己不问，遂过而不变。二世受之，因而不改，暴虐以重祸。子婴孤立无亲，危弱无辅。三主惑而终身不悟，亡，不亦宜乎？当此时也，世非无深虑知化之士也，然所以不敢尽忠拂过者，秦俗多忌讳之禁，忠言未卒于口而身为戮没矣。故使天下之士，倾耳而听，重足而立，拑口而不言。是以三主失道，忠臣不敢谏，智士不敢谋，天下已乱，奸不上闻。岂不哀哉！

先王知雍蔽之伤国也，故置公、卿、大夫、士，以饰法设刑，而天下治。其强也，禁暴诛乱而天下服;其弱也,五伯征而诸侯从;其削也,内守外附而社稷存。故秦之盛也,繁法严刑而天下振;及其衰也,百姓怨望而海内畔矣。故周五序得其道,而千余岁不绝。秦本末并失,故不长久。由此观之,安危之统相去远矣!

野谚曰:"前事之不忘,后事之师也。"是以君子为国,观之上古,验之当世,参以人事,察盛衰之理,审权势之宜,去就有序,变化有时,故旷日长久而社稷安矣。

晁 错

晁错(前 207? 一前 154),颍川(今河南禹县)人,西汉初著名政治家、学者。官至御史大夫。力主削藩以加强中央权力、守边备塞、重农贵粟。吴楚七国之乱时被杀。《汉书》有传。晁错的文章,立论精辟,分析深刻,切于实际,疏直激切,鲁迅称之为"西汉鸿文"。

论贵粟疏

圣王在上,而民不冻饥者,非能耕而食之,织而衣之也,为开其资财之道也。故尧、禹有九年之水,汤有七年之旱,而国亡捐瘠者,以畜积多而备先具也。

今海内为一,土地人民之众,不避汤、禹,加以亡天灾数年之水旱,而畜积未及者,何也?地有遗利,民有余力,生谷之土未尽垦,山泽之利未尽出也,游食之民未尽归农也。民贫,则奸邪生。贫,生于不足;不足,生于不农;不农,则不地著;不地著,则离乡轻家,民如鸟兽。虽有高城深池,严法重刑,犹不能禁也。夫寒之于衣,不待轻暖;饥之于食,不待甘旨。饥寒至身,不顾廉耻。人情一日不再食则饥,终岁不制衣则寒。夫腹饥不得食,肤寒不得衣,虽慈母不能保其子,君安能以有其民哉?明主知其然也,故务民于农桑,薄赋敛,广畜积,以实仓廪,备水旱,故民可得而有也。

民者,在上所以牧之,趋利如水走下,四方亡择也。夫珠玉金银,饥不可食,寒不可衣,然而众贵之者,以上用之故也。其为物轻微易藏,在于把握,可以周海内而亡饥寒之患。此令臣轻背其主,而民易去其乡,盗贼有所劝,亡逃者得轻资也。粟米布帛,生于地,长于时,聚于力,非可一日成也;数石之重,中人弗胜,不为奸邪所利;一日弗得而饥寒至。是故明君贵五谷而贱金玉。

今农夫五口之家,其服役者,不下二人;其能耕者,不过百晦;百晦之收,不过百石。春耕夏耘,秋获冬藏,伐薪樵,治官府,给繇役,春不得避风尘,夏不得避暑热,秋不得避阴雨,冬不得避寒冻,四时之间,亡日休息。又私自送往迎来,吊死问疾,养孤长幼在其中。勤苦如此,尚复被水旱之灾,急政暴赋,赋敛不时,朝令而暮改。当具有者,半贾而卖;亡者,取倍称之息,于是有卖田宅、鬻子孙以偿责者矣。而商贾大者积贮倍息,小者坐列贩卖,操其奇赢,日游都市,乘上之急,所卖必倍。故其男不耕耘,女不蚕织,衣必文采,食必粱肉,亡农夫之苦,有仟佰之得。因其富厚,交通王侯,力过吏势,以利相倾。千里游敖,冠盖相望,乘坚策肥,履丝曳缟。此商人所以兼并农人,农人所以流亡者也。今法律贱商人,商人已富贵矣;尊农夫,农夫已贫贱矣!故俗之所贵,主之所贱也;吏之所卑,法之所尊也。上下相反,好恶乖迕,而欲国富法立,不可得也。

方今之务,莫若使民务农而已矣。欲民务农,在于贵粟。贵粟之道,在于使民以粟为赏

96

罚。今募天下入粟县官,得以拜爵,得以除罪。如此,富人有爵,农民有钱,粟有所渫。夫能入粟以受爵,皆有余者也。取于有余以供上用,则贫民之赋可损,所谓损有余,补不足,令出而民利者也。顺于民心,所补者三:一曰主用足,二曰民赋少,三曰劝农功。今令:"民有车骑马一匹者,复卒三人。"车骑者,天下武备也,故为复卒。神农之教曰:"有石城十仞、汤池百步,带甲百万,而亡粟,弗能守也。"以是观之,粟者,王者大用,政之本务。令民入粟受爵,至五大夫以上,乃复一人耳,此其与骑马之功相去远矣。爵者,上之所擅,出于口而亡穷;粟者,民之所种,生于地而不乏。夫得高爵与免罪,人之所甚欲也。使天下人入粟于边,以受爵免罪,不过三岁,塞下之粟必多矣。

司马迁

司马迁(前145—?),字子长,夏阳(今陕西韩城)人,西汉伟大的历史学家和文学家。先祖世代为周史官。父谈,博学,汉武帝时为太史令。迁十岁时即诵读古文,二十岁后三次漫游,考察社会,收集史料,足迹几遍全国。汉武帝元封三年(前108)继父职任太史令,博览皇家所藏古籍。太初元年(前104)开始著述《史记》。天汉二年(前99)因替降匈奴的李陵辩解,触怒武帝,下狱,受腐刑。出狱后任中书令,发愤著述。征和初年(前92)左右基本完成《史记》,不久即去世。《汉书》有传。

《史记》是我国第一部纪传体通史,记叙自传说中的黄帝至汉武帝太初年间约三千年的历史,共五十二万余字,一百三十篇,分十二本纪、十表、八书、三十世家、七十列传五部分。取材广泛,求实存真,褒善贬恶,是一部伟大的史学名著。鲁迅誉之为"史家之绝唱,无韵之《离骚》"(《汉文学史纲要》)。《史记》中的人物传记,选材典型,情节生动,语言丰富精炼,人物形象栩栩如生,因此《史记》也是一部伟大的传记文学作品,两千多年来一直被视为散文的典范。

《史记》注本,重要的有南朝宋裴骃的《史记集解》、唐司马贞的《史记索隐》和张守节的《史记正义》三家注。

项羽本纪^①(节选)

项籍者,下相人也^②,字羽。初起时,年二十四。其季父项梁^③。梁父即楚将项燕,为秦将王翦所戮者也^④。项氏世世为楚将,封于项^⑤,故姓项氏。项籍少时学书^⑥,不成,去^⑦,学剑,又不成。项梁怒之。籍曰:"书,足以记名姓而已。剑,一人敌,不足学。学万人敌。"于是项梁乃教籍兵法,籍大喜,略知其意,又不肯竟学^⑧。项梁尝有栎阳逮^⑨,乃请蕲狱掾曹咎书抵栎阳狱掾司马欣^⑩,以故事得已^⑪。项梁杀人,与籍避仇于吴中^⑫。吴中贤士大夫皆出项梁下^⑬。每吴中有大徭役及丧^⑭,项梁常为主办,阴以兵法部勒宾客及子弟^⑮,以是知其能^⑯。秦始皇帝游会稽^⑰,渡浙江^⑱,梁与籍俱观。籍曰:"彼可取而代也!"梁掩其口,曰:"毋妄言,族矣^⑲!"梁以此奇籍^⑳。籍长八尺余,力能扛鼎^㉑,才气过人,虽吴中子弟皆已惮籍矣^㉒。

秦二世元年七月^㉓,陈涉等起大泽中^㉔。其九月,会稽守通谓梁曰^㉕:"江西皆反^㉖,此亦天亡秦之时也。吾闻先即制人,后则为人所制。吾欲发兵,使公及桓楚将^㉗。"是时桓楚亡在泽中^㉘。梁曰:"桓楚亡,人莫知其处,独籍知之耳。"梁乃出,诫籍持剑居外待。梁复入,与守坐,曰:"请召籍,使受命召桓楚。"守曰:"诺。"梁召籍入。须臾,梁眴籍曰^㉙:"可行矣!"于是籍遂拔剑斩守头,项梁持守头,佩其印绶^㉚。门下大惊,扰乱,籍所击杀数十百人。一府中皆慑伏,莫敢起。梁乃召故所知豪吏^㉛,谕以所为起大事,遂举吴中兵。使人收下县^㉜,得精兵八千人。梁部署吴中豪杰为校尉、候、司马③。有一人不得用，自言于梁。梁曰："前时某丧使公主某事，不能办，以此不任用公。"众乃皆伏④。于是梁为会稽守，籍为裨将⑤，徇下县⑥。

……

章邯已破项梁军⑦，则以为楚地兵不足忧，乃渡河击赵⑧，大破之。当此时，赵歇为王，陈馀为将，张耳为相⑨，皆走入钜鹿城⑩。章邯令王离、涉间围钜鹿，章邯军其南，筑甬道而输之粟⑬。陈馀为将，将卒数万人而军钜鹿之北，此所谓河北之军也。楚兵已破于定陶⑭，怀王恐⑮，从盱台之彭城⑯，并项羽、吕臣军自将之⑰。以吕臣为司徒；以其父吕青为令尹⑱；以沛公为砀郡长⑲，封为武安侯，将砀郡兵。

初，宋义所遇齐使者高陵君显在楚军⑳，见楚王曰："宋义论武信君之军必败㉑，居数日，军果败。兵未战而先见败征㉒，此可谓知兵矣。"王召宋义与计事，而大说之㉓，因置以为上将军㉔。项羽为鲁公，为次将㉕。范增为末将㉖。救赵。诸别将皆属宋义，号为卿子冠军㉗。行至安阳㉘，留四十六日不进。项羽曰："吾闻秦军围赵王钜鹿，疾引兵渡河，楚击其外，赵应其内，破秦军必矣。"宋义曰："不然。夫搏牛之虻不可以破虮虱㉙。今秦攻赵，战胜则兵罢㉚，我承其敝；不胜则我引兵鼓行而西㉛，必举秦矣。故不如先斗秦赵。夫被坚执锐㉜，义不如公；坐而运策，公不如义。"因下令军中曰："猛如虎，很如羊㉝，贪如狼，强不可使者，皆斩之！"乃遣其子宋襄相齐，身送之至无盐㉞，饮酒高会㉟。天寒大雨，士卒冻饥。项羽曰："将戮力而攻秦㊱，久留不行。今岁饥民贫，士卒食芋菽㊲，军无见粮㊳，乃饮酒高会，不引兵渡河因赵食㊴，与赵并力攻秦，乃曰'承其敝'。夫以秦之强，攻新造之赵㊵，其势必举赵。赵举而秦强，何敝之承！且国兵新破，王坐不安席，埽境内而专属于将军㊶，国家安危，在此一举。今不恤士卒而徇其私㊷，非社稷之臣。"项羽晨朝上将军宋义㊸，即其帐中斩宋义头。出令军中曰："宋义与齐谋反楚，楚王阴令羽诛之。"当是时，诸将皆慑服，莫敢枝梧㊹。皆曰："首立楚者㊺，将军家也。今将军诛乱。"乃相与共立羽为假上将军。使人追宋义子，及之齐㊻，杀之。使桓楚报命于怀王。怀王因使项羽为上将军，当阳君、蒲将军皆属项羽㊼。

项羽已杀卿子冠军，威震楚国，名闻诸侯。乃遣当阳君、蒲将军将卒二万，渡河救钜鹿㊽。战少利㊾，陈馀复请兵。项羽乃悉引兵渡河，皆沈船，破釜甑，烧庐舍，持三日粮，以示士卒必死㊿，无一还心。于是至则围王离，与秦军遇，九战，绝其甬道，大破之，杀苏角，虏王离。涉间不降楚，自烧杀。

当是时，楚兵冠诸侯。诸侯军救钜鹿下者十馀壁，莫敢纵兵。及楚击秦，诸将皆从壁上观。楚战士无不一以当十，楚兵呼声动天，诸侯军无不人人惴恐。于是已破秦军，项羽召见诸侯将，诸侯将入辕门，无不膝行而前，莫敢仰视。项羽由是始为诸侯上将军，诸侯皆属焉。

……

项羽使蒲将军日夜引兵度三户，军漳南，与秦战，再破之。项羽悉引兵击秦军汙水上，大破之。章邯使人见项羽，欲约。项羽召军吏谋曰："粮少，欲听其约。"军吏皆曰："善。"项羽乃与期洹水南殷虚上。已盟，章邯见项羽而流涕，为言赵高。项羽乃立章邯为雍王，置楚军中；使长史欣为上将军，将秦军为前行。到新安，诸侯吏卒异时故徭使屯戍过秦中，秦中吏卒遇之多无状；及秦军降诸侯，诸侯吏卒乘胜多奴虏使之，轻折辱秦吏卒。秦吏卒多窃言曰："章将军等诈吾属降诸侯，今能入关破秦，大善；即不能，诸侯虏吾属而东，秦必尽诛吾父母妻子。"诸将微闻其计，以告项羽。项羽乃召黥布、蒲将军计曰:"秦吏卒尚众,其心不服。至关中,不听,事必危。不如击杀之,而独与章邯、长史欣、都尉翳入秦⑭。"于是楚军夜击阬秦卒二十余万人新安城南⑮。

行略定秦地⑯。至函谷关⑰,有兵守关,不得入。又闻沛公已破咸阳⑱。项羽大怒,使当阳君等击关。项羽遂入,至于戏西⑲。

沛公军霸上⑳,未得与项羽相见。沛公左司马曹无伤使人言于项羽曰:"沛公欲王关中㉑,使子婴为相㉒,珍宝尽有之。"项羽大怒,曰:"旦日飨士卒㉓,为击破沛公军。"当是时,项羽兵四十万,在新丰鸿门;沛公兵十万,在霸上。范增说项羽曰:"沛公居山东时㉔,贪于财货,好美姬。今入关,财物无所取,妇女无所幸㉕,此其志不在小。吾令人望其气,皆为龙虎,成五采,此天子气也。急击勿失!"㉖

楚左尹项伯者㉗,项羽季父也,素善留侯张良㉘。张良是时从沛公,项伯乃夜驰之沛公军㉙,私见张良,具告以事,欲呼张良与俱去。曰:"毋从俱死也㉚。"张良曰:"臣为韩王送沛公㉛,沛公今事有急,亡去不义㉜,不可不语。"良乃入,具告沛公。沛公大惊,曰:"为之奈何?"张良曰:"谁为大王为此计者?"曰:"鲰生说我曰㉝:'距关㉞,毋内诸侯,秦地可尽王也。'故听之。"良曰:"料大王士卒足以当项王乎㉟?"沛公默然,曰:"固不如也,且为之奈何?"张良曰:"请往谓项伯,言沛公不敢背项王也。"沛公:"君安与项伯有故㊱?"张良曰:"秦时与臣游㊲,项伯杀人,臣活之。今事有急,故幸来告良。"沛公曰:"孰与君少长㊳?"良曰:"长于臣。"沛公:"君为我呼入,吾得兄事之㊴。"张良出,要项伯㊵。项伯即入见沛公。沛公奉卮酒为寿㊶,约为婚姻㊷。曰:"吾入关,秋豪不敢有所近,籍吏民㊸,封府库,而待将军。所以遣将守关者,备他盗之出入与非常也。日夜望将军至,岂敢反乎!愿伯具言臣之不敢倍德也㊹。"项伯许诺,谓沛公曰:"旦日不可不蚤自来谢项王㊺!"沛公曰:"诺。"于是项伯复夜去,至军中,具以沛公言报项王。因言曰:"沛公不先破关中,公岂敢入乎?今人有大功而击之,不义也。不如因善遇之。"项王许诺。

沛公旦日从百余骑来见项王,至鸿门,谢曰:"臣与将军戮力而攻秦,将军战河北,臣战河南,然不自意能先入关破秦㊻,得复见将军于此。今者有小人之言,令将军与臣有郤㊼。"项王曰:"此沛公左司马曹无伤言之,不然,籍何以至此。"项王即日因留沛公与饮。项王、项伯东向坐㊽,亚父南向坐㊾。亚父者,范增也。沛公北向坐,张良西向侍。范增数目项王㊿,举所佩玉玦以示之者三○,项王默然不应。范增起,出召项庄○,谓曰:"君王为人不忍,若入前为寿,寿毕,请以剑舞,因击沛公于坐,杀之。不者○,若属皆且为所虏○。"庄则入为寿。寿毕,曰:"君王与沛公饮,军中无以为乐,请以剑舞。"项王曰:"诺。"项庄拔剑起舞,项伯亦拔剑起舞,常以身翼蔽沛公○,庄不得击。于是张良至军门,见樊哙○。樊哙曰:"今日之事何如?"良曰:"甚急!今者项庄拔剑舞,其意常在沛公也。"哙曰:"此迫矣!臣请入,与之同命○!"哙即带剑拥盾入军门○。交戟之卫士欲止不内○,樊哙侧其盾以撞,卫士仆地○,哙遂入,披帷西向立,瞋目视项王○,头发上指,目眦尽裂○。项王按剑而跽曰○:"客何为者?"张良曰:"沛公之参乘樊哙者也。"项王曰:"壮士!赐之卮酒!"则与斗卮酒○。哙拜谢,起,立而饮之。项王曰:"赐之彘肩○!"则与一生彘肩。樊哙覆其盾于地,加彘肩上,拔剑切而啗之○。项王曰:"壮士!能复饮乎?"樊哙曰:"臣死且不避,卮酒安足辞!夫秦王有虎狼之心,杀人如不能举,刑人如恐不胜○,天下皆叛之。怀王与诸将约曰:'先破秦入咸阳者王之。'今沛公先破秦入咸阳,豪毛不敢有所近,封闭宫室,还军霸上,以待大王来。故遣将守关者,备他盗出入与非常也。劳苦而功高如此,未有封侯之赏,而听细说○,欲诛有功之人。此亡秦之续耳⑱,窃为大王不取也⑱!"项王未有以应,曰:"坐!"樊哙从良坐。坐须臾,沛公起如厕⑱,因招樊哙出。

沛公已出,项王使都尉陈平召沛公⑱。沛公曰:"今者出,未辞也,为之奈何?"樊哙曰:"大行不顾细谨⑱,大礼不辞小让⑱。如今人方为刀俎,我为鱼肉,何辞为!"于是遂去。乃令张良留谢。良问曰:"大王来何操?"曰:"我持白璧一双,欲献项王;玉斗一双⑱,欲与亚父。会其怒,不敢献。公为我献之。"张良曰:"谨诺。"当是时,项王军在鸿门下,沛公军在霸上,相去四十里。沛公则置车骑⑱,脱身独骑,与樊哙、夏侯婴、靳强、纪信等四人持剑盾步走,从郦山下⑱,道芷阳间行⑱。沛公谓张良曰:"从此道至吾军,不过二十里耳。度我至军中⑱,公乃入。"沛公已去,间至军中,张良入谢,曰:"沛公不胜桮杓⑱,不能辞。谨使臣良奉白璧一双,再拜献大王足下⑱,玉斗一双,再拜奉大将军足下。"项王曰:"沛公安在?"良曰:"闻大王有意督过之⑱,脱身独去,已至军矣。"项王则受璧,置之坐上。亚父受玉斗,置之地,拔剑撞而破之,曰:"唉!竖子不足与谋⑱!夺项王天下者,必沛公也,吾属今为之虏矣⑱!"沛公至军,立诛杀曹无伤⑱。

居数日,项羽引兵西屠咸阳,杀秦降王子婴,烧秦宫室,火三月不灭;收其货宝妇女而东。人或说项王曰:"关中阻山河⑱,四塞⑱,地肥饶,可都以霸⑱。"项王见秦宫室皆以烧残破,又心怀思欲东归,曰:"富贵不归故乡,如衣绣夜行⑱,谁知之者!"说者曰:"人言楚人沐猴而冠耳⑱,果然!"项王闻之,烹说者⑱。

项王使人致命怀王⑱。怀王曰:"如约⑱。"乃尊怀王为义帝⑱。项王欲自王,先王诸将相。谓曰:"天下初发难时,假立诸侯后以伐秦⑱。然身被坚执锐首事⑱,暴露于野三年,灭秦定天下者,皆将相诸君与籍之力也。义帝虽无功,故当分其地而王之⑱。"诸将皆曰:"善。"乃分天下,立诸将为侯王㉑。

项王、范增疑沛公之有天下㉑,业已讲解,又恶负约,恐诸侯叛之,乃阴谋曰:"巴、蜀道险㉑,秦之迁人皆居蜀㉑。"乃曰:"巴、蜀亦关中地也。"故立沛公为汉王,王巴、蜀、汉中,都南郑㉑。而三分关中,王秦降将以距塞汉王㉑。……项王自立为西楚霸王㉒,王九郡㉒,都彭城。

汉之元年四月㉓,诸侯罢戏下㉓,各就国㉓。项王出之国㉓,使人徙义帝,曰:"古之帝者地方千里,必居上游。"乃使使徙义帝长沙郴县㉓,趣义帝行,其群臣稍稍背叛之㉓。乃阴令衡山、临江王击杀之江中㉓。韩王成无军功,项王不使之国,与俱至彭城,废以为侯,已又杀之。臧荼之国㉓,因逐韩广之辽东,广弗听,荼击杀广无终㉓,并王其地。

……

春,汉王部五诸侯兵㉓,凡五十六万人,东伐楚。项王闻之,即令诸将击齐,而自以精兵三万人南从鲁出胡陵㉓。四月,汉皆已入彭城,收其货宝美人,日置酒高会。项王乃西,从萧晨击汉军,而东至彭城,日中,大破汉军。汉军皆走,相随入穀、泗水,杀汉卒十余万人。汉卒皆南走山,楚又追击至灵壁东睢水上。汉军却,为楚所挤,多杀,汉卒十余万人皆入睢水,睢水为之不流。围汉王三匝㉓。于是大风从西北而起,折木发屋,扬沙石,窈冥昼晦㉔,逢迎楚军。楚军大乱,坏散㉔,而汉王乃得与数十骑遁去。欲过沛,收家室而西。楚亦使人追之沛,取汉王家。家皆亡,不与汉王相见。汉王道逢得孝惠、鲁元㉔,乃载行。楚骑追汉王,汉王急,推堕孝惠、鲁元车下,滕公常下收载之㉔。如是者三。曰:"虽急,不可以驱,奈何弃之?"于是遂得脱。求太公、吕后㉔,不相遇。审食其从太公、吕后间行㉔,求汉王,反遇楚军。楚军遂与归,报项王,项王常置军中。

是时,吕后兄周吕侯为汉将兵居下邑㉘,汉王间往从之㉙,稍稍收其士卒。至荥阳㉚,诸败军皆会㉛,萧何亦发关中老弱未傅悉诣荥阳㉜,复大振。楚起于彭城,常乘胜逐北,与汉战荥阳南京、索间㉝,汉败楚,楚以故不能过荥阳而西。

项王之救彭城,追汉王至荥阳,田横亦得收齐,立田荣子广为齐王。汉王之败彭城,诸侯皆复与楚而背汉㉞。汉军荥阳,筑甬道属之河,以取敖仓粟㉟。汉之三年㊱,项王数侵夺汉甬道,汉王食乏,恐,请和,割荥阳以西为汉。

项王欲听之。历阳侯范增曰㊲:"汉易与耳,今释弗取,后必悔之。"项王乃与范增急围荥阳。汉王患之,乃用陈平计间项王㊳。项王使者来,为太牢具㊴,举欲进之。见使者,详惊愕曰㊵:"吾以为亚父使者,乃反项王使者。"更持去㊶,以恶食食项王使者㊷,使者归报项王,项王乃疑范增与汉有私,稍夺之权。范增大怒,曰:"天下事大定矣,君王自为之。愿赐骸骨归卒伍㊸。"项王许之。行未至彭城,疽发背而死㊹。

……

当此时,彭越数反梁地,绝楚粮食,项王患之,为高俎,置太公其上,告汉王曰:"今不急下㊺,吾烹太公。"汉王曰:"吾与项羽俱北面受命怀王㊻,曰'约为兄弟',吾翁即若翁,必欲烹而翁㊼,则幸分我一杯羹㊽。"项王怒,欲杀之。项伯曰:"天下事未可知,且为天下者不顾家,虽杀之无益,只益祸耳㊾。"项王从之。

楚、汉久相持未决,丁壮苦军旅,老弱罢转漕㊿。项王谓汉王曰:"天下匈匈数岁者[51],徒以吾两人耳,愿与汉王挑战决雌雄,毋徒苦天下之民父子为也[52]。"汉王笑谢曰:"吾宁斗智,不能斗力。"项王令壮士出挑战。汉有善骑射者楼烦[53],楚挑战三合[54],楼烦辄射杀之。项王大怒,乃自被甲持戟挑战,楼烦欲射之,项王瞋目叱之,楼烦目不敢视,手不敢发,遂走还入壁,不敢复出。汉王使人间问之,乃项王也。汉王大惊。于是项王乃即汉王相与临广武间而语[55]。汉王数之[56],项王怒,欲一战。汉王不听,项王伏弩射中汉王。汉王伤,走入成皋。

……

是时,汉兵盛食多,项王兵罢食绝。汉遣陆贾说项王[57],请太公,项王弗听。汉王复使侯公往说项王[58],项王乃与汉约,中分天下[59],割鸿沟以西者为汉[60],鸿沟而东者为楚。项王许之,即归汉王父母妻子。军皆呼万岁。汉王乃封侯公为平国君,匿弗肯复见。曰:"此天下辩士,所居倾国[61],故号为平国君。"项王已约,乃引兵解而东归[62]。

汉欲西归,张良、陈平说曰:"汉有天下太半,而诸侯皆附之。楚兵罢食尽,此天亡楚之时也,不如因其机而遂取之。今释弗击,此所谓'养虎自遗患'也。"汉王听之。汉五年,汉王乃追项王至阳夏南[63],止军,与淮阴侯韩信、建成侯彭越期会而击楚军[64]。至固陵[65],而信、越之兵不会。楚击汉军,大破之。汉王复入壁,深堑而自守。谓张子房曰:"诸侯不从约,为之奈何?"对曰:"楚兵且破,信、越未有分地[66],其不至固宜。君王能与共分天下,今可立致也[67];即不能[68],事未可知也。君王能自陈以东傅海[69],尽与韩信;睢阳以北至谷城[70],以与彭越,使各自为战,则楚易败也。"汉王曰:"善。"于是乃发使者告韩信、彭越曰:"并力击楚,楚破,自陈以东傅海与齐王;睢阳以北至谷城与彭相国。"使者至,韩信、彭越皆报曰:"请今进兵。"韩信乃从齐往,刘贾军从寿春并行[71],屠城父[72],至垓下[73]。大司马周殷叛楚[74],以舒屠六[75],举九江兵[76],随刘贾、彭越皆会垓下,诣项王。

项王军壁垓下[77],兵少食尽,汉军及诸侯兵围之数重。夜闻汉军四面皆楚歌,项王乃大惊曰："汉皆已得楚乎？是何楚人之多也！"项王则夜起，饮帐中。有美人名虞，常幸从⑳；骏马名骓⑳，常骑之。于是项王乃悲歌忼慨⑳，自为诗曰："力拔山兮气盖世！时不利兮骓不逝⑳！骓不逝兮可奈何！虞兮虞兮奈若何⑳！"歌数阕⑳，美人和之。项王泣数行下，左右皆泣，莫能仰视。

于是项王乃上马骑，麾下壮士骑从者八百馀人，直夜溃围南出⑳，驰走。平明，汉军乃觉之，令骑将灌婴以五千骑追之⑳。项王渡淮，骑能属者百馀人耳⑳。项王至阴陵⑳，迷失道，问一田父。田父绐曰⑳："左。"左，乃陷大泽中⑳。以故汉追及之。项王乃复引兵而东，至东城㉞，乃有二十八骑。汉骑追者数千人。项王自度不得脱，谓其骑曰："吾起兵至今八岁矣，身七十馀战，所当者破，所击者服，未尝败北，遂霸有天下。然今卒困于此，此天之亡我，非战之罪也㉟。今日固决死㊱，愿为诸君快战，必三胜之，为诸君溃围，斩将，刈旗㊲，令诸君知天亡我，非战之罪也。"乃分其骑以为四队，四向㊳。汉军围之数重。项王谓其骑曰："吾为公取彼一将。"令四面骑驰下，期山东为三处㊴。于是项王大呼驰下，汉军皆披靡㊵，遂斩汉一将。是时赤泉侯为骑将㊶，追项王，项王瞋目而叱之，赤泉侯人马俱惊，辟易数里㊷。与其骑会为三处，汉军不知项王所在。乃分军为三，复围之。项王乃驰，复斩汉一都尉，杀数十百人。复聚其骑，亡其两骑耳。乃谓其骑曰："何如？"骑皆伏曰㊸："如大王言。"

于是项王乃欲东渡乌江㊹。乌江亭长权船待㊺，谓项王曰："江东虽小，地方千里，众数十万人，亦足王也。愿大王急渡。今独臣有船，汉军至，无以渡。"项王笑曰："天之亡我，我何渡为！且籍与江东子弟八千人渡江而西，今无一人还，纵江东父兄怜而王我，我何面目见之！纵彼不言，籍独不愧于心乎！"乃谓亭长曰："吾知公长者㊻。吾骑此马五岁，所当无敌，尝一日行千里，不忍杀之，以赐公。"乃令骑皆下马步行，持短兵接战㊼。独籍所杀汉军数百人。项王亦身被十馀创㊽。顾见汉骑司马吕马童，曰："若非吾故人乎？"马童面之，指王翳㊾，曰："此项王也。"项王乃曰："吾闻汉购我头千金㊿，邑万户，吾为若德㊿。"乃自刎而死。王翳取其头，馀骑相蹂践○，争项王，相杀者数十人。

……

项王已死，楚地皆降汉，独鲁不下。汉乃引天下兵欲屠之，为其守礼义，为主死节，乃持项王头视鲁○。鲁父兄乃降。始，楚怀王初封项籍为鲁公，及其死，鲁最后下，故以鲁公礼葬项王穀城。汉王为发哀○，泣之而去。

诸项氏枝属○，汉皆不诛。乃封项伯为射阳侯○。桃侯、平皋侯、玄武侯皆项氏○，赐姓刘。

太史公曰○：吾闻之周生曰○，舜目盖重瞳子○，又闻项羽亦重瞳子。羽岂其苗裔邪○？何兴之暴也○！夫秦失其政，陈涉首难，豪杰蜂起，相与并争，不可胜数。然羽非有尺寸○，乘势起陇亩之中○，三年，遂将五诸侯灭秦○，分裂天下，而封王侯，政由羽出○，号为"霸王"，位虽不终○，近古以来未尝有也。及羽背关怀楚○，放逐义帝而自立，怨王侯叛己，难矣○。自矜功伐○，奋其私智而不师古○，谓霸王之业，欲以力征经营天下，五年卒亡其国，身死东城，尚不觉寤而不自责○，过矣○。乃引"天亡我，非用兵之罪也"，岂不谬哉！

---

①按《史记》的体例，本纪记帝王当国之事。项羽未成帝业，但在秦汉之际曾一度控制天下，"政由羽出，号为'霸王'"，因此司马迁为之立本纪。本文剪裁史料精当，场面描绘出色，人物言行刻画传神尽相，成功地突出了人物个性特征，是《史记》名篇。　　②下相：秦县名，县治在今江苏宿迁西南。　　③季父：叔父。

④“为秦将”句：秦始皇二十三年（前224），王翦（jiǎn）破楚，虏楚王。项燕立昌平君为王，反秦，后为王翦击败，自杀。事见《史记·白起王翦列传》。　⑤项：本周代国名，春秋时为鲁所灭。后楚灭鲁，以项封项燕先人。其故城在今河南项城东北。　⑥学书：学习识字和写字。书，指文字。　⑦去：抛开。　⑧竟学：学完。竟，终了。　⑨栎（yuè）阳逮：受人牵连，被栎阳县吏追捕。栎阳，秦县名，县治在今陕西临潼北。逮，及，谓有罪相连及。　⑩蕲（qí）：秦县名，县治在今安徽宿县南。　狱掾（yuàn）：掌管狱治之小吏。　抵：送至。　⑪已：止息。　⑫吴：秦县名，今江苏苏州。当时为会稽郡治。春秋时属吴国。　⑬出项梁下：在项梁之下，即不如项梁。　⑭丧：丧事。　⑮阴：暗中。　部勒：部署组织。　宾客：指依附于项梁的客籍游士。　子弟：指吴中本地青壮年人。　⑯能：能力。　⑰会（kuài）稽：指会稽山，在今浙江绍兴东南。⑱浙江：指钱塘江。　⑲族：动词，灭族。　⑳奇籍：认为项籍不凡。　㉑扛（gāng）鼎：举起鼎。扛，双手对举。　㉒惮：畏惧。　㉓秦二世：秦始皇小子胡亥。公元前209年即位。　㉔陈涉：名胜，秦末农民起义领袖，事见《史记·陈涉世家》。　㉕会稽守通：会稽，秦郡名。守，郡守。秦制，郡设正副长官各一，正称守，副称尉。通，人名，姓殷。　㉖江西：长江自安徽芜湖至江苏南京一段，流向略偏南北，因此古称今江北一带为江西，今江南一带为江东。　㉗桓楚：吴中奇士。　㉘亡：逃亡。　泽中：草泽荒野之中。　㉙眴（shùn）：用目光示意。　㉚绶：系印纽的丝带。　㉛豪吏：豪强吏士。　㉜收：收服，攻取。　下县：指会稽所属各县。　㉝部署：分派。　校尉、候、司马：皆秦军官名。校尉为次于将军的军官，候为军中管理事物的军官，司马为主管军法的军官。　㉞伏：通服。　㉟裨（pí）将：副将。　㊱徇（xún）：巡行宣布号令，使从己。　㊲章邯（hán）：秦将。　㊳河：黄河。　㊴“赵歇”三句：陈涉起义后，遣武臣、陈馀、张耳取赵地。武臣被杀，陈馀、张耳立赵之后裔歇为赵王，自己分别为将相。事见《史记·张耳陈馀列传》。　㊵巨鹿：秦县名，县治在今河北平乡西南。　㊶王离、涉间：均为秦将。　㊷军：动词，驻军。　㊸甬道：两侧筑有墙壁防人劫击的通道。　粟：泛指粮食。　㊹定陶：秦县名，县治在今山东定陶。　㊺怀王：指楚怀王熊怀之孙心，为项梁所立。　㊻盱台（xū yí）：即盱眙（yí），秦县名，县治在今江苏盱眙东北。项梁立熊心时建都于此。　之：往。　彭城：秦县名，今江苏徐州。　㊼吕臣：初为陈胜部下，陈胜死，建立苍头军反秦，后归项梁。　将：率领。　㊽司徒：主管土地户口之官。一说，掌管教化之官。　㊾令尹：楚官名，位同丞相。㊿沛公：刘邦为沛（今属江苏）人，起兵后称沛公。事见《史记·高祖本纪》。　砀（dàng）郡长：砀郡（治所在今河南永城东北）郡长。　(51)宋义：楚令尹，后为项梁谋士。　高陵君显：名显，封号为高陵君之人。(52)武信君：项梁立心为怀王时，自号武信君。　(53)征：征兆。　(54)说：通悦。　(55)上将军：主帅。　(56)次将：副将。　(57)末将：位在次将之下的将领。　(58)别将：分领一支军队，位在末将之下的将领。　(59)卿子冠军：卿子，当时对贵族男子的尊称，犹言“公子”。冠军，最高统帅，上将。宋义为上将军，故称卿子冠军。(60)安阳：古邑名，在今山东曹县东南。　(61)“搏牛”句：击牛身上之牛虻，不能同时击杀牛虱。一说，牛虻意欲击取牛，本不拟杀牛虱。二说喻义相似，皆言楚意在灭秦，不能或不拟救赵。　(62)罢（pí）：通疲。　(63)承其敝：利用秦兵疲弊之机而击之。　(64)鼓行而西：击鼓西行（击秦）。古人行军，击鼓则进，鸣金则退。又《汉书》颜注：“谓击鼓而行，无畏惧也。”　(65)被（pī）：同披。　坚：指坚甲。　锐：指锐利的武器。　(66)运策：运用谋略。　(67)很如羊：很，通狠，不听话，执拗。古人有认为羊不听话。　(68)强（jiàng）：倔强。　不可使：不听命令。　(69)相齐：做齐相。　(70)无盐：秦县名，在今山东东平。　(71)高会：盛会。　(72)戮力：协力，并力。　(73)芋：薯类植物。　菽：豆类植物。　(74)见粮：存粮。见，通现。　(75)因：依靠，利用。　食：粮草。　(76)造：建立。　(77)国兵：楚人自称其本国的军队。　新破：新败。指楚军大败于定陶之事。　(78)“埽境内”句：把国内全部兵力集中起来交托给宋义。埽，同扫，总括。　属：托付。　(79)恤：体恤。　徇：图谋。　(80)社稷之臣：与国家共存亡之臣。社，土神。稷，谷神，古代国家建社稷坛祭祀土神、谷神，因以社稷指代国家。　(81)朝：谒见。　(82)枝梧：本指斜而相抵的支柱，引申为抗拒、抵触。　(83)“首立”两句：指项梁立楚怀王孙心之事。　(84)假：摄，代理。　(85)及之齐：追到齐国境内，追上了。及，赶上。　(86)报命：报告。　(87)当阳君：英布（因受过黥刑，故又称黥布）的封号。　蒲将军：其名不详。　(88)河：指发源于山西，流经河北南部的漳河。　(89)少利：稍许有些胜利。　(90)沈：通沉。　(91)釜（fǔ）：锅。　甑（zèng）：用于蒸煮的瓦制器皿。　(92)“以示”句：向士卒表示死战之决心。　(93)绝：断。　(94)苏角：秦将。　(95)冠诸侯：力量在

诸侯军队中最强大。　○95下：住在巨鹿城下。　壁：营壁。　○97纵兵：出动军队。　○98惴恐：惊惶恐惧。
○99辕门：营门，古代行军宿营，以车为阵，辕相向为门，故名辕门。　○100膝行：跪地以膝前行。　○101属：归属。　○102度：同渡。　三户：三户津，漳水上的渡口名，在今河北磁县西南。　○103漳南：在今河北临漳临近。一说，"漳南"当作"漳北"。　○104汙水：源出河北太行山，在临漳西注入漳水，今已涸绝。　○105约：定约投降。　○106期：约定时间见面。　洹（huán）水：即今河南安阳市北之安阳河。　殷虚：即殷墟，在今河南安阳市北小屯村。　○107盟：定约。　○108赵高：本秦宦官，二世时为丞相，专权。章邯长史司马欣及陈馀皆言赵高欲除章邯，故章邯降。　○109雍：今陕西凤翔一带。　○110长史：诸史之长。　○111新安：在今河南渑池东。　○112异时：昔日，指秦统治时期。　徭使：服徭役。　屯戍：屯守边疆。　过：路过。　秦中：指关中地区。　○113遇：对待。　无状：无礼，不像样。　○114奴虏使之：当奴隶、俘虏使唤他们。　○115轻：随意。　折辱：折磨侮辱。　○116即：假如。　○117微：暗中。　计：计议。　○118长史欣、都尉翳：指司马欣、董翳，皆秦降将，原为章邯部下。　○119阬：埋。　○120行：将要。一说，前进。　略定：攻占平定。　○121函谷关：在今河南灵宝。　○122咸阳：秦都，今属陕西。　○123戏西：戏水（在今陕西临潼）之西。　○124霸上：霸水西面的白鹿原，在今陕西长安东。　○125王：动词，称王。　关中：函谷关以西地区。　○126子婴：秦始皇孙，赵高杀二世胡亥后立为三世，刘邦入关后出降。　○127旦日：明日。　飨（xiǎng）：犒劳酒食。　○128新丰：地名，在今陕西临潼东。　鸿门：地名，在新丰东，今名项王营。　○129山东：崤山（在今河南洛宁）之东，泛指六国之地。　○130幸：宠幸。　○131望其气：望刘邦头上的云气。古人认为望气可知人之命运。　○132勿失：指勿失时机。　○133左尹：辅佐令尹之官。　○134素：平素。　善：交好。　留侯张良：张良字子房，祖、父皆为韩相。陈涉起义后，良聚众响应，后归刘邦，为刘邦主要谋臣，封留（秦县，在今江苏沛县）侯。事见《史记·留侯世家》。　○135之：动词，往。　○136从：跟着。　○137"臣为"句：反秦义军起后，项梁立韩公子成为韩王，张良为韩司徒。后刘邦使韩王成留守阳翟（今河南禹县），自己与张良引兵入关。故张良有此言。事见《史记·留侯世家》。　○138亡去：逃走。　○139鲰（zōu）生：浅陋无知之人。一说，鲰为姓或名。　○140距：通"拒"，守住。　关：指函谷关。　○141内：通纳，放入。　○142当：敌。　○143故：老交情。　○144游：交游。　○145"孰与"句：项伯与你相比，年龄谁小谁大。　○146兄事之：以侍奉兄长之礼节侍奉他。　○147要：通邀。　○148卮（zhī）酒：一杯酒。卮，酒器。　为寿：谓进酒于尊者，祝颂健康长寿。　○149约为婚姻：相约儿女结婚。　○150秋豪：秋天动物身上新生的茸毛，喻极细小之物。豪，通毫。　○151籍：登记。　○152备：防范。　非常：意外的变故。　○153倍德：忘恩负义。倍，通背。　○154蚤：通早。　谢：谢罪。　○155不自意：自己未曾料到。　○156郤（xì）：通隙，缝隙，引申为嫌隙。　○157东向坐：面向东坐。古时堂上之位，对堂下者，南向为贵；不对堂下者，唯东向为尊。　○158亚父：仅次于父。此为项羽对范增的尊称。　○159数（shuò）：屡次。　目：动词，目示。　○160玉玦（jué）：玉饰名，状如有缺口的环。"玦"与"决"谐音，范增以玉玦示项羽，盖欲其下决心杀刘邦。　○161项庄：项羽的堂兄弟。　○162不忍：不忍心，心软。　○163不（fǒu）者：否则。　○164若属：你们。　且：将。　○165翼蔽：如鸟张开翅膀那样遮蔽。　○166樊哙：沛人，随刘邦起义，屡建战功，刘邦称帝后曾任左丞相，封舞阳侯。《史记》有传。　○167与之同命：指项羽。同命，即拼命。一说，指与刘邦同生死。　○168拥：持。　○169交戟（jǐ）：将两戟交叉阻止人出入。　止：阻止。　○170仆（pū）：向前跌倒。　○171披帷（wéi）：掀开军帐门帘。　○172瞋（chēn）目：瞪目怒视。　○173目眦（zì）：眼眶。　○174跽（jì）：长跪。古人席地而坐，两膝着地，臀部坐在小腿上。臀部离开小腿，身体挺直，即长跪。　○175参乘：与君主或主帅同车，站在右侧侍卫的人。参，通骖。一说，"斗"为衍字。　○176斗卮：大酒杯。一说，"斗"为衍字。　○177彘（zhì）肩：猪腿。　○178啖（dàn）：吃。　○179举：尽。　○180刑人：对人用刑罚。　胜：尽。　○181细说：小人之谗言。　○182续：继续。　○183不取：不应采取这种做法。　○184如厕：上厕所。如，往。　○185陈平：此时为项羽之都尉，后归刘邦，汉建立后曾任丞相。《史记》有《陈丞相世家》。　○186大行：干大事。　细谨：细微末节。　○187大礼：讲求大礼。　辞：避。　小让：琐细的礼貌。　○188俎（zǔ）：砧板。　○189玉斗：玉制酒器。　○190置：弃。　○191夏侯婴：沛人，从刘邦起义，为太仆，后封汝阴侯。　靳强：刘邦部将，后封汾阳侯。　纪信：刘邦部将，后刘邦被项羽困于荥阳，他为使刘邦脱身被烧死。　步走（zòu）：徒步急走。　○192郦山：即骊山，在陕西临潼东南，鸿门西。　○193道：取道。　芷阳：秦县名，在今西安东北。　间行：抄小路走。间，空隙。　○194度（duó）：估计，揣度。　○195不胜（shēng）：禁不起。　桮杓（sháo）：皆酒器，此处指代酒。栖,同杯。　⑯足下:古时对尊者的敬称。　⑰督过:责备。　⑱竖子:骂人之语,犹言"小子"。　⑲吾属:我们。　⑳立:立刻。　㉑阻山河:以山河为险阻。　㉒四塞(sāi):四面都有关隘屏障。关中东有函谷关,南有武关(在今陕西商县东),西有散关(即大散关,在今陕西宝鸡西南),北有萧关(在今甘肃环县西北),故言"四塞"。　㉓都以霸:建都以成霸业。　㉔衣(yì)绣夜行:穿着锦绣衣服在夜间行走。　㉕沐猴而冠:猕猴戴帽。喻徒有其表。沐猴,猕猴。　㉖烹:把人投在汤锅里煮死,古代的一种酷刑。　㉗致命:报命,报告。　㉘如约:按照原来的约定办。"约"指怀王与诸将"先入关者王之"的约定。　㉙义帝:假帝,仅有名义的帝王。　㉚发难:起义。　㉛假:权且,姑且。　立诸侯后:立六国诸侯的后代。　㉜首事:首先起事。　㉝故:通固,本来。　㉞侯王:诸侯。　㉟有天下:指趁机取得天下。　㊱巴、蜀:见《谏逐客书》注⑪。　㊲迁人:被流放的罪人。　㊳汉中:秦郡名,辖今陕西秦岭以南地区及湖北西北部。　㊴南郑:今陕西南郑。　㊵三分:分为雍、塞、翟三国。　㊶王秦降将:指封章邯为雍王,司马欣为塞王,董翳为翟王。距塞:阻断。距,通拒。　㊷西楚霸王:当时称彭城以西一带为西楚。霸王即诸侯盟主之意。　㊸九郡:旧注说法不一,大抵为战国时梁、楚之地。　㊹汉之元年:前206年。是年二月刘邦称王。　㊺罢:散。指罢兵归国。　戏(huī)下:同麾下。一说,戏指戏(xì)水。　㊻就国:到自己的封地去。　㊼之国:犹言"就国"。　㊽长沙郴(chēn)县:长沙郡郴县,即今湖南郴县。　㊾趣(cù):催促。　㊿其群臣:指义帝的臣下。　稍稍:渐渐。　51衡山、临江王:衡山王吴芮、临江王共敖。　按:同时受命者还有九江王黥布。后布杀义帝于郴县。事见《史记·黥布列传》。　52臧荼:燕将,从项羽救赵入关,故羽立之为燕王,都蓟(今北京西南),徙故燕王韩广为辽东王。　53无终:秦县名,县治在今河北蓟县。　54部:统帅。一说,部当为"劫",强迫。　五诸侯:《汉书·高帝记》颜注,此年十月,常山王张耳、河南王申阳、韩王郑昌、魏王豹降汉王,汉王虏殷王司马卬,五诸侯当为此五人。除此说外,众说纷纭。　55鲁:秦县名,县治即今山东曲阜。　胡陵:秦县名,县治在今山东鱼台东南。　56萧:今江苏萧县。　57穀、泗水:二水名,皆流经彭城东北。　58灵壁:古邑名,在今安徽宿县西北。　睢(suī)水:古鸿沟支流之一,流经灵壁东面。　59匝:环绕一周为一匝。　60于是:于此时。　发:掀掉。　61窈冥:幽深昏黑貌。　晦:暗。　62逢迎:迎着。指大风迎着楚军吹去。　63坏散:溃散。坏,败。　64孝惠:刘邦嫡子刘盈,吕后所生。后为帝,谥号孝惠。　鲁元:刘邦之女,亦吕后所生。后嫁张耳之子张敖,生子张偃,封鲁王,遂为鲁太后,谥号元。　65滕公:即夏侯婴,他曾为滕县令,故称滕公。此时婴任汉太仆,为刘邦驾车。　66驱:驱车疾行。　67太公:刘邦父。吕后:刘邦妻吕雉。　68审食其(yì jī):沛人,吕后幸臣。后为左丞相,封辟阳(今河北冀县南)侯。　下邑:秦县名,县治在今安徽砀山东。　69从:依附。　70荥阳:古邑名,在今河南荥泽镇西南。　71诸败军:指刘邦所统率的军队。　会:聚集。　72萧何:沛人,随刘邦起兵,为汉开国功臣,封酂(cuó),今河南永城侯,官至相国。事见《史记·萧相国世家》。此时何坐镇关中,为刘邦调兵筹饷。　未傅:未入丁壮名册的人。诣:前往。　73京、索间:京邑、索亭之间。京,古邑名,在今河南荥阳东南。索,古城名,即今河南荥阳。　74与(yù):归附。　75属(zhǔ)之河:把荥阳和黄河南岸连接起来。属,连接。　76敖仓:秦在荥阳西北敖山上修筑的粮仓,下临黄河。　77汉之三年:前204年。　78历阳侯:范增的封爵。历阳,秦县名,县治在今安徽和县。　79间(jiàn):离间。　80太牢具:丰盛的筵席。太牢,有一全牛、一全羊、一全豕的最隆重的筵席。具:设备。　81详:通佯。更:再。　82食:本句第二个"食(sì)"同饲。　83卒伍:指有军籍的平民。　84疽(jū):毒疮。　85急下:赶快投降。　86北面:古代君主面南,臣北面听命。　87而翁:你的父亲,与"若翁"同义。而,你,你的。　88益祸:增加祸患。　89转漕:陆运曰转,水运曰漕。　90匈匈:同汹汹,指局势动荡不安。　91"毋徒"句:倒装句,应为"毋为天下之民父子徒苦也",意即"不要让天下老百姓白白受苦了"。　92楼烦:北方少数民族名,此指楼烦族士兵。一说,指优秀射手。因楼烦人善射,故士卒取以为号。　93三合:三次。　94即:就,迁就。　广武:山名,在今河南荥阳东北。间:同涧。　95数(shǔ)之:一件件斥责项王的罪状。数,指斥。　96陆贾:楚人,刘邦部下辩士。《史记》有《郦生陆贾列传》。　97侯公:姓侯,名不详。　98中分:平分。　99鸿沟:战国时开凿的沟通黄河与淮水的运河,北起今河南荥阳,南至淮阳南入颍水(淮水支流)。　100倾:颠覆。　101解(xiè):通懈,松懈。　102太半:大半。　103阳夏(jiǎ):

秦县名，县治即今河南太康。 (286)淮阴侯：韩信后来的封号。韩信，淮阴人，初为项羽部下，后归汉。此时信已率军破齐、赵、自立为王。事见《史记·淮阴侯列传》。 建成侯彭越：彭越，昌邑（今山东金乡）人，秦末起兵，此时为魏相。事见《史记·魏豹彭越列传》。史籍中未载彭越有建成侯之封号，此号大约为所赐名号。 期会：约期会合。 (287)固陵：地名，在今河南太康西。 (288)深：动词，深挖。 堑：壕沟。 (289)从约：遵守诺言。 (290)分地：分封的土地。 (291)立致：立即招致。 (292)即：如果。 (293)陈：今河南淮阳。 傅：靠近。 (294)睢阳：在今河南商丘南。 谷城：古邑名，在山东东阿南，今属山东平阴县。 (295)刘贾：刘邦从兄，后封荆王。 寿春：秦县名，县治即今安徽寿县。 并行：同时起行。 (296)城父（fǔ）：古邑名，在今安徽亳县东南。 (297)垓（gāi）下：古地名，在今安徽灵璧东南。 (298)周殷：项羽的部将，后归刘邦。 (299)以：率领。 舒：今安徽舒城。 六：今安徽六安。 (300)九江兵：指黥布兵。项羽封黥布为九江王。此时黥布已背叛项羽。 (301)壁：动词，筑营驻扎。 (302)幸从：受宠幸而跟随在旁。 (303)骓（zhuī）：毛色黑白相间的马。 (304)忼慨：即慷慨，愤激悲壮。 (305)逝：向前行进。 (306)奈若何：将你怎么办？ (307)数阕：数遍。阕，曲终。 (308)直夜：当夜。 溃：冲破。 (309)骑将：骑兵将领。 灌婴：刘邦部下，后封颍阴侯。 (310)属（zhǔ）：跟随。 (311)阴陵：秦县名，县治在今安徽定远西北。 (312)绐（dài）：欺骗。 (313)泽：低湿之地。 (314)东城：秦县名，县治在今安徽定远东南。 (315)非战之罪：不是作战的过错。 (316)决死：必死。 (317)快战：痛快地打一仗。 (318)刈（yì）：砍倒。 (319)四向：向着四面，指四队各守一面。 (320)"期山东"句：约定在山的东面分三个地点集合。 (321)披靡：草木散乱倒伏状。此喻汉军溃散。 (322)赤泉侯：名杨喜，因获项羽尸体被封赤泉侯。 (323)辟易：倒退。辟，同避。易，变更地方。 (324)伏：通服，信服。 (325)东渡乌江：从乌江浦（在今安徽和县东北之长江西岸）渡长江东去。 (326)亭长：秦、汉制度，十里一亭，设亭长一人。 檥（yǐ）船：拢船靠岸。 (327)长者：忠厚者之称。 (328)短兵：短小轻便的兵器，指刀、剑等。 (329)被：受。 创：伤。 (330)顾：回头看。 骑司马：骑兵官名。 吕马童：项羽旧部，后反楚投汉。 (331)面之：面对项王。一说，面通偭，作"背"解。 (332)指王翳：指给王翳看。王翳，汉将。 (333)购：悬赏购求。 (334)吾为若德：我给你做件好事。德，动词，施恩德。 (335)蹂践：蹂躏践踏。 (336)视鲁：示众鲁地。视，一本作"示"。 (337)发哀：发丧举哀。 (338)枝属：宗族旁枝。 (339)射阳：汉县名，在今江苏淮安东南。 (340)桃侯：名襄。桃，汉县名，县治在今山东汶上东北。 平皋侯：名佗。平皋，汉县名，在今河南温县东。 玄武侯：名不详。 (341)太史公：司马迁自称。 (342)周生：汉时儒生，姓周，名不详。 (343)舜：虞舜。 盖：表疑而不能确定之辞。 重瞳子：双目各有两颗眸子。 (344)苗裔：后代。 (345)兴：兴起。 暴：突然。 (346)非有尺寸：没有一点土地、权力可以凭借。 (347)势：局势。 陇亩：民间。 (348)五诸侯：指战国时的齐、赵、韩、魏、燕五国的义军。 (349)政：政令。 (350)位：指项羽的政权地位。 (351)背关怀楚：弃关中，思楚地。指项羽放弃关中，定都彭城。 (352)难：难成大事。 (353)自矜：自夸。 伐：与"功"同义。 (354)奋：逞。 私智：私欲。 师古：师法古代成就功业的帝王。 (355)力征：武力征伐。 经营：治理。 (356)寤：通"悟"。 (357)过：错。

李将军列传（节选）①

李将军广者，陇西成纪人也②。其先曰李信③，秦时为将，逐得燕太子丹者也④。故槐里⑤，徙成纪。广家世世受射⑥。孝文帝十四年⑦，匈奴大入萧关⑧，而广以良家子从军击胡⑨，用善骑射⑩，杀首虏多⑪，为汉中郎⑫。广从弟李蔡亦为郎⑬，皆为武骑常侍⑭，秩八百石⑮。尝从行⑯，有所冲陷折关及格猛兽⑰，而文帝曰："惜乎，子不遇时！如令子当高帝时⑱，万户侯岂足道哉！"⑲

及孝景初立⑳，广为陇西都尉㉑，徙为骑郎将㉒。吴楚军时㉓，广为骁骑都尉㉔，从太尉亚夫击吴楚军㉕，取旗，显功名昌邑下㉖。以梁王授广将军印，还，赏不行㉗。徙为上谷太守㉘，匈奴日以合战㉙。典属国公孙昆邪为上泣曰㉚："李广才气，天下无双，自负其能㉛，数与虏敌战㉜，恐亡之。"于是乃徙为上郡太守㉝。后广转为边郡太守，徙上郡，尝为陇西、北地、雁门、代郡、云中太守，皆以力战为名㊳。

匈奴大入上郡，天子使中贵人从广勒习兵击匈奴㊴。中贵人将骑数十纵㊵，见匈奴三人，与战。三人还射，伤中贵人，杀其骑且尽。中贵人走广㊶。广曰："是必射雕者也㊷。"广乃遂从百骑往驰三人。三人亡马步行，行数十里。广令其骑张左右翼㊸，而广身自射彼三人者，杀其二人，生得一人，果匈奴射雕者也。已缚之上马，望匈奴有数千骑，见广，以为诱骑，皆惊，上山陈㊹。广之百骑皆大恐，欲驰还走。广曰："吾去大军数十里，今如此以百骑走，匈奴追射我立尽。今我留，匈奴必以我为大军诱之，必不敢击我。"广令诸骑曰："前！"前未到匈奴陈二里所，止，令曰："皆下马解鞍！"其骑曰："虏多且近，即有急，奈何？"广曰："彼虏以我为走，今皆解鞍以示不走，用坚其意㊿。"于是胡骑遂不敢击。有白马将出护其兵，李广上马与十余骑奔射杀胡白马将，而复还至其骑中，解鞍，令士皆纵马卧。是时会暮，胡兵终怪之，不敢击。夜半时，胡兵亦以为汉有伏军于旁欲夜取之，胡皆引兵而去。平旦㊷，李广乃归其大军。大军不知广所之，故弗从。

居久之，孝景崩，武帝立，左右以为广名将也，于是广以上郡太守为未央卫尉㊸，而程不识亦为长乐卫尉㊹。程不识故与李广俱以边太守将军屯㊺。及出击胡，而广行无部伍行陈㊻，就善水草屯，舍止㊼，人人自便，不击刁斗以自卫，莫府省约文书籍事㊽，然亦远斥候㊾，未尝遇害。程不识正部曲行伍营陈㊿，击刁斗，士吏治军簿至明㊿，军不得休息，然亦未尝遇害。不识曰："李广军极简易，然虏卒犯之㊿，无以禁也㊿，而其士卒亦佚乐㊿，咸乐为之死。我军虽烦扰，然虏亦不得犯我。"是时汉边郡李广、程不识皆为名将，然匈奴畏李广之略㊿，士卒亦多乐从李广而苦程不识。程不识孝景时以数直谏为太中大夫㊿。为人廉，谨于文法㊿。

后汉以马邑城诱单于，使大军伏马邑旁谷，而广为骁骑将军，领属护军将军㊿。是时单于觉之，去，汉军皆无功。其后四岁㊿，广以卫尉为将军，出雁门击匈奴㊿。匈奴兵多，破败广军，生得广。单于素闻广贤，令曰："得李广必生致之。"胡骑得广，广时伤病，置广两马间，络而盛卧广㊿。行十余里，广详死㊿，睨其旁有一胡儿骑善马㊿，广暂腾而上胡儿马㊿，因推堕儿，取其弓，鞭马南驰数十里，复得其余军，因引而入塞㊿。匈奴捕者骑数百追之，广行取胡儿弓㊿，射杀追骑，以故得脱。于是至汉，汉下广吏㊿。吏当广所失亡多，为虏所生得，当斩㊿，赎为庶人㊿。

顷之，家居数岁。广家与故颍阴侯孙屏野居蓝田南山中射猎㊿。尝夜从一骑出，从人田间饮。还至霸陵亭㊿，霸陵尉醉，呵止广㊿。广骑曰："故李将军。"尉曰："今将军尚不得夜行，何乃故也！"止广宿亭下㊿。居无何㊿，匈奴入杀辽西太守㊿，败韩将军㊿，后韩将军徙右北平㊿。于是天子乃召拜广为右北平太守㊿。广即请霸陵尉与俱，至军而斩之。

广居右北平，匈奴闻之，号曰"汉之飞将军"，避之数岁，不敢入右北平。

广出猎，见草中石，以为虎而射之，中石没镞㊿，视之石也。因复更射之，终不能复入石矣。广所居郡闻有虎，尝自射之。及居右北平射虎，虎腾伤广，广亦竟射杀之。

广廉，得赏赐辄分其麾下㊿，饮食与士共之。终广之身，为二千石四十余年，家无余财，终不言家产事。广为人长，猿臂㊿，其善射亦天性也，虽其子孙他人学者，莫能及广。广讷口少言㊿，与人居则画地为军陈㊿，射阔狭以饮。专以射为戏，竟死㊿。广之将兵，乏绝之处㊿，见水，士卒不尽饮，广不近水；士卒不尽食，广不尝食。宽缓不苛㊿，士以此爱乐为用㊿。其射，见敌急㊿，非在数十步之内，度不中不发，发即应弦而倒。用此，其将兵数困辱㊿，其射猛兽亦为所伤云。

居顷之，石建卒㉞，于是上召广代建为郎中令。元朔六年㉟，广复为后将军㊱，从大将军军出定襄㊲，击匈奴。诸将多中首虏率㊳，以功为侯者，而广军无功。后二岁，广以郎中令将四千骑出右北平，博望侯张骞将万骑与广俱㊴，异道㊵。行可数百里㊶，匈奴左贤王将四万骑围广㊷，广军士皆恐，广乃使其子敢往驰之㊸。敢独与数十骑驰，直贯胡骑㊹，出其左右而还㊺，告广曰："胡虏易与耳㊻。"军士乃安。广为圜陈外向㊼，胡急击之，矢下如雨。汉兵死者过半，汉矢且尽。广乃令士持满毋发㊽，而广身自以大黄射其裨将㊾，杀数人，胡虏益解㊿。会日暮，吏士皆无人色，而广意气自如，益治军①。军中自是服其勇也。明日，复力战，而博望侯军亦至，匈奴军乃解去。汉军罢，弗能追。是时广军几没，罢归。汉法，博望侯留迟后期②，当死，赎为庶人。广军功自如③，无赏。

初，广之从弟李蔡与广俱事孝文帝。景帝时，蔡积功劳至二千石。孝武帝时，至代相④。以元朔五年为轻车将军，从大将军击右贤王，有功中率，封为乐安侯。元狩二年中⑤，代公孙弘为丞相。蔡为人在下中⑥，名声出广下甚远，然广不得爵邑，官不过九卿⑦，而蔡为列侯⑧，位至三公⑨。诸广之军吏及士卒或取封侯。广尝与望气王朔燕语⑩，曰："自汉击匈奴而广未尝不在其中，而诸部校尉以下，才能不及中人，然以击胡军功取侯者数十人，而广不为后人⑪，然无尺寸之功以得封邑者，何也？岂吾相不当侯邪⑫？且固命也？"朔曰："将军自念，岂尝有所恨乎⑬？"广曰："吾尝为陇西守，羌尝反⑭，吾诱而降，降者八百余人，吾诈而同日杀之。至今大恨独此耳。"朔曰："祸莫大于杀已降，此乃将军所以不得侯者也。"

后二岁，大将军、骠骑将军大出击匈奴⑮，广数自请行。天子以为老，弗许；良久乃许之，以为前将军⑯。是岁，元狩四年也。

广既从大将军青击匈奴，既出塞，青捕虏知单于所居，乃自以精兵走之⑰，而令广并于右将军军⑱，出东道。东道少回远⑲，而大军行水草少，其势不屯行。广自请曰："臣部为前将军⑳，今大将军乃徙令臣出东道㉑；且臣结发而与匈奴战㉒，今乃一得当单于㉓，臣愿居前，先死单于㉔。"大将军青亦阴受上诫㉕，以为李广老，数奇㉖，毋令当单于，恐不得所欲。而是时公孙敖新失侯㉗，为中将军从大将军㉘，大将军亦欲使敖与俱当单于，故徙前将军广㉙。广时知之，固自辞于大将军。大将军不听，令长史封书与广之莫府，曰："急诣部，如书㉚。"广不谢大将军而起行㉛，意甚愠怒而就部㉜，引兵与右将军食其合军出东道。军亡导㉝，或失道，后大将军。大将军与单于接战，单于遁走，弗能得而还。南绝幕，遇前将军、右将军。广已见大将军，还入军㉞。大将军使长史持糒醪遗广㉟，因问广、食其失道状，青欲上书报天子军曲折㊵。广未对㊶，大将军使长史急责广之幕府对簿㊷。广曰："诸校尉无罪，乃我自失道，吾今自上簿㊸。"

至莫府，广谓其麾下曰："广结发与匈奴大小七十余战，今幸从大将军出接单于兵㊹，而大将军又徙广部行回远，而又迷失道，岂非天哉！且广年六十余矣，终不能复对刀笔之吏㊺。"遂引刀自刭，广军士大夫一军皆哭。百姓闻之，知与不知，无老壮皆为垂涕。而右将军独下吏，当死，赎为庶人。

……

太史公曰：《传》㊻曰："其身正，不令而行；其身不正，虽令不从㊼。"其李将军之谓也？余睹李将军悛悛如鄙人㊽，口不能道辞㊾；及死之日，天下知与不知，皆为尽哀。彼其忠实心诚信于士大夫也㊿？谚曰："桃李不言，下自成蹊。"此言虽小①，可以谕大也②。

108

①本文是汉代名将李广的传记，选材典型，繁简得当，情节、场面精彩，人物形象鲜明突出，成功地再现了李广勇敢机智、精于骑射、治军简易、爱护士卒、廉洁正直等性格特点，也暴露了统治阶级压制、排挤贤良的现象。 ②陇西：汉郡名，在今甘肃东部。 成纪：汉县名，属陇西郡，县治在今甘肃秦安北。 ③先：祖先。 李信：秦名将。 ④"逐得"句：事见《史记·刺客列传》。 逐得：追获。 ⑤故：旧居。 槐里：汉县名，县治在今陕西兴平东南。 ⑥受：接受，学习。 ⑦孝文帝十四年：前166年。孝文帝，汉高祖之子、汉文帝刘恒。 ⑧萧关：古关名，在今宁夏固原东南，为关中通塞外的关口。 ⑨良家子：家世清白的人家子弟。汉代兵源有二：一为良家子，一为谪徙罪人。 ⑩用：因为。 ⑪杀首虏："杀"指杀死敌人。"首"用如动词，"首虏"犹言"斩敌之首级"。一说，斩首俘获。 ⑫中郎：官名，简称"郎"，侍从护卫皇帝之官。 ⑬从弟：堂弟。从，旧读 zòng。 ⑭武骑常侍：官名，皇帝的侍从官。 按：广与蔡皆为郎而补武骑常侍。 ⑮秩：俸禄的等级。 ⑯从行：侍从皇帝出行。 ⑰冲陷：冲锋陷阵。 折关：抵御。折，止，拒。关，阻拦。 格：格斗。 ⑱当高帝时：当汉高祖打天下时。 ⑲万户侯：封邑万户的列侯。 ⑳孝景：文帝之子，汉景帝刘启。 ㉑都尉：官名，辅佐郡守并掌管该郡武事之官。 ㉒徙：调任。 骑郎将：骑郎为骑马护从皇帝车驾之郎官，骑郎将为统领骑郎的将领。 ㉓吴楚军时：吴楚等国起兵时，指汉景帝三年吴楚七国之乱时。 ㉔骁骑都尉：骁骑，轻骑兵。骁骑都尉为统领骁骑的将官。 ㉕太尉：国家最高军事长官。 亚夫：周亚夫，汉名将，绛侯周勃之子，统军征讨吴楚之乱。 ㉖昌邑：梁国要邑，在今山东金乡西北。 ㉗"以梁王"三句：梁王，梁孝王刘武，文帝之子，景帝之弟，封于梁。 赏不行：指景帝不赏赐李广。汉法律，朝廷将领不得私自接受诸侯授予的军职。 ㉘上谷：汉郡名，郡治在今河北怀来东南。 ㉙以：与。 合战：交战。合，交锋。 ㉚典属国：官名，掌管归汉的各外族属国的政务。 公孙昆邪：人名，汉名将公孙贺之祖。 为：向，对。 上：指汉景帝。 ㉛负：恃。 ㉜敌：对抗。 ㉝上郡：汉郡名，郡治在今陕西榆林东南。 ㉞"后广转为边郡太守"句至"皆以力战为名"句：人疑当在下文"大军不知广之所之，故弗从"句之下。其中"徙上郡"为衍文。 边郡：边境之郡。 北地：汉郡名，郡治马岭在今甘肃庆阳西北。 雁门：汉郡名，郡治善无在今山西右玉南。 代郡：汉郡名，郡治代县在今河北蔚县东北。 云中：汉郡名，郡治云中在今内蒙古托克托东北。 力战：大力作战。 ㉟中贵人：宫中受皇帝宠信的宦官。 勒习兵：部勒训练军队。 ㊱纵：纵马奔驰。 ㊲走广：逃奔到李广那里。 ㊳射雕者：指善射者。雕为猛禽，似鹰而大，飞行力极强且十分迅猛，非善射者不能得。匈奴有专门射雕的能手。 ㊴张左右翼：如张开两翼一样从左右两边包抄。 ㊵陈(zhèn)：通阵，列阵。 ㊶坚其意：坚定胡骑认为李广等为诱骑的看法。 ㊷平旦：天刚亮。 ㊸未央卫尉：未央宫（皇帝居所）禁卫军长官。 ㊹长乐：长乐宫，太后居所。 ㊺边：边郡。 将军屯：率领军队屯驻。 ㊻行：行军。 部伍行(háng)陈：部队编制和行列阵式。 ㊼舍止：留宿，居留。 ㊽刁斗：铜制军锅，白天用以做饭，晚上用以敲击巡逻。 ㊾莫府：即幕府，将、帅所居帐幕，指代将帅办事机构。 省约：简化。 文书籍事：公文簿籍之事。 ㊿远：远远地布置。 斥候：侦察候望，指哨探敌情的人员。 (51)正：用作动词，严整，要求严格。 部曲行伍：即上文的"部伍"。营陈：军队休息时的营位和行军时的阵式。 (52)治：办理。 明：天明。一说，详明。 (53)虏：敌人。 卒：同猝，突然， (54)禁：制服。一说，抵挡。 (55)佚乐：安逸快乐。 (56)略：计谋，谋略。 (57)太中大夫：官名，皇帝的文职侍从，掌议论。 (58)谨于文法：严谨执行朝廷的条文法令。 (59)"后汉"句：汉武帝元光二年（前133），汉使马邑人聂壹言愿为单于做内应，诱单于攻马邑，汉伏兵欲杀单于。 马邑：汉县名，治所在今山西朔县。 (60)领属：属某人统领。 护军将军：当时将军的冠号。这类冠号征伐时置，事讫则罢，总称"杂号将军"。时韩安国为护军将军。 (61)其后四岁：汉武帝元光六年（前129）。 (62)雁门：雁门山，在今山西代县西北。 (63)络：用绳子结成网络。 (64)详：通佯。 (65)睨(nì)：斜视。 (66)暂：突然，骤然。 腾而上：一跃而上。 (67)塞：雁门山的关口。 (68)行取：且行且拿取。 (69)下广吏：把李广交给执法吏处置。 (70)当(dàng)：判决。 失亡：损失和伤亡。 (71)赎为庶人：纳金赎罪，削去官职降为平民。 (72)颍阴侯：指汉初名将灌婴，其孙灌强曾袭封，后强有罪，免侯。 屏野：退居在野，与"在朝为官"相对。 蓝田南山：今陕西蓝田终南山。当时贵族喜欢到此游猎、居住。 (73)霸陵亭：霸陵附近的驿亭。霸陵，汉文帝之陵，在今西安东北。其地当时设霸陵县。 (74)呵：大声怒喝。 (75)广骑：从广之骑者。 (76)止：扣留。 (77)居无何：过了

没有多久。　[79]辽西:汉郡名,在今河北东北部、内蒙古昭乌达盟和辽宁西部。　[79]韩将军:韩安国。事见《史记·韩长孺列传》。　[80]右北平:汉郡名,郡治在今辽宁凌源西南。　[81]召拜:召来任命。　按:韩安国徙右北平后不久忧愧病死,故上召拜李广为右北平太守。　[82]中(zhòng)石没镞:射中石头,箭头陷入石中。镞,箭头。　[83]麾(huī)下:部下。　[84]猨臂:臂如猿臂一样既长且灵活。猨,同猿。　[85]讷(nè)口:不善讲话。　[86]居:闲居。　画地为军陈:在地上画出如军阵行列般的若干道线。　[87]射阔狭以饮:比赛射程的远近来赌输赢饮酒。一说,射中狭的行列为胜,射中阔者为输。　[88]竟:至,终。　[89]乏绝:缺水断粮。　[90]宽缓:宽大,要求不迫切。　[91]爱乐:爱戴,乐于。　为用:为李广所用。　[92]急:逼近。　[93]困辱:被困受辱。　[94]石建:汉武帝时的郎中令(郎官之长)。　[95]元朔六年:前123年。　[96]后将军:将军有前、后、左、右的名号。　[97]大将军:汉代军职中最高的勋衔。此指汉名将、汉武帝皇后卫子夫的同母弟卫青。　出定襄:从定襄出塞。定襄,汉郡名,郡治成乐在今内蒙古和林格尔西北。　[98]中(zhòng):符合。　首虏率:首虏,见本文注⑪。率,同律,标准,规定。　[99]博望侯:指张骞,因武帝时出使西域有功而封博望侯。博望,汉县名,治所在今河南南阳东北。　[100]异道:从不同的道路进军。　[101]可:大约。　[102]左贤王:匈奴官名。又有"右贤王"。皆为单于下面的最高统帅。　[103]往驰之:驰往匈奴军队。　[104]贯:穿过。　[105]出:突围而出。　[106]易与:容易对付。　[107]为圜陈外向:命令士兵布成圆形的阵势,面朝外。圜,同圆。向,同向。　[108]持满毋发:把弓拉满而不发箭。　[109]大黄:一种黄色的可连发的大弓。　裨(pí)将:副将。　[110]益解:渐渐散开。　[111]意气自如:神色如平常一样。　[112]益治军:更加注意整顿军队。　[113]自是:从此。　[114]罢(pí):通疲。　[115]留迟后期:行军缓慢,未按期会合。　[116]自如:自己抵消。广军败,但杀敌亦多,功过相当。　[117]代相:代国(在今河北蔚县东北及山西北部)之相。　[118]元朔五年:前124年。　轻车将军:杂号将军之一。　[119]大将军:指卫青。　[120]乐安:汉县名,县治在今山东博兴北。　[121]元狩二年:前121年。　[122]公孙弘:汉武帝元朔年间为丞相,元狩二年死。《史记》有《平津侯主父列传》。　[123]下中:下等里的中等。按:汉代论人分九品,即上上、上中、上下、中上、中中、中下、下上、下中、下下。　[124]"官不过"句:秦汉官制,皇帝以下三公地位最高,其次为九卿。九卿为太常、光禄勋、卫尉、太仆、廷尉、鸿胪、宗正、大司农、少府。　[125]列侯:又称彻侯、通侯,为汉代异姓臣子爵位的最高一等。　[126]三公:汉三公为丞相、太尉、御史大夫。　[127]望气:古人的一种迷信活动,觇望天象以预卜人事祸福,此指望气者。　燕语:私下闲谈。　[128]不为后人:不算落在人后。　[129]相:骨相。　[130]恨:遗憾。　[131]羌(qiāng):古代西部少数民族之一,当时居于陇西一带。　[132]骠骑将军:仅次于大将军的将军名号。此指霍去病。去病,卫青姊子,汉名将。《史记》有《卫将军骠骑列传》。　[133]前将军:率领先锋部队的将军。　[134]走:追逐。　[135]并:合并。　右将军:即赵食(yì)其(jī)。　[136]出东道:从东路出塞。　[137]少回远:稍稍迂回绕远。少,通稍。　[138]大军行:卫青所率主力部队的行军路线。　[139]势:势必。　屯行:驻扎下来,停止前进。　[140]部:用作名词,职务。　[141]徙:改。　[142]结发:即"束发",刚成人。古代男子二十岁束发加冠,以示成人。　[143]一得:得到一次。　当:对敌。　[144]先死单于:先同单于决一死战。　[145]阴:暗中。　上:汉武帝。　诚:警告。　[146]数奇(jī):命数不好。奇,与偶相对。奇为单数,引申为不幸;偶为双数,偶幸。　[147]公孙敖:武将,卫青好友。青曾有难,敖救之。事见《史记·卫将军骠骑列传》。　新失侯:敖以击匈奴有功,封合骑侯。元狩二年敖与霍去病部会军后期,当斩,赎为庶人。　[148]中将军:将军名号之一。敖此次以校尉衔从青出征,此处作"中将军",贻误。　[149]"故徙"句:广为前将军,宜在前当单于,青欲令敖立功得爵,故徙广。　[150]长史:丞相、将军手下的近身属官,如同今之"秘书长"。　封书:封好公文。与之莫府:送到李广的幕府中。　[151]部:指右将军军部。　[152]如书:照公文上说的执行。　[153]谢:辞别。　[154]愠怒:忿懑。　[155]亡导:无向导。亡,同无。　[156]南:动词,往南走。　绝:横渡。　幕:通漠,沙漠。　[157]还入军:回自己军中。　[158]糒(bèi):干粮。　醪(láo):浊酒。　[159]军曲折:军中的曲折细情,即详细的军情。　[160]未对:未回答长史的问话。　[161]对簿:就文书对质,即受审讯。　[162]上簿:即对簿。李广见卫青,是下级见上级,故称"上簿"。　[163]接:接触。　[164]刀笔之吏:管文书的小官。古时用简牍记事,以笔书写,以刀削误,治文书的官吏经常用此二物,故称。　[165]自刭:自刎。　[166]知:识。　[167]传:指《论语》。汉代称儒家的"六艺"为"经",称解释经书的著作及诸子之书为"传"。　[168]"其身正"四句:出于《论语·子路篇》。其:指在上位者。身:行为,行事。

令：发命令。　⑯悛（xún）悛：通恂恂，诚谨貌。　鄙人：乡下人。　⑰不能道辞：不善于说话。　⑰忠实心：忠诚笃实的品质。　信：取信。　士大夫：此指将士。　⑰蹊（xī）：小路。　⑰小：小事。　⑰谕：同喻。

陈涉世家（节选）

　　陈胜者，阳城人也，字涉。吴广者，阳夏人也，字叔。陈涉少时，尝与人佣耕，辍耕之垄上，怅恨久之，曰："苟富贵，无相忘。"庸者笑而应曰："若为庸耕，何富贵也？"陈涉太息曰："嗟乎，燕雀安知鸿鹄之志哉！"

　　二世元年七月，发闾左適戍渔阳九百人，屯大泽乡。陈胜、吴广皆次当行，为屯长。会天大雨，道不通，度已失期。失期，法皆斩。陈胜、吴广乃谋曰："今亡亦死，举大计亦死，等死，死国可乎？"陈胜曰："天下苦秦久矣。吾闻二世少子也，不当立，当立者乃公子扶苏。扶苏以数谏故，上使外将兵。今或闻无罪，二世杀之。百姓多闻其贤，未知其死也。项燕为楚将，数有功，爱士卒，楚人怜之。或以为死，或以为亡。今诚以吾众诈自称公子扶苏、项燕，为天下唱，宜多应者。"吴广以为然。乃行卜。卜者知其指意，曰："足下事皆成，有功。然足下卜之鬼乎！"陈胜、吴广喜，念鬼，曰："此教我先威众耳。"乃丹书帛曰"陈胜王"，置人所罾鱼腹中。卒买鱼烹食，得鱼腹中书，固以怪之矣。又间令吴广之次所旁丛祠中，夜篝火，狐鸣呼曰："大楚兴，陈胜王。"卒皆夜惊恐。旦日，卒中往往语，皆指目陈胜。

　　吴广素爱人，士卒多为用者。将尉醉，广故数言欲亡，忿恚尉，令辱之，以激怒其众。尉果笞广。尉剑挺，广起，夺而杀尉。陈胜佐之，并杀两尉。召令徒属曰："公等遇雨，皆已失期，失期当斩。藉弟令毋斩，而戍死者固十六七。且壮士不死即已，死即举大名耳，王侯将相宁有种乎！"徒属皆曰："敬受命。"乃诈称公子扶苏、项燕，从民欲也。袒右，称大楚，为坛而盟，祭以尉首。陈胜自立为将军，吴广为都尉。攻大泽乡，收而攻蕲。蕲下，乃令符离人葛婴将兵徇蕲以东，攻铚、酂、苦、柘、谯，皆下之。行收兵，比至陈，车六七百乘，骑千余，卒数万人。攻陈，陈守令皆不在，独守丞与战谯门中。弗胜，守丞死，乃入据陈。数日，号令召三老、豪杰与皆来会计事，三老、豪杰皆曰："将军身被坚执锐，伐无道，诛暴秦，复立楚国之社稷，功宜为王。"陈涉乃立为王，号为张楚。

　　当此时，诸郡县苦秦吏者，皆刑其长吏，杀之以应陈涉。乃以吴叔为假王，监诸将以西击荥阳，令陈人武臣、张耳、陈馀徇赵地，令汝阴人邓宗徇九江郡。当此时，楚兵数千人为聚者，不可胜数。

　　葛婴至东城，立襄彊为楚王。婴后闻陈王已立，因杀襄彊，还报。至陈，陈王诛杀葛婴。陈王令魏人周市北徇魏地。吴广围荥阳。李由为三川守，守荥阳，吴叔弗能下。陈王征国之豪杰与计，以上蔡人房君蔡赐为上柱国。

　　周文，陈之贤人也，尝为项燕军视日，事春申君，自言习兵，陈王与之将军印，西击秦。行收兵至关，车千乘，卒数十万，至戏，军焉。秦令少府章邯免郦山徒人、奴产子，悉发以击楚大军，尽败之。周文败，走出关，止次曹阳二三月，章邯追败之。复走次渑池十余日，章邯击，大破之。周文自刭，军遂不战。

　　武臣到邯郸，自立为赵王，除馀为大将军，张耳、召骚为左右丞相。陈王怒，捕系武臣等家室，欲诛之。柱国曰："秦未亡而诛赵王将相家属，此生一秦也。不如因而立之。"陈王乃遣使者贺赵，而徙系武臣等家属宫中，而封耳子张敖为成都君，趣赵兵亟入关。赵王将相相与

111

谋曰："王王赵,非楚意也,楚已诛秦,必加兵于赵。计莫如毋西兵,使使北徇燕地以自广也。赵南据大河,北有燕、代,楚虽胜秦,不敢制赵。若楚不胜秦,必重赵。赵乘秦之弊,可以得志于天下。"赵王以为然,因不西兵,而遣故上谷卒史韩广将兵北徇燕地。

燕故贵人豪杰谓韩广曰："楚已立王,赵又已立王。燕虽小,亦万乘之国也,愿将军立为燕王。"韩广曰："广母在赵,不可。"燕人曰："赵方西忧秦,南忧楚,其力不能禁我。且以楚之强,不敢害赵王将相之家,赵独安敢害将军之家!"韩广以为然,乃自立为燕王。居数月,赵奉燕王母及家属归之燕。

当此之时,诸将之徇地者,不可胜数。周市北徇地至狄,狄人田儋杀狄令,自立为齐王,以齐反,击周市。市军散,还至魏地,欲立魏后故宁陵君咎为魏王。时咎在陈王所,不得之魏。魏地已定,欲相与立周市为魏王,周市不肯。使者五反,陈王乃立宁陵君咎为魏王,遣之国,周市卒为相。

将军田臧等相与谋曰："周章军已破矣,秦兵且暮至,我围荥阳城弗能下,秦军至,必大败。不如少遗兵,足以守荥阳,悉精兵迎秦军。今假王骄,不知兵权,不可与计,非诛之,事恐败。"因相与矫王令以诛吴叔,献其首于陈王。陈王使使赐田臧楚令尹印,使为上将。田臧乃使诸将李归等守荥阳城,自以精兵西迎秦军于敖仓。与战,田臧死,军破。章邯进兵击李归等荥阳下,破之,李归等死。

阳城人邓说将兵居郏,章邯别将击破之,邓说军散走陈。铚人伍徐将兵居许,章邯击破之,伍徐军皆散走陈。陈王诛邓说。

陈王初立时,陵人秦嘉、铚人董缲、符离人朱鸡石,取虑人郑布、徐人丁疾等皆特起,将兵围东海守庆于郯。陈王闻,乃使武平君畔为将军,监郯下军。秦嘉不受命,嘉自立为大司马,恶属武平君。告军吏曰："武平君年少,不知兵事,勿听!"因矫以王命杀武平君畔。

章邯已破伍徐,击陈,柱国房君死。章邯又进兵击陈西张贺军。陈王出监战,军破,张贺死。

腊月,陈王之汝阴,还至下城父,其御庄贾杀以降秦。陈胜葬砀,谥曰隐王。

陈王故涓人将军吕臣为仓头军,起新阳,攻陈下之,杀庄贾,复以陈为楚。

初,陈王至陈,令铚人宋留将兵定南阳,入武关。留已徇南阳,闻陈王死,南阳复为秦。宋留不能入武关,乃东至新蔡。遇秦军,宋留以军降秦。秦传留至咸阳,车裂留以徇。

秦嘉等闻陈王军破出走,乃立景驹为楚王,引兵之方与,欲击秦军定陶下。使公孙庆使齐王,欲与并力俱进。齐王曰："闻陈王战败,不知其死生,楚安得不请而立王!"公孙庆曰:"齐不请楚而立王,楚何故请齐而立王!且楚首事,当令于天下。"田儋诛杀公孙庆。

秦左右校复攻陈,下之。吕将军走,收兵复聚。鄱盗当阳君黥布之兵相收,复击秦左右校,破之青波,复以陈为楚。会项梁立怀王孙心为楚王。

陈胜王凡六月。已为王,王陈。其故人尝与佣耕者闻之,之陈,扣宫门曰:"吾欲见涉。"宫门令欲缚之。自辩数,乃置,不肯为通。陈王出,遮道而呼涉。陈王闻之,乃召见,载与俱归。入宫,见殿屋帷帐,客曰:"夥颐!涉之为王沉沉者!"楚人谓多为夥,故天下传之,"夥涉为王",由陈涉始。客出入愈益发舒,言陈王故情。或说陈王曰:"客愚无知,颛妄言,轻威。"陈王斩之。诸陈王故人皆自引去,由是无亲陈王者。陈王以朱房为中正,胡武为司过,主司群臣。诸将徇地,至,令之不是者,系而罪之,以苛察为忠。其所不善者,弗下吏,辄自治之。陈王信用之。诸将以其故不亲附,此其所以败也。

陈胜虽已死，其所置遣侯王将相竟亡秦，由涉首事也。高祖时为陈涉置守冢三十家砀，至今血食。

魏公子列传

魏公子无忌者，魏昭王少子，而魏安釐王异母弟也。昭王薨，安釐王即位，封公子为信陵君。是时，范雎亡魏相秦，以怨魏齐故，秦兵围大梁，破魏华阳下军，走芒卯。魏王及公子患之。

公子为人，仁而下士，士无贤不肖，皆谦而礼交之，不敢以其富贵骄士。士以此方数千里争往归之，致食客三千人。当是时，诸侯以公子贤，多客，不敢加兵谋魏十余年。

公子与魏王博，而北境传举烽，言"赵寇至，且入界。"魏王释博，欲召大臣谋。公子止王曰："赵王田猎耳，非为寇也。"复博如故。王恐，心不在博。居顷，复从北方来传言曰："赵王猎耳，非为寇也。"魏王大惊曰："公子何以知之？"公子曰："臣之客有能探得赵王阴事者，赵王所为，客辄以报臣，臣以此知之。"是后魏王畏公子之贤能，不敢任公子以国政。

魏有隐士曰侯嬴，年七十，家贫，为大梁夷门监者。公子闻之，往请，欲厚遗之。不肯受，曰："臣修身洁行数十年，终不以监门困故而受公子财。"公子于是乃置酒，大会宾客。坐定，公子从车骑，虚左，自迎夷门侯生。侯生摄敝衣冠，直上载公子上坐，不让，欲以观公子。公子执辔愈恭。侯生又谓公子曰："臣有客在市屠中，愿枉车骑过之。"公子引车入市，侯生下见其客朱亥，俾倪，故久立与其客语，微察公子。公子颜色愈和。当是时，魏将相宗室宾客满堂，待公子举酒；市人皆观公子执辔，从骑皆窃骂侯生。侯生视公子色终不变，乃谢客就车。至家，公子引侯生坐上坐，遍赞宾客，宾客皆惊。酒酣，公子起，为寿侯生前。侯生因谓公子曰："今日嬴之为公子亦足矣！嬴乃夷门抱关者也，而公子亲枉车骑，自迎嬴于众人广坐之中，不宜有所过，今公子故过之。然嬴欲就公子之名，故久立公子车骑市中，过客，以观公子，公子愈恭。市人皆以嬴为小人，而以公子为长者，能下士也。"于是罢酒。侯生遂为上客。

侯生谓公子曰："臣所过屠者朱亥，此子贤者，世莫能知，故隐屠间耳。"公子往数请之。朱亥故不复谢。公子怪之。

魏安釐王二十年，秦昭王已破赵长平军，又进兵围邯郸。公子姊为赵惠文王弟平原君夫人，数遗魏王及公子书，请救于魏。魏王使将军晋鄙将十万众救赵。秦王使使者告魏王曰："吾攻赵，旦暮且下，而诸侯敢救者，已拔赵，必移兵先击之。"魏王恐，使人止晋鄙，留军壁邺，名为救赵，实持两端以观望。平原君使者冠盖相属于魏，让公子曰："胜所以自附为婚姻者，以公子之高义，为能急人之困。今邯郸旦暮降秦，而魏救不至，安在公子能急人之困也！且公子纵轻胜，弃之降秦，独不怜公子姊耶！"公子患之，数请魏王，及宾客辩士说王万端。魏王畏秦，终不听公子。公子自度终不能得之于王，计不独生而令赵亡，乃请宾客，约车骑百余乘，欲以客往赴秦军，与赵俱死。

行过夷门，见侯生，具告所以欲死秦军状。辞决而行，侯生曰："公子勉之矣！老臣不能从。"公子行数里，心不快，曰："吾所以待侯生者备矣，天下莫不闻。今吾且死，而侯生曾无一言半辞送我，我岂有所失哉！"复引车还，问侯生。侯生笑曰："臣固知公子之还也。"曰："公子喜士，名闻天下。今有难，无他端，而欲赴秦军，譬若以肉投馁虎，何功之有哉！尚安事客？然公子遇臣厚，公子往而臣不送，以是知公子恨之复返也。"公子再拜，因问。侯生乃屏人间语曰："嬴闻晋鄙之兵符,常在王卧内;而如姬最幸,出入王卧内,力能窃之。嬴闻如姬父为人所杀,如姬资之三年。自王以下,欲求报其父仇,莫能得。如姬为公子泣,公子使客斩其仇头,敬进如姬。如姬之欲为公子死,无所辞,顾未有路耳。公子诚一开口请如姬,如姬必许诺。则得虎符,夺晋鄙军,北救赵而西却秦,此五霸之伐也。"公子从其计,请如姬,如姬果盗晋鄙兵符与公子。

公子行,侯生曰:"将在外,主令有所不受,以便国家。公子即合符,而晋鄙不授公子兵,而复请之,事必危矣。臣客屠者朱亥可与俱。此人力士。晋鄙听,大善;不听,可使击之。"于是公子泣。侯生曰:"公子畏死耶?何泣也?"公子曰:"晋鄙嚄唶宿将,往恐不听,必当杀之。是以泣耳。岂畏死哉!"于是公子请朱亥。朱亥笑曰:"臣乃市井鼓刀屠者,而公子亲数存之。所以不报谢者,以为小礼无所用。今公子有急,此乃臣效命之秋也。"遂与公子俱。公子过谢侯生。侯生曰:"臣宜从,老不能。请数公子行日,以至晋鄙军之日,北乡自刭以送公子。"公子遂行。

至邺,矫魏王令代晋鄙。晋鄙合符,疑之,举手视公子曰:"今吾拥十万之众,屯于境上,国之重任。今单车来代之,何如哉?"欲无听。朱亥袖四十斤铁椎,椎杀晋鄙。公子遂将晋鄙军。勒兵,下令军中曰:"父子俱在军中,父归;兄弟俱在军中,兄归;独子无兄弟,归养。"得选兵八万人,进兵击秦军。秦军解去,遂救邯郸存赵。

赵王及平原君自迎公子于界。平原君负韊矢,为公子先引。赵王再拜曰:"自古贤人未有及公子者也!"当此之时,平原君不敢自比于人。

公子与侯生决,至军,侯生果北乡自刭。

魏王怒公子之盗其兵符、矫杀晋鄙,公子亦自知也。已却秦存赵,使将将其军归魏,而公子独与客留赵。

赵孝成王德公子之矫夺晋鄙兵而存赵,乃与平原君计,以五城封公子。公子闻之,意骄矜而有自功之色。客有说公子曰:"物有不可忘,或有不可不忘,夫人有德于公子,公子不可忘也;公子有德于人,愿公子忘之也。且矫魏王令,夺晋鄙兵以救赵,于赵则有功矣,于魏则未为忠臣也。公子乃自骄而功之,窃为公子不取也。"于是公子立自责,似若无所容者。赵王扫除自迎,执主人之礼,引公子就西阶。公子侧行辞让,从东阶上,自言罪过:以负于魏,无功于赵。赵王侍酒至暮,口不忍献五城,以公子退让也。公子竟留赵。赵王以鄗为公子汤沐邑。魏亦复以信陵奉公子。公子留赵。

公子闻赵有处士毛公藏于博徒,薛公藏于卖浆家。公子欲见两人,两人自匿,不肯见公子。公子闻所在,乃间步往,从此两人游,甚欢。平原君闻之,谓其夫人曰:"始吾闻夫人弟公子天下无双,今吾闻之,乃妄从博徒卖浆者游。公子妄人耳。"夫人以告公子。公子乃谢夫人去,曰:"始吾闻平原君贤,故负魏王而救赵,以称平原君。平原君之游,徒豪举耳,不求士也。无忌自在大梁时,常闻此两人贤。至赵,恐不得见。以无忌从之游,尚恐其不我欲也,今平原君乃以为羞。其不足游!"乃装为去。夫人具以语平原君。平原君乃免冠谢,固留公子。平原君门下闻之,半去平原君归公子。天下士复往归公子。公子倾平原君客。

公子留赵十年不归。秦闻公子在赵,日夜出兵东伐魏。魏王患之,使使往请公子。公子恐其怒之,乃诫门下:"有敢为魏王使通者,死。"宾客皆背魏之赵,莫敢劝公子归。毛公、薛公两人往见公子曰:"公子所以重于赵,名闻诸侯者,徒以有魏也。今秦攻魏,魏急而公子不恤,使秦破大梁而夷先王之宗庙,公子当何面目立天下乎?"语未及卒,公子立变色,告车趣驾归救魏。

魏王见公子,相与泣,而以上将军印授公子,公子遂将。魏安釐王三十年,公子使使遍告诸侯。诸侯闻公子将,各遣将将兵救魏。公子率五国之兵破秦军于河外,走蒙骜。遂乘胜逐秦军至函谷关,抑秦兵,秦兵不敢出。当是时,公子威振天下,诸侯之客进兵法,公子皆名之,故世俗称《魏公子兵法》。

秦王患之,乃行金万斤于魏,求晋鄙客,令毁公子于魏王曰:"公子亡在外十年矣,今为魏将,诸侯将皆属,诸侯徒闻魏公子,不闻魏王。公子亦欲因此时定南面而王,诸侯畏公子之威,方欲共立之。"秦数使反间,伪贺公子得立为魏王未也。魏王日闻其毁,不能不信,后果使人代公子将。公子自知再以毁废,乃谢病不朝,与宾客为长夜饮,饮醇酒,多近妇女。日夜为乐饮者四岁,竟病酒而卒。其岁,魏安釐王亦薨。

秦闻公子死,使蒙骜攻魏,拔二十城,初置东郡。其后秦稍蚕食魏,十八岁而虏魏王,屠大梁。

高祖始微少时,数闻公子贤。及即天子位,每过大梁,常祠公子。高祖十二年,从击黥布还,为公子置守冢五家,世世岁以四时奉祠公子。

太史公曰:吾过大梁之墟,求问其所谓夷门。夷门者,城之东门也。天下诸公子亦有喜士者矣,然信陵君之接岩穴隐者,不耻下交,有以也。名冠诸侯,不虚耳。高祖每过之而令民奉祠不绝也。

廉颇蔺相如列传(节选)

廉颇者,赵之良将也。赵惠文王十六年,廉颇为赵将伐齐,大破之,取阳晋,拜为上卿,以勇气闻于诸侯。蔺相如者,赵人也,为赵宦者令缪贤舍人。

赵惠文王时,得楚和氏璧。秦昭王闻之,使人遗赵王书,愿以十五城请易璧。赵王与大将军廉颇诸大臣谋:欲予秦,秦城恐不可得,徒见欺;欲勿予,即患秦兵之来。计未定,求人可使报秦者,未得。宦者令缪贤曰:"臣舍人蔺相如可使。"王问:"何以知之?"对曰:"臣尝有罪,窃计欲亡走燕,臣舍人相如止臣,曰:'君何以知燕王?'臣语曰:'臣尝从大王与燕王会境上,燕王私握臣手,曰:"愿结友"。以此知之,故欲往。'相如谓臣曰:'夫赵强而燕弱,而君幸于赵王,故燕王欲结于君。今君乃亡赵走燕,燕畏赵,其势必不敢留君,而束君归赵矣。君不如肉袒伏斧质请罪,则幸得脱矣'。臣从其计,大王亦幸赦臣。臣窃以为其人勇士,有智谋,宜可使。"于是王召见,问蔺相如曰:"秦王以十五城请易寡人之璧,可予不?"相如曰:"秦强而赵弱,不可不许。"王曰:"取吾璧,不予我城,奈何?"相如曰:"秦以城求璧而赵不许,曲在赵。赵予璧而秦不予赵城,曲在秦。均之二策,宁许以负秦曲。"王曰:"谁可使者?"相如曰:"王必无人,臣愿奉璧往使。城入赵而璧留秦;城不入,臣请完璧归赵。"赵王于是遂遣相如奉璧西入秦。

秦王坐章台见相如,相如奉璧奏秦王。秦王大喜,传以示美人及左右,左右皆呼万岁。相如视秦王无意偿赵城,乃前曰:"璧有瑕,请指示王!"王授璧,相如因持璧却立,倚柱,怒发上冲冠,谓秦王曰:"大王欲得璧,使人发书至赵王,赵王悉召群臣议,皆曰'秦贪,负其强,以空言求璧,偿城恐不可得。'议不欲予秦璧。臣以为布衣之交尚不相欺,况大国乎!且以一璧之故逆强秦之欢,不可。于是赵王乃斋戒五日,使臣奉璧,拜送书于庭。何者?严大国之威

115

以修敬也。今臣至，大王见臣列观，礼节甚倨；得璧，传之美人，以戏弄臣。臣观大王无意偿赵王城邑，故臣复取璧。大王必欲急臣，臣头今与璧俱碎于柱矣！"相如持其璧睨柱，欲以击柱。秦王恐其破璧，乃辞谢固请，召有司案图，指从此以往十五都予赵。相如度秦王特以诈佯为予赵城，实不可得，乃谓秦王曰："和氏璧，天下所共传宝也，赵王恐，不敢不献。赵王送璧时，斋戒五日，今大王亦宜斋戒五日，设九宾于廷，臣乃敢上璧。"秦王度之，终不可强夺，遂许斋五日，舍相如广成传舍。相如度秦王虽斋，决负约不偿城，乃使其从者衣褐，怀其璧，从径道亡，归璧于赵。

秦王斋五日后，乃设九宾礼于廷，引赵使者蔺相如。相如至，谓秦王曰："秦自缪公以来二十余君，未尝有坚明约束者也。臣诚恐见欺于王而负赵，故令人持璧归，间至赵矣。且秦强而赵弱，大王遣一介之使至赵，赵立奉璧来。今以秦之强而先割十五都予赵，赵岂敢留璧而得罪于大王乎？臣知欺大王之罪当诛，臣请就汤镬，惟大王与群臣孰计议之。"秦王与群臣相视而嘻。左右或欲引相如去，秦王因曰："今杀相如，终不能得璧也，而绝秦赵之欢，不如因而厚遇之，使归赵，赵王岂以一璧之故欺秦邪！"卒廷见相如，毕礼而归之。

相如既归，赵王以为贤大夫，使不辱于诸侯，拜相如为上大夫。秦亦不以城予赵，赵亦终不予秦璧。

其后秦伐赵，拔石城。明年，复攻赵，杀二万人。

秦王使使者告赵王，欲与王为好，会于西河外渑池。赵王畏秦，欲毋行。廉颇、蔺相如计曰："王不行，示赵弱且怯也。"赵王遂行，相如从。廉颇送至境，与王诀曰："王行，度道里会遇之礼毕，还，不过三十日。三十日不还，则请立太子为王，以绝秦望。"王许之。遂与秦王会渑池。秦王饮酒酣，曰："寡人窃闻赵王好音，请奏瑟。"赵王鼓瑟。秦御史前书曰："某年月日，秦王与赵王会饮，令赵王鼓瑟。"蔺相如前曰："赵王窃闻秦王善为秦声，请奉盆缻秦王，以相娱乐。"秦王怒，不许。于是相如前进缻，因跪请秦王。秦王不肯击缻。相如曰："五步之内，相如请得以颈血溅大王矣！"左右欲刃相如，相如张目叱之，左右皆靡。于是秦王不怿，为一击缻。相如顾召赵御史书曰"某年月日，秦王为赵王击缻。"秦之群臣曰："请以赵十五城为秦王寿。"蔺相如亦曰："请以秦之咸阳为赵王寿。"秦王竟酒，终不能加胜于赵。赵亦盛设兵以待秦，秦不敢动。

既罢归国，以相如功大，拜为上卿，位在廉颇之右。廉颇曰："我为赵将，有攻城野战之大功，而蔺相如徒以口舌为劳，而位居我上；且相如素贱人，吾羞，不忍为之下。"宣言曰："我见相如，必辱之。"相如闻，不肯与会。相如每朝时，常称病，不欲与廉颇争列。已而相如出，望见廉颇，相如引车避匿。于是舍人相与谏曰："臣所以去亲戚而事君者，徒慕君之高义也。今君与廉颇同列，廉君宣恶言而君畏匿之，恐惧殊甚，且庸人尚羞之，况于将相乎！臣等不肖，请辞去。"蔺相如固止之，曰："公之视廉将军孰与秦王？"曰："不若也。"相如曰："夫以秦王之威，而相如廷叱之，辱其群臣，相如虽驽，独畏廉将军哉？顾吾念之，强秦之所以不敢加兵于赵者，徒以吾两人在也。今两虎共斗，其势不俱生。吾所以为此者，以先国家之急而后私仇也。"廉颇闻之，肉袒负荆，因宾客至蔺相如门谢罪。曰："鄙贱之人，不知将军宽之至此也！"卒相与驩，为刎颈之交。

......

后四年，赵惠文王卒，子孝成王立。七年，秦与赵兵相距长平，时赵奢已死，而蔺相如病笃，赵使廉颇将，攻秦，秦数败赵军，赵军固壁不战。秦数挑战，廉颇不肯。赵王信秦之间。

秦之间言曰:"秦之所恶,独畏马服君赵奢之子赵括为将耳。"赵王因以括为将,代廉颇。蔺相如曰:"王以名使括,若胶柱而鼓瑟耳。括徒能读其父书传,不知合变也。"赵王不听,遂将之。……

赵括既代廉颇,悉更约束,易置军吏。秦将白起闻之,纵奇兵,佯败走,而绝其粮道,分断其军为二,士卒离心。四十余日,军饿,赵括出锐卒自博战,秦军射杀赵括。括军败,数十万之众遂降秦,秦悉阬之。赵前后所亡凡四十五万。明年,秦兵遂围邯郸,岁余,几不得脱。赖楚、魏诸侯来救,乃得解邯郸之围。……

自邯郸围解五年,而燕用栗腹之谋,曰"赵壮者尽于长平,其孤未壮",举兵击赵。赵使廉颇将,击,大破燕军于鄗,杀栗腹,遂围燕。燕割五城请和,乃听之。赵以尉文封廉颇为信平君,为假相国。

廉颇之免长平归也,失势之时,故客尽去。及复用为将,客又复至。廉颇曰:"客退矣!"客曰:"吁!君何见之晚也?夫天下以市道交,君有势,我则从君;君无势则去,此固其理也,有何怨乎?"居六年,赵使廉颇伐魏之繁阳,拔之。

赵孝成王卒,子悼襄王立,使乐乘代廉颇。廉颇怒,攻乐乘,乐乘走。廉颇遂奔魏之大梁。其明年,赵乃以李牧为将而攻燕,拔武遂、方城。

廉颇居梁久之,魏不能信用。赵以数困于秦兵,赵王思复得廉颇,廉颇亦思复用于赵。赵王使使者视廉颇尚可用否。廉颇之仇郭开多与使者金,令毁之。赵使者既见廉颇,廉颇为之一饭斗米,肉十斤,被甲上马,以示尚可用。赵使还报王曰:"廉将军虽老,尚善饭,然与臣坐,顷之,三遗矢矣。"赵王以为老,遂不召。

楚闻廉颇在魏,阴使人迎之。廉颇一为楚将,无功,曰:"我思用赵人。"廉颇卒死于寿春。……

太史公曰:知死必勇,非死者难也,处死者难。方蔺相如引璧睨柱,及叱秦王左右,势不过诛,然士或怯懦而不敢发。相如一奋其气,威信敌国;退而让颇,名重太山。其处智勇,可谓兼之矣!

魏其武安侯列传

魏其侯窦婴者,孝文后从兄子也。父世观津人。喜宾客。孝文时,婴为吴相,病免。孝景初即位,为詹事。

梁孝王者,孝景弟也,其母窦太后爱之。梁孝王朝,因昆弟燕饮。是时上未立太子,酒酣,从容言曰:"千秋之后传梁王。"太后驩。窦婴引卮酒进上,曰:"天下者,高祖天下,父子相传,此汉之约也,上何以得擅传梁王!"太后由此憎窦婴。窦婴亦薄其官,因病免。太后除窦婴门籍,不得入朝请。

孝景三年,吴楚反,上察宗室诸窦毋如窦婴贤,乃召婴。婴入见,固辞谢病不足任。太后亦惭。于是上曰:"天下方有急,王孙宁可以让邪?"乃拜婴为大将军,赐金千斤。婴乃言袁盎、栾布诸名将贤士在家者进之。所赐金,陈之廊庑下,军吏过,辄令财取为用,金无入家者。窦婴守荥阳,监齐赵兵。七国兵已尽破,封婴为魏其侯。诸游士宾客争归魏其侯。孝景时每朝议大事,条侯、魏其侯,诸列侯莫敢与亢礼。

孝景四年,立栗太子,使魏其侯为太子傅。孝景七年,栗太子废,魏其数争不能得。魏其谢病，屏居蓝田南山之下数月，诸宾客辩士说之，莫能来。梁人高遂乃说魏其曰："能富贵将军者，上也；能亲将军者，太后也。今将军傅太子，太子废而不能争；争不能得，又弗能死。自引谢病，拥赵女，屏间处而不朝。相提而论，是自明扬主上之过。有如两宫螫将军，则妻子毋类矣。"魏其侯然之，乃遂起，朝请如故。

桃侯免相，窦太后数言魏其侯。孝景帝曰："太后岂以为臣有爱，不相魏其？魏其者，沾沾自喜耳，多易。难以为相，持重。"遂不用，用建陵侯卫绾为丞相。

武安侯田蚡者，孝景后同母弟也，生长陵。魏其已为大将军后，方盛，蚡为诸郎，未贵，往来侍酒魏其，跪起如子姓。及孝景晚节，蚡益贵幸，为太中大夫。蚡辩有口，学《槃盂》诸书，王太后贤之。孝景崩，即日太子立，称制，所镇抚多有田蚡宾客计筴。蚡弟田胜，皆以太后弟，孝景后三年封蚡为武安侯，胜为周阳侯。

武安侯新欲用事为相，卑下宾客，进名士家居者贵之，欲以倾魏其诸将相。建元元年，丞相绾病免，上议置丞相、太尉。籍福说武安侯曰："魏其贵久矣，天下士素归之。今将军初兴，未如魏其，即上以将军为丞相，必让魏其。魏其为丞相，将军必为太尉。太尉、丞相尊等耳，又有让贤名。"武安侯乃微言太后风上，于是乃以魏其侯为丞相，武安侯为太尉。籍福贺魏其侯，因吊曰："君侯资性喜善疾恶，方今善人誉君侯，故至丞相；然君侯且疾恶，恶人众，亦且毁君侯。君侯能兼容，则幸久；不能，今以毁去矣。"魏其不听。

魏其、武安俱好儒术，推毂赵绾为御史大夫，王臧为郎中令。迎鲁申公，欲设明堂，令列侯就国，除关，以礼为服制，以兴太平。举适诸窦宗室毋节行者，除其属籍。时诸外家为列侯，列侯多尚公主，皆不欲就国，以故毁日至窦太后。太后好黄老之言，而魏其、武安、赵绾、王臧等务隆推儒术，贬道家言，是以窦太后滋不说魏其等。及建元二年，御史大夫赵绾请无奏事东宫。窦太后大怒，乃罢逐赵绾、王臧等，而免丞相、太尉，以柏至侯许昌为丞相，武强侯庄青翟为御史大夫。魏其、武安由此以侯家居。

武安侯虽不任职，以王太后故，亲幸，数言事多效，天下吏士趋势利者，皆去魏其归武安。武安日益横。建元六年，窦太后崩，丞相昌、御史大夫青翟坐丧事不办，免。以武安侯蚡为丞相，以大司农韩安国为御史大夫。天下士、郡诸侯愈益附武安。

武安者，貌侵，生贵甚。又以为诸侯王多长，上初即位，富于春秋，蚡以肺腑为京师相，非痛折节以礼诎之，天下不肃。当是时，丞相入奏事，坐语移日，所言皆听。荐人或起家至二千石，权移主上。上乃曰："君除吏已尽未？吾亦欲除吏。"尝请考工地益宅，上怒曰："君何不遂取武库！"是后乃退。尝召客饮，坐其兄盖侯南向，自坐东向，以为汉相尊，不可以兄故私桡。武安由此滋骄，治宅甲诸第，田园极膏腴，而市买郡县器物相属于道。前堂罗钟鼓，立曲旃；后房妇女以百数。诸侯奉金玉狗马玩好，不可胜数。

魏其失窦太后，益疏不用，无势，诸客稍稍自引而怠傲，惟灌将军独不失故。魏其日默默不得志，而独厚遇灌将军。

灌将军夫者，颍阴人也。夫父张孟，尝为颍阴侯婴舍人，得幸，因进之至二千石，故蒙灌氏姓为灌孟。吴楚反时，颍阴侯灌何为将军，属太尉，请灌孟为校尉。夫以千人与父俱。灌孟年老，颍阴侯强请之，郁郁不得意，故战常陷坚，遂死吴军中。军法：父子俱从军，有死事，得与丧归。灌夫不肯随丧归，奋曰："愿取吴王若将军头，以报父之仇。"于是灌夫被甲持戟，募军中壮士所善愿从者数十人。及出壁门，莫敢前。独二人及从奴十数骑驰入吴军，至吴将麾下，所杀伤数十人。不得前，复驰还，走入汉壁，皆亡其奴，独与一骑归。夫身中大创十余，适有万金良药,故得无死。夫创少瘳,又复请将军曰:"吾益知吴壁中曲折,请复往。"将军壮义之,恐亡夫,乃言太尉。大尉乃固止之。吴已破,灌夫以此名闻天下。

颍阴侯言之上,上以夫为中郎将。数月,坐法去。后家居长安,长安中诸公莫弗称之。孝景时,至代相。孝景崩,今上初即位,以为淮阳天下交,劲兵处,故徙夫为淮阳太守。建元元年,入为太仆。二年,夫与长乐卫尉窦甫饮,轻重不得,夫醉,搏甫。甫,窦太后昆弟也。上恐太后诛夫,徙为燕相。数岁,坐法去官,家居长安。

灌夫为人刚直,使酒,不好面谀。贵戚诸有势在己之右,不欲加礼,必陵之;诸士在己之左,愈贫贱,尤益敬,与钧。稠人广众,荐宠下辈。士亦以此多之。

夫不喜文学,好任侠,已然诺。诸所与交通,无非豪桀大猾。家累数千万,食客日数十百人。陂池田园,宗族宾客为权利,横于颍川,颍川儿乃歌之曰:"颍水清,灌氏宁;颍水浊,灌氏族。"

灌夫家居虽富,然失势,卿相侍中宾客益衰。及魏其侯失势,亦欲倚灌夫,引绳批根生平慕之后弃之者。灌夫亦倚魏其而通列侯宗室为名高。两人相为引重,其游如父子然。相得驩甚,无厌,恨相知晚也。

灌夫有服,过丞相。丞相从容曰:"吾欲与仲孺过魏其侯,会仲孺有服。"灌夫曰:"将军乃肯幸临况魏其侯,夫安敢以服为解!请语魏其侯帐具,将军旦日蚤临。"武安许诺。灌夫具语魏其侯如所谓武安侯。魏其与其夫人益市牛酒,夜洒扫,早帐具至旦。平明,令门下候伺。至日中,丞相不来。魏其谓灌夫曰:"丞相岂忘之哉?"灌夫不怿,曰:"夫以服请,宜往。"乃驾,自往迎丞相。丞相特前戏许灌夫,殊无意往。及夫至门,丞相尚卧。于是夫入见,曰:"将军昨日幸许过魏其,魏其夫妻治具,自旦至今,未敢尝食。"武安鄂谢曰:"吾昨日醉,忽忘与仲孺言。"乃驾往,又徐行,灌夫愈益怒。及饮酒酣,夫起舞属丞相。丞相不起,夫从坐上语侵之。魏其乃扶灌夫去,谢丞相。丞相卒饮至夜,极驩而去。

丞相尝使籍福请魏其城南田。魏其大望曰:"老仆虽弃,将军虽贵,宁可以势夺乎!"不许。灌夫闻,怒,骂籍福。籍福恶两人有郄,乃谩自好谢丞相曰:"魏其老且死,易忍,且待之。"已而武安闻魏其、灌夫实怒不予田,亦怒曰:"魏其子尝杀人,蚡活之。蚡事魏其无所不可,何爱数顷田?且灌夫何与也?吾不敢复求田!"武安由此大怨灌夫、魏其。

元光四年春,丞相言灌夫家在颍川,横甚,民苦之,请案。上曰:"此丞相事,何请。"灌夫亦持丞相阴事,为奸利,受淮南王金与语言。宾客居间,遂止,俱解。

夏,丞相取燕王女为夫人,有太后诏,召列侯宗室皆往贺。魏其侯过灌夫,欲与俱。夫谢曰:"夫数以酒失得过丞相,丞相今者又与夫有郄。"魏其曰:"事已解。"强与俱。饮酒酣,武安起为寿,坐皆避席伏。已魏其侯为寿,独故人避席耳,余半膝席。灌夫不悦。起行酒,至武安,武安膝席曰:"不能满觞。"夫怒,因嘻笑曰:"将军贵人也,属之!"时武安不肯。行酒次至临汝侯,临汝侯方与程不识耳语,又不避席。夫无所发怒,乃骂临汝侯曰:"生平毁程不识不直一钱,今日长者为寿,乃效女儿呫嗫耳语!"武安谓灌夫曰:"程、李俱东西宫卫尉,今众辱程将军,仲孺独不为李将军地乎?"灌夫曰:"今日斩头陷胸,何知程李乎!"坐乃起更衣,稍稍去。魏其侯去,麾灌夫出。武安遂怒曰:"此吾骄灌夫罪。"乃令骑留灌夫。灌夫欲出不得。籍福起为谢,案灌夫项令谢。夫愈怒,不肯谢。武安乃麾骑缚夫置传舍,召长史曰:"今日召宗室,有诏。"劾灌夫骂坐不敬,系居室。遂按其前事,遣吏分曹逐捕诸灌氏支属,皆得弃市罪。魏其侯大愧,为资使宾客请,莫能解。武安吏皆为耳目,诸灌氏皆亡匿,夫系,遂不得告言武安阴事。

魏其锐身为救灌夫。夫人谏魏其曰："灌将军得罪丞相，与太后家忤，宁可救邪？"魏其侯曰："侯自我得之，自我捐之，无所恨。且终不令灌仲孺独死，婴独生。"乃匿其家，窃出上书。立召入，具言灌夫醉饱事，不足诛。上然之，赐魏其食，曰："东朝廷辩之。"

魏其之东朝，盛推灌夫之善，言其醉饱得过，乃丞相以他事诬罪之。武安又盛毁灌夫所为横恣，罪逆不道。魏其度不可奈何，因言丞相短。武安曰："天下幸而安乐无事，蚡得为肺腑，所好音乐狗马田宅。蚡所爱倡优巧匠之属，不如魏其、灌夫日夜招聚天下豪桀壮士与论议，腹诽而心谤，不仰视天而俯画地，辟倪两宫间，幸天下有变，而欲有大功。臣乃不知魏其等所为。"于是上问朝臣："两人孰是？"御史大夫韩安国曰："魏其言灌夫父死事，身荷戟驰入不测之吴军，身被数十创，名冠三军，此天下壮士，非有大恶，争杯酒，不足引他过以诛也。魏其言是也。丞相亦言灌夫通奸猾，侵细民，家累巨万，横恣颍川，凌轹宗室，侵犯骨肉，此所谓'枝大于本，胫大于股，不折必披'，丞相言亦是。唯明主裁之。"主爵都尉汲黯是魏其，内史郑当时是魏其，后不敢坚对。余皆莫敢对。上怒内史曰："公平生数言魏其、武安长短，今日廷论，局趣效辕下驹，吾并斩若属矣。"即罢起入，上食太后。太后亦已使人候伺，具以告太后。太后怒，不食，曰："今我在也，而人皆藉吾弟；令我百岁后，皆鱼肉之矣。且帝宁能为石人邪！此特帝在，即录录；设百岁后，是属宁有可信者乎？"上谢曰："俱宗室外家，故廷辩之。不然，此一狱吏所决耳。"是时郎中令石建为上分别言两人事。

武安已罢朝，出止车门，召韩御史大夫载，怒曰："与长孺共一老秃翁，何为首鼠两端？"韩御史良久谓丞相曰："君何不自喜？夫魏其毁君，君当免冠解印绶归，曰'臣以肺腑幸得待罪，固非其任，魏其言皆是'。如此，上必多君有让，不废君；魏其必内愧，杜门龁舌自杀。今人毁君，君亦毁人，譬如贾竖女子争言，何其无大体也！"武安谢罪曰："争时急，不知出此。"

于是上使御史簿责魏其所言灌夫颇不雠，欺谩，劾系都司空。孝景时，魏其常受遗诏，曰"事有不便，以便宜论上。"及系，灌夫罪至族，事日急，诸公莫敢复明言于上。魏其乃使昆弟子上书言之，幸得复召见。书奏上，而案尚书大行无遗诏。诏书独藏魏其家，家丞封。乃劾魏其矫先帝诏，罪当弃市。五年十月，悉论灌夫及家属。魏其良久乃闻，闻即恚，病痱，不食欲死。或闻上无意杀魏其，魏其复食，治病。议定不死矣，乃有蜚语为恶言闻上，故以十二月晦，论弃市渭城。

其春，武安侯病，专呼服谢罪。使巫视鬼者视之，见魏其、灌夫共守，欲杀之。竟死。子恬嗣。元朔三年，武安侯坐衣襜褕入宫，不敬。

淮南王安谋反觉，治。王前朝，武安侯为太尉时，迎王至霸上，谓王曰："上未有太子，大王最贤，高祖孙，即宫车晏驾，非大王立当谁哉！"淮南王大喜，厚遗金财物。上自魏其时不直武安，特为太后故耳。及闻淮南王金事，上曰："使武安侯在者，族矣！"

太史公曰：魏其、武安皆以外戚重，灌夫用一时决筴而名显。魏其之举以吴楚，武安之贵在日月之际。然魏其诚不知时变，灌夫无术而不逊，两人相翼，乃成祸乱。武安负贵而好权，杯酒责望，陷彼两贤。呜呼哀哉！迁怒及人，命亦不延。众庶不载，竟被恶言。呜呼哀哉！祸所从来矣！

报任安书

太史公牛马走司马迁再拜言，少卿足下：曩者辱赐书，教以慎于接物，推贤进士为务。意气勤勤恳恳，若望仆不相师，而用流俗人之言。仆非敢如此也。虽罢驽，亦尝侧闻长者之遗风矣。顾自以为身残处秽，动而见尤，欲益反损，是以郁悒而无谁与语。谚曰："谁为为之？孰令听之？"盖钟子期死，伯牙终身不复鼓琴。何则？士为知己者用，女为说己者容。若仆大质已亏缺矣，虽才怀随、和，行若由、夷，终不可以为荣，适足以见笑而自点耳。书辞宜答，会东从上来，又迫贱事，相见日浅，卒卒无须臾之闲，得竭指意。今少卿抱不测之罪，涉旬月，迫季冬，仆又薄从上上雍，恐卒然不可为讳，是仆终已不得舒愤懑以晓左右，则长逝者魂魄私恨无穷。请略陈固陋。阙然久不报，幸勿为过。

仆闻之：修身者，智之符也；爱施者，仁之端也；取与者，义之表也；耻辱者，勇之决也；立名者，行之极也。士有此五者，然后可以托于世，而列于君子之林矣。故祸莫憯于欲利，悲莫痛于伤心，行莫丑于辱先，诟莫大于宫刑。刑馀之人，无所比数，非一世也，所从来远矣。昔卫灵公与雍渠同载，孔子适陈；商鞅因景监见，赵良寒心；同子参乘，袁丝变色：自古而耻之。夫中才之人，事有关于宦竖，莫不伤气，而况于慷慨之士乎！如今朝廷虽乏人，奈何令刀锯之馀，荐天下之豪俊哉！仆赖先人绪业，得待罪辇毂下，二十馀年矣。所以自惟，上之不能纳忠效信，有奇策才力之誉，自结明主；次之又不能拾遗补阙，招贤进能，显岩穴之士；外之不能备行伍，攻城野战，有斩将搴旗之功；下之不能积日累劳，取尊官厚禄，以为宗族交游光宠。四者无一遂，苟合取容，无所短长之效，可见于此矣。向者，仆亦尝厕下大夫之列，陪外廷末议，不以此时引维纲，尽思虑，今已亏形为扫除之隶，在阘茸之中，乃欲仰首伸眉，论列是非，不亦轻朝廷、羞当世之士耶！嗟乎！嗟乎！如仆尚何言哉！尚何言哉！

且事本末未易明也。仆少负不羁之才，长无乡曲之誉。主上幸以先人之故，使得奏薄技，出入周卫之中。仆以为戴盆何以望天，故绝宾客之知，忘室家之业。日夜思竭其不肖之才力，务一心营职，以求亲媚于主上。而事乃有大谬不然者！夫仆与李陵，俱居门下，素非能相善也。趣舍异路，未尝衔杯酒，接殷勤之馀欢。然仆观其为人，自守奇士。事亲孝，与士信，临财廉，取予义，分别有让，恭俭下人，常思奋不顾身，以徇国家之急。其素所蓄积也，仆以为有国士之风。夫人臣出万死不顾一生之计，赴公家之难，斯已奇矣。今举事一不当，而全躯保妻子之臣，随而媒蘖其短，仆诚私心痛之！且李陵提步卒不满五千，深践戎马之地，足历王庭，垂饵虎口，横挑强胡，卬亿万之师，与单于连战十有馀日，所杀过当。虏救死扶伤不给，旃裘之君长咸震怖，乃悉征其左、右贤王，举引弓之人，一国共攻而围之。转斗千里，矢尽道穷，救兵不至，士卒死伤如积。然陵一呼劳军，士无不起，躬自流涕，沫血饮泣，更张空拳，冒白刃，北向争死敌者。陵未没时，使有来报，汉公卿王侯，皆奉觞上寿。后数日，陵败书闻，主上为之食不甘味，听朝不怡，大臣忧惧，不知所出。仆窃不自料其卑贱，见主上惨怆怛悼，诚欲效其款款之愚，以为李陵素与士大夫绝甘分少，能得人之死力，虽古名将不能过也。身虽陷败，彼观其意，且欲得其当而报于汉；事已无可奈何，其所摧败，功亦足以暴于天下矣。仆怀欲陈之而未有路，适会召问，即以此指推言陵功，欲以广主上之意，塞睚眦之辞。未能尽明，明主不深晓，以为仆沮贰师，而为李陵游说，遂下于理，拳拳之忠，终不能自列，因为诬上，卒从吏议。家贫，货赂不足以自赎，交游莫救，左右亲近，不为一言。身非木石，独与法吏为伍,深幽囹圄之中,谁可告愬者!此正少卿所亲见,仆行事岂不然耶?李陵既生降,隤其家声;而仆又佴之蚕室,重为天下观笑。悲夫!悲夫!事未易一二为俗人言也。

仆之先,非有剖符丹书之功,文史星历,近乎卜祝之间,固主上所戏弄,倡优畜之,流俗之所轻也。假令仆伏法受诛,若九牛亡一毛,与蝼蚁何以异!而世又不与能死节者比,特以为智穷罪极,不能自免,卒就死耳。何也?素所自树立使然也。人固有一死,死,有重于泰山,或轻于鸿毛,用之所趋异也。太上不辱先,其次不辱身,其次不辱理色,其次不辱辞令,其次诎体受辱,其次易服受辱,其次关木索、被箠楚受辱,其次剔毛发、婴金铁受辱,其次毁肌肤、断肢体受辱,最下腐刑极矣。传曰:“刑不上大夫。”此言士节不可不勉励也。猛虎在深山,百兽震恐,及在槛阱之中,摇尾而求食,积威约之渐也。故士有画地为牢,势不入;削木为吏,议不可对,定计于鲜也。今交手足,受木索,暴肌肤,受榜箠,幽于圜墙之中,当此之时,见狱吏则头枪地,视徒隶则心惕息。何者?积威约之势也。及以至是,言不辱者,所谓强颜耳,曷足贵乎?且西伯,伯也,拘于羑里;李斯,相也,具于五刑;淮阴,王也,受械于陈;彭越、张敖,南面称孤,系狱抵罪;绛侯诛诸吕,权倾五伯,囚于请室;魏其,大将也,衣赭衣,关三木;季布为朱家钳奴;灌夫受辱于居室。此人皆身至王侯将相,声闻邻国,及罪至罔加,不能引决自裁,在尘埃之中。古今一体,安在其不辱也?由此言之,勇怯,势也;强弱,形也。审矣,何足怪乎!夫人不能早自裁绳墨之外,以稍陵迟,至于鞭箠之间,乃欲引节,斯不亦远乎!古人所以重施刑于大夫者,殆为此也。

夫人情莫不贪生恶死,念父母,顾妻子,至激于义理者不然,乃有所不得已也。今仆不幸,早失父母,无兄弟之亲,独身孤立,少卿视仆于妻子何如哉?且勇者不必死节,怯夫慕义,何处不勉焉!仆虽怯懦,欲苟活,亦颇识去就之分矣,何至自沈溺累绁之辱哉?且夫臧获婢妾,犹能引决,况若仆之不得已乎?所以隐忍苟活,函粪土之中而不辞者,恨私心有所不尽,鄙陋没世而文采不表于后也。

古者富贵而名摩灭,不可胜记,唯倜傥非常之人称焉。盖文王拘而演《周易》,仲尼厄而作《春秋》;屈原放逐,乃赋《离骚》;左丘失明,厥有《国语》;孙子膑脚,《兵法》修列;不韦迁蜀,世传《吕览》;韩非囚秦,《说难》《孤愤》;《诗三百篇》,大抵圣贤发愤之所为作也。此人皆意有所郁结,不得通其道,故述往事,思来者。乃如左丘无目,孙子断足,终不可用,退而论书策,以舒其愤,思垂空文以自见。仆窃不逊,近自托于无能之辞,网罗天下放失旧闻,略考其事,综其终始,稽其成败兴坏之纪,上计轩辕,下至于兹,为十表,本纪十二,书八章,世家三十,列传七十,凡百三十篇。亦欲以究天人之际,通古今之变,成一家之言。草创未就,适会此祸。惜其不成,是以就极刑而无愠色。仆诚以著此书,藏之名山,传之其人,通邑大都,则仆偿前辱之责,虽万被戮,岂有悔哉!然此可为智者道,难为俗人言也。

且负下未易居,下流多谤议,仆以口语遇遭此祸,重为乡党所戮笑,以污辱先人,亦何面目复上父母之丘墓乎?虽累百世,垢弥甚耳!是以肠一日而九回,居则忽忽若有所亡,出则不知其所往。每念斯耻,汗未尝不发背沾衣也。身直为闺阁之臣,宁得自引深藏于岩穴邪?故且从俗浮沈,与时俯仰,以通其狂惑。今少卿乃教以推贤进士,无乃与仆之私指谬乎?今虽欲自雕琢,曼辞以自饰,无益,于俗不信,适足取辱耳。要之死日,然后是非乃定。书不能悉意,略陈固陋。谨再拜。

杨　恽

杨恽（yùn）（? —前54），字子幼，华阴（今属陕西）人，司马迁外孙，官至光禄勋。与太仆不和，被告发而免为庶人，后下狱，因《报孙会宗书》而为汉宣帝所杀。《汉书》有传。

报孙会宗书

恽材朽行秽，文质无所底，幸赖先人余业得备宿卫，遭遇时变以获爵位，终非其任，卒与祸会。足下哀其愚蒙，赐书教督以所不及，殷勤甚厚。然窃恨足下不深惟其终始，而猥随俗之毁誉也。言鄙陋之愚心，若逆指而文过，默而息乎，恐违孔氏“各言尔志”之义，故敢略陈其愚，唯君子察焉！

恽家方隆盛时，乘朱轮者十人，位在列卿，爵为通侯，总领从官，与闻政事。曾不能以此时有所建明，以宣德化，又不能与群僚同心并力，陪辅朝廷之遗忘，已负窃位素餐之责久矣。怀禄贪势，不能自退，遭遇变故，横被口语，身幽北阙，妻子满狱。当此之时，自以夷灭不足以塞责，岂意得全其首领，复奉先人之丘墓乎？伏惟圣主之恩，不可胜量。君子游道，乐以忘忧；小人全躯，说以忘罪。窃自念，过已大矣，行已亏矣，长为农夫以没世矣。是故身率妻子，戮力耕桑，灌园治产，以给公上，不意当复用此为讥议也。

夫人情所不能止者，圣人弗禁，故君父至尊亲，送其终也，有时而既。臣之得罪，已三年矣。田家作苦，岁时伏腊，烹羊炰羔，斗酒自劳。家本秦也，能为秦声。妇，赵女也，雅善鼓瑟。奴婢歌者数人，酒后耳热，仰天拊缶，而呼乌乌。其诗曰：“田彼南山，芜秽不治。种一顷豆，落而为萁。人生行乐耳，须富贵何时！”是日也，拂衣而喜，奋袖低卬，顿足起舞，诚淫荒无度，不知其不可也。恽幸有余禄，方籴贱贩贵，逐什一之利，此贾竖之事，污辱之处，恽亲行之。下流之人，众毁所归，不寒而栗。虽雅知恽者，犹随风而靡，尚何称誉之有！董生不云乎：“明明求仁义，常恐不能化民者，卿大夫之意也；明明求财利，常恐困乏者，庶人之事也。”故道不同，不相为谋。今子尚安得以卿大夫之制而责仆哉！

夫西河魏土，文侯所兴，有段干木、田子方之遗风，凛然皆有节概，知去就之分。顷者，足下离旧土，临安定，安定山谷之间，昆戎旧壤，子弟贪鄙，岂习俗之移人哉？于今乃睹子之志矣。方当盛汉之隆，愿勉旃，毋多谈。

班　　固

班固（32—92），字孟坚，扶风安陵（今陕西咸阳）人，东汉著名历史学家与文学家。父彪，著《史记后传》数十篇。固早年在太学读书。永平元年（58）继承父志开始撰写《汉书》。永平五年（63）被控私改国史，入狱。汉明帝赏识其才，召为兰台令史，后升为郎、典校秘书，奉诏继续修《汉书》。永元四年（92）受窦宪事牵连，被捕，死于狱中。其时《汉书》尚有“志”，“表”未完成，由其妹班昭和马续补成。《后汉书》有传。

《汉书》为我国第一部纪传体断代史，记叙西汉一代史事，共一百卷（后人分为百二十卷），体例基本沿袭《史记》，记事系统详尽，为史学名著。其中一些人物传记，叙事生动，文字整饬，结构严谨，为传记文学的典范。其重要注本有唐颜师古《汉书注》、清王先谦《汉书补注》、近人杨树达《汉书管窥》等。

固亦为东汉著名辞赋家和诗人，其《两都赋》为汉大赋名篇。而其《咏史》一诗则为最早的由文人创作的完整的五言诗。《汉魏六朝百三名家集》中有《班兰台集》。

苏 武 传①（节选）

武字子卿②，少以父任，兄弟并为郎③。稍迁至栘中厩监④。时汉连伐胡，数通使相窥观⑤。匈奴留汉使郭吉、路充国等前后十余辈⑥。匈奴使来，汉亦留之以相当⑦。天汉元年⑧，且鞮侯单于初立⑨，恐汉袭之，乃曰："汉天子，我丈人行也⑩。"尽归汉使路充国等。武帝嘉其义，乃遣武以中郎将使持节送匈奴使留在汉者⑪，因厚赂单于⑫，答其善意。武与副中郎将张胜及假吏常惠等募士斥候百余人俱⑬。

既至匈奴，置币遗单于⑭。单于益骄，非汉所望也。方欲发使送武等，会缑王与长水虞常等谋反匈奴中⑮。缑王者，昆邪王姊子也，与昆邪王俱降汉⑯；后随浞野侯没胡中⑰。及卫律所将降者⑱，阴相与谋劫单于母阏氏归汉⑲。会武等至匈奴。虞常在汉时，素与副张胜相知⑳，私候胜曰㉑："闻汉天子甚怨卫律，常能为汉伏弩射杀之㉒。吾母与弟在汉，幸蒙其赏赐㉓。"张胜许之，以货物与常㉔。后月余，单于出猎，独阏氏子弟在㉕。虞常等七十余人欲发㉖，其一人夜亡，告之。单于子弟发兵与战，缑王等皆死，虞常生得㉗。单于使卫律治其事㉘。张胜闻之，恐前语发，以状语武。武曰："事如此，此必及我㉙。见犯乃死㉚，重负国㉛。"欲自杀。胜、惠共止之。

虞常果引张胜㉜。单于怒，召诸贵人议㉝，欲杀汉使者。左伊秩訾曰㉞："即谋单于㉟，何以复加㊱？宜皆降之㊲。"单于使卫律召武受辞㊳。武谓惠等："屈节辱命㊴，虽生，何面目以归汉！"引佩刀自刺。卫律惊，自抱持武，驰召医。凿地为坎㊵，置煴火㊶，覆武其上㊷，蹈其背以出血㊸。武气绝，半日复息㊹。惠等哭，舆归营㊺。单于壮其节，朝夕遣人候问武，而收系张胜㊻。

武益愈，单于使使晓武㊼。会论虞常㊽，欲因此时降武。剑斩虞常已，律曰："汉使张胜谋杀单于近臣㊾，当死。单于募降者赦罪。"举剑欲击之，胜请降。律谓武曰："副有罪，当相坐㊿"。武曰："本无谋，又非亲属，何谓相坐？"复举剑拟之[51]，武不动[52]。律曰："苏君！律前负汉归匈奴，幸蒙大恩，赐号称王，拥众数万，马畜弥山，富贵如此。苏君今日降，明日复然。空以身膏草野[53]，谁复知之！"武不应。律曰："君因我降，与君为兄弟。今不听吾计，后虽欲复见我，尚可得乎？"武骂律曰："女为人臣子，不顾恩义，畔主背亲[54]，为降虏于蛮夷，何以女为见！且单于信女，使决人死生，不平心持正[55]，反欲斗两主，观祸败。南越杀汉使者，屠为九郡[56]；宛王杀汉使者，头县北阙[57]；朝鲜杀汉使者，即时诛灭[58]；独匈奴未耳。若知我不降明，欲令两国相攻。匈奴之祸，从我始矣！"

律知武终不可胁，白单于。单于愈益欲降之，乃幽武[59]，置大窖中，绝不饮食[60]。天雨雪，武卧啮雪[61]，与旃毛并咽之[62]，数日不死。匈奴以为神，乃徙武北海上无人处[63]，使牧羝[64]，羝乳乃得归[65]。别其官属常惠等，各置他所。

武既至海上，廪食不至[66]，掘野鼠去屮实而食之[67]。杖汉节牧羊。卧起操持，节旄尽落。积五六年，单于弟於靬王弋射海上[70]。武能网纺缴[71]，檠弓弩[72]，於靬王爱之，给其衣食。三岁余，王病，赐武马畜、服匿、穹庐[73]。王死后，人众徙去。其冬，丁令盗武牛羊[74]，武复穷厄。

初，武与李陵俱为侍中[75]。武使匈奴明年，陵降，不敢求武。久之，单于使陵至海上，为武置酒设乐。因谓武曰："单于闻陵与子卿素厚⑱，故使陵来说足下，虚心欲相待㉗。终不得归汉，空自苦亡人之地㉘，信义安所见乎？前，长君为奉车㉙，从至雍棫阳宫㉚，扶辇下除㉛，触柱折辕，劾大不敬㉜，伏剑自刎，赐钱二百万以葬；孺卿从祠河东后土㉝，宦骑与黄门驸马争船㉞，推堕驸马河中，溺死，宦骑亡，诏使孺卿逐捕，不得，惶恐饮药而死。来时，大夫人已不幸㉟，陵送葬至阳陵㊱。子卿妇年少，闻已更嫁矣。独有女弟二人㊲，两女一男㊳，今复十余年，存亡不可知。人生如朝露㊴，何久自苦如此！陵始降时，忽忽如狂㊵，自痛负汉，加以老母系保宫㊶。子卿不欲降，何以过陵？且陛下春秋高㊷，法令亡常，大臣亡罪夷灭者数十家㊸，安危不可知，子卿尚复谁为乎？愿听陵计，勿复有云。"武曰："武父子亡功德，皆为陛下所成就㊹，位列将，爵通侯㊺，兄弟亲近㊻，常愿肝脑涂地。今得杀身自效，虽蒙斧钺汤镬，诚甘乐之。臣事君，犹子事父也；子为父死，无所恨。愿勿复再言㊼！"陵与武饮数日，复曰："子卿壹听陵言㊽。"武曰："自分已死久矣㊾。王必欲降武㊿，请毕今日之欢，效死于前。"陵见其至诚，喟然叹曰："嗟乎，义士！陵与卫律之罪，上通于天！"因泣下霑衿，与武决去。陵恶自赐武，使其妻赐武牛羊数十头。

后，陵复至北海上，语武："区脱捕得云中生口，言太守以下吏民皆白服，曰：'上崩。'"武闻之，南乡号哭，欧血，旦夕临数月。

昭帝即位。数年，匈奴与汉和亲。汉求武等，匈奴诡言武死。后，汉使复至匈奴，常惠请其守者与俱，得夜见汉使，具自陈道。教使者谓单于，言"天子射上林中，得雁，足有系帛书，言武等在某泽中。"使者大喜，如惠语以让单于。单于视左右而惊，谢汉使曰："武等实在。"

于是李陵置酒贺武曰："今足下还归，扬名于匈奴，功显于汉室。虽古竹帛所载，丹青所画，何以过子卿！陵虽驽怯，令汉且贳陵罪，全其老母，使得奋大辱之积志，庶几乎曹柯之盟，此陵宿昔之所不忘也。收族陵家，为世大戮，陵尚复何顾乎？已矣，令子卿知吾心耳！异域之人，壹别长绝！"陵起舞，歌曰："径万里兮度沙幕，为君将兮奋匈奴。路穷绝兮矢刃摧，士众灭兮名已隤。老母已死，虽欲报恩将安归！"陵泣下数行，因与武决。

单于召会武官属，前以降及物故，凡随武还者九人。

武以始元六年春至京师。诏武奉一太牢，谒武帝园庙。拜为典属国，秩中二千石。赐钱二百万，公田二顷，宅一区。常惠、徐圣、赵终根皆拜为中郎，赐帛各二百匹。其余六人，老，归家，赐钱人十万，复终身。常惠后至右将军，封列侯，自有传。武留匈奴凡十九岁，始以强壮出，及还，须发尽白。

……

①本文节选自《汉书·李广苏建传》，是《汉书》中最成功的人物传记之一，选材典型，叙事详略得当，成功运用对话、细节描写和对比手法，多角度、多侧面地表现出苏武富贵不能淫、贫贱不能移、威武不能屈的气节。　②武：苏武。此传因附于苏建传后，故首句未载其姓氏。　③"以父任"两句：以父任，因为父亲职位的关系。汉制，凡二千石以上官员，子弟得以父荫为郎。苏建爵为平陵侯，官至太守，三子以此得官。兄弟，指苏武及其兄苏嘉、弟苏贤。郎，官名，皇帝近侍。　④迁：升迁。　栘(yí)中厩监：汉宫有栘园，中有马厩，故名栘中厩。栘，木名，唐棣。监，管理人员，所管有鞍马鹰犬等射猎之具。　⑤通使：互派使者。相：互相。　窥观：窥探。　⑥留：扣留。　辈：批。　按：郭吉、路充国等出使并被扣事见《史记·匈奴列传》与《汉书·匈奴传》　⑦相当：相抵偿。　⑧天汉元年：天汉，汉武帝年号。天汉元年为公元前100

年。 ⑨且鞮(jū dī)侯单于:匈奴的一个君主。且鞮侯为其号。 ⑩丈人行(háng):长辈。丈人,家长。行,辈。 ⑪中郎将:官名,掌管皇帝侍卫的武职,比将军低一级。 使:出使。 节:使者所持信物,由竹竿顶端缀以三层牦牛尾而成,故又称"旄节"。 ⑫因:趁便。 厚赂:厚赠财物。赂,馈送。 ⑬假吏:兼吏,本非吏而临时兼任吏者。 募:招募。 士:士卒。 斥候:侦察兵。 俱:一起,同往。 ⑭置:备办。 币:财物。 遗(wèi):赠送。 ⑮缑(gōu)王:匈奴的一个亲王。 长水虞常:长水人虞常。长水,水名,在今陕西蓝田西北。 ⑯"昆(hún)邪王"两句:昆邪王,匈奴的一个亲王,武帝元狩二年(前 121)汉收复河西时降汉,事见《汉书·匈奴传》。 ⑰浞(zhuó)野侯:即汉将赵破奴。武帝太初二年(前 103),汉遣破奴率兵击匈奴,破奴兵败而降,其军皆陷于胡。事见《汉书·卫青霍去病传》及《汉书·匈奴传》。 ⑱卫律:人名。本长水胡人,生长于汉,与协律都尉李延年相善,因其推荐出使匈奴。使还,会延年因罪全家被捕,惧累已,逃奔匈奴,封丁零王。 所将(jiàng)降者:指虞常。 ⑲阏(yān)氏(zhī):匈奴对皇后的称号。此指且鞮侯单于之母。 ⑳副:副使。 相知:相熟识。 ㉑候:拜访。 ㉒伏:埋伏。 弩:一种装有机关的弓。 ㉓幸:希望。 ㉔货物:指财物。 ㉕阏氏子弟:阏氏与单于的子弟。 ㉖发:起事。 ㉗生得:活捉。 ㉘治:审理。 ㉙及:牵连。 ㉚见犯:被侵犯,指受侮辱。 乃:才。 ㉛重(chóng):更加。 负:辜负。 ㉜引:攀出,供出。 ㉝贵人:贵族。 ㉞左伊秩訾(zī):匈奴王号,有左,右之分。 ㉟即:假使。 谋:谋害。 ㊱何以复加:用什么方法再加重惩罚? ㊲宜:应。 降之:使之降。 ㊳受辞:受审。辞,口供。 ㊴屈节:屈辱大节。 辱命:玷辱使命。 ㊵坎:坑。 ㊶煴(yūn)火:无焰之微火。 ㊷覆:面朝下覆置。 ㊸蹈:通掐(tāo),轻敲。 ㊹息:呼吸。 ㊺舆:用作动词,抬。一说,以车载。 ㊻收系:逮捕监禁。 ㊼晓:晓谕,通知。 ㊽会:共同。 论:判定罪名。 ㊾近臣:亲信之臣。卫律自称。 ㊿相坐:相连坐,连带治罪。 (51)拟之:做出要杀苏武的动作。 (52)动:指内心动摇。 (53)膏:用作动词,滋养,润泽。 (54)畔:通叛。 (55)平心:居心平允。 持正:主持正义。 (56)"南越"两句:南越,汉代割据国名,在今广东、广西一带。汉武帝元鼎五年(前 112),南越王相吕嘉杀其国王及汉使者,汉遂发兵灭南越,置为南海、苍梧、郁林、合浦、交趾、九真、日南、珠崖、儋耳九郡。 屠:夷,平定。 (57)"宛王"两句:宛王指大宛国王毋寡。大宛为当时西域的一个国家。太初元年(前 104),汉遣使者往大宛求良马,大宛不与,杀汉使。汉遂发兵征大宛。大宛贵族杀其王毋寡,献马出降。县,同悬。北阙,宫城北门。 (58)"朝鲜"两句:汉武帝元封二年(前 109),朝鲜王右渠杀出使过朝鲜的汉辽东东部都尉涉何。汉发兵攻朝鲜,朝鲜降。 诛灭:消灭。 (59)白:报告。 (60)幽:囚禁。 (61)绝:断绝。 饮(yìn)食(sì):动词,饮水,吃饭。一说,此句应作"绝不与饮食","饮食"读本音,作名词用。 (62)啮(niè):咬嚼。 (63)旃(zhān):通毡。 (64)北海:今俄罗斯贝加尔湖。该湖位于匈奴北界,故称。 (65)羝(dī):公羊。 (66)乳:产,指产小羊。 (67)廪食:官家供给的粮食。 (68)去(jǔ):通弆,藏。 屮(chè)实:野生果实。屮,古"草"字。 (69)杖:柱。 汉节:代表汉廷的节。 (70)於(wū)靬(jiān)王:且鞮侯单于之弟。 弋射:射猎。弋,用系有丝绳的箭射鸟。 (71)网:编结狩猎用的网。 纺缴(zhuó):纺制系于箭尾的丝绳。 (72)檠(qíng):本为矫正弓弩的器具。此处用作动词,矫正。 (73)服匿:小口、大腹、方底的瓦器,用以盛酒酪。 穹庐:大型圆顶帐篷。 (74)丁令:即丁零,匈奴一部落名。此指丁令部落的人。时卫律为丁令王。 (75)李陵:李广孙,字少卿。汉武帝时为侍中,后为骑都尉,统兵五千击匈奴,匈奴以八万兵围之,陵军连战八日,杀伤匈奴万余人,被困狭谷中,食尽力竭而降。事见《史记·李将军列传》。 侍中:官名,汉时为由他官兼任的"加官",掌管皇帝车舆服物,并侍从皇帝左右,备顾问。 (76)厚:交情深厚。 (77)虚心:谦恭。 (78)亡:通无。 (79)长君:指苏武长兄苏嘉。 奉车:即奉车都尉,掌管皇帝车舆之官。 (80)从:随从。 雍棫(yù)阳宫:雍,汉县名,在今陕西凤祥。棫阳,宫名,本秦宫。 (81)辇(niǎn):原指人力车,汉以后专指帝王所乘之车。 除:殿阶。 (82)劾(hé):弹劾,揭发罪状。 大不敬:古代罪名,不敬天子之罪。 (83)孺卿:苏武之弟苏贤的字。 祠:动词,祭祀。 河东:郡名,郡治在今山西夏县西北。 后土:土地神。 (84)宦骑:骑马侍卫皇帝的宦官。 黄门驸马:官名,掌管皇帝随从的车马。黄门,宫禁之门。驸马,即"副马",本指皇帝副车所用之马,后指掌管副马之官。 (85)大夫人:指苏武母亲。大,通太。 不幸:指死亡。 (86)阳陵:汉县名,在今陕西咸阳东,汉景帝陵墓之所在。按:苏氏墓地当在阳陵。 (87)女弟:妹妹。 (88)两女一男:指苏武子女。 (89)朝露:早晨的露水。朝露见日则晞干,喻人生短促。　⑨忽忽:恍惚迷惘。　⑨系:囚。　保宫:汉官署名。本名居室,汉武帝太初元年改名保宫,为囚禁犯罪大臣及其眷属之处。　⑨春秋:喻年龄。　⑨夷灭:被灭族。　⑨成就:栽培,提拔。　⑨位列将:位列将军。指武父建官至右将军,兄嘉为中郎将,弟贤为骑都尉。　⑨爵通侯:封爵为通侯。指苏被封为平陵侯。通侯,本名彻侯,侯爵中的最高一级,避汉武帝刘彻讳改为通侯,又名列侯。　⑨兄弟亲近:兄弟三人皆为皇帝亲近之臣。　肝脑涂地:喻以身许国,壮烈牺牲。　⑨斧钺(yuè)汤镬(huò):指极刑。斧钺,古代两种兵器。钺,大斧。此处斧钺指斩刑。镬,无足大鼎。汤镬指烹刑。　⑩愿:希望。　⑩壹:决定之辞,一定。　⑩分(fèn):料定。　⑩王:指李陵。陵被匈奴封为右校王。一说,指单于。　⑩驩:通欢。　⑩霑:同沾。衿:同襟。　⑩决:诀别。　⑩区(ōu)脱:边界。　云中:汉边郡名,郡治在今内蒙古托克托。　生口:活口,即俘虏。　⑩南乡(xiàng):面向南方。乡,通向。　⑩欧:通呕。　⑩临(lìn):哭。专用于哭奠死者。　⑪昭帝:汉武帝少子弗陵,公元前 87 年即位。　⑫诡言:诈言。　⑬具:完全。指事情的全部经过。　陈道:陈述。　⑭上林:上林苑,皇帝游猎场所。故址在今陕西长安、周至、户县一带。　⑮某泽:指北海。　⑯让:责问。　⑰竹帛:竹简、丝帛,指书册、史籍。　⑱丹青:丹砂和青腹,绘画颜料。指图画。　⑲驽:笨拙无能。　怯:怯懦。　⑳令:假使。　贳(shì):宽赦。　㉑奋:奋发,奋起实现。　大辱:指降匈奴之事。　积志:积蓄于心的志愿。　㉒"庶几乎"句:或许做出曹沫在柯邑结盟时的行事之类的事。曹,春秋时鲁庄公将曹沫。柯,春秋时齐邑名,在今山东阳谷。曹沫与齐国战,三战三败,鲁遂割地向齐求和。鲁庄公十三年(前 681),庄公与齐桓公盟于柯。曹沫执匕首劫齐桓公,逼其归还鲁国失地。事见《史记·刺客列传》。　㉓宿昔:以前,指李陵已降、家属尚未被杀时。一说,"宿"通"夙","昔"通"夕","夙夕"即"早晚"。　㉔收:收捕。　族:动词,灭族。　㉕戮:耻辱。　㉖顾:留恋。　㉗径:行经。　度:同渡,穿过。　幕:同漠。　㉘穷绝:穷尽断绝。指李陵被困狭谷中之事。　摧:摧折毁坏。　㉙士众:士兵。　灭:消灭。　陨(tuí):颓的本字,丧失。　㉚召会:召集。会,聚集。　官属:下属官员。　㉛前已降及物故:除了以前已投降和死亡的人外。以,通已。物故,死亡。　㉜以:于。　始元六年:公元前 81 年。　㉝奉:呈献。　太牢:一牛、一豕、一羊之祭品。　园庙:陵园、祠庙。　㉞典属国:官名。见《李将军列传》注㉚。　㉟秩:官秩,官俸等级。　中二千石:汉代二千石官秩分三级,最高者为"中二千石",月俸米百八十斛;次为"二千石",月俸米百二十斛;再次为"比二千石",月俸米百斛。　㊱顷:一百亩。　㊲一区:一所,一座。　㊳徐圣、赵中根:皆为随武出使的官员。　中郎:官名,皇帝侍卫官。　㊴复:免除徭役。

朱买臣传

　　朱买臣,字翁子,吴人也。家贫,好读书;不治产业,常刈薪樵,卖以给食。担束薪,行且诵书。其妻亦负戴相随,数止买臣毋歌呕道中,买臣愈益疾歌。妻羞之,求去。买臣笑曰:"我年五十当贵,今已四十余矣,女苦日久,待我富贵,报女功。"妻恚怒曰:"如公等,终饿死沟中耳,何能富贵!"买臣不能留,即听去。

　　其后,买臣独行歌道中,负薪墓间,故妻与夫家俱上冢,见买臣饥寒,呼饭饮之。

　　后数岁,买臣随上计吏为卒,将重车,至长安。诣阙上书,书久不报,待诏公车,粮用乏,上计吏卒更乞丐之。会邑子严助贵幸,荐买臣;召见,说《春秋》,言《楚词》,帝甚说之;拜买臣为中大夫,与严助俱侍中。

　　是时方筑朔方,公孙弘谏,以为罢敝中国。上使买臣难诎弘,语在《弘传》。后,买臣坐事免。

　　久之,召待诏。是时,东越数反覆,买臣因言:"故东越王居保泉山,一人守险,千人不得上。今闻东越王更徙处南行,去泉山五百里,居大泽中。今发兵浮海,直指泉山,陈舟列兵,席卷南行，可破灭也。"上拜买臣会稽太守，上谓买臣曰："富贵不归故乡，如衣绣夜行，今子何如？"买臣顿首辞谢。诏买臣到郡，治楼船，备粮食、水战具，须诏书到，军与俱进。

初，买臣免待诏，常从会稽守邸者寄居饭食。拜为太守，买臣衣故衣，怀其印绶，步归郡邸，值上计时，会稽吏方相与群饮，不视买臣。买臣入室中，守邸与共食，食且饱，少现其绶。守邸怪之，前引其绶，视其印，会稽太守章也。守邸惊，出语上计掾吏，皆醉，大呼曰："妄诞耳！"守邸曰："试来视之。"其故人素轻买臣者，入内视之，还走，疾呼曰："实然！"坐中惊骇，白守丞，相推排陈列中庭拜谒，买臣徐出户。有顷，长安厩吏乘驷马车来迎，买臣遂乘传去。

会稽闻太守且至，发民除道，县吏并送迎车百余乘。入吴界，见其故妻，妻夫治道。买臣驻车，呼令后车载其夫妻到太守舍，置园中，给食之。居一月，妻自经死，买臣乞其夫钱，令葬。悉召见故人，与饮食，诸尝有恩者，皆报复焉。

居岁余，买臣受诏将兵，与横海将军韩说等俱击破东越，有功，征入为主爵都尉，列于九卿。

数年，坐法免官，复为丞相长史；张汤为御史大夫。始，买臣与严助俱侍中，贵用事，汤尚为小吏，趋走买臣等前。后，汤以廷尉治淮南狱，排陷严助，买臣怨汤。及买臣为长史，汤数行丞相事，知买臣素贵，故陵折之。买臣见汤，坐床上，弗为礼；买臣深怨，常欲死之。后遂告汤阴事，汤自杀，上亦诛买臣。买臣子山拊官至郡守、右扶风。

霍 光 传（节选）

霍光，字子孟，票骑将军去病弟也。父中孺，河东平阳人也，以县吏给事平阳侯家，与侍者卫少儿私通而生去病。中孺吏毕归家，娶妇生光，因绝不相闻。久之，少儿女弟子夫得幸于武帝，立为皇后，去病以皇后姊子贵幸。既壮大，乃自知父为霍中孺，未及求问。会为票骑将军击匈奴，道出河东，河东太守郊迎，负弩矢先驱。至平阳传舍，遣吏迎霍中孺。中孺趋入拜谒，将军迎拜，因跪曰："去病不早自知为大人遗体也。"中孺扶服叩头，曰："老臣得讬命将军，此天力也。"去病大为中孺买田宅奴婢而去。还，复过焉，乃将光西至长安。时年十余岁。任光为郎，稍迁诸曹侍中。去病死。后光为奉车都尉，光禄大夫，出则奉车，入侍左右。出入禁闼二十余年，小心谨慎，未尝有过，甚见亲信。

征和二年，卫太子为江充所败，而燕王旦、广陵王胥皆多过失。是时上年老，宠姬钩弋赵婕仔有男，上心欲以为嗣，命大臣辅之。察群臣，唯光任大重，可属社稷。上乃使黄门画者画周公负成王朝诸侯以赐光。后元二年春，上游五柞宫，病笃。光涕泣问曰："如有不讳，谁当嗣者？"上曰："君未谕前画意邪？立少子，君行周公之事。"光顿首让曰："臣不如金日磾。"日磾亦曰："臣外国人，不如光。"上以光为大司马大将军，日磾为车骑将军，及太仆上官桀为左将军，搜粟都尉桑弘羊为御史大夫，皆拜卧内床下。受遗诏辅少主。明日，武帝崩，太子袭尊号，是为孝昭皇帝。帝年八岁，政事壹决于光。

先是，后元年，侍中仆射莽何罗与弟重合侯通谋为逆，时光与金日磾、上官桀等共诛之，功未录。武帝病，封玺书曰："帝崩，发书以从事。"遗诏封金日磾为秺侯，上官桀为安阳侯，光为博陆侯，皆以前捕反者功封。时卫尉王莽子男忽侍中，扬语曰："帝崩忽常在左右，安得遗诏封三子事？群儿自相贵耳！"光闻之，切让王莽，莽酖杀忽。

光为人沈静详审，长财七尺三寸，白皙，疏眉目，美须髯。每出入，下殿门，止进有常处。

郎仆射窃识视之,不失尺寸。其资性端正如此。初辅幼主,政自己出,天下想闻其风采。殿中尝有怪,一夜群臣相惊,光召尚符玺郎,郎不肯授光。光欲夺之,郎按剑曰:"臣头可得,玺不可得也。"光甚谊之。明日,诏增此郎秩二等。众庶莫不多光。

光与左将军桀结婚相亲,光长女为桀子安妻。有女,年与帝相配,桀因帝姊鄂邑盖主,内安女后宫为倢伃,数月,立为皇后。父安为票骑将军,封桑乐侯。光时休沐出,桀辄入代光决事。桀父子既尊盛,而德长公主。公主内行不修,近幸河间丁外人。桀、安欲为外人求封,幸依国家故事以列侯尚公主者,光不许。又为外人求光禄大夫,欲令得召见,又不许。长公主大以是怨光,而桀、安数为外人求官爵弗能得,亦惭。自先帝时,桀已为九卿,位在光右。及父子并为将军,有椒房中宫之重,皇后亲安女,光乃其外祖,而顾专制朝事,繇是与光争权。燕王旦自以昭帝兄,常怀怨望。及御史大夫桑弘羊建造酒榷盐铁,为国兴利,伐其功,欲为子弟得官,亦怨恨光。于是盖主、上官桀、安及弘羊皆与燕王旦通谋,诈令人为燕王上书,言"光出都肄郎、羽林,道上称跸,太官先置。"又引"苏武前使匈奴,拘留二十年不降,还乃为典属国,而大将军长史敞亡功为搜粟都尉。又擅调益莫府校尉。光专权自恣,疑有非常。臣旦愿归符玺,入宿卫,察奸臣变。"候司光出沐日奏之。桀欲从中下其事,桑弘羊当与诸大臣共执退光。书奏,帝不肯下。

明旦,光闻之,止画室中不入。上问:"大将军安在?"左将军桀对曰:"以燕王告其罪,故不敢入。"有诏召大将军。光入,免冠顿首谢。上曰:"将军冠。朕知是书诈也,将军亡罪。"光曰:"陛下何以知之?"上曰:"将军之广明都郎,属耳。调校尉以来,未能十日,燕王何以得知之? 且将军为非,不须校尉。"是时帝年十四,尚书左右皆惊。而上书者果亡,捕之甚急。桀等惧,白上:"小事不足遂。"上不听。后桀党与有谮光者,上辄怒曰:"大将军忠臣,先帝所属以辅朕身。敢有毁者,坐之。"自是桀等不敢复言。乃谋令长公主置酒请光,伏兵格杀之,因废帝,迎立燕王为天子。事发觉,光尽诛桀、安、弘羊、外人宗族。燕王、盖主皆自杀。光威震海内。昭帝既冠,遂委任光,讫十三年,百姓充实,四夷宾服。

元平元年,昭帝崩,亡嗣。武帝六男,独有广陵王胥在。群臣议所立,咸持广陵王。王本以行失道,先帝所不用。光内不自安。郎有上书,言"周太王废太伯立王季,文王舍伯邑考立武王,唯在所宜,虽废长立少可也。广陵王不可以承宗庙。"言合光意。光以其书视丞相敞等,擢郎为九江太守。即日承皇太后诏,遣行大鸿胪事少府乐成、宗正德、光禄大夫吉、中郎将利汉迎昌邑王贺。贺者,武帝孙,昌邑哀王子也。既至,即位,行淫乱。光忧懑,独以问所亲故吏大司农田延年。延年曰:"将军为国柱石,审此人不可,何不建白太后,更选贤而立之?"光曰:"今欲如是,于古尝有此否?"延年曰:"伊尹相殷,废太甲以安宗庙,后世称其忠。将军若能行此,亦汉之伊尹也。"光乃引延年给事中,阴与车骑将军张安世图计,遂召丞相、御史、将军、列侯、中二千石、大夫、博士会议未央宫。光曰:"昌邑王行昏乱,恐危社稷,如何?"群臣皆惊鄂失色,莫敢发言,但唯唯而已。田延年前,离席按剑,曰:"先帝属将军以幼孤,寄将军以天下,以将军忠贤,能安刘氏也。今群下鼎沸,社稷将倾。且汉之传谥常为孝者,以长有天下,令宗庙血食也。如令汉家绝祀,将军虽死,何面目见先帝于地下乎? 今日之议,不得旋踵。群臣后应者,臣请剑斩之。"光谢曰:"九卿责光是也。天下匈匈不安,光当受难。"于是议者皆叩头曰:"万姓之命,在于将军。唯大将军令。"

光即与群臣俱见白太后,具陈昌邑王不可以承宗庙状。皇太后乃车驾幸未央承明殿,诏诸禁门毋内昌邑群臣。王入朝太后还,乘辇欲归温室,中黄门宦者各持门扇,王入,门闭。昌邑群臣不得入。王曰："何为？"大将军跪曰："有皇太后诏，毋内昌邑群臣。"王曰："徐之，何乃惊人如是！"光使尽驱出昌邑群臣，置金马门外。车骑将军安世将羽林骑收缚二百余人，皆送廷尉、诏狱。令故昭帝侍中，中臣侍守王。光敕左右："谨宿卫。卒有物故自裁，令我负天下，有杀主名。"王尚未自知当废，谓左右："我故群臣从官安得罪，而大将军尽系之乎？"顷之，有太后诏召王。王闻召，意恐，乃曰："我安得罪而召我哉？"

太后被珠襦，盛服坐武帐中。侍御数百人，皆持兵；期门武士陛戟，陈列殿下。群臣以次上殿，召昌邑王伏前听诏。光与群臣连名奏王。尚书令读奏曰："丞相臣敞、大司马大将军臣光、车骑将军臣安世、度辽将军臣明友、前将军臣增、后将军臣充国、御史大夫臣谊、宜春侯臣谭、当涂侯臣圣、随桃侯臣昌乐、杜侯臣屠耆堂、太仆臣延年、太常臣昌、大司农臣延年、宗正臣德、少府臣乐成、廷尉臣光、执金吾臣延寿、大鸿胪臣贤、左冯翊臣广明、右扶风臣德、长信少府臣嘉、典属国臣武、京辅都尉臣广汉、司隶校尉臣辟兵、诸吏文学光禄大夫臣迁、臣畸、臣吉、臣赐、臣管、臣胜、臣梁、臣长幸、臣夏侯胜、太中大夫臣德、臣卬，昧死言皇太后陛下：臣敞等顿首死罪。天子所以永保宗庙、总壹海内者，以慈孝礼谊赏罚为本。孝昭皇帝早弃天下，亡嗣。臣敞等议，礼曰：'为人后者，为之子也。'昌邑王宜嗣后。遣宗正、大鸿胪、光禄大夫奉节，使征昌邑王。典丧，服斩缞，亡悲哀之心，废礼谊。居道上，不素食，使从官略女子，载衣车，内所居传舍。始至，谒见，立为皇太子，常私买鸡豚以食。受皇帝信玺、行玺大行前，就次发玺不封。从官更持节引内昌邑从官、驺宰、官奴二百余人，常与居禁闼内敖戏。自之符玺，取节十六。朝暮临，令从官更持节从。为书曰：'皇帝问侍中君卿。使中御府令高昌奉黄金千斤赐君卿取十妻。'大行在前殿，发乐府乐器，引内昌邑乐人，击鼓歌吹作俳倡。会下还，上前殿，击钟磬。召内泰壹、宗庙乐人，辇道牟首，鼓吹歌舞，悉奏众乐。发长安厨三太牢具祠阁室中。祠已，与从官饮啗。驾法驾皮轩鸾旗，驱驰北宫、桂宫，弄彘斗虎。召皇太后御小马车，使官奴骑乘，游戏掖庭中。与孝昭皇帝宫人蒙等淫乱，诏掖庭令敢泄言，要斩。"太后曰："止。为人臣子当悖乱如是邪？"王离席伏。

尚书令复读曰："取诸侯王、列侯、二千石绶及墨绶、黄绶以并佩昌邑郎官者免奴。变易节上黄旄以赤，发御府金钱、刀剑、玉器、采缯，赏赐所与游戏者。与从官、官奴夜饮，湛沔于酒。诏太官上乘舆食如故。食监奏：'未释服，未可御故食。'复诏太官趣具，无关食监。太官不敢具，即使从官出买鸡豚，诏殿门内以为常。独夜设九宾温室，延见姊夫昌邑关内侯。祖宗庙祠未举，为玺书，使使者持节，以三太牢祠昌邑哀王园庙，称嗣子皇帝。受玺以来二十七日，使者旁午，持节诏诸官署征发凡千一百二十七事。文学光禄大夫夏侯胜等及侍中傅嘉数进谏以过失，使人簿责胜，缚嘉系狱。荒淫迷惑，失帝王礼仪，乱汉制度。臣敞等数进谏，不变更，日以益其。恐危社稷，天下不安。臣敞等谨与博士臣霸、臣隽舍、臣德、臣虞舍、臣射、臣仓议，皆曰：'高皇帝建功业，为汉太祖；孝文皇帝慈仁节俭，为太宗。今陛下嗣孝昭皇帝后，行淫辟不轨。《诗》云：'籍曰未知，亦既抱子。'五辟之属，莫大不孝。周襄王不能事母，《春秋》曰："天王出居于郑。"繇不孝出之，绝之于天下也。宗庙重于君，陛下未见命高庙，不可以承天序、奉祖宗庙、子万姓，当废。'臣请有司御史大夫臣谊、宗正臣德、太常臣昌，与太祝以一太牢具，告祠高庙。臣敞等昧死以闻。"皇太后诏曰："可"。

光令王起拜受诏。王曰："闻天子有争臣七人，虽无道，不失天下。"光曰："皇太后诏废，安得天子！"乃即持其手，解脱其玺组，奉上太后，扶王下殿，出金马门，群臣随送。王西面拜，曰："愚戆不任汉事。"起就乘舆副车。大将军光送至昌邑邸。光谢曰："王行自绝于天。臣等

130

驽怯,不能杀身报德。臣宁负王,不敢负社稷。愿王自爱,臣长不复见左右。"光涕泣而去。

群臣奏言:"古者废放之人,屏于远方,不及以政。请徙王贺汉中房陵县。"太后诏归贺昌邑,赐汤沐邑二千户。昌邑群臣坐亡辅导之谊,陷王于恶,光悉诛杀二百余人。出死,号呼市中,曰:"当断不断,反受其乱!"

光坐庭中,会丞相以下议定所立。广陵王已前不用;及燕刺王反诛,其子不在议中。近亲唯有卫太子孙,号皇曾孙,在民间,咸称述焉。光遂复与丞相敞等上奏曰:"《礼》曰:'人道亲亲,故尊祖;尊祖,故敬宗。'太宗亡嗣,择支子孙贤者为嗣。孝武皇帝曾孙病已,武帝时有诏掖庭养视,至今年十八,师受《诗》《论语》《孝经》。躬行节俭,慈仁爱人。可以嗣孝昭皇帝后,奉承祖宗庙,子万姓。臣昧死以闻。"皇太后诏曰:"可"。

光遣宗正刘德至曾孙家尚冠里,洗沐,赐御衣。太仆以軨猎车迎曾孙,就斋宗正府。入未央宫见皇太后,封为阳武侯。已而,光奉上皇帝玺绶,谒于高庙。是为孝宣皇帝。明年,下诏曰:"夫褒有德,赏有功,古今通谊也。大司马大将军光,宿卫忠正,宣德明恩,守节秉谊,以安宗庙。其以河北,东武阳益封光万七千户,与故所食凡二万户。"赏赐前后黄金七千斤,钱六千万,杂缯三万匹,奴婢百七十人,马二千匹,甲第一区。

自昭帝时,光子禹及兄孙云皆中郎将。云弟山奉车都尉侍中,领胡越兵。光两女婿为东西宫卫尉,昆弟诸婿外孙皆奉朝请,为诸曹大夫、骑都尉、给事中。党亲连体,根据于朝廷。光自后元秉持万机,及上即位,乃归政。上谦让不受,诸事皆先关白光,然后奏御天子。光每朝见,上虚己敛容,礼下之已甚。光秉政前后二十年。

地节二年春,病笃。车驾自临问光病,上为之涕泣。光上书谢恩曰:"愿分国邑三千户,以封兄孙奉车都尉山为列侯,奉兄票骑将军去病祀。"事下丞相御史,即日拜光子禹为右将军。

光薨,上及皇太后亲临光丧。太中大夫任宣与侍御史五人持节护丧事。中二千石治莫府冢上。赐金钱、缯絮,绣被百领,衣五十箧,璧、珠玑、玉衣、梓宫、便房、黄肠题凑各一具,枞木外臧椁十五具。东园温明,皆如乘舆制度。载光尸枢以辒辌车,黄屋左纛,发材官、轻车、北军五校士,军陈至茂陵,以送其葬。谥曰宣成侯。发三河卒穿复土起冢,祠堂置园邑三百家,长丞奉守如旧法。

附 录:

法家大抵少文采,惟李斯奏议,尚有华辞。(鲁迅《汉文学史纲要》)

(贾谊晁错)为文皆疏直激切,尽所欲言;司马迁亦云:"贾生晁错明申商。"惟谊尤有文采,而沉实则稍逊,如其《治安策》《过秦论》,与晁错之《贤良对策》《言兵事疏》《守边劝农疏》,皆为西汉鸿文,沾溉后人,其泽甚远;然以二人之论匈奴者相较,则可见贾生之言,乃颇疏阔,不能与晁错之深识为伦比矣。(鲁迅《汉文学史纲要》)

然自刘向、扬雄博极群书,皆称迁有良史之材,服其善序事理,辩而不华,质而不俚,其文直,其事核,不虚美,不隐恶,故谓之实录。(《汉书·司马迁传赞》)

太史公,古之良史也。……慨《春秋》之绝笔,伤旧典之阙文,遂乃错综古今,囊括记录。……父作子述,其勤至矣。然其叙劝褒贬,颇称折衷,后之作者,咸取则焉。夫以首创者难为功,因循者易为力,自左氏之后，未有体制，而司马公补立纪传规模，别为书表题目。……其间礼、乐、刑、政，君举必书；福善祸淫，用垂炯诫，事广而文局，词质而理畅，斯亦尽美矣。而未尽善者，具如后论，虽意出当时，而义非经远，盖先史之未备，成后学之深疑。借如本纪，叙五帝而阙三皇；世家载列国而有外戚；邾、许，春秋次国，略而不书；张、吴敌国藩王，抑而不载；并编录有阙，窃所未安。又列传所著，有管、晏及老子、韩非，管、晏乃齐之贤卿，即如其例，则吴之延陵，郑之子产，晋之叔向，卫之史鱼，盛德不阙，何为盖阙？伯阳清虚为教，韩子峻刻制法，静燥不同，德刑斯舛。今宜柱史共漆园同传，公子与商君并列，可不善欤？其中远近乖张，词义臲驳，或篇章倒错，或赞论粗疏，盖由遭逢非罪，有所未暇，故十篇有录无书是也。然其网络古今，叙述惩劝，异左氏之微婉，有南史之典实，所以扬雄、班固等咸称其良史之才，盖信乎其然也。（唐司马贞《补史记·序》）

太史公行天下，周览四海名山大川，与燕赵间豪俊交游，故其文疏荡，颇有奇气。此二子者，岂尝执笔学为如此之文哉！其气充乎其中，而溢乎其貌，动乎其言，见乎其文而不自知也。（宋苏辙《上枢密韩太尉书》）

子长平生喜游，方少年自负之时，足迹不肯一日休。非直为景物役也，将以尽天下大观，以助吾气，然后吐而为书，观之则平生所尝游者皆在焉。南浮长淮，泝大江，见狂澜惊波，阴风怒号，逆走而横击，故其文奔放而浩漫；望云梦洞庭之陂，彭蠡之渚，含混太虚，呼吸万壑，而不见介量，故其文停蓄而渊深；见九疑之芊绵，巫山之嵯峨，阳台朝云，苍梧暮烟，态度无度，靡曼绰约，春妆如浓，秋饰如薄，故其文妍媚而蔚郁；泛沅渡湘，吊大夫之魂，悼妃子之恨，竹上犹有斑斑，而不知鱼之骨尚无恙乎，故其文感愤而伤激；北过大梁之墟，观楚汉之战场，想见项羽之暗噁，高帝之谩骂，龙跳虎跃，千兵万马，大弓长戟，俱游而齐呼，故其文雄勇猛健，使人心悸而胆栗；世家龙门，念神禹之大功，西使巴蜀，跨剑阁之鸟道，上有摩云之崖，不见斧凿之痕，故其文斩绝峻拔，而不可攀跻；讲业齐鲁之都，觇夫子之遗风，乡射邹峄，彷徨乎汶阳洙泗之上，故其文典重温雅，有似乎正人君子之容貌。凡天地之间，万物之变，可惊可愕，可以娱心，使人忧，使人悲者，子长尽取而为文章，是以变化出没，如万象供四时而无穷，今于其书而观之，岂不信矣。（明凌稚隆《史记评林》，引马子才语）

六经之后，有四人焉，摭实而有文采者，左氏也；冯虚而有理致者，庄子也；屈原变《国风》《雅》《颂》而为《离骚》；子长易编年而为纪传，皆前未有比，后可以为法。非豪杰特立之士，其孰能之！（明凌稚隆《史记评林》，引陈傅良语）

太史公书不待称说，若云褒赞其高古简妙处，殆是摹写星日之光辉，多见其不知量也。然予每展读至魏世家、苏秦、平原君、鲁仲连传，未尝不惊乎击节，不自知其所以然。魏公子无忌与王论韩事，曰："韩必德魏、爱魏、重魏、畏魏，韩必不敢反魏。"十余语之间，五用魏字。苏秦说赵肃侯曰："择交而得，则民安，则交而不得，则民终身不安。齐、秦为两敌，而民不得安，倚齐攻秦，而民不得安；倚秦攻齐，而民不得安。"平原君使楚，客毛遂愿行，君曰："先生处胜之门下几年于此矣？"曰："三年于此矣。"君曰："先生处胜之门下三年于此矣，左右未有所称诵，胜未有所闻，是先生无所有也，先生不能，先生留。"遂力请行，面折楚王，再言："吾君在前，叱者何也？"至左手持盘血，而右手招十九人于堂下，其英姿雄风，千载而下，尚可想见，使人畏而仰之，卒定从而归。至于赵，平原君曰："胜不敢复相士。胜相士多者千人，寡者百数，今乃于毛先生而失之，毛先生一至楚，而使赵重于九鼎大吕，毛先生以三寸之舌，强于百万之师，胜不敢复相士。"秦围赵，鲁仲连见平原君曰："事将奈何？"君曰："胜也，何敢言事？魏客新垣衍令赵帝秦，今其人在是，胜也何敢言事？"仲连曰："吾始以君为天下贤公子也，吾今然后知君非天下之贤公子也，客安在？"平原君往见衍，曰："东国有鲁仲连先生者，胜请为绍介，交之于将军。"衍曰："吾闻鲁仲连先生，齐国之高士也；衍，人臣也，使事有职，吾不愿见鲁仲连先生。"及见衍，衍曰："吾视居此围城之中者，皆有求于平原君者也；今吾观先生之玉貌，非有求于平原君者也。"又曰："始以先生为庸人，吾乃今日知先生为天下之士也。"是三者重沓熟复，如

骏马下驻千丈坡,其文势正尔,风行于上而水波,真天下之至文也。(宋洪迈《容斋五笔》)

按太史公所为《史记》一百三十篇……其所论大道,而折衷于六艺之至,固不能尽如圣人之旨。而要之,指次古今,出风入骚,譬之韩白提兵而战河山之间,当其壁垒、部曲、旌旗、钲鼓,左提右挈,中权反劲,起伏翱翔,倏忽变化,若一夫舞剑于曲旃之上,而无不如意者,西京以来,千年绝调也。即如班掾《汉书》,严密过之,而所当疏宕遒逸,令人读之,杳然神游于云幢羽衣之间,所可望而不可挹者,予窃疑班掾犹不能登其堂而洞其窍也,而况其下者乎?(明茅坤《史记抄·序》)

屈宋以来,浑浑噩噩,如长川大谷,探之不穷,揽之不竭,蕴藉百家,包括万代者,司马子长文也。(茅坤《史记抄·读史法》)

太史公之文有数端焉,帝王纪,以己释《尚书》者也,文多引图纬子家言,其文衍而虚;春秋诸世家,以己损益诸史者也,其文畅而杂;仪秦鞅睢诸传,以己损益战国者也,其文雄而肆;刘项纪,信越传,志所闻也,其文宏而壮;河渠、平准诸书,志所见也,其文核而详,婉而多风;刺客游侠货殖诸传,发所寄也。其文精严而工笃,磊落而多感慨。(《史记抄》,引王世贞语)

六经而下,近古而宏丽者,左丘明、庄周、司马迁、班固四巨公。俱有成书。其文卓卓乎擅大家也。《左传》如杨妃舞盘,廻旋摇曳,光采照人;《庄子》如神仙下世,咳吐谑浪,皆成丹砂;子长之文豪,如老将用兵,纵骋不可羁,而自中于律;孟坚之文整,方之武事,其游奇布列不爽尺寸,而部勒雍容可观,殆有儒将之风焉。虽诸家机轴变幻不同,然要皆文章之绝技也。(《史记评林》,引凌约言语)

汉兴,陆贾作《楚汉春秋》,是非虽多本于儒者,而太史职守,原出道家,其父谈亦崇尚黄老,则《史记》虽缪于儒术,固亦能远绍其旧业矣。况发愤著书,意旨自激……恨为弄臣,寄心楮墨,感身世之戮辱,传畸人于千秋,虽背《春秋》之义,固不失为史家之绝唱,无韵之《离骚》矣。惟不拘于史法,不囿于字句,发于情,肆于心而为文,故能如茅坤所言:"读《游传侠》即欲轻生,读《屈原贾谊传》即欲流涕,读《庄周鲁仲连传》即欲遗世,读《李广传》即欲立斗,读《石建传》即欲俯躬,读《信陵、平原君传》即欲养士也。"(鲁迅《汉文学史纲要》)

入昆仑之山,满目莫非金玉,然有千金之珍,有连城之宝,不能无差等。一部《史记》固为群玉圃,然本纪则高祖、项羽,世家则陈涉、肖、曹、留侯,列传则伯夷、屈原、范蔡、廉蔺、张陈、淮阴、李广、刺客、货殖诸篇,殊为绝佳。是连城之宝也。(日本泷川资言《史记会注考证》引斋藤正谦语)

子长同叙智者,子房有子房风姿,陈平有陈平风姿;同叙勇者,廉颇有廉颇面目,樊哙有樊哙面目;同叙刺客,豫让之与专诸,聂政之与荆轲,才出一语,乃觉口气各不同。《高祖本纪》见宽仁之气动于纸上,《项羽本纪》觉暗噁叱咤来薄人。读一部《史记》,如直接当时人,亲睹当事,亲闻其语,使人乍喜乍愕,乍惧乍泣,不能自止。是子长叙事入神处。(日本泷川资言《史记会注考证》引斋藤正谦语)

修史者,知记历代事实及文物制度,而不知模写其人之气象好尚文章言语之各殊,固不足以为史矣。故修史之难,在不失其时世之本色,使千载之下读者如身在其时,亲见其事也。司马子长作《史记》,自黄帝迄汉武,上下三千余年,论著才五十余万言,而三代之时,自是三代之时;春秋战国之时,自是春秋战国之时;下至秦汉之际,又自是别样。时人之气象好尚,各时不同。使读者想见其时代人品,是所以为良史也。(日本泷川资言《史记会注考证》引长野确语)

迁文直而事核,固文赡而事详。若固之序事,不激诡,不抑抗,赡而不秽,详而有体,使读之者亹亹而不厌,信哉其能成名也。(《后汉书·班固传》)

参考书目:

王伯祥:《史记选》,人民文学出版社 1982 年版。
杨燕起等编:《历代名家评史记》,北京师范大学出版社 1986 年版。
韩兆琦译注:《史记集》,中华书局 2007 年版。
冉昭德、陈直主编:《汉书选》,中华书局 1979 年版。

汉　诗

乐 府 民 歌

两汉以前,乐府指的是国家设立的诗、乐、舞相结合的音乐机构,它负责收集歌辞、制定乐谱、训练乐工。六朝以后,人们便将乐府机构收集的民间俗曲、歌辞及当时文人的仿作(拟乐府)称作"乐府诗",或干脆称作"乐府"。

乐府民歌"感于哀乐,缘事而发",具有通俗易通,清新明快的特点,是我国古代诗苑中的奇葩,对后代文人诗的发展有重大影响。

宋代郭茂倩所编《乐府诗集》收录上古至五代乐府歌辞、歌谣 5387 首。分为十二类。其中两汉乐府诗四十余首。是一部较早较完备的乐府诗集。

战 城 南①

战城南,死郭北②,野死不葬乌可食。为我谓乌:"且为客豪③,野死谅不葬,腐肉安能去子逃④?"水深激激,蒲苇冥冥⑤。枭骑战斗死,驽马徘徊鸣⑥。梁筑室,何以南,何以北⑦? 禾黍不获君何食? 愿为忠臣安可得? 思子良臣,良臣诚可思⑧。朝行出攻,暮不夜归。

①本篇写战争所造成的严重破坏,表现出作者的反战厌战情绪。本篇和以下《有所思》、《上邪》都属《铙歌十八首》。　②郭:外城为郭,内城为城。诗中城南、郭北为互文。　③客:指战死者。　豪:同"号",哭号招魂。　④野死:是说战死荒野。　谅:想必。　子:乌鸦。　⑤激激:水清澈的样子。　冥冥:水草茂盛,颜色浓郁的样子。　⑥枭(xiāo)骑(jì):即骁骑,亦喻勇士。　驽马:劣马,诗中泛指战马。　⑦梁:桥梁。　"梁筑室"三句:意谓如果在桥梁上建筑了房屋,那么通往南北的交通就要被阻断了。一说"室"指营垒。　⑧子良臣:复指战死荒野的将士。

有 所 思①

有所思,乃在大海南。何用问遗君②? 双珠玳瑁簪③,用玉绍缭之④。闻君有他心,拉杂摧烧之。摧烧之,当风扬其灰。从今以往,勿复相思! 相思与君绝! 鸡鸣狗吠,兄嫂当知之。妃呼豨,秋风肃肃晨风飔⑤,东方须臾高知之⑥。

①这一首诗写一痴情女子那种"剪不断、理还乱"的复杂情感。　②问遗(wèi):赠与。　③簪:古人用来连接冠和发髻,横穿髻上,两端露出冠外。　④绍缭:缠绕。　⑤妃呼豨:表声字,表叹息。　肃肃:风声。　晨风:鸟名,就是鹯,和鹞子是一类,飞起来很快。　飔:疾速。　⑥高(hào):同晧,白。

上 邪①

上邪! 我欲与君相知②,长命无绝衰③。山无陵,江水为竭,冬雷震震,夏雨雪④,天地

135

合,乃敢与君绝!

①这一首诗指天为誓,表示爱情的坚定和永久。有人以为此诗和上篇关联,是同一女子之辞。　　上:指天。　邪(yé):语气词。　②相知:相亲,相爱。　③命:令,使。　④雨(yù):下雨,作动词用。

东 门 行①

出东门,不顾归②;来入门,怅欲悲③。盎中无斗米储④,还视架上无悬衣⑤。拔剑东门去,舍中儿母牵衣啼⑥:"他家但愿富贵⑦,贱妾与君共铺糜⑧。上用仓浪天故⑨,下当用此黄口儿⑩。今非⑪!""咄⑫!行⑬!吾去为迟!白发时下难久居⑭。"

①《东门行》:乐府古辞,见于《乐府诗集》的《相如歌集·瑟调曲》。诗反映了汉代劳动人民生活的贫困和官逼民反的社会现实。　②东门:城市的东门。　顾:顾念,考虑。　③怅:惆怅失意。　④盎(àng):腹大口小的瓦罐。　⑤还视:回视,回首看。　架:衣架。　⑥舍中:家里。　⑦但愿:只望。　⑧贱妾:这里是妻子对丈夫谦称自己。　铺糜:犹言吃粥。　⑨用:因,为了。　仓浪天:犹言苍天。　故:缘,缘由。　⑩当:应该。　黄口儿:幼儿。　⑪今非:犹言你现在这么做(指"拔剑东门去")不对呀。　⑫咄(duō):呵斥声。　⑬行:走开。一说,行是那男子说自己要走了。　⑭下:掉落。　难久居:指日子实在难捱下去。一说是指自己难活长久。

上山采蘼芜①

上山采蘼芜,下山逢故夫②。长跪问故夫③:"新人复何如?""新人虽言好,未若故人姝④。颜色类相似,手爪不相如⑤。""新人从门入,故人从阁去⑥。""新人工织缣⑦,故人工织素⑧。织缣日一匹⑨,织素五丈余,将缣来比素,新人不如故⑩。"

①这是一首弃妇诗。诗反映封建社会妇女在婚姻问题上的悲惨遭遇。本篇《乐府诗集》未收。《太平御览》引作《古乐府》,《玉台新咏》作《古诗》。　蘼芜:香草名,又叫江蓠,据说其花可入脂粉。　②故夫:原来的丈夫。　③长跪:挺直腰跪坐。　④姝(shū):美好。　⑤手爪:手工,指纺织的技巧。　⑥阁:这里指女子的卧室。一说为边门。　⑦缣(jiān):黄色的绢。　⑧素:白色的绢。　⑨匹:四丈为一匹(阔为二尺二寸)。　⑩"将缣"两句:是双关,既说织工的差别,又从质地比喻新人与旧人的品质。

江 南

江南可采莲,莲叶何田田,鱼戏莲叶间。鱼戏莲叶东,鱼戏莲叶西,鱼戏莲叶南,鱼戏莲叶北。

平 陵 东

平陵东,松柏桐,不知何人劫义公。劫义公,在高堂下,交钱百万两走马。两走马,亦诚难,顾见追吏心中恻。心中恻,血出漉,归告我家卖黄犊。

长 歌 行

　　青青园中葵,朝露待日晞。阳春布德泽,万物生光辉。常恐秋节至,焜黄华叶衰。百川东到海,何时复西归! 少壮不努力,老大徒伤悲!

陌 上 桑

　　日出东南隅,照我秦氏楼。秦氏有好女,自名为罗敷。罗敷喜蚕桑,采桑城南隅。青丝为笼系,桂枝为笼钩。头上倭堕髻,耳中明月珠。缃绮为下裙,紫绮为上襦。行者见罗敷,下担捋髭须。少年见罗敷,脱帽著帩头。耕者忘其犁,锄者忘其锄。来归相怨怒,但坐观罗敷。

　　使君从南来,五马立踟蹰。使君遣吏往,问是谁家姝?"秦氏有好女,自名为罗敷。""罗敷年几何?""二十尚不足,十五颇有余。"使君谢罗敷:"宁可共载不?"罗敷前致辞:"使君一何愚! 使君自有妇,罗敷自有夫。"

　　"东方千余骑,夫婿居上头。何用识夫婿? 白马从骊驹。青丝系马尾,黄金络马头。腰中鹿卢剑,可值千万余。十五府小史,二十朝大夫。三十侍中郎,四十专城居。为人洁白皙,鬑鬑颇有须。盈盈公府步,冉冉府中趋。坐中数千人,皆言夫婿殊。"

饮马长城窟行

　　青青河畔草,绵绵思远道。远道不可思,宿昔梦见之。梦见在我旁,忽觉在他乡。他乡各异县,展转不相见。枯桑知天风,海水知天寒。入门各自媚,谁肯相为言? 客从远方来,遗我双鲤鱼。呼儿烹鲤鱼,中有尺素书。长跪读素书,书中竟何如? 上言加餐饭,下言长相忆!

妇 病 行

　　妇病连年累岁,传呼丈人前一言。当言;未及得言,不知泪下一何翩翩。"属累君两三孤子,莫我儿饥且寒,有过慎莫笪笞,行当折摇,思复念之!"

　　乱曰:抱时无衣,襦复无里。闭门塞牖,舍孤儿到市。道逢亲交,泣坐不能起。从乞求与孤买饵。对交啼泣,泪不可止。"我欲不伤悲不能已。"探怀中钱持授交。入门见孤儿,啼索其母抱。徘徊空舍中,"行复尔耳! 弃置勿复道。"

十五从军征

　　十五从军征,八十始得归。道逢乡里人,"家中有阿谁?""遥看是君家,松柏冢累累。"兔从狗窦入,雉从梁上飞。中庭生旅谷,井上生旅葵。舂谷持作饭,采葵持作羹。羹饭一时熟,不知饴阿谁? 出门东向看,泪落沾我衣。

艳 歌 行

　　翩翩堂前燕,冬藏夏来见。兄弟两三人,流宕在他县。故衣谁当补,新衣谁当绽。赖得贤主人,览取为吾组。夫婿从门来,斜柯西北眄。语卿且勿眄,水清石自见。石见何累累,远行不如归。

孔雀东南飞

　　序曰:汉末建安中,庐江府小吏焦仲卿妻刘氏,为仲卿母所遣,自誓不嫁。其家逼之,乃投水而死。仲卿闻之,亦自缢于庭树。时人伤之,为诗云尔。

　　孔雀东南飞,五里一徘徊。"十三能织素,十四学裁衣,十五弹箜篌,十六诵诗书。十七为君妇,心中常苦悲。君既为府吏,守节情不移。鸡鸣入机织,夜夜不得息。三日断五匹,大人故嫌迟。非为织作迟,君家妇难为。妾不堪驱使,徒留无所施。便可白公姥,及时相遣归。"

　　府吏得闻之,堂上启阿母:"儿已薄禄相,幸复得此妇。结发同枕席,黄泉共为友。共事二三年,始尔未为久。女行无偏斜,何意致不厚?"阿母谓府吏:"何乃太区区!此妇无礼节,举动自专由。吾意久怀忿,汝岂得自由!东家有贤女,自名秦罗敷。可怜体无比,阿母为汝求。便可速遣之,遣去慎莫留!"府吏长跪告,伏惟启阿母:"今若遣此妇,终老不复取!"阿母得闻之,槌床便大怒:"小子无所畏,何敢助妇语!吾已失恩义,会不相从许!"

　　府吏默无声,再拜还入户。举言谓新妇,哽咽不能语:"我自不驱卿,逼迫有阿母。卿但暂还家,吾今且报府。不久当归还,还必相迎取。以此下心意,慎忽违吾语。"新妇谓府吏:"勿复重纷纭!往昔初阳岁,谢家来贵门。奉事循公姥,进止敢自专?昼夜勤作息,伶俜萦苦辛。谓言无罪过,供养卒大恩。仍更被驱遣,何言复来还?妾有绣腰襦,葳蕤自生光。红罗复斗帐,四角垂香囊。箱帘六七十,绿碧青丝绳。物物各自异,种种在其中。人贱物亦鄙,不足迎后人。留待作遗施,于今无会因。时时为安慰,久久莫相忘。"

　　鸡鸣外欲曙,新妇起严妆。着我绣袷裙,事事四五通。足下蹑丝履,头上玳瑁光。腰若流纨素,耳着明月珰。指如削葱根,口如含朱丹。纤纤作细步,精妙世无双。上堂谢阿母,阿母怒不止。"昔作女儿时,生小出野里。本自无教训,兼愧贵家子。受母钱帛多,不堪母驱使。今日还家去,念母劳家里。"却与小姑别,泪落连珠子。"新妇初来时,小姑始扶床,今日被驱遣,小姑如我长。勤心养公姥,好自相扶将。初七及下九,嬉戏莫相忘。"出门登车去,涕落百余行。

　　府吏马在前,新妇车在后。隐隐何甸甸,俱会大道口。下马入车中,低头共耳语:"誓不相隔卿,且暂还家去,吾今且赴府。不久当还归,誓天不相负。"新妇谓府吏:"感君区区怀。君既若见录,不久望君来。君当作磐石,妾当作蒲苇。蒲苇纫如丝,磐石无转移。我有亲父兄,性行暴如雷。恐不任我意,逆以煎我怀。"举手长劳劳,二情同依依。

　　入门上家堂,进退无颜仪。阿母大拊掌:"不图子自归!十三教汝织,十四能裁衣,十五弹箜篌,十六知礼仪,十七遣汝嫁,谓言无誓违。汝今无罪过,不迎而自归?"兰芝惭阿母:"儿实无罪过。"阿母大悲摧。

　　还家十馀日，县令遣媒来。云有第三郎，窈窕世无双。年始十八九，便言多令才。阿母谓阿女："汝可去应之。"阿女衔泪答："兰芝初还时，府吏见丁宁，结誓不别离。今日违情义，恐此事非奇。自可断来信，徐徐更谓之。"阿母白媒人："贫贱有此女，始适还家门。不堪吏人妇，岂合令郎君？幸可广问讯，不得便相许。"

　　媒人去数日，寻遣丞请还。说"有兰家女，承籍有宦官"。云"有第五郎，娇逸未有婚。遣丞为媒人，主簿通语言。"直说"太守家，有此令郎君，既欲结大义，故遣来贵门。"阿母谢媒人："女子先有誓，老姥岂敢言？"阿兄得闻之，怅然心中烦，举言谓阿妹："作计何不量！先嫁得府吏，后嫁得郎君。否泰如天地，足以荣汝身。不嫁义郎体，其往欲何云？"兰芝仰头答："理实如兄言。谢家事夫婿，中道还兄门，处分适兄意，那得任自专？虽与府吏要，渠会永无缘。登即相许和，便可作婚姻。"

　　媒人下床去，诺诺复尔尔。还部白府君："下官奉使命，言谈大有缘。"府君得闻之，心中大欢喜。视历复开书，便利此月内，六合正相应。"良吉三十日，今已二十七，卿可去成婚。"交语速装束，络绎如浮云。青雀白鹄舫，四角龙子幡，婀娜随风转。金车玉作轮，踯躅青骢马，流苏金缕鞍。赍钱三百万，皆用青线穿。杂采三百匹，交广市鲑珍。从人四五百，郁郁登郡门。

　　阿母谓阿女："适得府君书，明日来迎汝。何不作衣裳？莫令事不举！"阿女默无声，手巾掩口啼，泪落便如泻。移我琉璃榻，出置前窗下。左手执刀尺，右手执绫罗。朝成绣袷裙，晚成单罗衫。晻晻日欲暝，愁思出门啼。

　　府吏闻此变，因求假暂归。未至二三里，摧藏马悲哀。新妇识马声，蹑履相逢迎。怅然遥相望，知是故人来。举手拍马鞍，嗟叹使心伤。"自君别我后，人事不可量。果不如先愿，又非君所详。我有亲父母，逼迫兼弟兄。以我应他人，君还何所望！"府吏谓新妇："贺卿得高迁！磐石方且厚，可以卒千年；蒲苇一时纫，便作旦夕间。卿当日胜贵，吾独向黄泉。"新妇谓府吏："何意出此言！同是被逼迫，君尔妾亦然。黄泉下相见，勿违今日言！"执手分道去，各各还家门。生人作死别，恨恨那可论！念与世间辞，千万不复全。

　　府吏还家去，上堂拜阿母："今日大风寒，寒风摧树木，严霜结庭兰。儿今日冥冥，令母在后单。故作不良计，勿复怨鬼神。命如南山石，四体康且直。"阿母得闻之，零泪应声落。"汝是大家子，仕宦于台阁。慎勿为妇死，贵贱情何薄？东家有贤女，窈窕艳城廓。阿母为汝求，便复在旦夕。"府吏再拜还，长叹空房中，作计乃尔立。转头向户里，渐见愁煎迫。

　　其日牛马嘶，新妇入青庐。晻晻黄昏后，寂寂人定初。"我命绝今日，魂去尸长留。"揽裙脱丝履，举身赴清池。府吏闻此事，心知长别离，徘徊庭树下，自挂东南枝。

　　两家求合葬，合葬华山傍。东西植松柏，左右种梧桐。枝枝相覆盖，叶叶相交通。中有双飞鸟，自名为鸳鸯，仰头相向鸣，夜夜达五更。行人驻足听，寡妇起彷徨。多谢后世人，戒之慎勿忘！

班　　固

作者介绍见秦汉文部分。

咏 史

三王德弥薄,惟后用肉刑。太仓令有罪,就逮长安城。自恨身无子,困急独茕茕。小女痛父言,死者不可生。上书诣阙下,思古歌鸡鸣。忧心摧折裂,晨风扬激声。圣汉孝文帝,恻然感至情。百男何愦愦,不如一缇萦。

梁 鸿

梁鸿,字伯鸾。扶风平陵(今陕西省咸阳县西北)人。家贫,好学。曾为人佣工,又曾和妻孟光耕织于霸陵山中。后改姓运期,改名燿,字侯光。隐居著书。传诗三首,都是东汉章帝(刘炟)时(76—88)的作品。《后汉书》有传。

五 噫 歌

陟彼北芒兮,噫! 顾瞻帝京兮,噫! 宫室崔巍兮,噫! 民之劬劳兮,噫! 辽辽未央兮,噫!

张 衡

作者介绍见汉赋部分。

四 愁 诗

我所思兮在太山,欲往从之梁父艰。侧身东望涕沾翰。美人赠我金错刀,何以报之英琼瑶。路远莫致倚逍遥,何为怀忧心烦劳?
我所思兮在桂林,欲往从之湘水深。侧身南望涕沾襟。美人赠我琴琅玕,何以报之双玉盘。路远莫致倚惆怅,何为怀忧心烦怏?
我所思兮在汉阳,欲往从之陇阪长。侧身西望涕沾裳。美人赠我貂襜褕,何以报之明月珠。路远莫致倚踟蹰,何为怀忧心烦纡?
我所思兮在雁门,欲往从之雪纷纷。侧身北望涕沾巾。美人赠我锦绣段,何以报之青玉案。路远莫致倚增叹,何为怀忧心烦惋?

辛 延 年

辛延年,后汉人,身世不详。

羽 林 郎

昔有霍家奴,姓冯名子都。依倚将军势,调笑酒家胡。胡姬年十五,春日独当垆。长裾连理带,广袖合欢襦。头上蓝田玉,耳后大秦珠。两鬟何窈窕,一世良所无。一鬟五百万,两鬟千万余。不意金吾子,娉婷过我庐。银鞍何煜爚,翠盖空踟蹰。就我求清酒,丝绳提玉壶。就我求珍肴,金盘脍鲤鱼。贻我青铜镜,结我红罗裾。不惜红罗裂,何论轻贱躯!男儿爱后妇,女子重前夫。人生有新旧,贵贱不相逾。多谢金吾子,私爱徒区区。

古诗十九首

　　《古诗十九首》,汉代无名氏作品,原非一人一时之作,大约产生在东汉桓帝、灵帝时代。梁代萧统因其风格相似,收入《文选》中,题为"古诗十九首",后人遂以此为这组诗的专名。《古诗十九首》多为失意文人之作品,以抒怀见长,抒发他们的怀才不遇、仕途坎坷之感及其漂泊流离、相思怀念之情。诗中多用比兴手法,委婉含蓄,真挚感人。对后代五言诗的发展有重大影响。

行行重行行①

　　行行重行行,与君生别离②。相去万余里,各在天一涯;道路阻且长③,会面安可知!胡马依北风④,越鸟巢南枝⑤。相去日已远⑥,衣带日已缓⑦;浮云蔽白日⑧,游子不顾反⑨。思君令人老,岁月忽已晚⑩。弃捐勿复道⑪,努力加餐饭!

　　①此为组诗首篇,抒写思妇对远行他乡的游子的思念之情。　行行重(chóng)行行:走了又走,不停地走。重,又。　②生别离:活着分离。屈原《九歌·少司命》"悲莫悲兮生别离"。　③阻:艰险。　④胡马:北方所产的马。　⑤越鸟:南方的鸟。　⑥日已远:一天比一天远。已,同"以"。　⑦缓:宽松。人因相思而日渐消瘦,故衣带日渐宽松。　⑧"浮云"句:汉乐府《古杨柳行》:"谗邪害公正,浮云蔽白日。"此喻游子在外地为人所惑。　⑨顾:念。反:同"返"。　⑩"岁月"句:指不知不觉又是岁暮了。　⑪弃捐:放开,丢下。

冉冉孤生竹①

　　冉冉孤生竹,结根泰山阿②。与君为新婚,兔丝附女萝③。兔丝生有时,夫妇会有宜④。千里远结婚,悠悠隔山陂⑤。思君令人老,轩车来何迟⑥,伤彼蕙兰花,含英扬光辉⑦;过时而不采,将随秋草萎。君亮执高节⑧,贱妾亦何为⑨?

　　①这首诗抒发了女子新婚即与丈夫久别的怨情。　冉冉:柔弱下垂貌。　②阿(ē):山坳。　③兔丝:一种柔弱的蔓生植物,此为女子自比。　女萝:亦是蔓生植物,此喻指丈夫。　④宜:合适的时间。　⑤悠悠:远。陂(bēi):池塘。　⑥轩车:有蓬之车。古时大夫以上的官乘轩车。　⑦扬:发,放射。　⑧亮:同"谅",想必。　高节:高尚的节操,指忠于爱情,守志不移。　⑨何为:何必如此。

庭中有奇树①

　　庭中有奇树,绿叶发华滋②。攀条折其荣③,将以遗所思④。馨香盈怀袖,路远莫致之⑤。此物何足贡⑥,但感别经时⑦。

①本篇写思妇对游子的思念之情。　奇树:嘉木。　②发:开放。　华:即"花"字。　滋:繁盛。　③荣:花。　④遗(wèi):赠送。　⑤致之:送到。　⑥贡:献。一本贡作贵。　⑦别:离别。　经时:很长时间。

迢迢牵牛星①

迢迢牵牛星②,皎皎河汉女③。纤纤擢素手④,札札弄机杼⑤。终日不成章⑥,泣涕零如雨⑦。河汉清且浅,相去复几许? 盈盈一水间⑧,脉脉不得语⑨。

①本篇借牛郎织女隔河相思,表现人间男女爱情受阻的痛苦。　②迢迢:遥远貌。　牵牛星:俗称扁担星,在银河南。　③皎皎:明亮貌。　河汉:银河。　河汉女:即织女星,在银河北。　④纤纤:柔长貌。　擢(zhuó):摆动。　⑤札札:织机声。　杼(zhù):织布机上的梭子。　⑥"终日"句:用《诗·小雅·大东》"跂彼织女,终日七襄。虽则七襄,不成报章"意。　章:布帛上的纹理。　⑦零:落。　⑧盈盈:水清浅貌。　间(jiàn):相隔。　⑨脉(mò)脉:含情相视貌。

今日良宴会

今日良宴会,欢乐难具陈。弹筝奋逸响,新声妙入神。令德唱高言,识曲听其真。齐心同所愿,含意俱未伸。人生寄一世,奄忽若飚尘。何不策高足,先踞要路津? 无为守贫贱,辕轲常苦辛。

西北有高楼

西北有高楼,上与浮云齐。交疏结绮窗,阿阁三重阶。上有弦歌声,音响一何悲! 谁能为此曲? 无乃杞梁妻。清商随风发,中曲正徘徊。一弹再三叹,慷慨有余哀。不惜歌者苦,但伤知音稀。愿为双鸿鹄,奋翅起高飞。

明月皎夜光

明月皎夜光,促织鸣东壁。玉衡指孟冬,众星何历历。白露沾野草,时节忽复易。秋蝉鸣树间,玄鸟逝安适? 昔我同门友,高举振六翮。不念携手好,弃我如遗迹。南箕北有斗,牵牛不负轭。良无盘石固,虚名复何益?

回车驾言迈

回车驾言迈,悠悠涉长道。四顾何茫茫,东风摇百草。所遇无故物,焉得不速老? 盛衰各有时,立身苦不早。人生非金石,岂能长寿考? 奄忽随物化,荣名以为宝。

孟冬寒气至

孟冬寒气至,北风何惨栗。愁多知夜长,仰观众星列。三五明月满,四五蟾兔缺。客从远方来，遗我一书札。上言长相思，下言久离别。置书怀袖中，三岁字不灭。一心抱区区，惧君不识察。

客从远方来

　　客从远方来，遗我一端绮。相去万余里，故人心尚尔！文彩双鸳鸯，裁为合欢被。著以长相思，缘以结不解。以胶投漆中，谁能别离此？

明月何皎皎

　　明月何皎皎，照我罗床帏。忧愁不能寐，揽衣起徘徊。客行虽云乐，不知早旋归。出户独彷徨，愁思当告谁？引领还入房，泪下沾裳衣。

附　录：

　　汉兴，乐家有制氏，以雅乐声律，世世在太乐官，但能纪其铿锵鼓舞，而不能言其义。高祖时，叔孙通因秦乐人制宗庙乐。……又有《房中祠乐》，高祖唐山夫人所作也。……楚声也。孝惠二年，使乐府令夏侯宽备其箫管，更名曰《安世乐》。……初，高祖既定天下，过沛，与故人父老相乐，醉酒欢哀，作"风起"之诗，令沛中僮儿百二十人习而歌之。至孝惠时，以沛宫为原庙，皆令歌儿习吹以相和，常以百二十人为员。文、景之间，礼官肄业而已。至武帝定郊祀之礼，祠太一于甘泉，……祭后土于汾阴。……乃立乐府，采诗夜诵，有赵、代、秦、楚之讴。以李延年为协律都尉，多举司马相如等数十人，造为诗赋，略论律吕，以合八音之调，作十九章之歌。以正月上辛，用事甘泉圜丘。……是时河间献王有雅材，亦以为治道非礼乐不成，因献所集雅乐。天子下太乐官，常存肄之，岁时以备数，然不常御；常御及郊庙，皆非雅声。……今汉郊庙诗歌，未有祖宗之事；八音调均（韵）又不协于钟律。而内有掖庭材人，外有上林、乐府，皆以郑声施于朝廷。……贵戚五侯、定陵、富平、外戚之家，淫侈过度，至与人主争女乐。哀帝自为定陶王时，疾之，又性不好音；及即位，下诏……罢乐府官。……然百姓渐渍日久，又不制雅乐有以相变，豪富吏民，湛沔（沈湎）自若（《汉书·礼乐志》）

　　李延年，中山人。身及父母兄弟，皆故倡也。延年坐法腐刑，给事狗监中。女弟得幸于上，号李夫人，列《外戚传》。延年善歌，为新变声。是时上方兴天地诸祠，欲造乐，令司马相如等作诗颂；延年辄承意弦歌所造诗，为之新声曲。而李夫人产昌邑王，延年由是贵为协律都尉，佩二千石印绶……（《汉书·佞幸传》：《李延年传》）

　　孝武李夫人，本以倡进。初，夫人兄延年，性知音，善歌舞，武帝爱之。每为新声变曲，闻者莫不感动……（《汉书·外戚传》：《李夫人传》）

　　鼓吹曲，一曰《短箫铙歌》。刘瓛《定军礼》云："《鼓吹》，未知其始也；汉班壹雄朔野而有之矣。鸣笳以和箫声，非八音也。"（郭茂倩《乐府诗集》卷十六，《鼓吹曲辞》解题。）

　　《宋书乐志》曰："《相和》，汉旧曲也。丝竹更相合，执节者歌。本一部，魏明帝分为二，更递夜宿。本十七曲，朱生、宋识、列和等复合之，为十三曲。"其后，晋荀勖又采旧辞，施用于世，谓之《清商三调歌诗》，即沈约所谓"因弦管金石，造歌以被之"者也。（郭茂倩《乐府诗集》卷二十六，《相和歌辞》解题。）

143

《清商乐》一曰《清乐》。《清乐》者，九代之遗声，其始即《相和》三调是也。并汉、魏以来旧曲，其辞皆古调，及魏三祖所作。在晋朝播迁，其音分散；苻坚灭凉得之，传于前、后二秦。及宋武定关中，因而入南，不复存于内地。自时已后，南朝文物，号为最盛，民谣国俗，亦世有新声。故王僧虔论三调歌曰"今之《清商》，实由铜雀；魏氏三祖，风流可怀，京、洛相高，江左弥重。而情变听改，稍复零落，十数年间，亡者将半。所以追余操而长怀，抚遗器而太息者矣。"……总谓之《清商乐》，至于殿庭飨宴，则兼奏之。遭梁、陈亡乱，存者益寡。及隋平陈，得之，文帝善其节奏，曰："此华夏正声也。"乃微更损益，去其哀怨，考而补之以新定律吕，更造乐器。因于太常置清商署以管之，谓之《清乐》。……（郭茂倩《乐府诗集》卷四十四，《清商曲辞》解题。）

北方有佳人，绝世而独立。一顾倾人城，再顾倾人国。宁不知倾城与倾国，佳人难再得。（李延年：《李夫人歌》。见《汉书·外戚·李夫人传》。）

何以孝悌为，财多而光荣。何以礼义为，史书而仕宦。何以谨慎为，勇猛而临官。（汉代俗谚。见《汉书·贡禹传》。）

邪径败良田，谗口乱善人。桂树华不实，黄爵巢其颠。故为人所羡，今为人所怜。（汉成帝时民谣。见《汉书·五行志》。）

安所求子死，桓东少年场。生时谅不谨，枯骨后何葬。（汉代长安中民谣。见《汉书·酷吏尹赏传》。）

朔自赞曰："臣尝受《易》，请射之。"乃别著布卦而对曰："臣以为龙又无角，谓之为蛇又有足。跂跂脉脉善缘壁，是非守宫即蜥蜴。"（《汉书·东方朔传》。）

画地为狱议不入，刻木为吏期不对。（路温舒《尚德缓刑书》引当时俗谚。见《汉书·路温舒传》。）

大冯君，小冯君，兄弟继踵相因循。聪明贤知惠吏民，政如鲁、卫德化钧，周公、康叔犹二君。（汉代上郡民谣。见《汉书·冯奉世传》附《冯立传》）

急就奇觚与众异，罗列诸物名姓字，分别部居不杂厕，用日约少诚快意，勉力务之必有熹。请道其章：宋延年，郑子方。卫益寿，史步昌。周千秋，赵孺卿。爰展世，高辟兵……（史游《急就篇》第一章）

小麦青青大麦枯，谁当获者妇与姑，丈人何在西击胡。吏买马，君具车，请为诸君鼓咙胡。（汉桓帝时童谣。见《后汉书·五行志》一）

刘勰曰："按，《召南·行露》，始肇半章；孺子《沧浪》，亦有全曲；《暇豫》优歌，远见《春秋》；《邪径》童谣，近在成世；阅时取证，则五言久矣……"（《文心雕龙·明诗篇》）

昔南风之辞，卿云之颂，厥义夐矣。《夏歌》曰："郁陶乎予心。"《楚谣》曰："名余曰正则。"虽诗体未全，然是五言之滥觞也。逮汉李陵，始著五言之目。古诗眇邈，人世难详，推其文体，固是炎汉之制，非衰周之倡也。自王、扬、枚、马之徒，词赋竞爽，而吟咏靡闻。从李都尉迄班婕妤，将百年间，有妇人焉，一人而已。诗人之风，顿已缺丧。东京二百载中，惟有班固《咏史》，质木无文。降及建安，曹公父子，笃好斯文。平原兄弟，郁为文栋。刘桢、王粲，为其羽翼。次有攀龙托凤，自致于属车者，盖将百计。彬彬之盛，大备于时

矣。（钟嵘《诗品序》）

七言者，"交交黄鸟止于桑"之属是也。于俳谐倡乐亦用之。（挚虞：《文章流别论》）

张平子作《四愁诗》，体小而俗，七言类也。……（傅玄《拟张衡四愁诗序》）

"楚辞"《招魂》、《大招》多四言，去"些"、"只"助语，合两句读之，即成七言。《荀子·成相》、荆轲送别，其七言之始乎？至汉而《大风》、《瓠子》见于帝制，柏梁联句，一时称盛，而五言靡闻。其载于班史者，唯'邪径败良田'童谣出于成帝之世耳。刘彦和谓西京"辞人遗翰，莫见五言，所以李陵、班婕妤见疑于后代"。又谓"古诗佳丽，或称枚叔"，则彦和亦未敢质言也。钟嵘《诗品》云，古诗，其体源出于《国风》，《去者日已疏》四十五首，疑是建安中陈王所制。《文选》所录《古诗十九首》，未审即在钟氏四十五篇之数否？要之，此体之兴，必不在景、武之世。（钱大昕《十驾斋养新录》卷十六：《七言在五言之前》）

……古诗佳丽，或称枚叔；其'孤竹'一篇，则傅毅之词。此采而推，两汉之作乎！观其结体散文，直而不野，婉转附物，怊怅切情，实五言之冠冕也。（刘勰《文心雕龙·明诗篇》）

古诗，其体源出于《国风》。陆机所拟十四首，文温以丽，意悲而远，惊心动魄，可谓几乎一字千金。（钟嵘《诗品》）

十九首近于赋，而远于风。故袄情可陈，而其事可举也。虚者实之，纡者直之，则感寤之意微，而陈肆之用广夫。夫微而能通，婉而可讽者，风之为道美也。（陆时雍《诗镜总论》）

自苏李古诗十九首，格古调高，句平意远，不尚难字，而自然过人矣。（谢榛《四溟诗话》）

十九首，大率逐臣弃妻，朋友阔绝，死生新故之感。中间或寓言，或显言，反复低徊，抑扬不尽，使读者悲感无端，油然善人。此《国风》之遗也。（沈德潜《说诗晬语》）

（古诗十九首）皆见《文选》，不题撰人名氏，惟题"古诗"。《玉台新咏》则九首题枚乘《杂诗》，余七首不录。《文心雕龙》则云："古诗佳丽，或称枚叔；其《孤竹》一篇（原注：冉冉孤生竹）则傅毅之词。"是对于枚乘之说，付诸存疑，而割出一首以属傅毅。《诗品》则分为二类，其一陆机所曾拟之十四首，认为时代最古。……可见这一票古诗之作者和时代在六朝时久已成问题了。其所拟议之作者，最古者枚乘，西汉初人；次则傅毅，东汉初人，距枚乘百余年，最近者曹、王、汉、魏间人，距傅毅又百余年，距枚乘且三百年。

我以为要解决这一票诗时代，须先认一个假定，即"古诗十九首"这票东西，虽不是一个人所作，却是一个时代，——先后不过数十年间所作，断不会西汉初人有几首，东汉初人有几首，东汉末人又有几首。因为这十九首诗体格韵味都大略相同，确是一时代诗风之表现。……我据此中消息以估定十九首之年代，大概在西纪一二○至一七○约五十年间，比建安、黄初略先一期，而紧相衔接，所以风格和建安体格相近。……

十九首第一点特色在善用比兴。……汉人尚质，西京尤甚，其作品大率赋体多而比兴少。……到十九首才把"国风"、《楚辞》的技术翻新来用，专务"附物切情"，胡马越鸟，陵柏涧石，江芙泽兰，孤竹女萝，随手寄兴，辄增妩媚。……

……十九首之价值，全在意内言外，使人心醉，其真意所在，苟非确知其"本事"，则无从索解，但就令不解，而优饫涵讽，已移我情。即如"迢迢牵牛星"一章，不是凭空替牛郎织女发感慨，自无待言，最少也是借来写男女恋爱。再进一步，是否专写恋爱，抑或更别有寄托而借恋爱作影子，非问作诗的人不能知道了。虽不知道，然而读起来可以养成我们温厚的情感，引发我们优美的趣味，比兴体的价值全在此。这种诗风，

到十九首才大成。后来唐人名作,率皆如此,宋则盛行于词界,诗界渐少了。(梁启超《中国之美文及其历史》)

参考书目:

余冠英:《汉魏六朝诗选》,人民文学出版社 1987 年版。

余冠英:《乐府诗选》,人民文学出版社 1954 年版。

萧涤非:《汉魏六朝乐府文学史》,人民文学出版社 1984 年版。

三国晋南北朝诗

曹　　操

曹操（155—220），字孟德，沛国谯（今安徽亳县）人。建安时代杰出的政治家、军事家和文学家。曾参与镇压黄巾起义。后起兵讨董卓，迎献帝迁都许昌，"挟天子以令诸侯"，统一了北方，位至丞相、大将军，封魏王。曹丕称帝后追尊为武帝。《三国志·魏志》有传。曹操"外定武功，内兴文学"，是建安文学新局面的开创者。曹操的诗今存二十余首，均为乐府歌辞。他在继承乐府民歌优良传统的同时又有所创新，以乐府旧题写新事，表现汉末的动乱社会现实，抒发自己的抱负。诗歌气魄雄伟，格调苍凉悲壮，其四言诗尤其出色。有《魏武帝集》。

蒿　里　行^①

关东有义士^②，兴兵讨群凶^③。初期会盟津^④，乃心在咸阳^⑤。军合力不齐^⑥，踌躇而雁行^⑦。势利使人争^⑧，嗣还自相戕^⑨。淮南弟称号^⑩，刻玺于北方^⑪。铠甲生虮虱^⑫，万姓以死亡。白骨露于野，千里无鸡鸣。生民百遗一^⑬，念之断人肠。

①"蒿里行"：汉乐府曲名，属于《相和歌·相和曲》，是古代送葬时唱的挽歌。本篇用乐府旧题写时事，记述东汉初平元年，关东诸军讨伐董卓时各怀异心，进而互相火并，结果讨卓未成，战乱却愈演愈烈，人民遭到深重灾难。明钟惺说本篇是"汉末实录，真诗史也"（《古诗归》）。　②关东：函谷关以东，泛指现在河南、河北、山东一带。义士：指起兵讨伐董卓的各路诸侯。　③群凶：指董卓及其党羽。　④盟津：即孟津，在今河南孟县南，是武王伐纣时会合各路诸侯之地。　⑤乃心：其心。　咸阳：秦都，在今陕西咸阳东，这里指代长安。　⑥军合：军队合在一起。　力不齐：不齐心协力。　⑦雁行（háng）：大雁飞行时整齐的行列。　踌躇而雁行：比喻各路军队列阵不前，彼此观望。　⑧势利：权势利益。　⑨嗣还（xuán）：其后不久。　自相戕（qiāng）：自相残杀。　⑩弟：指袁绍的堂弟袁术。袁术于建安二年（197）在淮南寿春（今安徽寿县）称帝。　⑪玺（xǐ）：皇帝的印。初平二年（191），袁绍谋废献帝，另立刘虞为帝，曾私刻玉玺。　⑫铠甲：古代将士的护身战服。　虮：虱子的卵。　⑬生民：老百姓。　百遗一：百人只剩一人。

短　歌　行^①

对酒当歌^②，人生几何？譬如朝露^③，去日苦多^④。慨当以慷^⑤，幽思难忘。何以解忧？唯有杜康^⑥。青青子衿，悠悠我心^⑦。但为君故，沉吟至今^⑧。呦呦鹿鸣，食野之苹。我有嘉宾，鼓瑟吹笙^⑨。明明如月，何时可掇^⑩？忧从中来^⑪，不可断绝。越陌度阡，枉用相存^⑫。契阔谈讌^⑬，心念旧恩^⑭。月明星稀，乌鹊南飞，绕树三匝，何枝可依^⑮？山不厌高，海不厌深。周公吐哺^⑯，天下归心。

①"短歌行"：汉乐府曲名，属《相和歌·平调曲》，古辞已佚。本诗为曹操代表作之一，表达了诗人求贤

若渴的心情和平定天下的雄心壮志。　②当：与"对"义近,都是面对之意。这句是说,对着酒和歌。③朝露：早晨的露水。以朝露见日即干,比喻人生短促。　④去日：过去的日子。　苦多：恨多。　⑤慨当以慷：是"慷慨"的间隔用法。　⑥杜康：人名,相传是造酒的发明人,这里指代酒。　⑦"青青"两句：出于《诗经·郑风·子衿》。原诗是表示对情人的思恋,这里借以表达对贤才的渴慕。　衿：衣领。青衿是周代学子的服装。　⑧君：指所思慕的贤才。　沉吟：低声吟咏。　⑨"呦呦"四句：出于《诗经·小雅·鹿鸣》。本是宴宾客的诗,这里用以表示对人才优待礼遇的态度。　呦呦：鹿鸣声。　苹：艾蒿。　瑟、笙：古代的乐器。　⑩明明如月：喻指富有美德的贤才。　掇(duō)：拾取。一作"辍",停止。　⑪中：心中。　⑫"越陌"二句：言客人远道来访。　阡、陌：是田间小道,南北为阡,东西称陌。　枉：屈驾。　用：以。　存：问候。　⑬契阔：聚散,这里有久别重逢之意。　谈：谈心。　讌：同"宴"。　⑭旧恩：旧日友情。　⑮"月明"四句：以乌鹊喻贤才,说他们四处寻觅,哪里才是合适的依托之地。　匝(zā)：周、圈。　⑯周公：周公姬旦,武王之弟。《韩诗外传》记周公说："一沐三握发,一饭三吐哺,犹恐失天下之士。"　哺：嘴里咀嚼的食物。

步出夏门行

观　沧　海

东临碣石,以观沧海。水何澹澹,山岛竦峙。树木丛生,百草丰茂。秋风萧瑟,洪波涌起。日月之行,若出其中;星汉灿烂,若出其里。幸甚至哉,歌以咏志。

龟　虽　寿

神龟虽寿,犹有竟时。腾蛇乘雾,终为土灰。老骥伏枥,志在千里;烈士暮年,壮心不已。盈缩之期,不但在天;养怡之福,可得永年。幸甚至哉,歌以咏志。

苦　寒　行

北上太行山,艰哉何巍巍!羊肠坂诘屈,车轮为之摧。树木何萧瑟,北风声正悲。熊罴对我蹲,虎豹夹路啼。溪谷少人民,雪落何霏霏!延颈长叹息,远行多所怀。我心何怫郁,思欲一东归。水深桥梁绝,中路正徘徊。迷惑失故路,薄暮无宿栖。行行日已远,人马同时饥。担囊行取薪,斧冰持作糜。悲彼《东山》诗,悠悠令我哀。

陈　琳

陈琳(?—217),字孔璋,广陵(今江苏江都)人,初为袁绍掌管书记,后归曹操,为司空军谋祭酒,管记室。事迹见于《三国志·魏志·王粲传》。陈琳与孔融、王粲、徐幹、阮瑀、应场、刘桢合称建安七子。陈以章表书檄见长,今存诗四首,有《陈记室集》。

饮马长城窟行

饮马长城窟,水寒伤马骨。往谓长城吏,"慎莫稽留太原卒。""官作自有程,举筑谐汝声！""男儿宁当格斗死，何能怫郁筑长城？"长城何连连，连连三千里。边城多健少，内舍多寡妇。作书与内舍："便嫁莫留住。善事新姑嫜，时时念我故夫子。"报书往边地："君今出语一何鄙！""身在祸难中，何为稽留他家子？生男慎莫举，生女哺用脯。君独不见长城下，死人骸骨相撑拄？""结发行事君，慊慊心意关。明知边地苦，贱妾何能久自全？"

徐　　幹

徐幹(170—217)，字伟长，北海(今山东昌乐)人。"建安七子"之一。曾在曹操府中任丞相掾属，又在曹丕身边任五官中郎将文学。存诗四首。此外有学术著作《中论》为当世推重。

室　思(其三)

浮云何洋洋，愿因通我辞。飘飘不可寄，徙倚徒相思。人离皆复会，君独无返期。自君之出矣，明镜暗不治。思君如流水，何有穷已时。

室　思(其六)

人靡不有初，想君能终之。别来历年岁，旧恩何可期。重新而忘故，君子所尤讥。寄身虽在远，岂忘君须臾。既厚不为薄，想君时见思。

王　　粲

王粲(177—217)，字仲宣，山阳高平(今山东邹县)人。"建安七子"之一。年轻时即有才名，为蔡邕所称誉。董卓之乱时避难荆州，依附刘表，未被重用。后归曹操，拜丞相掾，官至侍中。《三国志·魏志》有传。作品现实性较强，情调慷慨悲凉。在"建安七子"中成就最高，被誉为"七子之冠冕"(《文心雕龙·才略》)。同时长于辞赋，《登楼赋》为其名篇。有《王侍中集》。

七 哀 诗①(其一)

西京乱无象②，豺虎方遘患③。复弃中国去④，委身适荆蛮⑤。亲戚对我悲，朋友相追攀⑥。出门无所见⑦，白骨蔽平原。路有饥妇人，抱子弃草间。顾闻号泣声⑧，挥涕独不还："未知身死处，何能两相完⑨？"驱马弃之去，不忍听此言。南登霸陵岸⑩，回首望长安。悟彼《下泉》人⑪，喟然伤心肝⑫。

①七哀：是汉末出现的乐府新题。题名含义众说不一，或说"七哀谓痛而哀，义而哀，感而哀，耳闻而哀，目见而哀，口叹而哀，鼻酸而哀，谓一事而七情具也。"(《文选》六臣注)，或说"七是哀之多，非定数。"(《汉魏六朝诗一百首》)。初平三年(192)，董卓部将李傕(jué)、郭汜(sì)等在长安作乱，作者避乱离开长安，往荆州投奔刘表。王粲有《七哀诗》三首，本篇写的是此次避乱南奔途中见闻。　②西京：指长安。东汉都城在洛阳，初平元年(190)，献帝被董卓挟持到长安，因此称长安为西京。　无象：社会秩序混乱。③豺虎：指董卓的部将李傕、郭汜等人。　遘患：作乱。遘，同"构"。　④复弃：再次离开。　中国：北方中

原地区。 ⑤委身:托身。 适:往。 荆蛮:荆州。荆州是古楚国地,周人以为楚是蛮夷之地,故称。
⑥追攀:指送行者尾随着车,攀着车辕,依依惜别。 ⑦无所见:指别的没有看到。 ⑧顾:回首。 ⑨完:
保全。 ⑩霸陵:汉文帝的陵墓,在长安东。 岸:高地。文帝是西汉中兴之主,"文景之治"时期,国力强
盛,天下太平。 ⑪《下泉》:《诗经·曹风》篇名,《毛诗序》说:"《下泉》,思治也,曹人疾共公侵刻下民,不得
其所,忧而思明王贤伯也。"此指《下泉》诗的作者。 ⑫喟然:叹息的样子。

七 哀 诗 (其二)

荆蛮非我乡,何为久滞淫?方舟溯大江,日暮愁我心。山冈有余映,岩阿增重阴。狐狸
驰赴穴,飞鸟翔故林。流波激清响,猴猿临岸吟。迅风拂裳袂,白露沾衣襟。独夜不能寐,摄
衣起抚琴。丝桐感人情,为我发悲音。羁旅无终极,忧思壮难任。

刘 桢

刘桢(? —217),字公幹,东平(今属山东)人。"建安七子"之一。曾为曹操丞相掾属。其五言诗风格
遒劲,语言明快。钟嵘《诗品》将其诗列为上品。有《刘公幹集》。事迹见于《三国志·魏志·王粲传》。

赠 从 弟 (其二)

亭亭山上松,瑟瑟谷中风。风声一何盛,松枝一何劲! 冰霜正惨凄,终岁常端正。岂不
罹凝寒? 松柏有本性。

蔡 琰

蔡琰(生卒年不详),字文姬,陈留圉(今河南杞县)人。汉末著名学者蔡邕之女,博学能文,通晓音律。
初嫁河东卫仲道,夫死,归母家。战乱时为乱军所掳,流落匈奴十二年,嫁左贤王。后为曹操重金赎回,再
嫁董祀。《后汉书》有传。作品有《悲愤诗》二首,一为五言,一为骚体,内容大致相同。另有《胡笳十八拍》
一篇。后二篇之真伪有争议。

悲 愤 诗

汉季失权柄,董卓乱天常。志欲图篡弑,先害诸贤良。逼迫迁旧邦,拥主以自强。海内
兴义师,欲共讨不祥。卓众来东下,金甲耀日光。平土人脆弱,来兵皆胡羌。猎野围城邑,所
向悉破亡。斩截无孑遗,尸骸相撑拒。马边悬男头,马后载妇女。长驱西入关,迥路险且阻。
还顾邈冥冥,肝脾为烂腐。所略有万计,不得令屯聚。或有骨肉俱,欲言不敢语。失意几微
间,辄言"毙降虏,要当以亭刃,我曹不活汝。"岂敢惜性命,不堪其詈骂。或便加棰杖,毒痛参
并下。旦则号泣行,夜则悲吟坐。欲死不能得,欲生无一可。彼苍者何辜,乃遭此厄祸?
边荒与华异,人俗少义理。处所多霜雪,胡风春夏起。翩翩吹我衣,肃肃入我耳。感时
念父母,哀叹无终已。有客从外来,闻之常欢喜。迎问其消息,辄复非乡里。邂逅徼时愿,骨
肉来迎己。已得自解免,当复弃儿子。天属缀人心,念别无会期。存亡永乖隔,不忍与之辞。

150

儿前抱我颈,问母"欲何之？人言母当去,岂复有还时？阿母常仁恻,今何更不慈？我尚未成人,奈何不顾思？"见此崩五内,恍惚生狂痴。号泣手抚摩,当发复回疑。兼有同时辈,相送告别离。慕我独得归,哀叫声摧裂。马为立踟蹰,车为不转辙。观者皆歔欷,行路亦呜咽。

去去割情恋,遄征日遐迈。悠悠三千里,何时复交会？念我出腹子,胸臆为摧败。既至家人尽,又复无中外。城郭为山林,庭宇生荆艾。白骨不知谁,纵横莫覆盖。出门无人声,豺狼号且吠。茕茕对孤景,怛咤糜肝肺。登高远眺望,神魂忽飞逝。奄若寿命尽,旁人相宽大。为复强视息,虽生何聊赖？托命于新人,竭心自勖厉。流离成鄙贱,常恐复捐废。人生几何时,怀忧终年岁。

曹　　丕

曹丕(187—226),字子桓,沛国谯(今安徽亳县)人,曹操次子。操死,袭承相位,后自立为魏帝,谥魏文帝。《三国志》有《文帝纪》。他的《燕歌行》是现存最早的完整的文人七言诗;《典论·论文》是现存最早的文学批评著作。有《魏文帝集》。

燕　歌　行

秋风萧瑟天气凉,草木摇落露为霜。群燕辞归雁南翔,念君客游思断肠。慊慊思归恋故乡,君何淹留寄他方？贱妾茕茕守空房,忧来思君不敢忘,不觉泪下沾衣裳。援琴鸣弦发清商,短歌微吟不能长。明月皎皎照我床,星汉西流夜未央。牵牛织女遥相望,尔独何辜限河梁？

曹　　植

曹植(192—232),字子建,沛国谯(今安徽亳县)人,曹操第三子,曹丕同母弟,封陈王,死谥思,世称"陈思王"。他富于才华,曹操颇为钟爱,一度欲立为太子。曹丕即位后,备受猜忌迫害,41岁即郁郁而终。《三国志》有传。曹植前期的诗歌多写安逸生活和建功立业的抱负;后期主要抒发受压抑遭迫害的悲愤。他在继承乐府民歌传统的基础上又有创新,对五言诗的发展起了很大的推动作用。钟嵘《诗品》称其诗"骨气奇高,词采华茂,情兼雅怨,体被文质,粲溢今古,卓尔不群。"其文和赋也颇有名,有《曹子建集》。黄节《曹子建诗注》较为详备。

白　马　篇①

白马饰金羁②,连翩西北驰③。借问谁家子？幽并游侠儿④。少小去乡邑,扬声沙漠垂⑤。宿昔秉良弓⑥,楛矢何参差⑦。控弦破左的⑧,右发摧月支⑨。仰手接飞猱⑩,俯身散马蹄⑪。狡捷过猴猿,勇剽若豹螭⑫。边城多警急,虏骑数迁移。羽檄从北来⑬,厉马登高堤⑭。长驱蹈匈奴⑮,左顾凌鲜卑⑯。弃身锋刃端,性命安可怀⑰？父母且不顾,何言子与妻！名编壮士籍⑱,不得中顾私⑲。捐躯赴国难,视死忽如归。

①本篇为乐府诗,属《杂曲歌·齐瑟行》,以篇首二字名篇。诗歌借歌颂边塞游侠少年忠勇卫国、捐躯

151

赴难的英勇行为,抒发诗人为国效力的壮烈情怀。　②羁(jī):马笼头。　③连翩:鸟儿翻飞不停的样子,这里形容白马飞驰。　④幽:幽州,今河北北部和北京市一带。　并:并州,今山西中部、北部一带。⑤扬声:扬名。　垂:同"陲",边远地区。　⑥宿昔:昔时。　秉:操持。　⑦楛(hù)矢:用楛木做箭杆的箭。　⑧控弦:拉弓。　的:目标。　⑨月支:箭靶的名称。　⑩接:迎面而射。　猱(náo):猿类。⑪散:射碎。　马蹄:一种箭靶。　⑫剽(piāo):轻捷。　螭(chī):传说中一种形状似龙的猛兽。　⑬羽檄:古代的征召文书叫檄,在檄上加插羽毛,以示紧急叫羽檄。　⑭厉马:策马,奋马。　⑮蹈:践踏。⑯凌:压制,制服。　⑰怀:顾惜。　⑱籍:簿籍、名册。　⑲中:内心。　顾:顾念。

野田黄雀行①

　　高树多悲风,海水扬其波②。利剑不在掌③,结友何须多! 不见篱间雀,见鹞自投罗④。罗家得雀喜,少年见雀悲。拔剑捎罗网⑤,黄雀得飞飞。飞飞摩苍天⑥,来下谢少年。

　　①《野田黄雀行》:本篇《乐府诗集》收入《相和歌辞·瑟调曲》。诗以比兴手法,抒写朋友遇难而自己无力相救的悲愤心情。　②"高树"两句:树高招风,海大扬波。比喻环境的险恶。　③利剑:比喻权力。④鹞:一种猛禽。　⑤捎:除。一作削。　⑥摩:接近。

七　哀

　　明月照高楼,流光正徘徊。上有愁思妇,悲叹有余哀。借问叹者谁? 自云宕子妻。君行逾十年,孤妾常独栖。君若清路尘,妾若浊水泥。浮沉各异势,会合何时谐? 愿为西南风,长逝入君怀。君怀良不开,贱妾当何依?

送 应 氏(其一)

　　步登北邙阪,遥望洛阳山。洛阳何寂寞,宫室尽烧焚。垣墙皆顿擗,荆棘上参天。不见旧耆老,但睹新少年。侧足无行径,荒畴不复田。游子久不归,不识陌与阡。中野何萧条,千里无人烟。念我平常居,气结不能言。

赠白马王彪

　　黄初四年五月,白马王、任城王与余俱朝京师,会节气。到洛阳,任城王薨。至七月,与白马王还国。后有司以二王归藩,道路宜异宿止,意毒恨之。盖以大别在数日,是用自剖,与王辞焉,愤而成篇。

　　谒帝承明庐,逝将归旧疆。清晨发皇邑,日夕过首阳。伊洛广且深,欲济川无梁。泛舟越洪涛,怨彼东路长。顾瞻恋城阙,引领情内伤。

　　太谷何寥廓,山树郁苍苍。霖雨泥我途,流潦浩纵横。中逵绝无轨,改辙登高冈。修坂造云日,我马玄以黄。

　　玄黄犹能进,我思郁以纡。郁纡将何念? 亲爱在离居。本图相与偕,中更不克俱。鸱枭鸣衡轭,豺狼当路衢。苍蝇间白黑,谗巧令亲疏。欲还绝无蹊,揽辔止踟蹰。

踟蹰亦何留？相思无终极。秋风发微凉，寒蝉鸣我侧。原野何萧条，白日忽西匿。归鸟赴乔林，翩翩厉羽翼。孤兽走索群，衔草不遑食。感物伤我怀，抚心长太息。

太息将何为？天命与我违。奈何念同生，一往形不归。孤魂翔故域，灵柩寄京师。存者忽复过，亡没身自衰。人生处一世，去若朝露晞。年在桑榆间，影响不能追。自顾非金石，咄嗟令心悲。

心悲动我神，弃置莫复陈。丈夫志四海，万里犹比邻。恩爱苟不亏，在远分日亲。何必同衾帱，然后展殷勤。忧思成疾疢，无乃儿女仁。仓卒骨肉情，能不怀苦辛？

苦辛何虑思？天命信可疑。虚无求列仙，松子久吾欺。变故在斯须，百年谁能持？离别永无会，执手将何时？王其爱玉体，俱享黄发期。收泪即长路，援笔从此辞。

名 都 篇

名都多妖女，京洛出少年。宝剑直千金，被服丽且鲜。斗鸡东郊道，走马长楸间。驰骋未能半，双兔过我前。揽弓捷鸣镝，长驱上南山。左挽因右发，一纵两禽连。余巧未及展，仰手接飞鸢。观者咸称善，众工归我妍。归来宴平乐，美酒斗十千。脍鲤臇胎鰕，寒鳖炙熊蹯。鸣俦啸匹侣，列坐竟长筵。连翩击鞠壤，巧捷惟万端。白日西南驰，光景不可攀。云散还城邑，清晨复来还。

吁 嗟 篇

吁嗟此转蓬，居世何独然！长去本根逝，宿夜无休闲。东西经七陌，南北越九阡。卒遇回风起，吹我入云间。自谓终天路，忽然下沉泉。惊飙接我出，故归彼中田。当南而更北，谓东而反西。宕宕当何依，忽亡而复存。飘飘周八泽，连翩历五山。流转无恒处，谁知吾苦艰？愿为中林草，秋随野火燔。糜灭岂不痛，愿与株荄连。

阮 籍

阮籍（210—263），字嗣宗，陈留尉氏（今属河南）人。曾任步兵校尉，世称阮步兵。他生活在魏晋易代之际，以谈玄纵酒、佯狂放荡避祸。与嵇康、山涛、向秀、阮咸、王戎、刘伶号为竹林七贤。《晋书》有传。阮籍诗长于五言，《咏怀》八十二首为其代表作，多用比兴、象征、寄托等手法，隐晦曲折地抒发内心的极度矛盾、寂寞、痛苦乃至愤懑。散文《大人先生传》也很有名。有《阮步兵集》。黄节的《阮步兵咏怀诗注》注释较详尽。

咏 怀①（其一）

夜中不能寐，起坐弹鸣琴。薄帷鉴明月②，清风吹我襟。孤鸿号外野③，翔鸟鸣北林。徘徊将何见，忧思独伤心。

①本诗以隐晦曲折的表现形式，抒发了忧愤的思想感情。　②帷：帷帐。　鉴：映照。　③外野：野外。

咏　怀（其三）

嘉树下成蹊，东园桃与李。秋风吹飞藿，零落从此始。繁华有憔悴，堂上生荆杞。驱马舍之去，去上西山趾。一身不自保，何况恋妻子。凝霜被野草，岁暮一云已。

咏　怀（其三十四）

一日复一期，一昏复一晨，容色改平常，精神自飘沦。临觞多哀楚，思我故时人。对酒不能言，凄怆怀酸辛。愿耕东皋阳，谁与守其真？愁苦在一时，高行伤微身。曲直何所为？龙蛇为我邻。

嵇　康

嵇康（223—262），字叔夜，谯国铚（今安徽宿县）人。曾为中散大夫，世称嵇中散。"竹林七贤"之一。后因拒绝与司马氏合作而被杀。《晋书》有传。文学成就主要是散文。诗歌风格清峻。有《嵇中散集》。

幽愤诗

嗟余薄祜，少遭不造。哀茕靡识，越在襁褓。母兄鞠育，有慈无威。恃爱肆姐，不训不师。爰及冠带，冯宠自放。抗心希古，任其所尚。托好老庄，贱物贵身。志在守朴，养素全真。曰余不敏，好善闇人。子玉之败，屡增惟尘。大人含弘，藏垢怀耻。民之多僻，政不由己。惟此褊心，显明臧否。感悟思愆，怛若创痏。欲寡其过，谤议沸腾。性不伤物，频致怨憎。昔惭柳惠，今愧孙登。内负宿心，外恶良朋。仰慕严郑，乐道闲居。与世无营，神气晏如。咨余不淑，婴累多虞。匪降自天，实由顽疏。理弊患结，卒致囹圄。对答鄙讯，縶此幽阻。实耻讼免，时不我与。虽曰义直，神辱志沮。澡身沧浪，岂云能补。嗷嗷鸣雁，奋翼北游。顺时而动，得意忘忧。嗟我愤叹，曾莫能俦。事与愿违，遘兹淹留。穷达有命，亦又何求。古人有言，善莫近名。奉时恭默，咎悔不生。万石周慎，安亲保荣。世务纷纭，祇搅余情。安乐必诫，乃终利贞。煌煌灵芝，一年三秀。余独何为，有志不就。惩难思复，心焉内疚。庶勖将来，无馨无臭。采薇山阿，散发岩岫。永啸长吟，颐性养寿。

张　华

张华（232—300），字茂先，范阳方城（今河北霸县）人。西晋时官至司空，后为赵王司马伦及孙秀所杀。《晋书》有传。张华以学识渊博著称于世。擅长诗赋及小说，其诗辞采华艳。有《博物志》、《张茂先集》。

壮 士 篇

天地相震荡，回薄不知穷。人物禀常格，有始必有终。年时俯仰过，功名宜速崇。壮士怀愤激,安能守虚冲? 乘我大宛马,抚我繁弱弓。长剑横九野,高冠拂玄穹。慷慨成素霓,啸吒起清风。震响骇八荒,奋威曜四戎。濯鳞沧海畔,驰骋大漠中。独步圣明世,四海称英雄。

情　诗（其五）

　　游目四野外,逍遥独延伫。兰蕙缘清渠,繁华荫绿渚。佳人不在兹,取此欲谁与? 巢居知风寒,穴处识阴雨。不曾远别离,安知慕俦侣?

潘　　岳

　　潘岳（247—300）,字安仁,荥阳中牟（今属河南）人。曾任河阳令、著作郎等职。后为赵王司马伦及孙秀所杀害。《晋书》有传。潘岳以才气著称于当时,与陆机齐名,钟嵘说:"陆才如海,潘才如江"。潘岳擅长悼亡伤逝之作,诗赋词藻华艳而缠绵悱恻。有《潘黄门集》。

悼 亡 诗（其一）

　　荏苒冬春谢,寒暑忽流易。之子归穷泉,重壤永幽隔。私怀谁克从,淹留亦何益。僶俛恭朝命,回心反初役。望庐思其人,入室想所历。帏屏无髣髴,翰墨有馀迹。流芳未及歇,遗挂犹在壁。怅恍如或存,回惶忡惊惕。如彼翰林鸟,双栖一朝只。如彼游川鱼,比目中路析。春风缘隙来,晨霤承檐滴。寝息何时忘,沈忧日盈积。庶几有时衰,庄缶犹可击。

陆　　机

　　陆机（261—303）,字士衡,吴郡（今江苏吴县）人,祖父陆逊,父亲陆抗均为东吴名将。吴亡后与弟陆云入洛阳,为张华所爱重,荐为祭酒。后在"八王之乱"中被杀。《晋书》有传。陆机号称"太康之英",是西晋时著名诗人。他的诗文讲究辞藻和排偶,代表了当时文学的主要倾向。他的《文赋》是著名的文艺理论著作。有《陆士衡集》。

赴洛城道中作（其二）

　　远游越山川,山川修且广。振策陟崇丘,安辔遵平莽。夕息抱影寐,朝徂衔思往。顿辔倚嵩岩,侧听悲风响。清露坠素辉,明月一何朗。抚几不能寐,振衣独长想。

苦 寒 行

　　北游幽朔城,凉野多险难。俯入穹谷底,仰陟高山盘。凝冰结重磵,积雪被长峦。阴云兴岩侧,悲风鸣树端。不睹白日景,但闻寒鸟喧。猛虎凭林啸,玄猿临岸叹。夕宿乔木下,惨怆恒鲜欢。渴饮坚冰浆,饥待零露餐。离思固已久,寤寐莫与言。剧哉行役人,慊慊恒苦寒。

门有车马客

门有车马客,驾言发故乡。念君久不归,濡迹涉江湘。投袂赴门涂,揽衣不及裳。抚膺携客泣,掩泪叙温凉。借问邦族间,恻怆论存亡。亲友多零落,旧齿皆凋丧。市朝互迁易,城阙或丘荒。坟垄日月多,松柏郁芒芒。天道信崇替,人生安得长。慷慨惟平生,俯仰独悲伤。

左　　思

左思(250?—305?),字太冲,临淄(今山东淄博)人。他出身寒门,仕途不得意。其妹左棻被选入宫为晋武帝妃嫔,因举家入洛,官秘书郎。晚年退居在家。《晋书》有传。他的诗继承了"建安风骨"的传统,抒发对门阀政治的强烈不满,风格雄浑、语言遒劲,被称为"左思风力",成就高出当时其他诗人,《咏史》诗八首是其代表作。他构思十年而成的《三都赋》曾使"洛阳为之纸贵"(《晋书》本传)。

咏　　史①(其二)

郁郁涧底松②,离离山上苗③,以彼径寸茎,荫此百尺条。世胄蹑高位④,英俊沉下僚。地势使之然,由来非一朝。金张藉旧业,七叶珥汉貂⑤。冯公岂不伟⑥,白首不见招。

①本篇托物言志,以古讽今,抒发了对门阀制度的强烈不满。　②郁郁:树木茂盛的样子。　③离离:柔弱下垂貌。　④世胄:世家子弟。　蹑:登。　⑤"金张"两句:金张指西汉武帝、宣帝时权臣金日（mì）磾（dī）、张安世两家子孙。　七叶:七世。　珥:插。　汉貂:汉代侍中、常侍等官员在冠旁插貂尾为饰。《汉书·金日磾传赞》:"七世内侍,何其盛也。"《汉书·张汤传》:"安世(张汤子)子孙相继,自宣、元以来为侍中、中常侍………凡十余人。"　⑥冯公:指冯唐。西汉人,有才识而不受重用。

咏　　史(其一)

弱冠弄柔翰,卓荦观群书。著论准《过秦》,作赋拟《子虚》。边城苦鸣镝,羽檄飞京都。虽非甲胄士,畴昔览《穰苴》。长啸激清风,志若无东吴。铅刀贵一割,梦想骋良图。左眄澄江湘,右盼定羌胡。功成不受爵,长揖归田庐。

咏　　史(其六)

荆轲饮燕市,酒酣气益震。哀歌和渐离,谓若傍无人。虽无壮士节,与世亦殊伦。高眄邈四海,豪右何足陈! 贵者虽自贵,视之若埃尘;贱者虽自贱,重之若千钧。

杂　诗

秋风何冽冽,白露为朝霜。柔条旦夕劲,绿叶日夜黄。明月出云崖,皎皎流素光。披轩临前庭,嗷嗷晨雁翔。高志局四海,块然守空堂。壮齿不恒居,岁暮常慨慷。

张　协

张协(?—307),字景阳,安平(今属河北)人。曾任河间内史。晚年隐居不仕,吟咏自娱,与兄张载、弟张亢合称"三张"。《晋书》有传。诗歌大都抒写个人情怀,善于写景状物,用语清警,风格挺拔,有《张景阳集》。

杂　诗(其一)

秋夜凉风起,清气荡暄浊。蜻蚵吟阶下,飞蛾拂明烛。君子从远役,佳人守茕独。离居几何时,钻燧忽改木。房栊无行迹,庭草萋以绿。青苔依空墙,蜘蛛网四屋。感物多所怀,沉忧结心曲。

刘　琨

刘琨(271—318),字越石,中山魏昌(今河北无极)人,出身于世族。晋怀帝时任并州刺史,愍帝时拜大将军,都督幽、并、冀三州军事,后为鲜卑人段匹磾杀害。《晋书》有传。他的作品流露了效忠祖国,慷慨赴难的英雄情怀,风格刚健悲壮。有《刘越石集》。

扶　风　歌

朝发广莫门,暮宿丹水山。左手弯繁弱,右手挥龙渊。顾瞻望宫阙,俯仰御飞轩。据鞍长叹息,泪下如流泉。系马长松下,发鞍高岳头。烈烈悲风起,泠泠涧水流。挥手长相谢,哽咽不能言。浮云为我结,归鸟为我旋。去家日已远,安知存与亡?慷慨穷林中,抱膝独摧藏。麋鹿游我前,猿猴戏我侧,资粮既乏尽,薇蕨安可食。揽辔命徒侣,吟啸绝岩中。君子道微矣,夫子故有穷。惟昔李骞期,寄在匈奴庭。忠信反获罪,汉武不见明。我欲竟此曲,此曲悲且长。弃置勿重陈,重陈令心伤。

郭　璞

郭璞(276—324),字景纯,河东闻喜(今属山西)人。晋元帝时任著作佐郎、尚书郎。后王敦谋反因谏阻被杀。《晋书》有传。他博学多才,曾注释《尔雅》、《方言》、《山海经》等书。其诗想象丰富,富于文采,其游仙之作,为古诗别开一体。有《郭弘农集》。

游　仙　诗(其一)

京华游侠窟,山林隐遁栖。朱门何足荣?未若托蓬莱。临源挹清波,陵冈掇丹荑。灵溪可潜盘,安事登云梯。漆园有傲吏,莱氏有逸妻。进则保龙见,退为触蕃羝。高蹈风尘外,长揖谢夷齐。

游仙诗(其二)

青溪千余仞，中有一道士。云生梁栋间，风出窗户里。借问此何谁，云是鬼谷子。翘迹企颍阳，临河思洗耳。闾阖西南来，潜波涣鳞起。灵妃顾我笑，粲然启玉齿。蹇修时不存，要之将谁使？

庾　阐

庾阐，生卒年不详，字仲初，东晋颍川鄢陵（今属河南）人。年轻时避乱江南，后历任散骑侍郎领大著作、零陵太守、给事中等职，卒年五十四岁。《晋书》有传。原有集十一卷，已佚，现存诗、断句二十首。

三月三日

心结湘川渚，目散冲霄外。清泉吐翠流，渌醽漂素濑。悠想盼长川，轻澜渺如带。

陶　渊　明

陶渊明（365—427），字元亮；一说名潜，字渊明，私谥"靖节"，浔阳柴桑（今江西九江）人。东晋大诗人。早年曾任江州祭酒、镇军参军、彭泽令等，由于厌恶官场污浊，故退隐乡村，躬耕垄亩。《晋书》《宋书》皆有传。陶渊明的田园诗描绘淳朴宁静的乡村景色和歌咏闲适的村居生活，反映了他不愿与黑暗现实同流合污的耿介品格和对美好的田园生活的向往。情感直率自然，语言质朴简洁，意境含蓄优美，风格平易淡远，具有极高的美学价值。另外，陶渊明还创作了一些关心政治，寄寓抱负，被鲁迅称为"金刚怒目"式的诗篇。他的散文、辞赋也有很高的艺术价值。现存陶渊明诗文一百三十多篇，有《陶渊明集》。注本有清人陶澍注的《靖节先生集》，今人王瑶编注的《陶渊明集》，逯钦立校注的《陶渊明集》。

归园田居①(其一)

少无适俗韵②，性本爱丘山。误落尘网中③，一去三十年④。羁鸟恋旧林⑤，池鱼思故渊。开荒南野际⑥，守拙归园田⑦。方宅十余亩⑧，草屋八九间。榆柳荫后檐，桃李罗堂前。暧暧远人村，依依墟里烟⑨。狗吠深巷中，鸡鸣桑树颠。户庭无尘杂⑩，虚室有余闲⑪。久在樊笼里，复得返自然。

①《归园田居》共五首，作于晋安帝义熙二年（406），诗人自彭泽归隐后的第二年。本诗抒发了辞官归田的坦然心情和乡居的闲适情趣。　②适俗韵：适应世俗的气派风度。　③尘网：尘世的罗网，指官场。　④三十年：当为"十三年"，陶渊明二十九岁出仕江州祭酒，到四十二岁辞彭泽令，恰好十三年。⑤羁鸟：被关在笼中的鸟。　⑥际：间。　⑦拙：愚拙。隐含不会迎合官场之意。　⑧方：旁。这句说，房屋周围有十余亩土地。　⑨依依：轻柔的样子。　墟里：村落。　⑩户庭：门庭。　尘杂：尘俗杂事。⑪虚室：娴静的居室。语出《庄子·人间世》："虚室生白"。

归园田居①(其三)

种豆南山下②,草盛豆苗稀。晨兴理荒秽③,带月荷锄归④。道狭草木长,夕露沾我衣。衣沾不足惜,但使愿无违。

①此诗写归田后的劳动生活,表达了对劳动的热爱和归耕田园的意愿。　②南山:指庐山。　③兴:起身。　理:除。理荒秽即除去田间杂草。　④带月:月伴人行,人如带月而行。　荷(hè):扛。

饮　酒①(其五)

结庐在人境②,而无车马喧③。问君何能尔④?心远地自偏⑤。采菊东篱下,悠然见南山⑥。山气日夕佳⑦,飞鸟相与还。此中有真意,欲辩已忘言⑧。

①《饮酒》是组诗,共二十首。有序云:"余闲居寡欢,兼比夜已长,偶有名酒,无夕不饮。顾影独尽,忽焉复醉。既醉之后,辄题数字自娱,纸墨遂多,辞无诠次,聊命故人书之,以为欢笑尔。"从诗的内容看,约作于归田之初。此诗抒写悠然自在的隐居生活。　②结庐:建造住宅。　人境:人世间。　③车马喧:指世俗交往的喧闹。　④君:诗人自称。　⑤心远:指内心远远地摆脱了世俗的束缚。　偏:偏僻。　⑥悠然:自得之貌,形容不期然而然的心境。　南山:指庐山。　⑦山气:山中的气象,山色。　⑧"此中"二句:意谓这中间含有生活的真意,想说出来,又忘了该怎样用言语来表达。意本《庄子·齐物论》:"夫大道不称,大辩不言。"又《庄子·外物》:"言者所以在意也,得意而忘言。"

饮　　酒①(其九)

清晨闻叩门,倒裳往自开②。问子为谁欤,田父有好怀③。壶浆远见候,疑我与时乖④:"褴缕茅檐下⑤,未足为高栖。一世皆尚同⑥,愿君汩其泥。"⑦"深感父老言,禀气寡所谐⑧。纡辔诚可学⑨,违己讵非迷⑩!且共欢此饮,吾驾不可回。"

①此诗表达诗人不愿同流合污、坚决不返仕途的意志。　②倒裳:颠倒衣裳。因急于迎客,来不及穿好衣裳。语出《诗经·齐风·东方未明》:"东方未明,颠倒衣裳。"　③好怀:好情意。　④疑:怪。　乖:不合。　⑤褴缕:同"褴褛"。　⑥尚:崇尚。　同:与世俗同。　⑦汩(gǔ):同"淈",搅混。语出《楚辞·渔父》:"世人皆浊,何不淈其泥而扬其波?"　⑧禀气:天性。　谐:合。　⑨纡辔:迴车。喻违背自己不愿同流合污的本心而出仕。　⑩讵:岂。　迷:迷途。

杂　诗①(其五)

忆我少壮时,无乐自欣豫②,猛志逸四海③,骞翮思远翥④。荏苒岁月颓⑤,此心稍已去⑥。值欢无复娱,每每多忧虑。气力渐衰损,转觉日不如。壑舟无须臾,引我不得住⑦。前途当几许,未知止泊处⑧。古人惜寸阴,念此使人惧。

①《杂诗》共十二首，本篇为其中第五首。诗人在此回忆自己少壮时的志向，抒发对光阴荏苒，前途渺茫的忧惧。　②欣豫：欣喜。　③逸：超越。　④骞（qiān）翮（hé）：展翅。骞，飞举。翮，翅上的羽茎。翥（zhù）：飞。　⑤颓：逝。　⑥此心：指上文所言少壮时的雄心。　⑦"壑舟"二句：《庄子·大宗师》："夫藏舟于壑，藏山于泽，谓之固矣；然而夜半有力者负之而走，昧者不知也。"此喻时光流逝，人之衰老不可避免。引：使。　住：停留。　⑧前途：指未来的时日。　止泊处：原指船泊处，此喻人生归宿。

读山海经①（其十）

精卫衔微木，将以填沧海②。刑天舞干戚，猛志固常在③。同物既无虑④，化去不复悔⑤。徒设在昔心⑥，良辰讵可待⑦！

①组诗《读山海经》，共十三首，是诗人读《山海经》《穆天子传》等书时有感而作，其中多借古咏今。本诗歌颂了精卫、刑天坚强的斗争精神，寄托了诗人慷慨不平的心情。鲁迅称之为"金刚怒目"式的作品。②"精卫"两句：《山海经·北山经》记载，炎帝之少女女娃，溺死于东海，化为鸟，名曰精卫，常衔西山木石以填东海。　③"刑天"两句：《山海经·海外西经》载："有兽名刑天，与帝争神。帝断其首，葬之常羊之山。乃以乳为目，以脐为口，操干戚以舞。"干戚：盾与斧。　④同物：同乎异物，指人死后化为异物。　无虑：没有顾虑，即死而无畏。　⑤化去：犹死亡。　⑥徒：徒然，白白地。　在昔心：过去的雄心壮志。　⑦良辰：指实现壮志的好日子。　讵（jù）：岂。

乞食

饥来驱我去，不知竟何之。行行至斯里，叩门拙言辞。主人解余意，遗赠岂虚来。谈谐终日夕，觞至辄倾杯。情欣新知欢，言咏遂赋诗。感子漂母惠，愧我非韩才。衔戢知何谢，冥报以相贻。

移居（其一）

昔欲居南村，非为卜其宅。闻多素心人，乐与数晨夕。怀此颇有年，今日从兹役。敝庐何必广，取足蔽床席。邻曲时时来，抗言谈在昔。奇文共欣赏，疑义相与析。

移居（其二）

春秋多佳日，登高赋新诗。过门更相呼，有酒斟酌之。农务各自归，闲暇辄相思。相思则披衣，言笑无厌时。此理将不胜，无为忽去兹。衣食当须纪，力耕不吾欺。

癸卯岁始春怀古田舍（其二）

先师有遗训，忧道不忧贫。瞻望邈难逮，转欲志常勤。秉耒欢时务，解颜劝农人。平畴交远风，良苗亦怀新。虽未量岁功，即时多所欣。耕种有时息，行者无问津。日入相与归，壶浆劳近邻。长吟掩柴门，聊为陇亩民。

庚戌岁九月中于西田获早稻

人生归有道,衣食固其端。孰是都不营,而以求自安?开春理常业,岁功聊可观。晨出肆微勤,日入负耒还。山中饶霜露,风气亦先寒。田家岂不苦?弗获辞此难。四体诚乃疲,庶无异患干。盥濯息檐下,斗酒散襟颜。遥遥沮溺心,千载乃相关。但愿长如此,躬耕非所叹。

杂 诗(其一)

人生无根蒂,飘为陌上尘。分散逐风转,此已非常身。落地为兄弟,何必骨肉亲!得欢当作乐,斗酒聚比邻。盛年不重来,一日难再晨。及时当勉励,岁月不待人。

读山海经(其一)

孟夏草木长,绕屋树扶疏。群鸟欣有托,吾亦爱吾庐。既耕亦已种,时还读我书。穷巷隔深辙,颇迴故人车。欢然酌春酒,摘我园中蔬。微雨从东来,好风与之俱。泛览周王传,流观山海图。俯仰终宇宙,不乐复何如!

谢 灵 运

谢灵运(385—433),原籍陈郡阳夏(今河南太康),生于会稽始宁(今浙江上虞)。东晋名将谢玄之孙,袭封康乐公,世称谢康乐。曾任永嘉太守、侍中、临川内史等职,后以谋反罪被杀。《宋书》有传。谢灵运是文学史上第一位扭转玄言诗风,大量创作山水诗的作家。他开辟了诗歌表现的新领域,对后代山水田园诗派有很大影响。他的诗语言精工,摹写自然景物细致,追求形似。有《谢康乐集》。

登 池 上 楼 ①

潜虬媚幽姿②,飞鸿响远音③。薄霄愧云浮④,栖川怍渊沉⑤。进德智所拙⑥,退耕力不任⑦。徇禄及穷海⑧,卧疴对空林⑨。衾枕昧节候⑩,褰开暂窥临⑪。倾耳聆波澜,举目眺岖嵚⑫。初景革绪风⑬,新阳改故阴⑭。池塘生春草,园柳变鸣禽⑮。祁祁伤豳歌⑯,萋萋感楚吟⑰。索居易永久⑱,离群难处心⑲。持操岂独古⑳,无闷征在今㉑。

①本篇写登楼所见初春景色,抒发居官与遁世的矛盾心情。 池上楼:在永嘉郡(今浙江温州)。 ②虬(qiú):传说中有角的龙。 媚:有自我怜惜之意。 幽姿:潜隐的姿态。 ③远音:鸿飞得很高,鸣声传得很远,故称。 ④薄:迫近。 ⑤栖川:栖居在深川。 怍(zuò):惭愧。 ⑥进德:增进德业,做一番事业。 语出《周易·乾卦》:"君子进德修业,欲及时也。" ⑦退耕:退身官场,躬耕田园。 力不任:体力担当不了。 ⑧徇禄:追求禄位。 穷海:偏僻的海边,指永嘉。 ⑨疴(ē):病。 空林:秋冬之林。秋冬树叶落,故言空林。 ⑩衾(qīn):被子。 昧:暗,不明。 节候:季节。 ⑪褰(qiān):揭,拉开。 窥临:临窗眺望。 ⑫岖嵚(qū qīn):山高峻的样子。 ⑬初景:初春的日光。 革:清除。 绪风:余风。指冬

天残余下来的寒风。　⑭新阳:指春。　故阴:指冬。　⑮变鸣禽:鸣禽改变了种类。　⑯"祁祁"句:《诗经·豳风·七月》有"春日迟迟,采蘩祁祁,女心伤悲,殆及公子同归"句。　祁祁:众多貌。　⑰"萋萋"句:《楚辞·招隐士》中有"王孙游兮不归,春草生兮萋萋"句。　萋萋:草茂盛的样子。　⑱索居:离群独居。　易永久:容易觉得日子长久。　⑲难处心:难安心。　⑳持操:保持节操。　㉑无闷:《易经·乾卦》有"遁世无闷"句,谓贤人隐居避世而无烦闷。　征:验征。

登江中孤屿

江南倦历览,江北旷周旋。怀新道转迥,寻异景不延。乱流趋正绝,孤屿媚中川。云日相辉映,空水共澄鲜。表灵物莫赏,蕴真谁为传。想象昆山姿,缅邈区中缘。始信安期术,得尽养生年。

石壁精舍还湖中作

昏旦变气候,山水含清晖。清晖能娱人,游子憺忘归。出谷日尚早,入舟阳已微。林壑敛暝色,云霞收夕霏。芰荷迭映蔚,蒲稗相因依。披拂趋南径,愉悦偃东扉。虑澹物自轻,意惬理无违。寄言摄生客,试用此道推。

鲍　　照

鲍照(414—466),字明远,东海(今江苏连云港)人。南朝宋杰出诗人。出身贫寒,受门阀制度的压抑,一生不得志。曾为临海王刘子顼参军,故世称鲍参军。《南史》有传。诗歌主要抒发对门阀世族政治的不满和怀才不遇的不平,有的作品反映了当时人民的痛苦生活。七言乐府诗情感充沛、语言刚健,风格雄浑,对后代有很大影响。有《鲍参军集》。

拟行路难①(其四)

泻水置平地,各自东西南北流②。人生亦有命,安能行叹复坐愁③?酌酒以自宽④,举杯断绝歌路难⑤。心非木石岂无感!吞声踯躅不敢言⑥。

①"拟行路难"共十八首。本篇抒发了因遭受压抑而极度痛苦和愤慨的心情。　②"泻水"两句:以水的四处分流比喻人生命运各殊。　③"行叹"句:走着叹息,坐着又忧愁。　④自宽:自我宽慰。　⑤举杯断绝:想以举杯割断愁思,即借酒消愁。指歌声因举杯而断绝。　⑥吞声:声音将要发出又咽回去。　踯(zhí)躅(zhú):停步不前的样子。

拟行路难①(其六)

对案不能食②,拔剑击柱长叹息。丈夫生世会几时③,安能蹀躞垂羽翼④。弃置罢官去,还家自休息。朝出与亲辞,暮还在亲侧。弄儿床前戏,看妇机中织。自古圣贤尽贫贱,何况我辈孤且直⑤!

①本篇抒发怀才不遇的激愤和对于不合理社会现实的不满情绪。　②案:古代放食物的小几。
③会:能。　④蹀(dié)躞(xiè):小步行走的样子。　垂羽翼:比喻丧气失意的形状。　⑤孤且直:孤寒又
正直。

代出自蓟北门行

羽檄起边亭,烽火入咸阳。征骑屯广武,分兵救朔方。严秋筋竿劲,虏阵精且强。天子
按剑怒,使者遥相望。雁行缘石径,鱼贯渡飞梁。箫鼓流汉思,旌甲被胡霜。疾风冲塞起,沙
砾自飘扬。马毛缩如蝟,角弓不可张。时危见臣节,世乱识忠良。投躯报明主,身死为国殇。

拟　古(其六)

束薪幽篁里,刈黍寒涧阴。朔风伤我肌,号鸟惊思心。岁暮井赋讫,程课相追寻。田租
送函谷,兽藁输上林。河渭冰未开,关陇雪正深。笞击官有罚,呵辱吏见侵。不谓乘轩意,伏
枥还至今。

梅 花 落

中庭杂树多,偏为梅咨嗟。问君何独然?念其霜中能作花,露中能作实。摇荡春风媚春
日,念尔零落逐寒风,徒有霜华无霜质!

沈　　约

沈约(441—513),字休文,吴兴武康(今浙江德清)人。历仕宋、齐、梁三朝,官至尚书令,卒谥隐。《梁
书》有传。他提倡"四声八病"之说,作诗讲究对仗、声律,与谢朓等人之诗被称为"永明体",对唐代律诗、绝
句的形成有很大影响。有《沈隐侯集》。

新安江至清浅深见底贻京邑同好

眷言访舟客,兹川信可珍。洞澈随清浅,皎镜无冬春。千仞泻乔树,万丈见游鳞。沧浪
有时浊,清济涸无津。岂若乘斯去,俯映石磷磷。纷吾隔嚣滓,宁假濯衣巾?愿以潺湲水,沾
君缨上尘。

石塘濑听猿

噭噭夜猿鸣,溶溶晨雾合。不知声远近,惟见山重沓。既欢东岭唱,复伫西岩答。

谢　朓

谢朓(464—499),字玄晖,陈郡阳夏(今河南太康)人,与谢灵运同族,世称小谢。曾任宣城太守、尚书吏部郎,后被人诬陷谋反,下狱死。《南齐书》有传。谢朓是永明体的代表作家。其山水诗继承和发展了谢灵运的传统,风格自然秀逸。其新体诗对唐代绝句的形成有一定影响。有《谢宣城集》。

晚登三山还望京邑①

　　灞涘望长安②,河阳视京县③。白日丽飞甍④,参差皆可见。余霞散成绮⑤,澄江静如练⑥。喧鸟覆春洲⑦,杂英满芳甸⑧。去矣方滞淫⑨,怀哉罢欢宴⑩。佳期怅何许⑪,泪下如流霰⑫。有情知望乡⑬,谁能鬒不变⑭!

　　①本篇作于作者赴任宣城太守途中,写诗人登山远望所见美景及因此引起的故乡之思。　三山:在今南京市西南长江岸。　京邑:南齐都城建康(今江苏南京)。　②灞:灞水。　涘(sì):水边。汉末王粲因避乱离开长安时作《七哀诗》,有"南登灞陵岸,回首望长安"句。此用以自喻。　③河阳:县名,治所在今河南孟县。　京县:指西晋京都洛阳。晋代潘岳在河阳做官时作《河阳县》诗,有"引领望京室,南路在伐柯"句。此亦用以自喻。　④丽:作动词用,指日光照耀着京城建筑,使色彩绚丽。　飞甍(méng):上翘如飞翼的屋脊。　⑤余霞:晚霞。　绮:有花纹的丝织品。　⑥澄江:清澈的江水。　练:白色的丝绢。　⑦覆:盖,形容鸟之多。　⑧杂英:各色的花。　芳甸:芬芳的郊野。　⑨去矣:要离开了。　滞淫:久留。　⑩怀哉:怀念啊。　罢:停止。　欢宴:指在京都时欢乐的游宴生活。　⑪佳期:指归乡之期。　许:期望。何许:期望在何时。　⑫霰(xiàn):小雪珠。　⑬有情:有情之人。　⑭鬒(zhěn):黑发。

玉 阶 怨

　　夕殿下珠帘,流萤飞复息。长夜缝罗衣,思君此何极!

之宣城出新林浦向板桥

　　江路西南永,归流东北骛。天际识归舟,云中辨江树。旅思倦摇摇,孤游昔已屡。既欢怀禄情,复协沧州趣。嚣尘自兹隔,赏心于此遇。虽无玄豹姿,终隐南山雾。

何　逊

何逊(? —518),字仲言,东海郯(今江苏连云港)人。南朝梁时曾任尚书水部郎。《南史》有传。何逊长于山水诗和抒情小诗,文辞秀美,格调清新。有《何水部集》。

慈 姥 矶

　　暮烟起遥岸,斜日照安流。一同心赏夕,暂解去乡忧。野岸平沙合,连山远雾浮。客悲不自已,江上望归舟。

相　送

客心已百念,孤游重千里,江暗雨欲来,浪白风初起。

阴　铿

　　阴铿,生卒年不详,字子坚,武威姑臧(今甘肃武威)人,梁、陈时诗人,在陈代作过晋陵太守、员外散骑常侍。《南史》有传。阴铿工五言诗,以描写山水见称,善于炼字造句,诗风清丽,与何逊相近。杜甫《解闷》诗说:"颇学阴何苦用心。"有《阴常侍集》。

江津送刘光禄不及

　　依然临江渚,长望倚河津。鼓声随听绝,帆势与云邻。泊处空余鸟,离亭已散人。林寒正下叶,钓晚欲收纶。如何相背远,江汉与城闉。

闲居对雨(其一)

　　四溟飞旦雨,三径绝来游。震位雷声发,离宫电影浮。山云遥似带,庭叶近成舟。茅檐下乱滴,石窦引环流。寄言一高士,如何梦不收。

庚　信

　　庚信(513—581),字子山,南阳新野(今属河南)人。初仕梁,出入宫廷,善作宫体诗,风格华艳。后出使西魏,梁亡后被留,历仕西魏、北周,官至骠骑大将军,开府仪同三司,后人称之为"庚开府"。《北史》有《庚信传》。庚信入北后,诗风为之一变,主要抒写乡关之思和宦羁北国的悲愤,风格苍劲沉郁。其诗歌成就集六朝之大成,对唐代诗歌有较大影响。有《庚子山集》。

拟　咏　怀①(其四)

　　楚材称晋用②,秦臣即赵冠③。离宫延子产④,羁旅接陈完⑤。寓卫非所寓⑥,安齐独未安⑦。雪泣悲去鲁⑧,凄然忆相韩⑨。唯彼穷途恸⑩,知余行路难。

　　①庚信《拟咏怀》共二十七首,为拟阮籍《咏怀》之作,大多反映作者的家国之痛、乡关之思。本篇借用典故,抒写自己羁留北朝,内心思念故国,痛苦而悲愤之情。　②"楚材"句:语出《左传》襄公二十六年:"惟楚有材,晋实用之。"　称:适合。　③"秦臣"句:《后汉书·舆服志》:"武冠,……谓之赵惠文冠,……秦灭赵,以其君冠赐近臣。"　即:戴。　④离宫:宫,这里指招待他国宾客的宾馆。　子产:春秋时郑国大夫,曾佐郑伯至晋,因不被晋侯及时接见,尽毁宾馆之垣以入。晋侯因此知过,厚礼郑伯,并扩建宾馆(见《左传》襄公三十一年)。　⑤"羁旅"句:春秋时陈公子完奔齐,齐侯使之为卿相,他自称羁旅之臣,不肯接受。(见

《左传》庄公二十二年）。比喻自己受到北周诸帝的优待。　　⑥"寓卫"句：《诗经·邶风·式微》篇序"黎侯寓于卫,其臣劝以归也"。　　⑦"安齐"句：重耳出亡至齐,桓公以女齐姜妻之,有安居之意。其手下之人认为不可,设计使重耳离齐(见《左传》僖公二十三年)。　　⑧雪泣：拭泪。悲去鲁：《韩诗外传》。"孔子去鲁,迟迟乎其行也。"　　⑨相韩：《史记·留侯世家》"韩破,良悉以家财求客刺秦王,为韩报仇,以大父、父五世相韩故"。庾信与其父均曾仕梁,故以张良五世相韩为比。　　⑩穷途恸：《晋书·阮籍传》阮籍"时率意独驾,不由径路,车迹所穷,辄恸哭而反"。

拟 咏 怀①（其十一）

摇落秋为气②,凄凉多怨情。啼枯湘水竹③,哭坏杞梁城④。天亡遭愤战⑤,日蹙值愁兵⑥。直虹朝映垒⑦,长星夜落营⑧。楚歌饶恨曲⑨,南风多死声⑩。眼前一杯酒,谁论身后名⑪。

①本篇悼念梁朝的灭亡。　　②"摇落"句：宋玉《九辩》"悲哉秋之为气也,萧瑟兮草木摇落而变衰"。气：节气。　　③"啼枯"句：相传舜出巡死于苍梧,他的两个妃子将自沉湘水,望苍梧而哭,泪洒竹上,尽成斑痕。　　④哭坏：相传春秋时齐大夫杞梁战死,其妻悲伤无依,放声号哭,杞城为之崩坏。　　⑤天亡：《史记·项羽本纪》中项羽说"此天之亡我,非战之罪也"。　　⑥蹙(cù)：迫促。《诗经·大雅·召旻》"今也日蹙国百里"。指国家的领土一天天缩小。　　值：遇到。　　愤战、愁兵：形容当时的战争气氛。　　⑦"直虹句"：古人认为长虹映照军垒是兵败的征象。《晋书·天文志》"虹头尾至地,流血之象"。　　⑧"长星"句：诸葛亮最后一次伐魏时,驻军五丈原,临死时有长星赤而芒角,流落营中。古代认为这是主将阵亡的征兆。　　⑨"楚歌"句：项羽被困于垓下时,夜间四面皆楚歌。后人以"四面楚歌"比喻困境。　　饶：多。　　⑩"南风"句：《左传》襄公十八年"晋人闻有楚师。师旷曰：'不害'。吾骤歌北风,又歌南风,南风不竞,多死声,楚必无功"。　　⑪"眼前"二句：《世说新语·任诞》"张季鹰说'使我有身后名,不如即时一杯酒'"。

寄 王 琳

玉关道路远,金陵信使疏。独下千行泪,开君万里书。

重别周尚书（其一）

阳关万里道,不见一人归。惟有河边雁,秋来南向飞。

南朝乐府民歌

今存南朝乐府民歌近五百首,主要有《吴声歌曲》和《西曲歌》两大类,另有《神弦歌》十八首。吴声歌是以建业(今江苏南京)为中心的长江下游地区的民歌。西曲歌是长江中游和汉水流域的民歌。神弦歌是江南娱神的乐歌。由于乐府机构的有意搜求,现存作品多为情歌。南朝乐府民歌以五言四句为多,好用谐音双关隐语,风格清新婉转,语言生动,富于表现力,有"慷慨吐清音,明转出天然"之誉。宋郭茂倩《乐府诗集》搜编较富,今人余冠英有《乐府诗选》。

子 夜 歌①（其七）

始欲识郎时，两心望如一②。理丝入残机③，何悟不成匹④！

①《子夜歌》大约是晋、宋、齐时以建业（今江苏南京）为中心的江南地区的民歌，相传为晋代女子子夜所创。《乐府诗集》归入《清商曲辞·吴声歌曲》中，共四十二首，多为情歌。 ②望：愿望。 望如一：两人的愿望一致。 ③丝：蚕丝，双关语，谐"思"。 残机：残破的织机。 ④悟：意识到，知道。 匹：布匹，双关语，谐匹配之匹。

子夜四时歌①（其一）

春风动春心，流目瞩山林②。山林多奇采③。阳鸟吐清音④。（春歌）

①《子夜四时歌》从《子夜歌》变化而来，内容以写女子四时情思为主，分《春歌》、《夏歌》、《秋歌》、《冬歌》四种。《乐府诗集·清商曲》载七十五首。 ②流目：流览，放眼观看。 瞩：视。 ③奇采：奇丽的色彩和风光。 ④阳鸟：随阳之鸟，指鸿雁一类的候鸟。一说谓鹤。

西 洲 曲①

忆梅下西洲②，折梅寄江北③。单衫杏子红，双鬓鸦雏色④。西洲在何处？两桨桥头渡⑤。日暮伯劳飞⑥，风吹乌臼树⑦。树下即门前，门中露翠钿⑧。开门郎不至，出门采红莲。采莲南塘秋，莲花过人头。低头弄莲子，莲子青如水⑨。置莲怀袖中，莲心彻底红。忆郎郎不至，仰首望飞鸿⑩。鸿飞满西洲，望郎上青楼⑪。楼高望不见，尽日栏杆头。栏杆十二曲，垂手明如玉。卷帘天自高，海水摇空绿⑫。海水梦悠悠，君愁我亦愁。南风知我意，吹梦到西洲。

①《乐府诗集》将本篇收入《杂曲歌辞》。这首诗写一女子从春到秋，从早到晚对情人的深长思念。写得"续续相生，连跗接萼，摇曳无穷，情味愈出"（沈德潜《古诗源》卷十二）。也有人认为是男子之辞。 ②下：往。 西洲：在何处不详。当离女子住处不远。 ③江北：指男子所在之地。 ④鸦雏色：像小乌鸦羽毛那样的颜色，此句言头发发黑而亮。 ⑤两桨桥头渡：言西洲很近，划动双桨即可到西洲桥头的渡口。 ⑥伯劳：鸟名，又名鹏或鸠。仲夏始鸣，喜单栖。《诗·七月》："七月鸣鹏"。 ⑦乌桕树：落叶乔木，夏开小黄花。 ⑧翠钿（diàn）：用翠玉制成的首饰。 ⑨莲：双关语，谐"怜"（怜爱）。 ⑩鸿：鸿雁。古人以为鸿雁能传书，望飞鸿是盼望书信的意思。 ⑪青楼：漆成青色的楼，女子所居。与后世用以指代妓院者不同。 ⑫海水：指江水。江水宽阔处烟波浩渺，古人有以海称江者。

子 夜 歌（其十一）

高山种芙蓉，复经黄蘖坞。果得一莲时，流离婴辛苦。

子 夜 歌 (其二十八)

夜长不得眠,明月何灼灼。想闻散唤声,虚应空中诺。

子 夜 歌 (其三十六)

侬作北辰星,千年无转移。欢行白日心,朝东暮还西。

子夜四时歌 (其二十七)

田蚕事已毕,思妇犹苦身。当暑理絺服,持寄与行人。　　(夏歌)

子夜四时歌 (其五十七)

秋风入窗里,罗帐起飘飏。仰头看明月,寄情千里光。　　(秋歌)

子夜四时歌 (其五十九)

渊冰厚三尺,素雪覆千里。我心如松柏,君情复何似?　　(冬歌)

那 呵 滩 (其四)

闻欢下扬州,相送江津湾。愿得篙橹折,交郎到头还。

那 呵 滩 (其五)

篙折当更觅,橹折当更安。各自是官人,那得到头还!

华 山 畿 (其一)

华山畿,君既为侬死,独生为谁施?欢若见怜时,棺木为侬开!

华 山 畿 (其五)

未敢便相许。夜闻侬家论,不持侬与汝!

华 山 畿 (其七)

啼著曙,泪落枕将浮,身沈被流去。

读 曲 歌 (其二十八)

怜欢敢唤名,念欢不呼字。连唤欢复欢,两誓不相弃。

读 曲 歌 (其五十五)

打杀长鸣鸡,弹去乌臼鸟。愿得连冥不复曙,一年都一晓。

采 桑 度 (其四)

语欢稍养蚕,一头养百枢。奈当黑瘦尽,桑叶常不周。

采 桑 度 (其五)

春月采桑时,林下与欢俱。养蚕不满百,那得罗绣襦?

采 桑 度 (其六)

采桑盛阳月,绿叶何翩翩!攀条上树表,牵坏紫罗裙。

北朝乐府民歌

　　北朝乐府民歌大部分收在《乐府诗集·梁鼓角横吹曲》中,此外也有少数收在同书《杂曲歌辞》、《杂歌谣辞》里。这些乐曲产生于十六国时代和北魏后期,多是以汉语记录的北方各民族民歌。风格质朴豪放,慷慨激昂,题材较宽广,反映了北方人民在动乱时代的种种生活状况。

企 喻 歌 (其二)

放马大泽中,草好马著膘。牌子铁裲裆,钜锋鹳尾条。

企 喻 歌 (其四)

男儿可怜虫,出门怀死忧。尸丧狭谷中,白骨无人收。

雀劳利歌辞

雨雪霏霏雀劳利,长嘴饱满短嘴饥。

隔 谷 歌 (其一)

兄在城中弟在外。弓无弦,箭无栝,食粮乏尽若为活?救我来！救我来！

折杨柳歌辞 (其一)

上马不捉鞭,反折杨柳枝。蹀座吹长笛,愁杀行客儿。

折杨柳歌辞 (其二)

腹中愁不乐,愿作郎马鞭。出入擐郎臂,蹀座郎膝边。

折杨柳歌辞 (其五)

健儿须快马,快马须健儿。跸跋黄尘下,然后别雄雌。

陇头歌辞 (其一)

陇头流水,流离山下。念吾一身,飘然旷野。

陇头歌辞 (其二)

朝发欣城,暮宿陇头。寒不能语,舌卷入喉。

陇头歌辞 (其三)

陇头流水,鸣声幽咽。遥望秦川,心肝断绝。

木 兰 诗 (其一)

唧唧复唧唧,木兰当户织。不闻机杼声,唯闻女叹息。问女何所思?问女何所忆?女亦无所思,女亦无所忆。昨夜见军帖,可汗大点兵,军书十二卷,卷卷有爷名。阿爷无大儿,木兰无长兄,愿为市鞍马,从此替爷征。

东市买骏马,西市买鞍鞯,南市买辔头,北市买长鞭。旦辞爷娘去,暮宿黄河边。不闻爷娘唤女声,但闻黄河流水鸣溅溅。旦辞黄河去,暮至黑山头。不闻爷娘唤女声,但闻燕山胡骑鸣啾啾。

万里赴戎机,关山度若飞。朔气传金柝,寒光照铁衣。将军百战死,壮士十年归。

归来见天子,天子坐明堂。策勋十二转,赏赐百千强。可汗问所欲,木兰不用尚书郎,愿驰明驼千里足,送儿还故乡。

爷娘闻女来,出郭相扶将。阿姊闻妹来,当户理红妆。小弟闻姊来,磨刀霍霍向猪羊。开我东阁门,坐我西阁床。脱我战时袍,著我旧时裳。当窗理云鬓,对镜帖花黄。出门看火伴,火伴皆惊惶。同行十二年,不知木兰是女郎。

雄兔脚扑朔,雌兔眼迷离。双兔傍地走,安能辨我是雄雌!

敕 勒 歌

敕勒川,阴山下。天似穹庐,笼盖四野。天苍苍,野茫茫。风吹草低见牛羊。

附　录:

自献帝播迁,文学蓬转,建安之末,区宇方辑。魏武以相王之尊,雅爱诗章;文帝以副君之重,妙善辞赋;陈思以公子之豪,下笔琳琅。并体貌英逸,故俊才云蒸。仲宣委质于汉南,孔璋归命于河北,伟长从官于青土,公干徇质于海隅;德琏综其斐然之思,元瑜展其翩翩之乐;文蔚、休伯之俦,子叔、德祖之侣,傲雅觞豆之前,雍容衽席之上,洒笔以成酬歌,和墨以藉谈笑。观其时文,雅好慷慨,良由世积乱离,风衰俗怨,并志深而笔长,故梗概而多气也。(刘勰《文心雕龙·时序篇》)

曹公古直,甚有悲凉之句。(钟嵘《诗品》)

魏武帝如幽燕老将,气韵沉雄。(敖器之《敖陶孙诗评》)

曹氏父子兄弟,往往以乐府题叙汉末事,虽谓之古诗亦可。(王士祯《古诗选·五言诗凡例》)

孟德诗犹是汉音,子桓以下,纯乎魏响。沈雄俊爽,时露霸气。(沈德潜《古诗源》)

子建思捷而才俊,诗丽而表逸,子桓虑详而力缓,故不竞于先鸣,而乐府清越,《典论》辩要,迭用短长,亦无懵焉。(刘勰《文心雕龙·才略篇》)

魏文帝,其源出于李陵,颇有仲宣之体则。新奇百许篇,率皆鄙直如偶语,惟"西北有浮云"十余首,殊美瞻可玩,始见其工矣。(钟嵘《诗品》)

读子桓乐府即如引人于张乐之野,泠风善月,人世陵嚣之气,淘汰俱尽。古人所贵于乐者,将无在此?(王夫之《古诗评选》卷一)

子桓笔姿轻俊,能转能藏,是其所优。……其源出于十九首,淡逸处弥佳,乐府雄壮之调,非其本长。(陈祚明《采菽堂古诗选》卷五)

魏陈思王植。其源出于《国风》,骨气奇高,词采华茂,情兼雅怨,体被文质。粲溢今古,卓尔不群。(钟嵘《诗品》)

谢灵运尝云:"天下才共有一石,曹子建独得八斗,我得一斗,自古及今同用一斗,奇才敏捷,安有继之。"(李翰《蒙求集注》)

曹子建如三河少年,风流自赏。(敖器之《敖陶孙诗评》)

子建既擅凌厉之才,兼饶藻组之学,故风雅独绝。不甚法孟德之健笔,而穷态极变,魄力厚于子桓。要之,三曹固各成绝技,使后人攀仰莫及。(陈祚明《采菽堂古诗选》卷六)

陈思极工起调。如"惊风飘白日,忽然归西山",如"明月照高楼,流光正徘徊",如"高台多悲风,朝日照北林",皆高唱也。(沈德潜《说诗晬语》)

晋步兵阮籍。其源出于《小雅》,无雕虫之功。而《咏怀》之作,可以陶性灵,发幽思。言在耳目之内,情寄八荒之表。洋洋乎会于风雅,使人忘其鄙近,自致远大。颇多感慨之词。厥旨渊放,归趣难求。(钟嵘《诗品》)

嗣宗身仕乱朝,常恐罹谤遇祸,因兹发咏,故每有忧生之嗟。虽志在刺讥,而文多隐避,百代之下,难以猜测。(李善《文选》卷二十三《咏怀》诗注)

步兵《咏怀》自是旷代绝作,远绍《国风》,近出入于《十九首》,而以高朗之怀,脱颖之气,取神似于离合之间,大要如晴云出岫,舒卷无定质。而当其有所不极,则弘忍之力,内视荆、聂矣。且其托体之妙,或以自安,或以自悼,或标物外之旨,或寄疾邪之思;意固径庭,而言皆一致。(王夫之《古诗评选》卷四)

阮公虽云志在刺讥,文多隐避,要其八十一章决非一时之作,吾疑其总集平生所为诗,题为《咏怀》耳。(吴汝纶《古诗钞》卷二)

晋记室左思,其源出于公干。文典以怨,颇为精切,得讽谕之致。(钟嵘《诗品》)

《咏史》之名,起自孟坚(班固),但指一事,魏杜挚《赠毋丘俭》,叠用入古人名,堆垛寡变。太冲题实因班,体亦本杜:而造语奇伟,创格新特,错综震荡,逸气干云,遂为古今绝唱。(胡应麟《诗薮·外编》卷二)

太冲胸次高旷,而笔力又复雄迈,陶冶汉魏,自制体词,故是一代作手。(沈德潜《古诗源》卷七)

太冲《咏史》,不必专咏一人,专咏一事,咏古人而己之性情俱见。此千秋绝唱也。后惟明远、太白能之。(同上)

有疑陶渊明之诗,篇篇有酒。吾观其意不在酒,亦寄酒为迹焉。其文章不群,词采精拔,跌宕昭彰,独超众类,抑扬爽朗,莫之与京。横素波而旁流,干青云而直上。语时事则指而可想,论怀抱则旷而且真。加以贞志不休,安道苦节,不以躬耕为耻,不以无财为病,自非大贤笃志,与道汙隆,孰能如此乎!(萧统《陶渊明集序》)

172

吾于诗人，无所甚好，独好渊明之诗。渊明作诗不多，然其诗质而实绮，癯而实腴，自曹、刘、鲍、谢、李、杜诸人，皆莫及也。（苏轼《与苏辙书》）

陶渊明诗所不可及者，冲淡深粹，出于自然。若曾用力学，然后知渊明诗非着力之所能成。（杨时《龟山先生语录》卷一）

文章以气韵为主，气韵不足，虽有辞藻，要非佳作也。乍读渊明诗，颇似枯淡，久久有味。东坡晚年酷好之，谓李、杜不及也。此无他，韵胜而已。（陈善《扪虱新话》上集卷一）

陶谢文章造化侔，篇成能使鬼神愁。君看夏木扶疏句，还许诗家更道不？（陆游《读陶诗》）

陶渊明诗，人皆说是平淡，据某看他自豪放，但豪放得来不觉耳。其露出本相者，是《咏荆轲》一篇，平淡底人，如何说得这样言语出来？（朱熹《朱子语类》卷一百四十）

一语天然万古新，豪华落尽见真淳。南窗白日羲皇上，未害渊明是晋人。（元好问《论诗绝句三十首》其四）

陶诗淡，不是无绳削，但绳削到自然处，故见其淡之妙，不见其削之迹。（陶澍《靖节先生集》）

陶渊明诗语淡而味腴，和粹之气，悠然流露，最耐玩味，……人初读，不觉其奇，渐咏则味渐出。后人论时艺者，有曰："绚烂之极归于平淡，平淡之极乃为波澜。"陶诗足当之。（伍涵芬《读书乐趣》卷八）

有有我之境，有无我之境。……"采菊东篱下，悠然见南山"，……无我之境也。有我之境，以我观物，故物皆著我之色彩；无我之境，以物观物，故不知何者为我，何者为物。古人为词，写有我之境者为多，然未始不能写无我之境，此在豪杰之士能自树立耳。（王国维《人间词话》上卷）

《清商乐》一曰《清乐》。《清乐》者，九代之遗声，其始即《相和》三调是也。并汉、魏已来旧曲。其辞皆古调及魏三祖所作。自晋朝播迁，其音分散，苻坚灭凉得之，传于前后二秦。及宋武定关中，因而入南，不复存于内地。自时已后，南朝文物号为最盛，民谣国俗，亦世有新声。故王僧虔论三调歌曰："今之《清商》，实由《铜雀》，魏氏三祖，风流可怀；京、洛相高，江左弥重。而情变听改，稍复零落，十数年间，亡者将半。所以追余操而长怀，抚遗器而太息者矣。"后魏孝文讨淮、汉，宣武定寿春，收其声伎，得江左所传中原旧曲《明君》、《圣主》、《公莫》、《白鸠》之属。及江南《吴歌》、荆楚《西声》，总谓之《清商乐》。至于殿庭飨宴，则兼奏之。遭梁、陈亡乱，存者盖寡。及隋平陈得之，文帝善其节奏，曰："此华夏正声也。"乃微更损益，去其哀怨，考而补之，以新定律吕更造乐器。因于太常置清商署以管之，谓之"清乐"。开皇初，始置七部乐，《清商》伎其一也。大业中，炀帝乃定《清乐》、《西凉》等为九部，而《清乐》歌曲有《杨伴》，舞曲有《明君》、《并契》，乐器有钟、磬、琴、瑟、击琴、琵琶、箜篌、筑、筝、节鼓、笙、笛、箫、篪、埙等十五种，为一部。唐又增吹叶而无埙。隋室丧乱，日益沦缺。唐贞观中用十部乐，《清乐》亦在焉。至武后时独有六十三曲。其后歌辞在者有：《白雪》、《公莫》、《巴渝》、《明君》、《凤将雏》、《明之君》、《铎舞》、《白鸠》、《白纻》、《子夜》、《吴声四时歌》、《前溪》、《阿子及欢闻》、《团扇》、《懊憹》、《长史变》、《丁督护》、《读曲》、《鸟夜啼》、《石城》、《莫愁》、《襄阳》、《西乌夜飞》、《估客》、《杨伴》、《雅歌骁壶》、《常林欢》、《三洲》、《采桑》、《春江花月夜》、《玉树后庭花》、《堂堂》、《泛龙舟》等三十二曲，《明之君》、《雅歌》各二首，《四时歌》四首，合三十七首。又七曲有声无辞：《上柱》、《凤雏》、《平调》、《清调》、《瑟调》、《平折》、《命啸》，通前为四十四曲存焉。长安已后，朝庭不重古曲，工伎寖缺，能合于管弦者，唯《明君》、《杨伴》、《骁壶》、《春歌》、《秋歌》、《白雪》、《堂堂》、《春江花月夜》等八曲。自是乐章讹失，与吴音转远。开元中，刘贶以为宜取吴人，使之传习，以问歌工李郎子。郎子，北人，学于江都人俞才生,时声调已失,唯雅歌曲辞辞典而音雅。后郎子亡去,清乐之歌遂阙。自周、隋已来,管弦雅曲将数百曲,多用西凉乐,鼓舞曲多用龟兹乐,唯琴工犹传楚、汉旧声及《清调》蔡邕五弄、《楚调》四弄,谓之九弄。雅声独存,非朝廷郊庙所用,故不载。《乐府解题》曰:"蔡邕云《清商曲》又有《出郭西门》、《陆地行车》、《夹钟》、《朱堂寝》、《奉法》等五曲,其词不足采著。"(郭茂倩《乐府诗集》卷四十四《清商曲辞》)

　　《吴歌》杂曲,并出江东,晋、宋以来,稍有增广。……始皆徒歌,既而披之管绅。(沈约《宋书·乐志》)

　　《晋书·乐志》曰:"……(同上引沈约语)。"盖自永嘉渡江之后,下及梁、陈,咸都建业,《吴声歌曲》起于此也。《古今乐録》曰:"《吴声》歌,旧器有箎、箜篌、琵琶,今有笙、筝,其曲有《命啸》、《吴声》、《游曲》、《半折》、《六变》、《八解》。《命啸》十解,存者有《乌噪林》、《浮云》、《驱雁归湖》、《马让》,余皆不传。《吴声》十曲:一曰《子夜》,二曰《上柱》,三曰《凤将雏》,四曰《上声》,五曰《欢闻》,六曰《欢闻变》,七曰《前溪》,八曰《阿子》,九曰《丁督护》,十曰《团扇郎》。并梁所用曲。《凤将雏》已上三曲,古有歌,自汉至梁不改,今不传。《上声》已下七曲,内人包明月制《舞前溪》一曲,余并王金珠所制也。《游曲》六曲:《子夜四时歌》、《警歌》、《变歌》,并十曲中间《游曲》也。《半折》、《六变》、《八解》,汉世已来有之。八解者,《古弹》、《上柱古弹》、《郑干》、《新蔡》、《大冶》、《小冶》、《当男》、《盛当》。梁太清中,犹有得者,今不传。"又有《七日夜女歌》、《长史变》、《黄鹄》、《碧玉》、《桃叶》、《长乐佳》、《欢好》、《懊恼》、《读曲》,亦皆《吴声》歌曲也。(郭茂倩《乐府诗集》卷四十四《吴声歌曲》)

　　《古今乐录》曰:"《西曲歌》有《石城乐》、《乌夜啼》、《莫愁乐》、《估客乐》、《襄阳乐》、《三洲》、《襄阳蹋铜蹄》、《采桑度》、《江陵乐》、《青阳度》、《青骢白马》、《共戏乐》、《安东平》、《女儿子》、《来罗》、《那呵滩》、《孟珠》、《翳乐》、《夜黄》*、《夜渡娘》、《长松标》、《双行缠》、《黄督》、《黄缨》、《平西乐》、《攀杨枝》、《寻阳乐》、《白附鸠》、《拔蒲》、《寿阳乐》、《作蚕丝》、《杨叛儿》、《西乌夜飞》、《月节折杨柳歌》三十四曲。《石城乐》、《乌夜啼》、《莫愁乐》、《估客乐》、《襄阳乐》、《三洲》、《襄阳蹋铜蹄》、《采桑度》、《江陵乐》、《青骢白马》、《共戏乐》、《安东平》、《那呵滩》、《孟珠》、《翳乐》、《寿阳乐》,并舞曲。《青阳度》、《女儿子》、《来罗》、《夜黄》、《夜度娘》、《长松标》、《双行缠》、《黄督》、《黄缨》、《平西乐》、《攀杨枝》、《寻阳乐》、《白附鸠》、《拔蒲》、《作蚕丝》,并倚歌。《孟珠》、《翳乐》,并倚歌。"按《西曲歌》出于荆、郢、樊、邓之间,而其声节送和,与《吴歌》亦异,故其方俗而谓之《西曲》云。(郭茂倩《乐府诗集》卷四十七《西曲歌》)

　　《古今乐录》曰:"《梁鼓角横吹曲》有《企喻》、《琅琊王》、《钜鹿公主》、《紫骝马》、《黄淡思》、《地驱乐》、《雀劳利》、《慕容垂》、《陇头流水》等歌三十六曲,二十五曲有歌有声,十一曲有歌。是时乐府《胡吹旧曲》有《大白净皇太子》、《小白净皇太子》、《雍台》、《霓台》、《胡遵利》、《羚女》、《淳于王》、《捉搦》、《东平刘生》、《单迪历鲁爽》、《半和》、《企喻》、《比敦》、《胡度来》十四曲,三曲有歌,十一曲亡。又有《隔谷》、《地驱乐》、《紫骝马》、《折杨柳》、《幽州马客吟》、《慕容家自鲁企由谷》、《陇头》、《魏高阳王乐人》等歌二十七曲,合前三曲,凡三十曲,总六十六曲。江淹《横吹赋》云:'奏《白登》之二曲,起《关山》之一引,採菱谢而自罗,绿水惬而不进。'则《白登》、《关山》又是三曲。"按歌辞有《木兰》一曲,不知起于何代也。(郭茂倩《乐府诗集》卷二十五《梁鼓角横吹曲》)

参考书目:

北京大学中国文学史教研室选注:《魏晋南北朝文学史参考资料》,中华书局1962年版。
逯钦立校注:《陶渊明集》,中华书局1979年版。
周振甫:《诗品译注》,中华书局1998年版。
其余同汉诗部分。

三国晋南北朝辞赋

王　粲

作者介绍见诗歌部分。

登 楼 赋①

　　登兹楼以四望兮,聊暇日以销忧②。览斯宇之所处兮,实显敞而寡仇③。挟清漳之通浦兮,倚曲沮之长洲④。背坟衍之广陆兮,临皋隰之沃流⑤。北弥陶牧,西接昭丘⑥。华实蔽野,黍稷盈畴。虽信美而非吾土兮,曾何足以少留!

　　遭纷浊而迁逝兮,漫逾纪以迄今⑦。情眷眷而怀归兮,孰忧思之可任⑧?凭轩槛以遥望兮,向北风而开襟。平原远而极目兮,蔽荆山之高岑⑨。路逶迤而修迥兮,川既漾而济深⑩。悲旧乡之壅隔兮,涕横坠而弗禁。昔尼父之在陈兮,有"归欤"之叹音⑪。钟仪幽而楚奏兮,庄舄显而越吟⑫。人情同于怀土兮,岂穷达而异心!

　　惟日月之逾迈兮,俟河清其未极⑬,冀王道之一平兮,假高衢而骋力⑭。惧匏瓜之徒悬兮,畏井渫之莫食⑮。步栖迟以徙倚兮,白日忽其将匿⑯。风萧瑟而并兴兮,天惨惨而无色⑰。兽狂顾以求群兮,鸟相鸣而举翼。原野阒其无人兮,征夫行而未息⑱。心凄怆以感发兮,意忉怛而憯恻⑲。循阶除而下降兮,气交愤于胸臆⑳。夜参半而不寐兮,怅盘桓以反侧㉑。

　　①此赋为王粲在荆州依附刘表时所作,抒发了伤感乱离、怀才不遇和怀乡思归之情。在写法上前后照应,脉络清楚,写景和抒情紧密结合,为赋中名篇。关于所登城楼,历来说法颇多,当以在荆州近是。②暇:同"假",作"借"解。　销:通"消"。　③宇:本指屋檐,此处"斯宇"犹"此楼"。　所处:指城楼所在的地势。　显敞:豁亮宽敞。　寡仇:少有可与之匹敌的。寡,少。仇,匹敌。　④"挟清漳"两句:意指临近清清的漳水的支流。　挟:犹带。　漳:水名,源出湖北南漳县西南,后经江陵入长江。　通浦:指交通方便的支流。浦,江河水流的岔口,此处当指支流。　沮:沮水。源出湖北保康县西南,经当阳与漳水合。长洲:水边长形的陆地。　⑤背:背靠着,指北面。　坟衍:土地高起为坟,广平为衍。　临:面对,指南面。　皋隰(xí):水边高地为皋,低湿之地为隰。　沃流:指可以灌溉的河流。　⑥弥:终,指止于、直到。　陶牧:指郊外陶朱公的墓。陶,指陶朱公(春秋时越之范蠡)。牧,《尔雅·释地》:"邑外谓之郊,郊外谓之牧。"传说湖北江陵附近有陶朱公墓。　昭丘:指楚昭王陵墓(在当阳东南七十里处)。　⑦纷浊:纷扰污秽,喻乱世。　迁逝:迁徙流亡,指避乱荆州。　漫:时间长久。　逾:超过。　纪:十二年为一纪。　⑧怀归:思归。　任:禁受,受得了。　⑨蔽:被……所挡住而不能望见。　荆山:在今湖北南漳境内。　岑:小而高的山。吕延济说:"荆州在帝乡(即帝都)南,故向北开襟,思故国之风;而极目远望,为荆山所蔽,终不复见。"(见六臣注《文选》)　⑩逶迤(wēi yí):长而曲折。　修迥:遥远、漫远。修,长。迥,远。　漾:水长的样子。　济:本指渡河,文中与"川"相对,指河水。文中"川漾""济深",指路长水深。　⑪尼父:即孔子。孔子字仲尼,"父"是敬称。《论语·公冶长》:"子在陈曰:'归欤!归欤!'……"此处王粲以孔子典表

达思归之情。　⑫钟仪：楚国乐官，《左传·成公（九年）》："晋侯观于军府，见钟仪，问之曰：'南冠而絷者，谁也'有司对曰：'郑人所献楚囚也。'使税之，……问其族，对曰：'伶人也。'……使与之琴，操南音。……公语范文子，文子曰：'楚囚，君子也。……乐操土风，不忘旧也。'"　幽：指囚禁。　庄舄（xì）：越人，《史记·张仪列传》："越人庄舄仕楚执珪，有顷而病。楚王曰：'舄，故越之鄙细人也。今仕楚执珪，富贵矣，亦思越否？'中谢对曰：'凡人之思故，在其病也。彼思越则越声，不思越则楚声。'使人往听之，犹尚越声也。"　显：居官贵要。　越吟：指以越国方音说话、呻吟。　文中钟仪、庄舄二典，都用以喻自己思乡情切。　⑬日月：指光阴。　逾迈：犹流逝。　河清：黄河之水变清。相传黄河水千年清一次，后以河清喻太平盛世。极：至。　⑭王道：指东汉王朝的政局。　一：统一。　平：治平，指稳定巩固。　高衢：大路，喻帝王的良好措施。　骋力：施展才力。　⑮匏（páo）瓜：葫芦的一种，味苦不能食。《论语·阳货》："子曰……吾岂匏瓜也哉？焉能系而不食！"王粲用以自喻。　井渫（xiè）：井中的污泥已淘尽。渫，淘井。《周易·井卦》："井渫不食，为我心恻。"王粲用此典比喻自己品德很好，就怕没人重用。　⑯栖迟：漫步游息。　徙倚：徘徊。　忽：很快地。　匿：藏，指（太阳）下山。　⑰并兴：指从四面八方同时兴起。　惨惨：暗淡。　无色：无光。　⑱阒（qù）：寂静无人的样子。　⑲感发：感触。　忉（dāo）怛（dá）：哀伤的样子。　憯（cǎn）：同"惨"。　⑳阶除：指楼梯。"除"与"阶"同义。　交愤：郁结。愤，郁闷。　㉑夜参半：到了半夜。参，及，到。

曹　植

作者介绍见诗歌部分。

洛 神 赋 并序

　　黄初三年，余朝京师，还济洛川。古人有言，斯水之神，名曰宓妃。感宋玉对楚王神女之事，遂作斯赋。其辞曰：

　　余从京域，言归东藩。背伊阙，越轘辕，经通谷，陵景山。日既西倾，车殆马烦。尔乃税驾乎蘅皋，秣驷乎芝田。容与乎阳林，流眄乎洛川。于是精移神骇，忽焉思散。俯则未察，仰以殊观。睹一丽人，于岩之畔。乃援御者而告之曰："尔有觌于彼者乎？彼何人斯，若此之艳也！"御者对曰："臣闻河洛之神，名曰宓妃。然则君王之所见也，无乃是乎？其状若何？臣愿闻之。"

　　余告之曰："其形也，翩若惊鸿，婉若游龙。荣曜秋菊，华茂春松。仿佛兮若轻云之蔽月，飘飖兮若流风之回雪。远而望之，皎若太阳升朝霞。迫而察之，灼若芙蕖出渌波。秾纤得衷，修短合度。肩若削成，腰如约素。延颈秀项，皓质呈露。芳泽无加，铅华弗御。云髻峨峨，修眉联娟。丹唇外朗，皓齿内鲜。明眸善睐，靥辅承权。瑰姿艳逸，仪静体闲。柔情绰态，媚于语言。奇服旷世，骨像应图。披罗衣之璀粲兮，珥瑶碧之华琚。戴金翠之首饰，缀明珠以耀躯。践远游之文履，曳雾绡之轻裾。微幽兰之芳蔼兮，步踟蹰于山隅。于是忽焉纵体，以遨以嬉。左倚采旄，右荫桂旗。攘皓腕于神浒兮，采湍濑之玄芝"。

　　余情悦其淑美兮，心振荡而不怡。无良媒以接欢兮，托微波而通辞。愿诚素之先达兮，解玉佩以要之。嗟佳人之信修兮，羌习礼而明诗。抗琼珶以和予兮，指潜渊而为期。执眷眷之款实兮，惧斯灵之我欺。感交甫之弃言兮，怅犹豫而狐疑。收和颜而静志兮，申礼防以自持。

　　于是洛灵感焉，徙倚彷徨。神光离合，乍阴乍阳。竦轻躯以鹤立，若将飞而未翔。践椒

176

途之郁烈,步蘅薄而流芳。超长吟以永慕兮,声哀厉而弥长。尔乃众灵杂遝,命俦啸侣。或戏清流,或翔神渚。或采明珠,或拾翠羽。从南湘之二妃,携汉滨之游女。叹匏瓜之无匹兮,咏牵牛之独处。扬轻袿之猗靡兮,翳修袖以延伫。体迅飞凫,飘忽若神。凌波微步,罗袜生尘。动无常则,若危若安。进止难期,若往若还。转眄流精,光润玉颜。含辞未吐,气若幽兰。华容婀娜,令我忘餐。

于是屏翳收风,川后静波。冯夷鸣鼓,女娲清歌。腾文鱼以警乘,鸣玉鸾以偕逝。六龙俨其齐首,载云车之容裔。鲸鲵踊而夹毂,水禽翔而为卫。于是越北沚,过南冈,纡素领,回清阳。动朱唇以徐言,陈交接之大纲。恨人神之道殊兮,怨盛年之莫当。抗罗袂以掩涕兮,泪流襟之浪浪。悼良会之永绝兮,哀一逝而异乡。无微情以效爱兮,献江南之明珰。虽潜处于太阴,长寄心于君王。忽不悟其所舍,怅神宵而蔽光。

于是背下陵高,足往神留。遗情想像,顾望怀愁。冀灵体之复形,御轻舟而上溯。浮长川而忘返,思绵绵而增慕。夜耿耿而不寐,霑繁霜而至曙。命仆夫而就驾,吾将归乎东路。揽骓辔以抗策,怅盘桓而不能去。

向　秀

向秀(227?—272?),字子期,河内怀县(今河南武陟西南)人,魏晋之际哲学家、文学家,官至黄门侍郎、散骑常侍。《晋书》有传。向秀精于老庄之学,善诗赋,作品多亡佚,今仅存《思旧赋》与《难嵇叔夜养生论》。

思 旧 赋 并序

余与嵇康、吕安居止接近。其人并有不羁之才,然嵇志远而疏,吕心旷而放,其后各以事见法。嵇博综技艺,于丝竹特妙;临当就命,顾视日影,索琴而弹之。余逝将西迈,经其旧庐。于时日薄虞渊,寒冰凄然。邻人有吹笛者,发声寥亮。追思曩昔游宴之好,感音而叹,故作赋云。

将命适于远京兮,遂旋反而北徂。济黄河以泛舟兮,经山阳之旧居。瞻旷野之萧条兮,息余驾乎城隅。践二子之遗迹兮,历穷巷之空庐。

叹《黍离》之愍周兮,悲《麦秀》于殷墟。惟古昔以怀今兮,心徘徊以踌躇。栋宇存而弗毁兮,形神逝其焉如?

昔李斯之受罪兮,叹黄犬而长吟;悼嵇生之永辞兮,顾日影而弹琴。托运遇于领会兮,寄余命于寸阴。

听鸣笛之慷慨兮,妙声绝而复寻。停驾言其将迈兮,遂援翰而写心。

陶 渊 明

作者介绍见诗歌部分。

归去来兮辞 并序

余家贫,耕植不足以自给。幼稚盈室,缾无储粟,生生所资,未见其术。亲故多劝余为长吏,脱然有怀，求之靡途。会有四方之事，诸侯以惠爱为德，家叔以余贫苦，遂见用于小邑。于时风波未静，心惮远役。彭泽去家百里，公田之利，足以为酒，故便求之。及少日，眷然有归欤之情。何则？质性自然，非矫励所得。饥冻虽切，违己交病。尝从人事，皆口腹自役。于是怅然慷慨，深愧平生之志。犹望一稔，当敛裳宵逝。寻程氏妹丧于武昌，情在骏奔，自免去职。仲秋至冬，在官八十余日。因事顺心，命篇曰《归去来兮》。乙巳岁十一月也。

归去来兮，田园将芜胡不归？既自以心为形役，奚惆怅而独悲！悟已往之不谏，知来者之可追；实迷途其未远，觉今是而昨非。舟遥遥以轻飏，风飘飘而吹衣。问征夫以前路，恨晨光之熹微。乃瞻衡宇，载欣载奔。僮仆欢迎，稚子候门。三径就荒，松菊犹存。携幼入室，有酒盈樽。引壶觞以自酌，眄庭柯以怡颜。倚南窗以寄傲，审容膝之易安。园日涉以成趣，门虽设而常关。策扶老以流憩，时矫首而遐观。云无心以出岫，鸟倦飞而知还。景翳翳以将入，抚孤松而盘桓。归去来兮，请息交以绝游。世与我而相违，复驾言兮焉求？悦亲戚之情话，乐琴书以消忧。农人告余以春及，将有事于西畴。或命巾车，或棹孤舟。既窈窕以寻壑，亦崎岖而经丘。木欣欣以向荣，泉涓涓而始流。善万物之得时，感吾生之行休。

已矣乎，寓形宇内复几时，曷不委心任去留？胡为乎遑遑兮欲何之？富贵非吾愿，帝乡不可期。怀良辰以孤往，或植杖而耘耔。登东皋以舒啸，临清流而赋诗。聊乘化以归尽，乐夫天命复奚疑。

鲍　　照

作者介绍见诗歌部分。

芜城赋①

迤逦平原，南驰苍梧、涨海，北走紫塞、雁门②。柂以漕渠，轴以昆冈③。重江复关之隩，四会五达之庄④。

当昔全盛之时，车挂轊，人驾肩，廛闬扑地，歌吹沸天⑤。孳货盐田，铲利铜山⑥。才力雄富，士马精妍。故能侈秦法，佚周令，划崇墉，刳浚洫，图修世以休命⑦。是以板筑雉堞之殷，井干烽橹之勤，格高五岳，袤广三坟，崒若断岸，矗似长云，制磁石以御冲，糊赪壤以飞文⑧。观基扃之固护，将万祀而一君⑨。出入三代，五百余载，竟瓜剖而豆分⑩。

泽葵依井，荒葛罥途⑪。坛罗虺蜮，阶斗麏鼯⑫。木魅山鬼，野鼠城狐，风嗥雨啸，昏见晨趋⑬。饥鹰厉吻，寒鸱吓雏⑭。伏暴藏虎，乳血飧肤⑮。崩榛塞路，峥嵘古馗⑯。白杨早落，塞草前衰。棱棱霜气，蔌蔌风威⑰。孤蓬自振，惊沙坐飞⑱。灌莽杳而无际，丛薄纷其相依⑲。通池既已夷，峻隅又以颓⑳。直视千里外，唯见起黄埃。凝思寂听，心伤已摧。

若夫藻扃黼帐，歌堂舞阁之基㉑；璇渊碧树，弋林钓渚之馆㉒；吴、蔡、齐、秦之声，鱼、龙、爵、马之玩：皆薰歇烬灭，光沉响绝㉔。东都妙姬，南国丽人，蕙心纨质，玉貌绛唇，莫不埋魂幽石，委骨穷尘㉕；岂忆同舆之愉乐，离宫之苦辛哉㉖？

天道如何？吞恨者多。抽琴命操，为芜城之歌㉗。歌曰：边风急兮城上寒，井径灭兮丘陇残㉘。千龄兮万代，共尽兮何言㉙！

178

①此赋是鲍照的代表作,为抒情骈赋。其本意在借广陵的兴衰规诫临海王刘子顼勿政变,而在客观上却揭露了封建统治者骄奢淫逸、野心弥天、轻启兵端所带给老百姓的痛苦,暴露了当时的黑暗现实。写作上描绘细腻,对比鲜明,情、景、理较好地融合,有较高的艺术性。芜城:指经战乱破坏而荒芜不堪的广陵城,故城在今江苏江都县东北。　②浟迤(mǐ yǐ):地势平坦辽阔的样子。　苍梧:汉代郡名,今广西苍梧,此处借指广西。　涨海:南海的别称。　紫塞:指长城,秦时所筑长城土色紫,故称。　雁门:秦汉时郡名,在今山西西北一带。　③柂(duò):同"舵",此指水上船只运输。　漕渠:运粮的河道,指江都西北至淮安三百七十里的运河,即古邗(hán)沟。　轴:指陆上车辆运输。　昆冈:亦名阜冈,昆仑冈,广陵冈,广陵城在其上。　④重江复关:指重重复复的江河关口。　隩(ào):水深曲折处。　庄:交通大道。　⑤全盛之时:指(汉)吴王刘濞时。　辖(wèi):车轴两端。车挂辖,指车辆太多,车轴彼此牵挂不能行动。　人驾肩:指人太多以至肩膀都被挤得抬架起来无法行动。　廛(chán):市民的住宅区。　闬(hàn):指里门。　扑地:遍地。　⑥孳:繁殖,滋生。　货:指财货、钱财。　铲利:开发、开采而获利。　⑦佚、佚:都指超越。法、令:都指制度,指汉筑广陵城制度规模上远远超过周秦之时。　划:开、剖,指建筑。　崇墉(yōng):高峻的城墙。　刳(kū):挖掘。　浚洫(xù):指深深的护城河。　修:长远。　休:美好。　⑧板筑:以两板相夹,中间填满土,再夯实以为城叫"板筑"。　雉堞(dié):城上女墙,此处泛指城墙。　殷:指高大。　井干烽橹:此处当泛指城楼。井干,汉代高楼名。烽橹,城上瞭望烽火的望楼。　勒:指精巧。　格:量度,此处指高度。　袤(mào):宽度。　三坟:出典不详。《文选》李善注:"未详。或曰《毛诗》曰'遵彼汝坟';又曰'铺敦淮坟';《尔雅》曰'坟,莫大于河坟',此盖三坟。"文中用以夸张广陵城的长度。　崒(zú):高峻的样子。　断岸:指绝壁。　磁石:传阿房宫前殿以磁石为门。这里指城门为磁石所制成。　御冲:指抵挡突然袭击。　赪(chēng):红色。　文:纹饰。　⑨基扃(jiōng):指城池。　固护:牢固。　祀:年。　⑩出入三代:指经历了汉、魏、晋三朝。　瓜剖豆分:形容广陵城经战乱而毁坏。　⑪泽葵:一种野生植物,一说是水葵,一说是苔藓。　井:指广陵居民居住处,原广陵繁华的地方。　罥(juàn):挂,指蔓延。　⑫坛:祭祀时的土台。《文选》李善注说:"王逸《楚辞》注曰:'坛,堂也。'又,楚人谓中庭曰坛。"　虺(huǐ):一种毒蛇。　蜮(yù):传说中的一种动物,古称"短狐",亦称"射工",相传能含沙射人为灾。　麇(jūn):即獐。　鼯(wú):鼯鼠,一种会飞的野鼠。　⑬昏见(xiàn):黄昏时现身。见,显露。　⑭厉吻:指磨利嘴捕食。厉,磨。吻,指嘴。　寒鸱(chī)吓雏:指鸱鸟怒鸣。《庄子·秋水》:"南方有鸟,其名鹓雏,子知之乎:夫鹓雏发于南海,而飞于北海;非梧桐不止,非练实不食,非醴泉不饮。于是鸱得腐鼠,鹓雏过之,仰而视之曰:'吓!'"此"吓雏"字面,非用其原意。鸱,鹞鹰,或说为猫头鹰。　⑮暴:古本作"魖",白虎。　乳血飧肤:饮血食肉。　⑯古馗(kuí):旧时四通八达的道路。　⑰稜稜:严寒的样子。　槭(sù):槭,风声劲急的样子。　⑱坐飞:无故而自飞。　⑲灌莽:丛生的草木。　杳(yǎo):深远。　丛薄:草木丛生。　⑳通池:城壕,指护城河。　夷:平。　峻隅:城隅,城上的角楼。　以:通"已"。　颓:倒坍。　㉑藻扃(jiōng):彩绘的门户。　黻(fú)帐:绣花的帐子。　㉒璇(xuán)渊:以玉石砌成的池,指富丽的池塘。　弋(yì)林:可供弋射飞禽的林苑。　㉓吴、蔡、齐、秦之声:指各地美妙的音乐。　爵:同"雀"。　㉔薰:各种花草香气。　烬(jìn):烧剩下来的东西。　㉕东都:洛阳。　蕙心纨(wán)质:形容女子的柔美聪颖、纯洁高雅。蕙,香草,常比喻美。纨,白色的丝织品。　㉖同舆:与君王同车游乐,这是古代后妃得宠的殊荣。　离宫:犹冷宫,古代后妃失宠则贬入冷宫。　㉗抽琴:取琴。　命操:指作曲。命,名。操,琴曲。　㉘井径:田亩间通人的路,这里泛指道路。井,田亩。径,路。　丘陇:坟墓。　㉙"千龄"二句:谓千秋万代,人皆有死,尚复何言。

江　淹

　　江淹(444—505),字文通,济阳考城(今河南兰考)人。出身孤寒,历仕宋、齐、梁三代,梁时官至金紫光禄大夫,封醴陵侯。《南史》《梁书》皆有传。他少年时即以文才见称于世,称"江郎";晚年才思减退,作品

179

不如以前，人谓"江郎才尽"。其诗以拟古著称，山水诗偶有佳篇。擅长辞赋，艺术上有较高成就。原集已佚，《四部丛刊》以明翻宋本为底本，题其集《梁江文通文集》。清梁宾编成《江文通集》四卷，资料赅备。

别　赋

黯然销魂者，唯别而已矣！况秦吴兮绝国，复燕宋兮千里。或春苔兮始生，乍秋风兮暂起。是以行子肠断，百感凄恻。风萧萧而异响，云漫漫而奇色。舟凝滞于水滨，车逶迟于山侧；棹容与而讵前，马寒鸣而不息。掩金觞而谁御，横玉柱而沾轼，居人愁卧，恍若有亡。日下壁而沉彩，月上轩而飞光。见红兰之受露，望青楸之离霜。巡曾楹而空掩，抚锦幕而虚凉。知离梦之踯躅，意别魂之飞扬。

故别虽一绪，事乃万族：

至若龙马银鞍，朱轩绣轴，帐饮东都，送客金谷。琴羽张兮箫鼓陈，燕赵歌兮伤美人；珠与玉兮艳暮秋，罗与绮兮娇上春。惊驷马之仰秣，耸渊鱼之赤鳞。造分手而衔涕，感寂寞而伤神。

乃有剑客惭恩，少年报士，韩国赵厕，吴宫燕市；割慈忍爱，离邦去里；沥泣共诀，拔血相视。驱征马而不顾，见行尘之时起。方衔感于一剑，非买价于泉里。金石震而色变，骨肉悲而心死。

或乃边郡未和，负羽从军；辽水无极，雁山参云。闺中风暖，陌上草薰。日出天而耀景，露下地而腾文：镜朱尘之照烂，袭青气之烟煴。攀桃李兮不忍别，送爱子兮沾罗裙。

至如一赴绝国，讵相见期？视乔木兮故里，决北梁兮永辞。左右兮魂动，亲宾兮泪滋。可班荆兮赠恨，唯樽酒兮叙悲。值秋雁兮飞日，当白露兮下时；怨复怨兮远山曲，去复去兮长河湄。

又若君居淄右，妾家河阳，同琼珮之晨照，共金炉之夕香。君结绶兮千里，惜瑶草之徒芳；惭幽闺之琴瑟，晦高台之流黄。春宫闼此青苔色，秋帐含兹明月光，夏簟清兮昼不暮，冬釭凝兮夜何长！织锦曲兮泣已尽，回文诗兮影独伤。

倘有华阴上士，服食还山。术既妙而犹学，道已寂而未传，守丹灶而不顾，炼金鼎而方坚。驾鹤上汉，骖鸾腾天；暂游万里，少别千年。惟世间兮重别，谢主人兮依然。

下有芍药之诗，佳人之歌。桑中卫女，上宫陈娥。春草碧色，春水渌波，送君南浦，伤如之何！至乃秋露如珠，秋月如珪，明月白露，光阴往来。与子之别，思心徘徊。

是以别方不定，别理千名，有别必怨，有怨必盈；使人意夺神骇，心折骨惊。虽渊、云之墨妙，严、乐之笔精，金闺之诸彦，兰台之群英，赋有凌云之称，辩有雕龙之声，谁能摹暂离之状，写永诀之情者乎！

庾　信

作者介绍见诗歌部分。

小　园　赋

若夫一枝之上，巢父得安巢之所；一壶之中，壶公有容身之地。况乎管宁藜床，虽穿而可坐；嵇康锻灶，既暖而堪眠。岂必连闼洞房，南阳樊重之第；绿墀青琐，西汉王根之宅。余有数亩敝庐，寂寞人外，聊以拟伏腊，聊以避风霜。虽复晏婴近市，不求朝夕之利；潘岳面城，且适闲居之乐。况乃黄鹤戒露，非有意于轮轩；爰居避风，本无情于钟鼓。陆机则兄弟同居，韩康则舅甥不别。蜗角蚊睫，又足相容者也。

尔乃窟室徘徊，聊同凿坯。桐间露落，柳下风来。琴号珠柱，书名《玉杯》。有棠梨而无馆，足酸枣而非台。犹得欹侧八九丈，纵横数十步，榆柳三两行，梨桃百余树。拨蒙密兮见窗，行欹斜兮得路。蝉有翳兮不惊，雉无罗兮何惧！草树混淆，枝格相交。山为篑覆，地有堂坳。藏狸并窟，乳鹊重巢。连珠细菌，长柄寒匏。可以疗饥，可以栖迟。崎岖兮狭室，穿漏兮茅茨。簷直倚而妨帽，户平行而碍眉。坐帐无鹤，支床有龟。鸟多闲暇，花随四时。心则历陵枯木，发则睢阳乱丝。非夏日而可畏，异秋天而可悲。

一寸二寸之鱼，三竿两竿之竹。云气荫于丛蓍，金精养于秋菊。枣酸梨酢，桃楂李薁。落叶半床，狂花满屋。名为野人之家，是谓愚公之谷。试偃息于茂林，乃久羡于抽簪。虽有门而常闭，实无水而恒沉。三春负锄相识，五月披裘见寻。问葛洪之药性，访京房之卜林。草无忘忧之意，花无长乐之心。鸟何事而逐酒，鱼何情而听琴？

加以寒暑异令，乖违德性。崔骃以不乐损年，吴质以长愁养病。镇宅神以埋石，厌山精而照镜。屡动庄舄之吟，几行魏颗之命。薄晚闲闺，老幼相携。蓬头王霸之子，椎髻梁鸿之妻。燋麦两瓮，寒菜一畦。风骚骚而树急，天惨惨而云低。聚空仓而雀噪，惊懒妇而蝉嘶。

昔草滥于吹嘘，藉《文言》之庆余。门有通德，家承赐书。或陪玄武之观，时参凤凰之墟。观受釐于宣室，赋长杨于直庐。遂乃山崩川竭，冰碎瓦裂，大盗潜移，长离永灭。摧直辔于三危，碎平途于九折。荆轲有寒水之悲，苏武有秋风之别。关山则风月凄怆，陇水则肝肠断绝。龟言此地之寒，鹤讶今年之雪。百龄兮倏忽，光华兮已晚。不雪雁门之踦，先念鸿陆之远。非淮海兮可变，非金丹兮能转。不暴骨于龙门，终低头于马坂。谅天造兮昧昧，嗟生民兮浑浑！

附　录：

宋尤袤《李注文选》刻本（清胡克家重刻）中，有李良引《记》曰：魏东阿王，汉末求甄逸女，既不遂。太祖回与五官中郎将，植殊不平，昼思夜想，废寝与食。黄初中入朝，帝示植甄后玉镂金带枕，植见之，不觉泣。时已为郭后谗死。帝意亦寻悟，因令太子留宴饮，仍以枕赍植。植还，度辘辕，少许时，将息洛水上，思甄后。忽见女来，自云：我本托心君王，其心不遂。此枕是我在家时从嫁，前与五官中郎将，今与君王。遂用荐枕席，欢情交集，岂常辞能具。为郭后以糠塞口，今被发，羞将此形貌重睹君王尔！言讫，遂不复见所在。遣人献珠于王，王答以玉珮，悲喜不能自胜，遂作《感甄赋》。后明帝见之，改为《洛神赋》。（李善《文选注》卷十九，作者名下注引）

《洛神赋》，子建寓言也，好事者乃造甄后事以实之。使果有之，当见诛于黄初之朝矣。唐彦谦云："惊鸿暂过游龙去，虚恼陈王一事无。"似为子建分疏者。（刘克庄《后村诗话》）

即《洛神》一赋，亦纯是爱君恋阙之词。其赋以"朝京师，还济洛川"入手，以"潜处于太阴，寄心于君王"收场，情词亦至易见矣。（潘德舆《养一斋诗话》卷二）

曹子建《洛神赋》出于《湘君》《湘夫人》。（刘熙载《艺概·赋概》）

五臣注(王粲《登楼赋》)谓怀归而述其进退危惧之情,是也。庶几《离骚》嗣音,杜子美入蜀以后诗,大概类此情味。(浦起龙《古文眉诠》卷三十八)

献帝兴平元年,李、郭之乱,至于劫夺乘舆,关中无复人迹。仲宣方依刘表,知其不足有为,故为此赋(指《登楼赋》)以写其不遇。其云"信美非吾土",斥刘表之不能据有荆州,祸将作也。其下写客事思归之状况,声激而悲,尚不远于屈、宋。齐、梁以下,不足语此矣。(林纾《古文辞类纂》卷十)

《归去来辞》云:"云无心以出岫,鸟倦飞而知还。"此陶渊明出处大节,非胸中实有此境,不能为此言也。(叶梦得《避暑录话》卷上)

陶渊明罢彭泽令,赋《归去来》,而自命曰辞,迄今人歌之,顿挫抑扬,自协声律。盖其词高甚,晋、宋而下,欲追蹑之不能。汉武帝《秋风词》,尽蹈袭《楚辞》,未甚敷畅。《归去来》则自出机杼,所谓无首无尾,无终无始,前非歌而后非辞,欲断而复续,将作而遽止,谓《洞庭钧天》而不淡,谓《霓裳羽衣》而不绮,此其所以超然乎先秦之世,而与之同轨者也。(陈知柔《休斋诗话》)

凡为文有遥想而言之者,有追忆而言之者,各有定所,不可乱也。《归去来辞》将归而赋耳,既归之事,当想象而言之。今自问途而下,皆追录之语。其于畦径,无乃窒乎?"已矣乎"云者,所以总结而为断也。不宜更及耘耔啸咏之事。
《归去来辞》,本一篇自然真率文字,后人模拟已自不宜,况可次其韵乎?次韵则牵合而不类矣!(王若虚《滹南遗老集》卷三十四·文辨一)

论古今人物风流,惟两晋为盛,故发之文章,神思自然飘逸。如陶元亮《归去来辞》,于举业虽不甚亲切。观其词义,潇洒夷旷,无一点风尘俗态。两晋文章,此其杰然者。(归有光《文章指南》仁集)

朱文公云:"《归去》一篇其词义夷旷萧散,虽托楚声而无尤怨切蹙之病,实用赋义,而中亦兼比。"此千古之确论矣。又曰:"首云'归去来兮',中又云'归去来兮',了无端绪,疑为二篇。"此文公或一时未尽看破也。李格非所谓"沛然肺腑中流出",彼何较其端绪首尾者耶?余细观之,亦有端绪:共有五段,每段换韵,自然纯古,人不觉之,所谓拟《洞庭钧天》而不澹,《霓裳羽衣》而不绮者也。(郎瑛《七修类稿》卷三十)

通篇凡五易韵,耿介中仍和而不迫,得风人之遗旨。先叙决计欲归意,次叙归来情景。云鸟如此,胡不归乎?前后呼应,自见章法。是早春光景,亦见归来之可乐。末叙归来不复出意,结出大旨意,真本领。(孙人龙纂辑《陶公诗评注初学读本》卷二)

(鲍照《芜城赋》)驱迈苍凉之气,惊心动魄之词,皆赋家之绝境也。(姚鼐《古文辞类纂》卷七十)

(鲍照《芜城赋》)从盛于极力说入,总为"芜"字张本。如此方有势有力。(许梿《六朝文絜》卷一)

考宋文帝元嘉二十七年十二月,北魏太武帝南犯,兵至瓜步,广陵太守刘怀之逆烧城府船乘,尽帅其民渡江。孝武帝大明三年四月,竟陵王诞据广陵反,七月,沈庆之讨平之,杀三千余口。是十年之间,广陵两遭兵祸,(鲍)照盖有感于此而赋。(钱仲联《鲍参军集注》)

大明三四年间,(鲍)照有《日落望江赠荀丞》诗。荀丞者,荀万秋,大明三四年为尚书左丞,见《宋书·

182

礼志》。诗有"延颈望江阴",及"君居帝京内,高会日挥金。岂念慕群客,咨嗟恋景沈"等句。水南曰阴。是照在江北望江南帝京遥寄荀丞者。此赋自注云:"登广陵城作。"以诗证赋,可知是大明三四年间客江北时也。(同上)

《哀江南赋序》:粤以戊辰之年,建亥之月,大盗移国,金陵瓦解。余乃窜身荒谷,公私涂炭。华阳奔命,有去无归。中兴道销,穷于甲戌。三日哭于都亭,三年囚于别馆。天道周星,物极不反。傅燮之但悲身世,无处求生;袁安之每念王室,自然流涕。昔桓君山之志事,杜元凯之平生,并有著书,咸能自序。潘岳之文采,始述家风;陆机之词赋,先陈世德。信年始二毛,即逢丧乱;藐是流离,至于暮齿。燕歌远别,悲不自胜;楚老相逢,泣将何及。畏南山之雨,忽践秦庭;让东海之滨,遂飡周粟。下亭漂泊,高桥羁旅。楚歌非取乐之方,鲁酒无忘忧之用。追为此赋,聊以记言。不无危苦之辞,惟以悲哀为主。

日暮途远,人间何世!将军一去,大树飘零;壮士不还,寒风萧瑟。荆璧睨柱,受连城而见欺;载书横阶,捧珠盘而不定。钟仪君子,入就南冠之囚;季孙行人,留守西河之馆。申包胥之顿地,碎之以首;蔡威公之泪尽,加之以血。钓台移柳,非玉关之可望;华亭鹤唳,岂河桥之可闻!

孙策以天下为三分,众才一旅;项籍用江东之子弟,人唯八千。遂乃分裂山河,宰割天下。岂有百万义师,一朝卷甲;芟夷斩伐,如草木焉。江淮无涯岸之阻,亭壁无藩篱之固。头会箕敛者,合从缔交;锄耰棘矜者,因利乘便。将非江表王气,终于三百年乎?是知并吞六合,不免轵道之灾;混一车书,无救平阳之祸。呜呼,山岳崩颓,既履危亡之运;春秋迭代,必有去故之悲。天意人事,可以凄怆伤心者矣,况复舟楫路穷,星汉非乘槎可上,风飙道阻,蓬莱无可到之期。穷者欲达其言,劳者须歌其事。陆士衡闻而抚掌,是所甘心;张平子见而陋之,固其宜矣!

按:《哀江南赋》三千余字,为庾信晚年所作。《北史·庾信传》:"信虽位望通显,常作乡关之思,乃作《哀江南赋》以致其意。"此序总摄全篇,说明作赋背景与原因。

庾信文章更老成,凌云健笔意纵横。今人嗤点流传赋,未觉前贤畏后生。(唐杜甫《戏为六绝句》其一)

庾信《哀江南赋》堆垛故实,以寓时事。……而荒芜不雅,了无足观。(金王若虚《滹南遗老集·文辨》)

参考书目:
    同汉赋部分

三国晋南北朝文

诸　葛　亮

诸葛亮(181—234),字孔明,琅琊阳都(今山东沂水南)人,三国时政治家、军事家。曾为蜀汉相,辅佐刘备建立蜀汉政权,与魏、东吴成鼎足之势。后又辅刘禅,以丞相封武乡侯,领益州牧,建兴十二年(234),卒于北伐军中。《三国志·蜀志》有传。诸葛亮的文章严密畅达,刘勰称其"志尽文畅",有《诸葛忠武侯文集》辑本行世。

出　师　表

先帝创业未半而中道崩殂,今天下三分,益州疲弊,此诚危急存亡之秋也。然侍卫之臣不懈于内,忠志之士忘身于外者,盖追先帝之殊遇,欲报之于陛下也。诚宜开张圣听,以光先帝遗德,恢弘志士之气;不宜妄自菲薄,引喻失义,以塞忠谏之路也。

宫中府中,俱为一体,陟罚臧否,不宜异同。若有作奸犯科及为忠善者,宜付有司论其刑赏,以昭陛下平明之理,不宜偏私,使内外异法也。

侍中侍郎郭攸之、费祎、董允等,此皆良实,志虑忠纯,是以先帝简拔以遗陛下。愚以为宫中之事,事无大小,悉以咨之,然后施行,必能裨补阙漏,有所广益。

将军向宠,性行淑均,晓畅军事,试用于昔日,先帝称之曰能,是以众议举宠为督。愚以为营中之事,悉以咨之,必能使行阵和睦,优劣得所。

亲贤臣,远小人,此先汉所以兴隆也;亲小人,远贤臣,此后汉所以倾颓也。先帝在时,每与臣论此事,未尝不叹息痛恨于桓、灵也。侍中、尚书、长史、参军,此悉贞良死节之臣,愿陛下亲之信之,则汉室之隆,可计日而待也。

臣本布衣,躬耕于南阳,苟全性命于乱世,不求闻达于诸侯。先帝不以臣卑鄙,猥自枉屈,三顾臣于草庐之中,咨臣以当世之事,由是感激,遂许先帝以驱驰。后值倾覆,受任于败军之际,奉命于危难之间,尔来二十有一年矣。

先帝知臣谨慎,故临崩寄臣以大事也。受命以来,夙夜忧叹,恐托付不效,以伤先帝之明,故五月渡泸,深入不毛。今南方已定,兵甲已足,当奖率三军,北定中原,庶竭驽钝,攘除奸凶,兴复汉室,还于旧都。此臣所以报先帝,而忠陛下之职分也。至于斟酌损益,进尽忠言,则攸之、祎、允之任也。

愿陛下托臣以讨贼兴复之效,不效则治臣之罪,以告先帝之灵。若无兴德之言,则责攸之、祎、允等之慢,以彰其咎;陛下亦宜自谋,以咨诹善道,察纳雅言,深追先帝遗诏。臣不胜受恩感激。

今当远离,临表涕零,不知所言。

诫 子 书

夫君子之行,静以修身,俭以养德。非淡泊无以明志,非宁静无以致远。夫学,须静也;才,须学也。非学无以广才,非志无以成学。慆慢则不能励精,险躁则不能冶性。

年与时驰,意与日去,遂成枯落,多不接世。悲守穷庐,将复何及!

曹　　丕

作者介绍见诗歌部分。

典论·论文

文人相轻,自古而然,傅毅之于班固,伯仲之间耳,而固小之。与弟超书曰:"武仲以能属文,为兰台令史,下笔不能自休。"夫人善于自见,而文非一体,鲜能备善,是以各以所长,相轻所短。里语曰:"家有弊帚,享之千金。"斯不自见之患也。

今之文人,鲁国孔融文举,广陵陈琳孔璋,山阳王粲仲宣,北海徐幹伟长,陈留阮瑀元瑜,汝南应玚德琏,东平刘桢公幹:斯七子者,于学无所遗,于辞无所假,咸以自骋骥騄于千里,仰齐足而并驰。以此相服,亦良难矣!盖君子审己以度人,故能免于斯累而作《论文》。

王粲长于辞赋,徐幹时有齐气,然粲之匹也。如粲之《初征》、《登楼》、《槐赋》、《征思》,幹之《玄猿》、《漏卮》、《圆扇》、《橘赋》,虽张、蔡不过也。然于他文,未能称是。琳、瑀之章表书记,今之隽也。应玚和而不壮;刘桢壮而不密。孔融体气高妙,有过人者,然不能持论,理不胜辞,以至乎杂以嘲戏。及其所善,扬、班俦也。

常人贵远贱近,向声背实;又患暗于自见,谓己为贤。

夫文,本同而末异。盖奏议宜雅,书论宜理,铭诔尚实,诗赋欲丽。此四科不同,故能之者偏也;唯通才能备其体。

文以气为主,气之清浊有体,不可力强而致。譬诸音乐,曲度虽均,节奏同检;至于引气不齐,巧拙有素,虽在父兄,不能以移子弟。

盖文章,经国之大业,不朽之盛事。年寿有时而尽,荣乐止乎其身。二者必至之常期,未若文章之无穷。是以古之作者,寄身于翰墨,见意于篇籍,不假良史之辞,不托飞驰之势,而声名自传于后。故西伯幽而演《易》,周旦显而制《礼》,不以隐约而弗务,不以康乐而加思。夫然,则古人贱尺璧而重寸阴,惧乎时之过已!而人多不强力:贫贱则慑于饥寒,富贵则流于逸乐,遂营目前之务,而遗千载之功。日月逝于上,体貌衰于下,忽然与万物迁化,斯志士之大痛也!融等已逝,唯幹著论,成一家言。

嵇　　康

作者介绍见诗歌部分。

与山巨源绝交书

康白：足下昔称吾于颍川，吾常谓之知言；然经怪此意尚未熟悉于足下，何从便得之也？前年从河东还，显宗、阿都说足下议以吾自代，事虽不行，知足下故不知之。足下傍通，多可而少怪；吾直性狭中，多所不堪，偶与足下相知耳。间闻足下迁，惕然不喜，恐足下羞庖人之独割，引尸祝以自助，手荐鸾刀，漫之膻腥，故具为足下陈其可否。

吾昔读书，得并介之人，或谓无之，今乃信其真有耳。性有所不堪，真不可强。今空语同知有达人，无所不堪，外不殊俗，而内不失正，与一世同其波流，而悔吝不生耳。老子、庄周，吾之师也，亲居贱职；柳下惠、东方朔，达人也，安乎卑位，吾岂敢短之哉！又仲尼兼爱，不羞执鞭；子文无欲卿相，而三登令尹。是乃君子思济物之意也。所谓达则兼善而不渝，穷则自得而无闷。以此观之，故尧、舜之君世，许由之岩栖，子房之佐汉，接舆之行歌，其揆一也。仰瞻数君，可谓能遂其志者也。故君子百行，殊途而同致，循性而动，各附所安。故有处朝廷而不出，入山林而不返之论。且延陵高子臧之风，长卿慕相如之节，志气所托，不可夺也。

吾每读尚子平、台孝威传，慨然慕之，想其为人。少加孤露，母兄见骄，不涉经学。性复疏懒，筋驽肉缓，头面常一月十五日不洗，不大闷痒，不能沐也。每常小便而忍不起，令胞中略转乃起耳。又纵逸来久，情意傲散，简与礼相背，懒与慢相成，而为侪类见宽，不攻其过。又读庄、老，重增其放。故使荣进之心日颓，任实之情转笃。此由禽鹿少见驯育，则服从教制；长而见羁，则狂顾顿缨，赴蹈汤火，虽饰以金镳，飨以嘉肴，愈思长林而志在丰草也。

阮嗣宗口不论人过，吾每师之而未能及；至性过人，与物无伤，唯饮酒过差耳。至为礼法之士所绳，疾之如仇，幸赖大将军保持之耳。吾不如嗣宗之资，而有慢弛之阙，又不识人情，闇于机宜，无万石之慎，而有好尽之累。久与事接，疵衅日兴，虽欲无患，其可得乎？又人伦有礼，朝廷有法，自惟至熟，有必不堪者七，甚不可者二：卧喜晚起，而当关呼之不置，一不堪也。抱琴行吟，弋钓草野，而吏卒守之，不得妄动，二不堪也。危坐一时，痹不得摇，性复多虱，把搔无已，而当裹以章服，揖拜上官，三不堪也。素不便书，又不喜作书，而人间多事，堆案盈几，不相酬答，则犯教伤义；欲自勉强，则不能久，四不堪也。不喜吊丧，而人道以此为重，已为未见恕者所怨，至欲见中伤者。虽瞿然自责，然性不可化，欲降心顺俗，则诡故不情，亦终不能获无咎无誉，如此，五不堪也。不喜俗人，而当与之共事，或宾客盈坐，鸣声聒耳，嚣尘臭处，千变百伎，在人目前，六不堪也。心不耐烦，而官事鞅掌，机务缠其心，世故繁其虑，七不堪也。又每非汤武而薄周孔，在人间不止。此事会显，世教所不容，此甚不可一也。刚肠疾恶，轻肆直言，遇事便发，此甚不可二也。以促中小心之性，统此九患，不有外难，当有内病，宁可久处人间耶？又闻道士遗言，饵术黄精，令人久寿，意甚信之。游山泽，观鱼鸟，心甚乐之；一行作吏，此事便废，安能舍其所乐而从其所惧哉！

夫人之相知，贵识其天性，因而济之。禹不逼伯成子高，全其节也；仲尼不假盖于子夏，护其短也；近诸葛孔明不逼元直以入蜀，华子鱼不强幼安以卿相，此可谓能相终始，真相知者也。足下见直木不可以为轮，曲木不可以为桷，盖不欲枉其天才，令得其所也。故四民有业，各以得志为乐，唯达者为能通之，此足下度内耳。不可自见好章甫，强越人以文冕也；已嗜臭腐，养鸳雏以死鼠也。吾顷学养生之术，方外荣华，去滋味，游心于寂寞，以无为为贵。纵无九患，尚不顾足下所好者。又有心闷疾，顷转增笃，私意自试，不能堪其所不乐。自卜已审，若道尽途穷则已耳,足下无事冤之,令转于沟壑也。吾新失母兄之欢,意常凄切。女年十三,男年八岁,未及成人,况复多病。顾此恨恨,如何可言!今但愿守陋巷,教养子孙,时与亲旧叙离阔,陈说平生,浊酒一杯,弹琴一曲,志愿毕矣。足下若嬲之不置,不过欲为官得人,以益时用耳。足下旧知吾潦倒粗疏,不切事情,自惟亦皆不如今日之贤能也。若以俗人皆喜荣华,独能离之,以此为快,此最近之,可得言耳。然使长才广度,无所不淹,而能不营,乃可贵耳。若吾多病困,欲离事自全,以保余年,此真所乏耳,岂可见黄门而称贞哉?若趋欲共登王途,期于相致,时为欢益,一旦迫之,必发狂疾,自非重怨,不至于此也。野人有快炙背而美芹子者,欲献之至尊,虽有区区之意,亦已疏矣。愿足下勿似之!其意如此,既以解足下,并以为别!嵇康白。

李　　密

李密(224—287),又作李宓,字令伯,犍为武阳(今四川彭山)人。幼年丧父,母何氏改嫁,由祖母刘氏抚养成人。少时以文学见称,初仕蜀国,任尚书郎,有才辩。祖母死后仕晋,曾为汉中太守,后因赋诗获罪免官,卒于家中,事见《三国志·杨戏传》。

陈　情　表

臣密言:臣以险衅,夙遭闵凶。生孩六月,慈父见背;行年四岁,舅夺母志。祖母刘愍臣孤弱,躬亲抚养。臣少多疾病,九岁不行。零丁孤苦,至于成立。既无伯叔,终鲜兄弟。门衰祚薄,晚有儿息。外无期功强近之亲,内无应门五尺之僮。茕茕孑立,形影相吊。而刘夙婴疾病,常在床蓐,臣侍汤药,未曾废离。

逮奉圣朝,沐浴清化。前太守臣逵,察臣孝廉;后刺史臣荣,举臣秀才。臣以供养无主,辞不赴命。诏书特下,拜臣郎中;寻蒙国恩,除臣洗马。猥以微贱,当侍东宫,非臣陨首所能上报。臣具以表闻,辞不就职。诏书切峻,责臣逋慢。郡县逼迫,催臣上道。州司临门,急于星火。臣欲奉诏奔驰,则刘病日笃;欲苟顺私情,则告诉不许。臣之进退,实为狼狈。

伏惟圣朝以孝治天下,凡在故老,犹蒙矜育,况臣孤苦,特为尤甚。且臣少仕伪朝,历职郎署,本图宦达,不矜名节。今臣亡国贱俘,至微至陋,过蒙拔擢,宠命优渥,岂敢盘桓,有所希冀?但以刘日薄西山,气息奄奄,人命危浅,朝不虑夕。臣无祖母,无以至今日;祖母无臣,无以终余年。母孙二人,更相为命,是以区区不能废远。臣密今年四十有四,祖母刘今年九十有六;是臣尽节于陛下之日长,报刘之日短也。乌鸟私情,愿乞终养。

臣之辛苦,非独蜀之人士及二州牧伯所见明知;皇天后土,实所共鉴。愿陛下矜愍愚诚,听臣微志,庶刘侥幸,保卒余年。臣生当陨首,死当结草。臣不胜犬马怖惧之情,谨拜表以闻。

陈　　寿

陈寿(233—297),字承祚,巴西安汉(今四川南充北)人,少时好学,曾师事史学家谯周,蜀汉时曾任观阁令史,入晋后为治书侍御史,集合三国时官私著作,采集史料,历二十多年,著成《三国志》。南朝宋裴松之为之作注。现通行有 1959 年中华书局校点本,近人卢弼又有《三国志集解》。《晋书》有传。

隆 中 对

　　亮躬耕陇亩,好为《梁父吟》。身长八尺,每自比于管仲、乐毅,时人莫之许也。惟博陵崔州平、颍川徐庶元直与亮友善,谓为信然。

　　时先主屯新野。徐庶见先主,先主器之,谓先主曰:"诸葛孔明者,卧龙也,将军岂愿见之乎?"先主曰:"君与俱来。"庶曰:"此人可就见,不可屈致也,将军宜枉驾顾之。"

　　由是先主遂诣亮,凡三往,乃见。因屏人曰"汉室倾颓,奸臣窃命,主上蒙尘。孤不度德量力,欲信大义于天下,而智术浅短,遂用猖蹶,至于今日。然志犹未已,君谓计将安出?"

　　亮答曰:"自董卓已来,豪杰并起,跨州连郡者不可胜数。曹操比于袁绍,则名微而众寡。然操遂能克绍,以弱为强者,非惟天时,抑亦人谋也。今操已拥百万之众,挟天子以令诸侯,此诚不可与争锋。孙权据有江东,已历三世,国险而民附,贤能为之用,此可以为援而不可图也。荆州北据汉、沔,利尽南海,东连吴会,西通巴蜀,此用武之国,而其主不能守,此殆天所以资将军,将军岂有意乎? 益州险塞,沃野千里,天府之土,高祖因之以成帝业。刘璋暗弱,张鲁在北,民殷国富而不知存恤,智能之士思得明君。将军既帝室之胄,信义著于四海,总揽英雄,思贤如渴,若跨有荆、益,保其岩阻,西和诸戎,南抚夷越,外结好孙权,内修政理,天下有变,则命一上将将荆州之军以向宛、洛,将军身率益州之众出于秦川,百姓孰敢不箪食壶浆以迎将军者乎? 诚如是,则霸业可成,汉室可兴矣。"

　　先主曰:"善!"于是与亮情好日密。

　　关羽、张飞等不悦,先主解之曰:"孤之有孔明,犹鱼之有水也。愿诸君勿复言!"羽、飞乃止。

王 羲 之

　　王羲之(321—379,一作 303—361),字逸少,琅邪临沂(今属山东)人,后居会稽山阴(今浙江绍兴)。王羲之出身世家大族,官至右军将军、会稽内史,世称"王右军"。《晋书》有传。王羲之是东晋有名书法家,在中国书法史上有杰出的地位。他也擅诗文,明人辑有《王右军集》。

兰亭集序

　　永和九年,岁在癸丑,暮春之初,会于会稽山阴之兰亭,修禊事也。群贤毕至,少长咸集。此地有崇山峻岭,茂林修竹,又有清流激湍,映带左右。引以为流觞曲水,列坐其次,虽无丝竹管弦之盛,一觞一咏,亦足以畅叙幽情。是日也,天朗气清,惠风和畅,仰观宇宙之大,俯察品类之盛,所以游目骋怀,足以极视听之娱,信可乐也。

　　夫人之相与,俯仰一世,或取诸怀抱,晤言一室之内;或因寄所托,放浪形骸之外。虽趣舍万殊,静躁不同,当其欣于所遇,暂得于己,快然自足,曾不知老之将至;及其所之既倦,情随事迁,感慨系之矣! 向之所欣,俯仰之间,已为陈迹,犹不能不以之兴怀;况修短随化,终期于尽。古人云:"死生亦大矣",岂不痛哉!

每览昔人兴感之由，若合一契，未尝不临文嗟悼，不能喻之于怀。固知一死生为虚诞，齐彭殇为妄作，后之视今，亦犹今之视昔，悲夫！故列叙时人，录其所述，虽世殊事异，所以兴怀，其致一也。后之览者，亦将有感于斯文。

陶 渊 明

作者生平见诗歌部分。

桃花源记 并诗①

晋太元中，武陵人捕鱼为业②。缘溪行，忘路之远近。忽逢桃花林，夹岸数百步，中无杂树，芳草鲜美，落英缤纷。渔人甚异之。复前行，欲穷其林。林尽水源，便得一山。山有小口，髣髴若有光，便舍船，从口入③。初极狭，才通人。复行数十步，豁然开朗。土地平旷，屋舍俨然④，有良田美池桑竹之属⑤。阡陌交通，鸡犬相闻⑥。其中往来种作，男女衣著，悉如外人⑦；黄发垂髫，并怡然自乐⑧。见渔人，乃大惊，问所从来，具答之⑨。便要还家，设酒杀鸡作食⑩。村中闻有此人，咸来问讯。自云先世避秦时乱，率妻子邑人来此绝境⑪，不复出焉，遂与外人间隔。问今是何世，乃不知有汉，无论魏、晋。此人一一为具言所闻，皆叹惋。余人各复延至其家，皆出酒食⑫。停数日，辞去。此中人语云："不足为外人道也。"既出，得其船，便扶向路，处处志之⑬。及郡下，诣太守说如此⑭。太守即遣人随其往，寻向所志，遂迷，不复得路⑮。南阳刘子骥⑯，高尚士也，闻之，欣然规往⑰。未果，寻病终⑱。后遂无问津者⑲。

附桃花源诗：

> 嬴氏乱天纪，贤者避其世。黄绮之商山，伊人亦云逝。往迹浸复湮，来径遂芜废。相命肆农耕，日入从所憩。桑竹垂余荫，菽稷随时艺。春蚕收长丝，秋熟靡王税。荒路暧交通，鸡犬互鸣吠。俎豆犹古法，衣裳无新制。童孺纵行歌，斑白欢游诣。草荣识节和，木衰知风厉。虽无纪历志，四时自成岁。怡然有余乐，于何劳智慧。奇踪隐五百，一朝敞神界。淳薄既异源，旋复还幽蔽。借问游方士，焉测尘嚣外。愿言蹑轻风，高举寻吾契。

①《桃花源记》是《桃花源诗》的序，大约作于宋武帝（刘裕）永初二年（421），这时陶渊明已归隐十多年了。他经历了晋宋易代的混乱时局，亲身体验了封建统治者对农民的残酷压迫和掠夺，对当时百姓所身受的苦难已有了深刻的感受。《桃花源记》描绘了一个没有战争，没有压迫，没有剥削，人人劳动，自食其力，而又和睦友好的理想社会。它反映了陶渊明的理想追求和对当时黑暗现实的不满与否定。桃花源尽管只是一种乌托邦式的空想，然而读来却能发人深思，启发人们思考历史，认识社会。加之《桃花源记》有引人入胜的情节，描写细致而生动，对理想的诉求具体而形象化，有很强的艺术感染力，所以它对后世的影响很是巨大。　②太元：晋孝武帝年号（376—396）。　武陵：郡名，郡治在今湖南常德附近。　③髣髴：同彷佛，这里指隐隐约约。　舍：即捨，指离开。　④俨（yǎn）然：矜庄的样子，这里指整齐。　⑤属：类。　⑥阡陌：田间小路，南北向为阡，东西向为陌。　交通：交错相连。　鸡犬相闻：指家畜吠鸣之声都能听到。《老子》："邻国相望，鸡犬之声相闻，民至老死不相往来。"　⑦外人：当指国外之人，因为他们不知有汉，无论魏晋，衣著式样，与晋宋时完全不一样。　⑧黄发：指老年人，老人发白转黄。　垂髫（tiáo）：指儿童。

鬏,儿童头上扎起来后下垂的发式。　⑨具:同"俱",全,都。　⑩要:通"邀"。　⑪绝境:与外界隔绝的地方。　⑫延:邀请。　⑬扶:指沿着。　向路:旧路,指来时所经之路。　志:作标记。　⑭诣(yì):前往,指拜见。　太守:郡的长官。　⑮寻:寻找。　得:指找到。　⑯南阳:今河南南阳。　刘子骥:名骥之。刘子骥事见《晋书·隐逸传》。　⑰规:计划,筹划。　⑱未果:未成,没有实现。　寻:不久。　终:去世。　⑲问津:问渡口、问路。津,渡口。《论语·微子》:"长沮、桀溺耦而耕,孔子过之,使子路问津焉。"此指访求桃花源。

范 晔

范晔(398—445),字蔚宗,顺阳(今河南淅川)人,南朝宋史学家,历任宣城太守、尚书吏部郎、太子詹事等职,后因密谋拥立彭城王刘义康为帝,事泄被杀。《宋书》《南史》皆有传。范晔少好学,博涉经史,善文。他在当时有关东汉一代丰赡的史料的基础上,自撰《后汉书》,其中的《志》因被杀而未成。北宋初,以司马彪《续汉书》之《志》并入晔书,而成今本。1965年,中华书局校点《后汉书》,为今最受称道的通行本。

班 超 传(节选)

班超,字仲升,扶风平陵人,徐令彪之少子也。为人有大志,不修细节;然内孝谨,居家常执勤苦,不耻劳辱。有口辩,而涉猎书传。

永平五年,兄固被召诣校书郎,超与母随至洛阳。家贫,常为官佣书以供养。久劳苦,尝辍业投笔叹曰:"大丈夫无他志略,犹当效傅介子、张骞,立功异域,以取封侯,安能久事笔研间乎?"左右皆笑之。超曰:"小子安知壮士志哉?"……久之,显宗问固:"卿弟安在?"固对:"为官写书,受直以养老母。"帝乃除超为兰台令史。后坐事免官。

十六年,奉车都尉窦固出击匈奴,以超为假司马,将兵别击伊吾,战于蒲类海,多斩首虏而还。固以为能,遣与从事郭恂俱使西域。超到鄯善,鄯善王广奉超礼敬甚备;后忽更疏懈。超谓其官属曰:"宁觉广礼意薄乎? 此必有北虏使来,狐疑未知所从故也。明者睹未萌,况已著邪?"乃召侍胡诈之曰:"匈奴使来数日,今安在乎?"侍胡惶恐,具服其状。超乃闭侍胡,悉会其吏士三十六人,与共饮,酒酣,因激怒之,曰:"卿曹与我俱在绝域,欲立大功以求富贵,今虏使到裁数日,而王广礼敬即废,如令鄯善收吾属送匈奴,骸骨长为豺狼食矣! 为之奈何?"官属皆曰:"今在危亡之地,死生从司马。"超曰:"不入虎穴,不得虎子。当今之计,独有因夜以火攻虏使,彼不知我多少,必大震怖,可殄尽也。灭此虏,则鄯善破胆,功成事立矣。"众曰:"当与从事议之。"超怒曰:"吉凶决于今日! 从事文俗吏,闻此必恐而谋泄,死无所名,非壮士也。"众曰"善"。初夜,遂将吏士往奔虏营。会天大风,超令十人持鼓藏虏舍后,约曰:"见火然,皆当鸣鼓大呼。"余人悉持兵弩,夹门而伏。超乃顺风纵火,前后鼓噪。虏众惊乱,超手格杀三人,吏兵斩其使及从士三十余级,余众百许人悉烧死。明日,乃还告郭恂。恂大惊,既而色动。超知其意,举手曰:"掾虽不行,班超何心独擅之乎?"恂乃悦。超于是召鄯善王广,以虏使首示之,一国震怖。超晓告抚慰,遂纳子为质。

还奏于窦固。固大喜,具上超功效,并求更选使使西域。帝壮超节,诏固曰:"吏如班超,何故不遣,而更选乎? 今以超为军司马,令遂前功。"超复受使,固欲益其兵,超曰:"愿将本所从三十余人足矣。如有不虞,多益为累。"

是时于阗王广德,新攻破莎车,遂雄张南道,而匈奴遣使监护其国。超既西,先至于阗。

190

广德礼意甚疏。且其俗信巫,巫言:"神怒,何故欲向汉?汉使有骝马,急求取以祠我。"广德乃遣使就超请马。超密知其状,报许之,而令巫自来取马。有顷,巫至,超即斩其首以送广德,因辞让之。广德素闻超在鄯善诛灭虏使,大惶恐,即攻杀匈奴使者而降超。超重赐其王以下,因镇抚焉。

孔 稚 珪

孔稚珪(447—501),《南史》作孔珪,字德璋,会稽山阴(今浙江绍兴)人,南朝齐文学家。南齐时官南郡太守,迁太子詹事,加散骑常侍。《南齐书》有传。其原集已佚,明时辑有《南齐孔詹事集》。所作《北山移文》揭露当时某些名士"身在江湖,心怀魏阙"的虚伪面目,笔锋犀利,描写生动,文词华美,属对精工,为骈文的一时名作。

北山移文

钟山之英,草堂之灵,驰烟驿路,勒移山庭。夫以耿介拔俗之标,潇洒出尘之想,度白雪以方洁,干青云而直上,吾方知之矣。若其亭亭物表,皎皎霞外,芥千金而不眄,屣万乘其如脱,闻凤吹于洛浦,值薪歌于延濑,固亦有焉。岂期终始参差,苍黄翻覆,泪翟子之悲,恸朱公之哭,乍回迹以心染,或先贞而后黩,何其谬哉!呜呼!尚生不存,仲氏既往,山阿寂寥,千载谁赏!

世有周子,隽俗之士,既文既博,亦玄亦史。然而学遁东鲁,习隐南郭,偶吹草堂,滥巾北岳,诱我松桂,欺我云壑。虽假容于江皋,乃缨情于好爵。其始至也,将欲排巢父,拉许由,傲百氏,蔑王侯,风情张日,霜气横秋。或叹幽人长往,或怨王孙不游。谈空空于释部,覈玄玄于道流。务光何足比,涓子不能俦。及其鸣驺入谷,鹤书赴陇,形驰魄散,志变神动。尔乃眉轩席次,袂耸筵上,焚芰制而裂荷衣,抗尘容而走俗状。风云凄其带愤,石泉咽而下怆。望林峦而有失,顾草木而如丧。

至其纽金章,绾墨绶,跨属城之雄,冠百里之首,张英风于海甸,驰妙誉于浙右。道帙长殡,法筵久埋,敲扑喧嚣犯其虑,牒诉倥偬装其怀。琴歌既断,酒赋无续。常绸缪于结课。每纷纶于折狱。笼张、赵于往图,架卓、鲁于前录。希踪三辅豪,驰声九州牧。使我高霞孤映,明月独举,青松落荫,白云谁侣?涧石摧绝无与归,石径荒凉徒延伫。至于还飙入幕,写雾出楹,蕙帐空兮夜鹄怨,山人去兮晓猿惊。昔闻投簪逸海岸,今见解兰缚尘缨。

于是南岳献嘲,北陇腾笑,列壑争讥,攒峰竦诮。慨游子之我欺,悲无人以赴吊。故其林惭无尽,涧愧不歇,秋桂遣风,春萝罢月,骋西山之逸议,驰东皋之素谒。今又促装下邑,浪拽上京,虽情投于魏阙,或假步于山扃。岂可使芳杜厚颜,薜荔无耻,碧岭再辱,丹崖重滓,尘游躅于蕙路,汙渌池以洗耳?宜扃岫幌,掩云关,敛轻雾,藏鸣湍,截来辕于谷口,杜妄辔于郊端。于是丛条瞋胆,迭颖怒魄,或飞柯以折轮,乍低枝而扫迹。请回俗士驾,为君谢逋客。

陶 宏 景

陶宏景(452—536),字通明,丹阳秣陵(今江苏江宁)人,南朝齐梁时思想家、医学家。齐高帝萧道成为相时,曾引为诸王侍读,后辞官归隐句曲山(茅山),自号华阳隐居。梁时朝中每有大事,辄咨询之,时人谓之"山中宰相",卒谥"贞白先生"。《梁书》、《南史》皆有传。陶宏景笃好道术,诗文长于描写山川景色,风格清新简淡,明人辑有《陶隐居集》。此外还有道教经籍和医药专著多种。

答谢中书书

山川之美,古来共谈。高峰入云,清流见底。两岸石壁,五色交辉;青林翠竹,四时俱备。晓雾将歇,猿鸟乱鸣;夕日欲颓,沈鳞竞跃。实是欲界之仙都。自康乐以来,未复有能与其奇者。

丘 迟

丘迟(464—508),字希范,吴兴乌程(今浙江湖州)人。初仕齐,为殿中郎,后又仕梁,官司徒从事中郎,是齐梁时著名文士。《南史》、《梁书》有传。钟嵘称其诗"点缀映媚,似落花依草",评为中品;其文辞采丽逸,惜多散佚,明人张溥辑有《丘司空集》。

与陈伯之书①

迟顿首,陈将军足下②:无恙,幸甚幸甚!将军勇冠三军,才为世出,弃燕雀之小志,慕鸿鹄以高翔③。昔因机变化,遭遇明主,立功立事,开国称孤,朱轮华毂,拥旄万里,何其壮也④!如何一旦为奔亡之虏,闻鸣镝而股战,对穹庐以屈膝,又何劣邪⑤!

寻君去就之际,非有他故,直以不能内审诸己,外受流言,沉迷猖獗,以至于此⑥。圣朝赦罪责功,弃瑕录用,推赤心于天下,安反侧于万物⑦。将军之所知,不假仆一二谈也。朱鲔涉血于友于,张绣剚刃于爱子,汉主不以为疑,魏君待之若旧⑧。况将军无昔人之罪,而勋重于当世。夫迷途知反,往哲是与;不远而复,先典攸高⑨。主上屈法申恩,吞舟是漏⑩。将军松柏不翦,亲戚安居,高台未倾,爱妾尚在,悠悠尔心,亦何可言⑪?今功臣名将,雁行有序⑫。佩紫怀黄,赞帷幄之谋;乘轺建节,奉疆场之任⑬。并刑马作誓,传之子孙⑭。将军独腼颜借命,驱驰毡裘之长,宁不哀哉⑮!

夫以慕容超之强,身送东市;姚泓之盛,面缚西都⑯。故知霜露所均,不育异类;姬汉旧邦,无取杂种⑰。北虏僭盗中原,多历年所,恶积祸盈,理至燋烂⑱。况伪孽昏狡,自相夷戮,部落携离,酋豪猜贰⑲。方当系颈蛮邸,悬首藁街⑳。而将军鱼游于沸鼎之中,燕巢于飞幕之上,不亦惑乎㉑!

暮春三月,江南草长,杂花生树,群莺乱飞。见故国之旗鼓,感平生于畴日,抚弦登陴,岂不怆悢㉒!所以廉公之思赵将,吴子之泣西河,人之情也㉓。将军独无情哉!想早励良规,自求多福㉔。

当今皇帝盛明,天下安乐,白环西献,楛矢东来㉕。夜郎、滇池,解辫请职;朝鲜、昌海,蹶角受化㉖。唯北狄野心,崛强沙塞之间,欲延岁月之命耳㉗!中军临川殿下,明德茂亲,总兹戎重;吊民洛汭,伐罪秦中㉘。若遂不改,方思仆言;聊布往怀,君其详之㉙。丘迟顿首。

①梁天监四年(505),临川王萧宏奉命北征,陈伯之在寿阳拥兵对抗。萧宏命记室丘迟写信劝降,丘迟乃成此信。信针对当时情势,从陈伯之的利害关系出发,喻之以义,示之以势,动之以情,劝其弃北魏归梁。信用骈体文写成,立意鲜明,说理透彻,情贯始终,有很强的感染力与说服力。陈伯之阅信后,"乃于寿阳拥众八千归降"。　　②顿首:叩拜,古人常用于信首尾的客套话。　　陈将军:陈伯之。陈伯之齐末为江州刺史,后降梁任原职,502年听信部下邓缮等挑拨,起兵反梁,战败后投奔北魏,任平南将军。　　足下:对同辈人的尊称。　　③弃燕雀:指陈伯之弃齐事。燕雀,喻平庸小人。《史记·陈涉世家》:"陈涉太息曰:'嗟乎,燕雀安知鸿鹄之志哉!'"　　鸿鹄(hú):大雁,比志向远大的人,信中借指投奔梁一事。　　④因机:指顺应时势。　　明主:指梁武帝萧衍。　　开国称孤:陈伯之弃北齐投梁以后,平齐有功,任征南将军,封丰城县公,邑二千户,俨然一方诸侯。孤,古时王侯谦称。　　朱轮华毂(gǔ):装饰华丽的车子。朱,红色。毂,车轮中心的圆木。　　拥旄(máo):持旄。旄,古时用牦牛尾装饰的旗子,文中指旄节,使臣持之以为信物,专制军事的武官也持旄节。陈伯之为江州刺史,故称"拥旄"。　　⑤奔亡之虏:逃跑投敌的家伙。虏,敌人。　　鸣镝(dí):响箭。镝,本指箭头。　　股战:腿发抖。　　穹庐:游牧部族的毡帐,这里指北魏统治者。　　劣:卑劣。　　⑥寻:推求、思索。　　去:指叛梁。　　就:指投向北魏。　　直:只、只不过。　　内:指心中。　　审:察。　　流言:谣言,不可靠的话。　　沉迷:迷惑。　　猖獗:指狂妄、横行无忌。　　⑦责:求。　　弃瑕:抛开过失,不问以前的过错。瑕,玉上斑点,指过失。　　赤心:赤诚之心。《后汉书·光武帝纪》载刘秀破铜马等军时,不疑降者,曾轻骑入降军营中,"降者更相语曰:'萧王推赤心置人腹中,安得不效死乎!'"反侧:指疑惧不安。《后汉书·光武帝纪》又载刘秀兵破邯郸,"收文书,得吏人与(王)郎交关谤毁者数千章,……会诸将军烧之曰:'令反侧子自安。'"　　⑧朱鲔(wěi):王莽末年绿林军将领,曾劝更始帝(刘玄)杀了汉光武(刘秀)胞兄刘伯升。后朱鲔被刘秀军围于洛阳,刘秀派岑彭劝降,向其保证不咎既往,保留原职,朱鲔即献城投降。　　涉血:指杀人流血。　　友于:指兄弟。语出《尚书·君陈》:"惟孝友于兄弟。"　　张绣:原是盘踞在宛城的军阀,《三国志·魏书·武帝纪》载"建安二年春正月,公(曹操)到宛,张绣降,既而悔之,复反。公与战,军败,为流矢所中,长子昂、弟子安民遇害。"四年,"冬十一月,张绣率众降,封列侯。"　　刲(zì):用刀刺入。　　⑨往哲:以往的圣哲。　　与:赞同。　　复:返。《易·复卦》:"不远复,无祗悔,元吉。"　　先典:古代的典籍,指《易经》。　　攸:所。　　高:推崇。　　⑩屈法:轻法。　　申恩:开恩、加恩。　　吞舟:能把船一口吞下的大鱼。《史记·酷吏列传序》:"网漏于吞舟之鱼。"　　⑪松柏不翦:指祖坟没有遭毁坏。松柏,古人坟地多栽松柏,因常以指坟墓。翦,即剪、削。　　高台:指陈伯之在梁之住宅。　　倾:倒塌。　　悠悠:这里是反复思考的样子。　　⑫雁行(háng):群雁飞行时排成的行列。　　有序:有整齐的秩序。　　⑬紫:紫绶。　　黄:黄金印。《史记·范雎蔡泽列传》:"蔡泽曰:'怀黄金之印,结紫绶于要(腰)。'"　　赞:佐助。　　帷(wéi)幄(wò):指军帐。　　轺(yáo):用二匹马拉的轻车,文中指使车。　　建节:车上插有符节。　　疆场(yì):边疆。　　⑭刑马作誓:古代诸侯会盟,杀白马,饮马血为誓,这里是说梁有誓约。刑,杀。　　⑮腼(miǎn)颜:脸有羞愧之色,意即老着脸皮。　　借命:犹苟且偷生。有作"惜命",意同。　　驱驰:为……奔走效力。　　毡裘:胡人的衣著,借指北魏。　　长:酋长,借指魏君。　　宁:犹"岂"。　　哀:可悲。　　⑯慕容超:鲜卑族所建立的政权南燕的国君,晋末宋初,曾大掠淮北,后刘裕率兵北伐,灭南燕,生擒慕容超,解赴建康(今南京)斩首。　　东市:原指汉长安处决犯人的地方,后泛指刑场。　　姚泓:羌族建立的政权后秦的国君。刘裕破慕容超后,又于公元417年8月克长安,生擒姚泓。　　面缚:缚手于背。　　西都:指长安。　　⑰霜露所均:指天地间。均,遍沾。　　异类:和下文"杂种"都是当时对汉族以外其他民族带有侮辱性的称呼。　　姬汉旧邦:谓北方中原一带是周(姬姓)汉故国。　　取:收。　　⑱僭(jiàn)盗:指窃据。僭,超越了本分。　　燋烂:指崩溃灭亡。　　⑲伪孽(niè):指当时北魏君主宣武帝。　　夷戮:指屠杀。史载501年宣武帝叔咸阳王元禧谋反被杀;504年北海王元祥也因谋反而被囚至死。"自相夷戮"即指此。　　携离:背叛;四分五裂。携,离。《韩非子·亡征》:"国携者,可亡也。"　　猜贰:猜忌,怀二心。　　⑳系颈:指投降。《史记·高祖本纪》:"沛公兵遂先诸侯至霸上,秦王子婴素车白马,系颈以组,……降轵道旁。"　　蛮邸(dǐ):古代汉族接待其他民族首领或使者的宾馆。　　藁(gǎo)街:汉时长安街名,当时"蛮邸"即在此街。　　㉑飞幕:飘摇不止的帐幕,与前"沸鼎"均指处境险恶。　　㉒故国:指梁。　　旗鼓:这里指军队。　　畴日:昔日。　　抚弦:指带着弓。　　登陴(pí):登上

193

城。陴,城上矮墙。 怆悢(liàng):悲伤。 ㉓廉公:指廉颇,战国时赵之名将。 思赵将:思为赵国之将。廉颇受人离间后不得已奔魏,但心中总想回赵统军,事见《史记·廉颇蔺相如列传》。 吴子:指吴起。泣西河:吴起为魏守西河(今陕西部阳一带),后魏武侯听信谗言而把他撤回。吴临行时望着西河哭着说:西河被秦占夺,不要很久了。事见《吕氏春秋·观表》。 ㉔想:指盼望。 励:勉励。 良规:好的打算。 自求多福:自己争取幸福。《诗经·大雅·文王》:"永言配命,自求多福。" ㉕白环西献:西方的部落献来白玉环。相传虞、舜时,西王母来朝,献白环及佩。 楛(hù)矢东来:东方的部族献来楛矢。相传周武王灭商纣,东方肃慎氏献来楛矢、石砮。楛矢,用楛木所制的箭。 ㉖夜郎:古国名,在今贵州桐梓。滇池:古国名,在今云南昆明一带。文中的"夜郎""滇池"泛指西南各族。 解辫:解下原来习惯梳结的发辫,改为汉族发式,以示归顺。 请职:请求封赏官爵。 昌海:蒲昌海(今新疆维吾尔自治区罗布泊),文中泛指西域诸国。 蹶角:叩头。角,指额角。 受化:接受教化。 ㉗北狄:指北魏。 沙塞:沙漠边塞。 ㉘中军:中军将军,指统帅。 殿下:对临川王萧宏的尊称。 明德:好的德行。 茂亲:皇室的至亲。 总:持,指主持。 戎重:兵机重任。 吊:安慰、慰问。 洛汭(ruì):洛水流入黄河之弯曲处,在今河南巩县。 秦中:指关中,今陕西中部一带。 ㉙遂:仍旧、依然。 布:陈述。 往怀:往日的情意。详:指仔细地考虑。

刘　　勰

刘勰(465?—532?),字彦和,东莞莒县(今属山东)人,南朝梁文学理论家。刘勰家居京口(今江苏镇江),少贫,依沙门僧佑,梁武帝时历任东宫通事舍人、步兵校尉等职,晚年出家为僧,法名慧地。《梁书》、《南史》皆有传。刘勰精研佛理,又崇尚儒学,在南齐末年撰成《文心雕龙》五十篇,对文学创作的原则、方法等等作了系统的阐述,是我国第一部体系完整的文学理论名著。通行有《四部丛刊》本;有黄叔琳、范文澜、刘永济、杨明照等人注本。1980年上海古籍出版社出版的王利器《文心雕龙校证》最称详备。

文心雕龙·情采

圣贤书辞,总称文章,非采而何?夫水性虚而沦漪结,木体实而花萼振,文附质也。虎豹无文,则鞟同犬羊;犀兕有皮,而色资丹漆,质待文也。若乃综述性灵,敷写器象,镂心鸟迹之中,织辞鱼网之上,其为彪炳,缛采名矣。故立文之道,其理有三:一曰形文,五色是也;二曰声文,五音是也;三曰情文,五性是也。五色杂而成黼黻,五音比而成韶夏,五情发而为辞章,神理之数也。

《孝经》垂典,丧言不文,故知君子常言未尝质也。老子疾伪,故称"美言不信",而五千精妙,则非弃美矣。庄周云"辩雕万物",谓藻饰也。韩非云"艳采辩说",谓绮丽也。绮丽以艳说,藻饰以辩雕,文辞之变,于斯极矣。

研味《孝》、《老》,则知文质附乎性情;详览《庄》、《韩》,则见华实过乎淫侈。若择源于泾渭之流,按辔于邪正之路,亦可以驭文采矣。夫铅黛所以饰容,而盼倩生于淑姿;文采所以饰言,而辩丽本于情性。故情者文之经,辞者理之纬;经正而后纬成,理定而后辞畅,此立文之本源也。

昔诗人什篇,为情而造文;辞人赋颂,为文而造情。何以明其然?盖风雅之兴,志思蓄愤,而吟咏情性,以讽其上,此为情而造文也;诸子之徒,心非郁陶,苟驰夸饰,鬻声钓世,此为文而造情也。故为情者要约而写真,为文者淫丽而烦滥。而后之作者,采滥忽真,远弃风雅,近师辞赋,故体情之制日疏,逐文之篇愈盛。故有志深轩冕,而泛咏皋壤;心缠几务,而虚述

194

人外。真宰弗存，翩其反矣。

夫桃李不言而成蹊，有实存也；男子树兰而不芳，无其情也。夫以草木之微，依情待实；况乎文章，述志为本，言与志反，文岂足征！

是以联辞结采，将欲明理；采滥辞诡，则心理愈翳。固知翠纶桂饵，反所以失鱼。言隐荣华，殆谓此也。是以衣锦褧衣，恶文太章；贲象穷白，贵乎反本。夫能设模以位理，拟地以置心。心定而后结音，理正而后摛藻；使文不灭质，博不溺心，正采耀乎朱蓝，间色屏于青紫，乃可谓雕琢其章，彬彬君子矣。

赞曰：言以文远，诚哉斯验。心术既形，英华乃赡。吴锦好渝，舜英徒艳。繁采寡情，味之必厌。

吴　　均

吴均（469—520），字叔庠，吴兴故鄣（今浙江安吉）人，家贫好学，有俊才。曾官奉朝请，因私撰《齐春秋》，被免职。后又奉诏撰《通史》，未成而卒。《梁书》有传。其文以小品、书札见称，尤长于写景，《梁书》本传称其"文体清拔有古气，好事者效之，号为'吴均体'"，在当时很有影响。原集已散佚，明人辑有《吴朝请集》。

与宋元思书

风烟俱净，天山共色，从流飘荡，任意东西。自富阳至桐庐，一百许里，奇山异水，天下独绝。水皆缥碧，千丈见底；游鱼细石，直视无碍。急湍甚箭，猛浪若奔。夹岸高山，皆生寒树，负势竞上，互相轩邈，争高直指，千百成峰。泉水激石，泠泠作响；好鸟相鸣，嘤嘤成韵。蝉则千转不穷，猿则百叫无绝。鸢飞戾天者，望峰息心；经纶世务者，窥谷忘反。横柯上蔽，在昼犹昏；疏条交映，有时见日。

郦 道 元

郦道元（？—527），字善长，范阳（今河北涿县）人，北魏时地理学家、散文家。曾试守鲁阳郡，后历任荆州刺史、河南尹、御史中尉等职。出任关右大使时，雍州刺史萧宝夤谋反，途中被执遇害。《魏书》、《北史》皆有传。郦道元自幼好学，历览群书，尤喜地理书籍。又曾遍游北方，考察山川水道，常憾于旧传《水经》过于简略，遂撰成《水经注》，将原书所载河流137条增加到1252条，注文比原文增加了20倍。书中不少篇章对山川景物作了细致生动的描写，是文学价值很高的小品杰作。清王先谦《合校水经注》最称详备，另有杨守敬、熊会贞《水经注疏》。

河水·龙门

河水南径北屈县故城西。西四十里有风山，风山西四十里，河南孟门山。《山海经》曰："孟门之山，其上多金玉，其下多黄垩涅石。"《淮南子》曰："龙门未辟，吕梁未凿，河出孟门之上，大溢逆流，无有丘陵，高阜灭之，名曰洪水。大禹疏通，谓之孟门。"故《穆天子传》曰："北登孟门九河之隥。"孟门，即龙门之上口也。实为河之巨阨，兼孟门津之名矣。

此石经始禹凿，河中漱广，夹岸崇深，倾崖返捍，巨石临危，若坠复倚。古之人有言："水非石凿，而能入石。"信哉！其中水流交冲，素气云浮，往来遥观者，常若雾露沾人，窥深悸魄，其水尚崩浪万寻，悬流千丈，浑洪赑怒，鼓若山腾，濬波颓叠，迄于下口。方知慎子下龙门，流浮竹，非驷马之追也。

江水·三峡（节选）

自三峡七百里中，两岸连山，略无阙处，重岩叠嶂，隐天蔽日，自非亭午夜分，不见曦月。至于夏水襄陵，沿泝阻绝。或王命急宣，有时朝发白帝，暮到江陵，其间千二百里，虽乘奔御风，不以疾也。春冬之时，则素湍绿潭，回清倒影，绝𪩘多生怪柏，悬泉瀑布，飞漱其间，清荣峻茂，良多趣味。每至晴初霜旦，林寒涧肃，常有高猿长啸，属引凄异，空谷传响，哀转久绝。故渔者歌曰：巴东三峡巫峡长，猿鸣三声泪沾裳！

萧　　统

萧统（501—531），字德施，小字维摩，南兰陵（今江苏常州西北）人，梁武帝萧衍长子，两岁时立为太子，未及即位而卒，谥昭明。《梁书》有传。他喜文学，时与文学之士往还，曾招集刘孝威、庾肩吾等编录秦汉以迄当时诗文为《文选》三十卷，即世人所称《昭明文选》，是我国最早的一部诗文总集。另有集，已佚，明人叶绍泰辑有《昭明太子集》。

文　选　序

式观元始，眇觌玄风：冬穴夏巢之时，茹毛饮血之世，世质民淳，斯文未作。逮乎伏羲氏之王天下也，始画八卦，造书契，以代结绳之政，由是文籍生焉。《易》曰："观乎天文，以察时变；观乎人文，以化成天下。"文之时义，远矣哉！

若夫椎轮为大辂之始，大辂宁有椎轮之质？增冰为积水所成，积水曾微增冰之凛，何哉？盖踵其事而增华，变其本而加厉。物既有之，文亦宜然。随时变改，难可详悉。

尝试论之曰：《诗序》云："诗有六义焉：一曰风，二曰赋，三曰比，四曰兴，五曰雅，六曰颂。"至于今之作者，异乎古昔。古诗之体，今则全取赋名。荀、宋表之于前，贾、马继之于末。自兹以降，源流实繁。述邑居则有"凭虚"、"亡是"之作，戒畋游则有《长杨》《羽猎》之制。若其纪一事，咏一物，风云草木之兴，鱼虫禽兽之流，推而广之，不可胜载矣。又楚人屈原，含忠履洁，君非从流，臣进逆耳，深思远虑，遂放湘南。耿介之意既伤，壹郁之怀靡诉。临渊有"怀沙"之志，吟泽有"憔悴"之容。骚人之文，自兹而作。

诗者，盖志之所之也，情动于中而形于言。《关雎》、《麟趾》，正始之道著；桑间濮上，亡国之音表。故风雅之道，粲然可观。自炎汉中叶，厥途渐异。退傅有"在邹"之作，降将著"河梁"之篇，四言五言，区以别矣。又少则三字，多则九言，各体互兴，分镳并驱。颂者，所以游扬德业，褒赞成功。吉甫有"穆若"之谈，季子有"至矣"之叹。舒布为诗，既言如彼；总成为颂，又亦若此。次则箴兴于补阙，戒出于弼匡，论则析理精微，铭则序事清润，美终则诔发，图象则赞兴；又诏诰教令之流，表奏笺记之列，书誓符檄之品，吊祭悲哀之作，答客指事之制，三言八字之文，篇辞引序，碑碣志状，众制蜂起，源流间出。譬陶匏异器，并为入耳之娱；黼黻不同，俱为悦目之玩。作者之致，盖云备矣。

余监抚余闲，居多暇日，历观文囿，泛览辞林，未尝不心游目想，移晷忘倦。自姬、汉以来，眇焉悠邈，时更七代，数逾千祀。词人才子，则名溢于缥囊；飞文染翰，则卷盈乎缃帙。自非略其芜秽，集其清英，盖欲兼功，太半难矣。

若夫姬公之籍，孔父之书，与日月俱悬，鬼神争奥，孝敬之准式，人伦之师友，岂可重以芟夷，加之剪截？老、庄之作，管、孟之流，盖以立意为宗，不以能文为本。今之所撰，又以略诸。

若贤人之美辞，忠臣之抗直，谋夫之话，辩士之端，冰释泉涌，金相玉振。所谓坐狙丘，议稷下，仲连之却秦军，食其之下齐国，留侯之发八难，曲逆之吐六奇，盖乃事美一时，语流千载，概见坟籍，旁出子史。若斯之流，又亦繁博。虽传之简牍，而事异篇章。今之所集，亦所不取。至于记事之史，系年之书，所以褒贬是非，纪别异同。方之篇翰，亦已不同。若其赞论之综缉辞采，序述之错比文华，事出于沉思，义归乎翰藻，故与乎篇什，杂而集之。

远自周室，迄于圣代，都为三十卷，名曰《文选》云尔。凡次文之体，各以汇聚；诗赋体既不一，又以类分；类分之中，各以时代相次。

杨衒之

杨衒之，或作阳衒之，生年不详，卒于公元 550 年以后，北魏北平（今河北满城）人。北魏末年，曾官奉朝请、抚军府兵马等职。南北朝时佛教盛行，北魏迁都洛阳后，王公大臣争建佛寺，数十年间仅洛阳城内就有佛寺一千余所。北魏末，洛阳屡经战乱，诸寺多荒废。杨衒之于东魏武定五年（547）因事重过洛阳，见洛阳城荒芜景象，追忆旧闻，写成《洛阳伽蓝记》。全书重在记载佛寺，也有不少有关的历史故事，揭示了贵族荒淫、奢侈的生活。此书文笔秀逸，语言流畅明快，长于写景。今人周祖谟的《洛阳伽蓝记校释》和范祥雍的《洛阳伽蓝记校注》搜集资料较为完备。

洛阳伽蓝记·法云寺（节选）

市西有退酤、治觞二里。里内之人多酝酒为业。河东人刘白堕善能酿酒。季夏六月，时暑赫羲，以罂贮酒，曝于日中，经一旬，其酒不动，饮之香美而醉，经月不醒。京师朝贵，多出郡登藩，远相饷馈，逾于千里，以其远至，号曰"鹤觞"，亦名"骑驴酒"。永熙年中，南青州刺史毛鸿宾赍酒之藩，逢路贼，盗饮之即醉，皆被擒获，因复命"擒奸酒"。游侠语曰："不畏张弓拔刀，唯畏白堕春醪。"

自退酤以西，张方沟以东，南临洛水，北达芒山，其间东西二里，南北十五里，并名为寿丘里，皇宗所居也，民间号为王子坊。

当时四海晏清，八荒率职，缥囊纪庆，玉烛调辰，百姓殷阜，年登俗乐。鳏寡不闻犬豕之食，茕独不见牛马之衣。于是帝族王侯、外戚公主，擅山海之富，居川林之饶，争修园宅，互相夸竞。崇门丰室，洞户连房，飞馆生风，重楼起雾。高台芳榭，家家而筑；花林曲池，园园而有。莫不桃李夏绿，竹柏冬青。

而河间王琛最为豪首，常与高阳争衡。造文柏堂，形如徽音殿。置玉井金罐，以金五色绩为绳。妓女三百人，尽皆国色。有婢朝云，善吹篪，能为团扇歌、陇上声。琛为秦州刺史，诸羌外叛,屡讨之,不降。琛令朝云假为贫妪,吹箎而乞。诸羌闻之,悉皆流涕,迭相谓曰:"何为弃坟井,在山谷为寇也?"即相率归降。秦民语曰:"快马健儿,不如老妪吹箎。"

琛在秦州,多无政绩。遣使向西域求名马,远至波斯国,得千里马,号曰"追风赤骥"。次有七百里者十余匹,皆有名字。以银为槽,金为锁环。诸王服其豪富。琛常语人云:"晋室石崇乃庶姓,犹能雉头狐腋,画卵雕薪,况我大魏天王,不为华侈?"造迎风馆于后园。窗户之上,列钱青琐,玉凤衔铃,金龙吐佩。素柰朱李,枝条入簷,伎女楼上,坐而摘食。

琛常会宗室,陈诸宝器,金瓶银瓮百余口,瓯、檠、盘、盒称是。自余酒器,有水晶钵、玛瑙杯、琉璃碗、赤玉卮数十枚。作工奇妙,中土所无,皆从西域而来。又陈女乐及诸名马。复引诸王按行府库,锦罽珠玑,冰罗雾縠,充积其内。绣、缬、紬、绫、丝、綵、越、葛、钱、绢等,不可数计。琛忽谓章武王融曰:"不恨我不见石崇,恨石崇不见我!"

融立性贪暴,志欲无限,见之恍叹,不觉生疾。还家,卧三日不起。江阳王继来省疾,谓曰:"卿之财产,应得抗衡。何为叹羡,以至于此?"融曰:"常谓高阳一人宝货多于融,谁知河间,瞻之在前。"继咲曰:"卿欲作袁术之在淮南,不知世间复有刘备也?"融乃蹶起,置酒作乐。

于时国家殷富,库藏盈溢,钱绢露积于廊者,不可较数。及太后赐百官负绢,任意自取,朝臣莫不称力而去。唯融与陈留侯李崇负绢过任,蹶倒伤踝。太后即不与之,令其空出,时人笑焉。侍中崔光止取两匹。太后问:"侍中何少?"对曰:"臣有两手,唯堪两匹,所获多矣。"朝贵服其清廉。

经河阴之役,诸元歼尽。王侯第宅,多题为寺。寿丘里间,列刹相望,祇洹郁起,宝塔高凌。四月初八日,京师士女多至河间寺,观其廊庑绮丽,无不叹息,以为蓬莱仙室,亦不是过。入其后园,见沟渎蹇产,石磴礁嶤,朱荷出池,绿萍浮水,飞梁跨阁,高树出云,咸皆嗟嗟。虽梁王兔苑,想之不如也。

附 录:

诸葛孔明不以文章自名,而开物成务之姿,综练名实之意,自见于言语。至《出师表》,简而直,尽而不肆,大哉言乎!与伊训说命相表里。非秦汉以来,以事君为悦者所能至也。(苏轼《乐全先生文集叙》)

三国非无文章,独取武侯一表者,以其发于至忠也。(真德秀《文章正宗》卷十·议论七)

为文必在养气。气充于内而文溢于外,盖有不自知者,如诸葛孔明《前出师表》、胡澹庵《上高宗封事》,皆沛然从肺腑中流出,不期文而自文。谓非正气之所发乎?(归有光《文章指南》仁集)

并不着意为文,而语语咸自血性中流出。精忠之言,看似轻描淡写,而一种勤恳之意,溢诸言外。视郭忠武之自陈,尚觉郭言少激,而公文则纯是一腔热血也。(林纾《古文辞类纂》卷三)

唐人有诗云:"山僧不解数甲子,一叶落知天下秋。"及观陶元亮诗云:"虽无纪历志,四时自成岁。"便觉唐人费力。如《桃花源记》言:"乃不知有汉,无论魏晋。"可见造语之简妙。盖晋人工造语,而渊明其尤也。(唐庚《唐子西文录》)

桃源人要自与尘俗相去万里,不必问其为仙为隐。靖节当晋衰乱时,超然有高举之思,故作记从寓志,亦《归去来辞》之意也。(吴楚材等《古文观止》卷五)

其最有声者,与陈将军伯之一书耳!隗嚣反背,安丰责让,杨广附逆,伏波晓劝,咸出腹心之言,示泣血之意,不能发其顺心,使之回首。独希范片纸,强将投戈,松柏坟墓,池台爱妾,彼虽有情,不可谓文章无与其英灵也。(张溥《汉魏六朝百三家集题辞·丘中郎集》)

(《与陈伯之书》)情生意消,然而靡矣。情致绵丽自足,而古来朴健之体,至此无余矣。(李兆洛《骈体文钞》卷十九·书类)

参考书目:

房玄龄等:《晋书·陈寿传》,中华书局1979年缩印版。
沈约:《宋书·陶潜传》,中华书局1979年缩印版。
沈约:《宋书·范晔传》,中华书局1979年缩印版。
周振甫:《文心雕龙今译·序志》,中华书局1986年版。
李延寿:《北史·郦道元传》,中华书局1979年缩印版。
周祖谟:《洛阳伽蓝记校释》,中华书局1963年版。
李延寿:《南史·萧统传》,中华书局1979年缩印版。

三国晋南北朝小说

干　宝

干宝，生卒年不详，字令升，新蔡（今河南新蔡）人，东晋史学家、文学家。曾官散骑常侍。《晋书》有传。干宝著有《晋纪》，已佚；又撰《搜神记》，亦散佚，今存《搜神记》为后人辑本。今人汪绍楹校注本较为通行。

搜神记·韩凭夫妇①

宋康王舍人韩凭②，娶妻何氏，美。康王夺之。凭怨，王囚之，论为城旦③。妻密遗凭书，缪其辞曰④："其雨淫淫，河大水深，日出当心⑤。"既而王得其书，以示左右；左右莫解其意。臣苏贺对曰："其雨淫淫，言愁且思也。河大水深，不得往来也。日出当心，心有死志也。"俄而凭乃自杀。

其妻乃阴腐其衣⑥。王与之登台，妻遂自投台；左右揽之，衣不中手而死⑦。遗书于带曰："王利其生，妾利其死，愿以尸骨，赐凭合葬！"

王怒，弗听，使里人埋之，冢相望也。王曰："尔夫妇相爱不已，若能使冢合⑧，则吾弗阻也。"宿昔之间，便有大梓木生于二冢之端，旬日而大盈抱⑨。屈体相就，根交于下，枝错于上⑩。又有鸳鸯，雌雄各一，恒栖树上，晨夕不去，交颈悲鸣，音声感人。宋人哀之，遂号其木曰相思树。相思之名，起于此也。南人谓此禽即韩凭夫妇之精魂⑪。

今睢阳有韩凭城，其歌谣至今犹存⑫。

①本文热情地歌颂了韩凭夫妇坚贞不渝的爱情和他们不畏强暴、宁死不屈的反抗精神；也揭露了以宋康王为代表的封建统治阶级凶残无耻的本质，对他们进行了无情的鞭笞。小说情节完整，人物描写比较生动，结尾以浪漫主义的手法表达了人民群众反抗斗争的意志和争取美好生活的愿望。　②宋康王：战国末年宋国的国君，名偃。　舍人：类似门客，战国及汉初王公大臣左右都有舍人。　③论：定罪。　城旦：古代的一种刑罚，受刑者白天要防御敌寇，夜晚要筑城。　④缪（miù）：装假，指掩饰本意。　⑤淫淫：久雨不止的样子，信中喻愁思不止。　日出当心：太阳正对着我心，信中隐示对太阳发誓，决心以死抗争。　⑥阴：暗中，偷偷。　⑦中：合。不中手，指经不住手拉。　⑧冢（zhǒng）合：坟合在一起。　⑨宿昔之间：一夜之间。　盈抱：满抱。抱，用臂膀围住。　⑩屈体：树干弯曲过来。　相就：互相靠拢。　⑪南人：泛指黄河以南人士。　⑫睢（suī）阳：宋国都，在今河南商丘。　歌谣：据《彤管集》载，韩凭妻何氏曾作《乌鹊歌》以明志，其歌曰："南山有乌，北山张罗；乌自高飞，罗当奈何！""乌鹊双飞，不乐凤凰；妾是庶人，不乐宋王。"文中所说歌谣，疑指此。

搜神记·李寄

东越闽中有庸岭，高数十里。其西北隰中，有大蛇，长七八丈，大十余围。土俗常惧。东

200

冶都尉及属城长吏，多有死者。祭以牛羊，故不得福。或与人梦，或下谕巫祝，欲得啖童女年十二三者。都尉、令、长，并共患之。然气厉不息。共请求人家生婢子，兼有罪家女养之。至八月朝祭，送蛇穴口，蛇出吞啮之。累年如此，已用九女。

尔时预复募索，未得其女。将乐县李诞，家有六女，无男。其小女名寄，应募欲行。父母不听。寄曰："父母无相，惟生六女，无有一男，虽有如无。女无缇萦济父母之功，既不能供养，徒费衣食，生无所益，不如早死。卖寄之身，可得少钱，以供父母，岂不善耶？"父母慈怜，终不听去。寄自潜行，不可禁止。

寄乃告请好剑，及咋蛇犬。至八月朝，便诣庙中坐，怀剑将犬。先将数石米餈，用蜜麨灌之，以置穴口。蛇便出，头大如囷，目如二尺镜，闻餈香气，先啗食之。寄便放犬，犬就啮咋；寄从后斫得数创。疮痛急，蛇因踊出，至庭而死。寄入视穴，得九女髑髅，悉举出，咤言曰："汝曹怯弱，为蛇所食，甚可哀愍！"于是寄女缓步而归。

越王闻之，聘寄女为后，拜其父为将乐令，母及姊皆有赏赐。自是东冶无复妖邪之物。其歌谣至今存焉。

刘 义 庆

刘义庆（403—444），彭城（今江苏徐州）人，刘宋王朝宗室，袭封临川王，官至南兖州刺史、都督加开府仪同三司。《宋书》有传。刘义庆擅文学，所著文集等多已亡佚，以《世说新语》最为流行。据《隋书·经籍志》称《世说》原为八卷，分德行、言语、政事等三十六门，记载汉末至东晋士族的轶事和言论。梁刘孝标加注分为十卷。敦煌发现唐人写本称《世说新书》。今本为三卷，传为晏殊手校删削本。

世说新语·华歆王朗（德行门）①

华歆、王朗俱乘船避难，有一人欲依附，歆辄难之，朗曰："幸尚宽，何为不可②？"后贼追至，王欲舍所携人③。歆曰："本所以疑，正为此耳④。既已纳其自托，宁可以急相弃邪⑤？"遂携拯如初。世以此定华、王之优劣。

①本文通过患难之中对人的态度，品评华、王品质的优劣。以人物的一言一行刻画人物的精神面貌，正是《世说》本色。华歆（157—231），字子鱼，汉桓帝时为尚书令，入魏后官至太尉。 王朗（？—228），字景舆，汉末为会稽太守，入魏后官至司徒。 ②难之：对此感到为难。 幸尚宽：多亏还宽绰。 ③舍：弃。 所携人：所携带同乘的人。 ④疑：迟疑不决，犹豫。 正为此耳：正是因为考虑到会出现这种遇危急时难以照顾别人的情况罢了。 ⑤纳其自托：接受他的请托。 宁：岂。

世说新语·过江诸人（言语门）①

过江诸人，每至美日，辄相邀新亭，藉卉饮宴②。周侯中坐而叹曰③："风景不殊，正自有山河之异！"皆相视流泪。唯王丞相愀然变色曰："当共勠力王室，克复神州，何至作楚囚相对④！"

①公元316年，晋愍帝在长安为刘曜所虏，西晋亡。次年，元帝即位于建康，建立了东晋王朝。当时中

原士族多渡河南下,他们思想各异,对待中原故土的态度也不同,本文就反映了部分南下士人在故土沦陷后的思想情绪。它注意选择了个性化的语言,刻画出了人物的不同性格,王导更显栩栩如生。　②美日:天气晴好的日子。　新亭:三国时吴所建,故址在今江苏南京。　藉卉:坐在草地上。　③周侯:指周颛(yǐ)。颛字伯仁,官至尚书仆射,后为王敦所害。侯,当时对人的尊称。　④王丞相:指王导。导字茂弘,元帝时官丞相。　愀(qiǎo)然:面色改变的样子。　勠力:尽力。　神州:此处指中原地区。　楚囚:原指钟仪,参见王粲《登楼赋》注⑫。后也常用以指窘迫而毫无办法的人。

世说新语·周处(自新门)

　　周处年少时,凶强侠气,为乡里所患。又义兴水中有蛟,山中有邅迹虎,并皆暴犯百姓,义兴人谓为三横,而处尤剧。或说处杀虎斩蛟,实冀三横唯余其一。处即刺杀虎。又入水击蛟,蛟或浮或没,行数十里,处与之俱,经三日三夜。乡里皆谓已死,更相庆。竟杀蛟而出。闻里人相庆,始知为人情所患,有自改意。

　　乃自吴寻二陆,平原不在,正见清河,具以情告,并云:"欲自修改,而年已蹉跎,终无所成。"清河曰:"古人贵朝闻夕死,况君前途尚可。且人患志之不立,亦何忧令名不彰邪?"处遂改励,终为忠臣孝子。

世说新语·王子猷居山阴(任诞门)

　　王子猷居山阴,夜大雪,眠觉,开室,命酌酒,四望皎然。因起仿偟,咏左思《招隐诗》,忽忆戴安道。时戴在剡,即便夜乘小船就之。经宿方至,造门不前而返。人问其故。王曰:"吾本乘兴而行,兴尽而返,何必见戴?"

世说新语·石崇每要客燕集(汰侈门)

　　石崇每要客燕集,常令美人行酒。客饮酒不尽者,使黄门交斩美人。王丞相与大将军尝共诣崇。丞相素不能饮,辄自勉强,至于沉醉。每至大将军,固不饮以观其变。已斩三人,颜色如故,尚不肯饮。丞相让之,大将军曰:"自杀伊家人,何预卿事!"

世说新语·王蓝田性急(忿狷门)

　　王蓝田性急,尝食鸡子,以箸刺之,不得,便大怒,举以掷地。鸡子于地圆转未止,仍下地,以屐齿碾之,又不得。瞋甚,复于地取内口中,啮破即吐之。王右军闻而大笑曰:"使安期有此性,犹当无一豪可论,况蓝田邪?"

附　录:

饰小说以干县令,其于大达亦远矣。(《庄子·外物篇》)

桓谭《新论》:小说家合残丛小语,近取譬喻,以作短书,治身理家,有可观之辞。(《文选》卷三十一李善

注引)

小说家者流,盖出于稗官。街谈巷语、道听途说者之所造也。孔子曰:"虽小道必有可观者焉,致远恐泥,是以君子弗为也。"然亦弗灭也,闾里小知者之所及,亦使缀而不忘,如或一言可采,此亦刍荛狂夫之议也。(《汉书·艺文志》)

(按:班固将小说列入诸子类,诸子类中共有儒家、道家、阴阳家、法家、名家、墨家、纵横家、杂家、农家、小说家等十家,但是班固在诸子类的序中说:"诸子十家其可观者九家而已。"小说家并未入"可观者"之列。

小说者,街谈巷语之说也。《传》载"舆人"之诵,《诗》美询于刍荛。古者圣人在上,史为书,瞽为诗,工诵箴谏,大夫规诲,士传言而庶人谤。孟春,徇木铎以求歌谣,巡省,观人诗以知风俗。过则正之,失则改之;道听途说,靡不毕纪。"周官"诵训,"掌道方志,以诏观事;道方慝以诏辟忌,以知地俗。而职方氏掌道四方之政事与其上下之志,诵四方之传道而观衣物,是也。孔子曰:"虽小道,必有可观者焉,致远恐泥。"(《隋书·经籍志》)

胡应麟曰:一曰"志怪":"搜神"、"述异"、"宣室"、"西阳"之类是也……一曰"杂录":"世说"、"语林"、"琐言"、"因话"之类是也……(《少室山房笔丛》二十八)

张衡《西京赋》曰:"小说九百,本自虞初。"《汉书艺文志》载《虞初周书》九百四十三篇,注称武帝时方士,则小说兴于武帝时矣。故《伊尹说》以下九家,班固多注"依托"也(《汉书艺文志》注,凡不著姓名者,皆班固自注一原注)。然屈原"天问",杂陈神怪,多莫知所出,意即小说家言。而《汉志》所载《青史子》五十七篇,贾谊《新书·保傅篇》中先引之,则其来已久,特盛于虞初耳。迹其流别,凡有三派:其一叙述杂事;其一记录异闻;其一缀辑琐语也……(《四库全书总目提要》卷一百四十子部五十小说家类)

宋临川王刘义庆有《世说》八卷,梁刘孝标注之为十卷,见《隋志》。今存者三卷曰《世说新语》,为宋人晏殊所删并,于注亦小有剪裁,然不知何人又加"新语"二字,唐时则曰"新书",殆以《汉志》儒家类录刘向所序六十七篇中,已有《世说》,因增字以别之也。《世说新语》今本凡三十八篇,自《德行》至《仇隙》,以类相从,事起后汉,至于东晋,记言则玄远冷俊,记行则高简瑰奇,下至缪惑,亦资一笑。孝标作注,又征引浩博。或驳或申,映带本文,增其隽永,所用书四百余种,今又多不存,故世人尤珍重之。然《世说》文字,间或与裴、郭二家书所记相同,殆亦犹《幽明录》、《宣验记》然,乃纂辑旧文,非由自造。《宋书》言义庆才词不多,而招聚文学之士,远近必至,则诸书或成于众手,未可知也。(鲁迅《中国小说史略》)

参 考 书 目:

鲁迅:《中国小说史略》,上海古籍出版社 1998 年版。